DOODSOORZAAK

Van Patricia Cornwell zijn verschenen:

1 Fataal weekend*
2 Corpus delicti*
3 Al wat overblijft*
4 Rigor mortis*
5 Modus operandi*
6 Het Kaïnsteken*
7 Doodsoorzaak*
8 Onnatuurlijke dood*
9 De brandhaard*
10 Zwarte hoek*
11 Het eindstation*
12 Aasvlieg
13 Sporen
14 Roofdier
(1 t/m 14: met *Kay Scarpetta*)

Wespennest*
Zuiderkruis*
Hondeneiland

Portret van een moordenaar

Het risico

*In POEMA - POCKET verschenen

PATRICIA CORNWELL

DOODSOORZAAK

Elfde druk
© 1996 Patricia D. Cornwell
All rights reserved
© 1996, 2007 Nederlandse vertaling
Uitgeverij Luitingh ~ Sijthoff B.V., Amsterdam
Alle rechten voorbehouden
Oorspronkelijke titel: *Cause of Death*
Vertaling: Annette Zeelenberg
Omslagontwerp en -fotografie: Pete Teboskins

ISBN 978 90 245 5287 0

www.boekenwereld.com & www.poemapocket.com

Voor Susanne Kirk
Redacteur met een visie, en vriendin

'Wat voor kwaad heeft hij dan begaan?' vroeg Pilatus hun voor de derde maal. 'Ik kan niets vinden waarvoor hij de dood verdient.'

LUCAS 23:22

Op de laatste ochtend van het meest bloederige jaar dat Virginia sinds de Burgeroorlog had gekend, stak ik de open haard aan en ging tegenover een donker raam zitten van waaruit ik, als de zon opging, de zee zou kunnen zien. Ik zat in mijn ochtendjas bij het licht van een lamp de jaarcijfers van mijn dienst voor auto-ongelukken, zelfmoord door ophanging, mishandeling, schietpartijen en steekpartijen te controleren, toen om kwart over vijf de telefoon brutaal de rust verstoorde.

'Verdomme,' mompelde ik, want het begon me steeds meer tegen te staan om de telefoontjes voor dokter Philip Mant te beantwoorden. 'Goed, ik kom al.'

Zijn verweerde huisje stond achter een duin in Sandbridge, een onherbergzaam gebied langs de kust van Virginia, tussen de amfibiebasis van de marine en het natuurreservaat Back Bay. Mant was mijn regionaal hoofdpatholoog-anatoom voor het district Tidewater en zijn moeder was helaas op de dag voor kerst overleden, een week geleden. Onder normale omstandigheden zou het feit dat hij in Londen was voor een familieaangelegenheid niet tot een noodsituatie bij de pathologisch-anatomische dienst van Virginia hebben geleid. Maar zijn assistente was met zwangerschapsverlof en de coördinator van het mortuarium had pas ontslag genomen.

'Met het huis van Mant,' zei ik terwijl de wind de donkere vormen van de pijnbomen voor de ramen heen en weer deed zwiepen.

'U spreekt met agent Young van de politie in Chesapeake,' zei iemand. Zo te horen was hij een in het zuiden geboren en getogen blanke man. 'Ik ben op zoek naar dokter Mant.'

'Hij is in het buitenland,' antwoordde ik. 'Kan ik u helpen?'

'Bent u mevrouw Mant?'

'Ik ben dokter Kay Scarpetta, hoofdpatholoog-anatoom. Ik neem waar voor dokter Mant.'

De stem aarzelde, maar vervolgde toen: 'We hebben een tip binnengekregen over een sterfgeval. Een anoniem telefoontje.'
'Weet u waar dat sterfgeval zou hebben plaatsgevonden?' Ik maakte aantekeningen.
'Het schijnt dat dat op de ontmantelingswerf van de marine was.'
'Pardon?' Ik keek op.
Hij herhaalde wat hij had gezegd.
'Over wie gaat het, een commando?' Ik was verbijsterd, want voor zover ik wist, waren commando's op oefening de enige duikers die in de buurt van de oude schepen op de ontmantelingswerf mochten komen.
'We weten niet wie het is, maar het is mogelijk dat hij naar overblijfselen uit de Burgeroorlog aan het zoeken was.'
'In het donker?'
'Mevrouw, het is daar verboden terrein, tenzij je speciale toestemming hebt. Maar dat heeft mensen er bij eerdere gelegenheden ook niet van weerhouden om nieuwsgierig te zijn. Ze varen er met hun boten in het donker stiekem naartoe.'
'En die anonieme beller suggereerde dat het nu ook zo was gegaan?'
'Zo ongeveer wel.'
'Dat is interessant.'
'Dat vond ik ook.'
'En het lichaam is nog niet gevonden,' zei ik, terwijl ik me af bleef vragen waarom deze agent had besloten op dit vroege uur een patholoog-anatoom te bellen hoewel het nog niet eens zeker was dat er een dode was, of zelfs dat er iemand vermist werd.
'We zijn nu aan het zoeken en de marine stuurt een paar duikers. Die kunnen we dus inschakelen als het echt waar blijkt te zijn. Maar ik wilde gewoon dat u op de hoogte was. En brengt u alstublieft mijn condoléances over aan dokter Mant.'
'Uw condoléances?' vroeg ik verbaasd, want als hij van die situatie wist, waarom had hij dan naar Mant gevraagd?
'Ik hoorde dat zijn moeder is overleden.'

Ik liet de punt van mijn pen op het papier rusten. 'Kunt u me alstublieft uw volledige naam geven en me vertellen hoe ik u kan bereiken?'

'S.T. Young.' Hij gaf me een telefoonnummer, waarna we ophingen.

Ik staarde naar het kleine haardvuur en voelde me slecht op m'n gemak en eenzaam. Ik stond op om meer hout op het vuur te gooien. Ik wilde dat ik in Richmond was, in mijn eigen huis, met kaarsen voor de ramen en een blauwspar vol spulletjes van kerstfeesten van vroeger. Ik wilde Mozart en Händel in plaats van de wind die loeiend om het dak gierde, en ik wilde dat ik Mants vriendelijke aanbod om in zijn huis te logeren in plaats van in een hotel niet had aangenomen. Ik ging weer verder met mijn correcties van het statistische rapport, maar mijn gedachten dwaalden steeds af. Ik dacht aan het trage water van de rivier de Elizabeth, dat in deze tijd van het jaar nog geen 15 graden zou zijn, met een zicht van op zijn best een halve meter.

In de winter was het best aardig om in Chesapeake Bay naar oesters te duiken of 30 mijl uit de kust in de Atlantische Oceaan in een wetsuit een gezonken vliegdekschip, een Duitse onderzeeër, of andere wonderbaarlijke objecten te onderzoeken. Maar in de Elizabeth, waar de marine haar afgedankte schepen had liggen, kon ik niets aantrekkelijks zien, wat voor weer het ook was. Ik kon me niet voorstellen dat iemand daar 's winters alleen in het donker naar kunstvoorwerpen of iets dergelijks zou gaan duiken. Die tip was vast vals, dacht ik.

Ik stond op uit mijn fauteuil en liep naar de grootste slaapkamer, een kleine, kille ruimte die bijna volledig in beslag werd genomen door mijn bezittingen. Ik kleedde me snel uit en nam vlug een douche, omdat ik de eerste dag al had ontdekt dat de voorraad warm water niet onbeperkt was. Eigenlijk had ik een hekel aan Mants tochtige huis met de amberkleurige lambrizering van grenehout en de donkerbruin geverfde vloer, waarop je elk stofje zag. Mijn Britse plaatsvervanger leek in de sombere greep van de stormwind te wonen. Er heerste een voortdurende kilte in zijn sober ingerichte huis, en allerlei geluiden maakten dat ik me onbehaaglijk voelde en soms in mijn slaap overeind vloog en mijn pistool greep.

Gehuld in een badjas en met een handdoek om mijn haar controleerde ik of in de logeerkamer en de badkamer alles in orde was voor Lucy, mijn nichtje, die die dag rond het middaguur naar me toe zou komen. Vervolgens inspecteerde ik de keuken, die maar armzalig was vergeleken met wat ik thuis had. Ik dacht niet dat ik gisteren iets was vergeten toen ik in Virginia Beach boodschappen had gedaan. Ik zou het echter zonder een knoflookpers, pastamachine, keukenmachine en magnetron moeten doen. Ik begon me echt af te vragen of Mant eigenlijk ooit wel zelf kookte, of hier zelfs sliep. Ik had er tenminste aan gedacht mijn eigen keuken- en kookgerei mee te nemen en zolang ik maar goede messen en pannen had, was er niet veel wat ik niet kon klaarmaken.

Ik lag nog een tijdje te lezen en viel in slaap met het licht nog aan. Voor de tweede keer schrok ik van de telefoon en greep de hoorn van de haak terwijl ik mijn ogen dichtkneep tegen het zonlicht.

'U spreekt met rechercheur C.T. Roche uit Chesapeake,' klonk de stem van een mij eveneens onbekende man. 'Ik heb gehoord dat u voor dokter Mant waarneemt en we hebben heel snel uw hulp nodig. Het ziet ernaar uit dat we een duikongeluk hebben op de ontmantelingswerf van de marine en we moeten het lichaam snel bergen.'

'Ik neem aan dat dit de zaak is waarover een van uw agenten me al eerder heeft gebeld?'

Hij zweeg eerst lange tijd en zei toen op nogal verdedigende toon: 'Voor zover ik weet ben ik de eerste die u hiervan op de hoogte stelt.'

'Een zekere agent Young heeft me vanochtend om kwart over vijf gebeld. Even zien.' Ik keek op de telefoonnotitie. 'Zijn initialen waren S, van Sam, en T, van Tom.'

Hij zweeg weer even en zei toen op dezelfde toon: 'Nou, ik

heb geen idee over wie u het heeft, want we hebben hier niemand die zo heet.'

De adrenaline stroomde door mijn aderen terwijl ik aantekeningen maakte. Het was dertien over negen. Ik was verbijsterd door wat hij had gezegd. Als de eerste man die me had gebeld echt niet van de politie was, wie was hij dan wel, waarom had hij gebeld, en hoe kende hij Mant?

'Wanneer is het lichaam gevonden?' vroeg ik aan Roche.

'Rond zes uur ontdekte een beveiligingsbeambte op de scheepswerf een motorboot die achter een van de schepen voor anker lag. Er hing een lange slang in het water, alsof er iemand aan het andere einde aan het duiken was. En toen die een uur later nog steeds niet had bewogen, hebben ze ons gebeld. Er is een duiker naar beneden gestuurd, en zoals ik al zei, er is een lijk.'

'Hebben we legitimatiepapieren?'

'We hebben een portefeuille in de boot gevonden. Met het rijbewijs van een blanke man genaamd Theodore Andrew Eddings.'

'De verslaggever?' zei ik ongelovig. 'Díe Ted Eddings?'

'Tweeëndertig jaar, bruin haar, blauwe ogen, naar de foto te oordelen. Hij woont in West Grace Street in Richmond.'

De Ted Eddings die ik kende was een gelauwerde onderzoeksjournalist bij Associated Press. Er ging maar zelden een week voorbij waarin hij me niet over iets belde. Een ogenblik lang kon ik bijna niet denken.

'We hebben ook een negen-millimeterpistool in de boot gevonden.'

Toen ik weer kon spreken, zei ik heel gedecideerd: 'Zijn identiteit mag absoluut niet aan de pers of aan iemand anders bekend worden gemaakt totdat we die hebben kunnen bevestigen.'

'Dat heb ik al tegen iedereen gezegd. Geen zorgen.'

'Mooi. En niemand heeft er een idee van waarom deze man bij de ontmantelingswerf aan het duiken was?' vroeg ik.

'Hij was misschien op zoek naar spullen uit de Burgeroorlog.'

13

'Waaruit leidt u dat af?'

'Veel mensen zoeken hier in de rivieren naar kanonskogels en dat soort dingen,' zei hij. 'Oké. Dan gaan we hem maar omhooghalen, zodat hij daar niet langer dan noodzakelijk beneden hoeft te blijven.'

'Ik wil niet dat iemand hem aanraakt en het maakt niet uit als we hem nog een tijdje in het water laten.'

'Wat gaat u dan doen?' Hij klonk weer verdedigend.

'Dat weet ik pas als ik daar ben.'

'Nou, ik geloof niet dat het nodig is dat u hier komt...'

'Rechercheur Roche,' onderbrak ik hem. 'Het is niet aan u om te beslissen of het nodig is dat ik daarheen kom en wat ik moet doen als ik er ben.'

'Nou, ik heb al die mensen stand-by, en het gaat vanmiddag waarschijnlijk sneeuwen. Niemand wil buiten op de havenhoofden staan wachten.'

'Volgens het wetboek van Virginia valt dat lijk binnen mijn rechtsbevoegdheid, en niet binnen die van u of iemand anders van de politie, de brandweer, de ongevallendienst of de begrafenisonderneming. Niemand raakt het lichaam aan totdat ik zeg dat dat mag.' Mijn toon was scherp genoeg om hem te laten merken dat ik onbuigzaam kon zijn.

'Zoals ik al zei, dan moet ik de mensen van het reddingsteam en de werf zeggen dat ze moeten blijven wachten, en daar zullen ze niet blij mee zijn. De marine zet me al behoorlijk onder druk om alles uit de weg te hebben voor de pers verschijnt.'

'Dit is geen zaak van de marine.'

'Vertelt u ze dat maar. Het zijn hun schepen.'

'Dat zal ik ze graag vertellen. Zegt u ondertussen maar tegen iedereen dat ik onderweg ben,' zei ik voordat ik ophing.

Ik besefte dat het uren kon duren voordat ik weer terug was. Daarom plakte ik een briefje op de voordeur, waarin ik Lucy op cryptische wijze liet weten hoe ze binnen moest komen als ik er niet was. Ik verborg een sleutel op een plek waar alleen zij hem kon vinden en legde toen mijn dokterstas en duikuitrusting in de achterbak van mijn zwarte Mercedes. Om kwart voor tien was de temperatuur tot drie graden gestegen en hadden mijn pogingen om hoofdinspecteur Pete Marino in Richmond te bereiken, nog steeds niets opgeleverd.

'Godzijdank,' mompelde ik toen mijn autotelefoon eindelijk overging.

Ik greep de hoorn. 'Met Scarpetta.'

'Hoi.'

'Je hebt je pieper aan staan. Ik ben geschokt,' zei ik.

'Als je zo geschokt bent, waarom heb je dan in vredesnaam het nummer van die pieper gebeld?' Hij klonk alsof hij blij was me te horen. 'Wat is er?'

'Ken je die journalist nog aan wie je zo'n hekel had?' Ik was voorzichtig geen feiten te noemen omdat we op een radiofrequentie spraken en ons gesprek dus door scanners kon worden opgepikt.

'Zoals wie?'

'Zoals degene die voor AP werkt en die voortdurend bij mij op kantoor langskomt.'

Hij dacht even na en zei toen: 'Wat is er met hem? Heb je een probleem met hem?'

'Dat zit er helaas wel in. Ik ben onderweg naar de Elizabeth. De politie van Chesapeake heeft me net gebeld.'

'Wacht eens even. Toch niet zó'n probleem?' zei hij op onheilspellende toon.

'Ik ben bang van wel.'

'Potverdorie.'

'We hebben alleen een rijbewijs. Dus we weten nog niets zeker. Ik ga het water in om te kijken voordat ze hem naar boven brengen.'

'Wacht verdomme nou eens,' zei hij. 'Waarom moet jij dat in godsnaam nou weer doen? Kunnen andere mensen dat niet op zich nemen?'

'Ik moet hem zien voordat hij naar boven wordt gehaald,' zei ik nog eens.

Marino was ontstemd omdat hij overdreven bezorgd over me

was. Dat wist ik zelfs zonder dat hij verder nog iets zei.

'Ik dacht dat je misschien zijn huis in Richmond wel zou willen bekijken,' zei ik.

'Ja, dat wil ik zeker.'

'Ik weet niet wie of wat we zullen vinden.'

'Nou, ik wilde maar dat je hen er eerst op afstuurde.'

In Chesapeake nam ik de afrit naar de Elizabeth en sloeg linksaf, naar High Street. Ik kwam langs bakstenen kerken, autokerkhoven en caravans. Achter de gevangenis en het hoofdbureau van politie ging de kazerne van de marine over in de uitgestrekte, deprimerende ontmantelingswerf die werd omgeven door een roestig hek met prikkeldraad. Midden op het kilometers grote, met onkruid overwoekerde, vol metaal liggende terrein stond een elektriciteitscentrale die blijkbaar werd gevoed door afval en kolen en die zo de energie leverde voor het troosteloze, trage werk op de scheepswerf. De schoorstenen en rails waren vandaag niet in bedrijf en alle hijskranen bij de droogdokken stonden stil. Het was tenslotte oudejaarsdag.

Ik reed naar het uit saaie, zwarte steen opgetrokken hoofdkwartier, met daarachter lange pieren. Bij de poort stapte een jonge man uit het wachthokje, in burgerkleding en met een helm op. Ik draaide mijn raampje naar beneden. De wolken joegen langs de hemel.

'Dit terrein is verboden voor onbevoegden.' Zijn gezicht was volkomen uitdrukkingsloos.

'Ik ben dokter Kay Scarpetta, hoofdpatholoog-anatoom,' zei ik terwijl ik hem het koperen schildje liet zien dat het symbool was van mijn jurisdictie over elke plotselinge, onverklaarbare of gewelddadige dood in de staat Virginia.

Hij boog naar voren en bestudeerde mijn legitimatie. Een paar keer wierp hij een blik op me en staarde naar mijn auto.

'Als u de hoofdpatholoog-anatoom bent,' vroeg hij, 'waarom rijdt u dan niet in een lijkwagen?'

Dat werd me wel vaker gevraagd en ik antwoordde geduldig: 'De mensen die bij begrafenisondernemingen werken rijden in lijkwagens. Ik werk niet bij een begrafenisonderneming. Ik ben gerechtsarts.'

'Ik heb nog meer legitimatie nodig.'

Ik gaf hem mijn rijbewijs en twijfelde er niet aan dat dit soort bemoeizucht niet minder zou worden als hij me eenmaal had doorgelaten. Hij deed een stap naar achteren en bracht een mobilofoon naar zijn mond.

'Eenheid elf aan eenheid twee.' Hij wendde zich van me af alsof hij geheimen door moest geven.

'Twee,' kwam het antwoord.

'Ik heb hier een zekere Scaylatta.' Hij had nog meer moeite met mijn naam dan de meeste mensen.

'Tien vier. We zijn stand-by.'

'Mevrouw,' zei de bewaker tegen mij, 'rijd u maar verder. Rechts is een parkeerplaats.' Hij wees de parkeerplaats aan. 'U moet uw auto daar neerzetten en dan kunt u naar Pier Twee lopen, waar u kapitein Green zult vinden. Dat is de persoon die u moet hebben.'

'En waar vind ik rechercheur Roche?' vroeg ik.

'U moet kapitein Green hebben,' herhaalde hij.

Ik deed mijn raampje weer omhoog terwijl hij de poort opendeed. Er hingen borden op die me waarschuwden dat ik op het punt stond een industrieterrein op te rijden waar verfspatten een voortdurend gevaar vormden, waar beschermende kleding vereist was en waar ik alleen op eigen risico mijn auto kon parkeren. In de verte doemden doffe, grijze vracht- en tankschepen, mijnenvegers, fregatten en draagvleugelboten op langs de koude horizon. Op de tweede pier stonden ambulances, politiewagens en een klein groepje mannen.

Ik parkeerde mijn auto zoals gevraagd en liep met kordate pas op hen af. Ze staarden me aan. Ik had mijn doktersstas en duikspullen in de auto laten liggen, en ik was dus een vrouw van middelbare leeftijd zonder een professionele uitrusting, die wandelschoenen, een wollen pantalon en een legergroene winterjas droeg. Zodra ik de pier opliep, sneed een gedistingeerde, grijzende man in uniform me de pas af alsof ik een indringer was. Hij ging zonder een glimlach op zijn gezicht voor me staan.

'Kan ik u helpen?' vroeg hij op een toon die me commandeerde te stoppen. De wind speelde met zijn haar en kleurde zijn wangen.

Ik legde weer uit wie ik was.

'O, mooi.' Hij klonk niet alsof hij dat meende. 'Ik ben kapitein Green van de Marine Onderzoeksdienst. We moeten echt opschieten. Luister.' Hij draaide zich van me af en sprak tegen iemand anders. 'We moeten die KB's weghalen...'

'Pardon. Bent u van de marine?' onderbrak ik hem, want ik wilde dit onmiddellijk rechtzetten. 'Ik dacht dat deze scheepswerf geen eigendom van de marine was. Als dat wel het geval is, is er geen reden voor mij om hier te zijn. Dan is dit een zaak voor de marine en moet een patholoog-anatoom van de marine sectie verrichten.'

'Mevrouw,' zei hij, op een toon alsof ik zijn geduld op de proef stelde, 'deze scheepswerf wordt door een burgerbedrijf gerund en is daarom geen eigendom van de marine. Maar we zijn wel geïnteresseerd, omdat er blijkbaar iemand zonder toestemming bij onze schepen heeft gedoken.'

'Heeft u een theorie waarom iemand dat zou doen?' Ik keek om me heen.

'Sommige schatgravers denken dat ze kanonskogels, oude scheepsklokken en god weet wat in het water kunnen vinden.' We stonden tussen het vrachtschip *El Paso* en de onderzeeër de *Exploiter*, die allebei dof en roerloos in de rivier lagen. Het water zag eruit als cappuccino en ik besefte dat het zicht waarschijnlijk nog minder was dan ik had gevreesd. Er was een duikplatform in de buurt van de onderzeeër. Maar er was geen teken van het slachtoffer of van het reddingsteam en de politieagenten die met hem bezig waren. Ik vroeg aan Green hoe dat zat. Mijn gezicht was gevoelloos door de wind die over het water waaide. Green beantwoordde mijn vraag door me weer de rug toe te draaien.

'Luister eens, ik kan niet de hele dag op Stu wachten,' zei hij tegen een man in een overall en een vies ski-jack.

'We kunnen Bo hierheen halen, kap'tein,' kwam het antwoord.

'Geen haar op m'n hoofd,' zei Green. Hij leek de mensen van de scheepswerf goed te kennen. 'Het heeft geen zin die knul te bellen.'

'Jezus,' zei een andere man, die een lange, verwarde baard had. 'We weten allemaal dat hij zo laat in de ochtend niet meer nuchter is.'

'Nou, de pot verwijt de ketel,' zei Green en ze lachten allemaal.

Het gezicht van de man met de baard leek wel een rauwe hamburger. Hij nam me sluw op terwijl hij een sigaret opstak, hem met zijn grove handen tegen de wind beschermend.

'Ik heb sinds gisteren niets meer gedronken. Zelfs geen water,' bezwoer hij terwijl zijn maten lachten. 'Verdomme, het is zo koud als bevroren pis.' Hij sloeg zijn armen om zijn lichaam heen. 'Ik had een dikkere jas aan moeten doen.'

'Die vent daarginds, die is pas koud,' zei een andere man met een klapperend kunstgebit. Ik besefte dat hij het over de dode duiker had. 'Die knul is pas koud.'

'Dat voelt-ie niet meer.'

Ik onderdrukte mijn groeiende irritatie en zei tegen Green: 'Ik weet dat u haast hebt om te beginnen, en dat geldt ook voor mij. Maar ik zie geen reddingsteam en geen politie. Ik heb de motorboot of het deel van de rivier waar het lichaam is gevonden nog niet gezien.'

Ik voelde zes paar ogen naar me staren en bekeek de verweerde gezichten van mannen die gemakkelijk een stel piraten in moderne kledij hadden kunnen zijn. Ik hoorde niet bij hun geheime clubje, wat me aan vroeger deed denken, toen ik soms nog moest huilen als ik onbeschoft werd bejegend of werd buitengesloten.

Green antwoordde uiteindelijk: 'De politie is binnen, ze zijn aan het telefoneren. In het hoofdkantoor, dat gebouw met het grote anker op de voorgevel. De duikers zitten daar waarschijnlijk ook, daar is het warm. Het reddingsteam staat bij een steiger aan de andere kant van de rivier op u te wachten. En misschien interesseert het u dat de politie bij deze zelfde steiger zojuist een pick-up met oplegger heeft gevonden die volgens hen van de overledene is. Volgt u mij maar.' Hij liep weg. 'Ik zal u de plek laten zien waar u in geïnteresseerd bent. Ik begrijp dat u van plan bent om samen met de andere duikers het water in te gaan.'

'Dat klopt.' Ik liep met hem langs de pier.

'Ik snap echt niet wat u daar verwacht te zien.'

'Ik heb al lang geleden geleerd geen verwachtingen te hebben, kapitein Green.'

We kwamen langs oude, vermoeide schepen. Het viel me op dat er dunne metalen kabels het water in liepen. 'Wat is dat?' vroeg ik.

'kb's – kathodische beschermingslijnen,' antwoordde hij. 'Die staan onder stroom en dienen om corrosie tegen te gaan.'

'Dan hoop ik maar dat iemand ze heeft uitgezet.'

'Er is een elektricien onderweg. Hij schakelt de kb's langs de hele pier uit.'

'Dus de duiker kan in aanraking zijn gekomen met die kb's? Die zijn vast niet goed te zien.'

'Dat maakt niet uit. Er staat maar een lage spanning op,' zei hij alsof iedereen dat zou moeten weten. 'Het is net alsof je een schokje krijgt van een accu van een volt of negen. Hij is niet aan die kb's doodgegaan. Dat kunt u dus al van uw lijstje schrappen.'

We bleven staan bij het einde van de pier, waar de achtersteven van een gedeeltelijk onder water liggende onderzeeër te zien was. Nog geen zes meter daarvandaan lag de donkergroene motorboot met de lange, zwarte slang die naar de compressor in een binnenband aan de passagierskant leidde. De bodem van de boot lag vol gereedschappen, duikapparatuur en andere voorwerpen waarvan ik vermoedde dat ze nogal onzorgvuldig waren doorzocht. Ik voelde de spanning in mijn borst, want ik was bozer dan ik wilde laten merken.

'Hij is waarschijnlijk gewoon verdronken,' zei Green. 'Bij vrijwel elk fataal duikongeluk dat ik heb meegemaakt, ging het om dood door verdrinking. Als je in zulk ondiep water doodgaat, heb je dat aan jezelf te danken.'

'Ik vind dat hij een nogal bijzondere uitrusting heeft.' Ik negeerde zijn medische uiteenzetting.

Hij staarde naar de motorboot die maar nauwelijks op het water bewoog. 'Een meerurenaansluiting. Ja, dat is nogal bijzonder in deze contreien.'

'Stond die aan toen de boot werd gevonden?'

'De benzine was op.'

'Wat kunt u me erover vertellen? Zelfgemaakt?'

'Gekocht,' zei hij. 'Een vijf pk-compressor die op benzine loopt. De buitenlucht gaat via een lagedrukslang naar een lager gelegen ademautomaat. Daarmee kon hij vier, vijf uur beneden blijven. Zolang hij benzine had.' Hij staarde nog steeds in de verte.

'Vier of vijf uur? Waarvoor?' Ik keek naar hem. 'Als je nou zeekreeft of zeeoor zoekt.'

Hij zei niets.

'Wat is daar beneden te vinden?' vroeg ik. 'En zeg nou niet dat daar voorwerpen uit de Burgeroorlog liggen, want we weten allebei dat je die daar niet vindt.'

'Echt, er is daar verdomme helemaal niks.'

'Nou,' zei ik, 'hij dacht van wel.'

'Helaas had hij dat bij het verkeerde eind. Kijk eens naar die wolken. Het gaat straks vast sneeuwen.' Hij trok zijn kraag tot aan zijn oren op. 'Ik neem aan dat u een duikbrevet heeft.'

'Al jaren.'

'Ik moet uw brevet controleren.'

Ik keek naar de motorboot en de onderzeeër, en vroeg me af hoever de tegenwerking van deze mensen zou gaan.

'Die moet u bij u hebben als u het water in wilt,' zei hij. 'Ik dacht dat u dat wel wist.'

'En ik dacht dat de marine niet de baas was op deze scheepswerf.'

'Ik ken de regels die hier gelden. Het maakt niet uit wie de baas is.' Hij staarde me aan.

'Ik snap het.' Ik staarde terug. 'En ik moet zeker een vergunning hebben om mijn auto op deze pier te zetten, zodat ik geen kilometer met mijn spullen hoef te sjouwen?'

'U heeft inderdaad een vergunning nodig om op de pier te parkeren.'

'Nou, die heb ik niet. Ik heb mijn drie-sters duikbrevet en mijn brevet voor reddingsduiken niet bij me, en mijn duiklogboek ook niet. Ik heb mijn vergunning om in Virginia, Maryland en Florida de geneeskunde te beoefenen ook niet bij me.'

Ik sprak op heel minzame en rustige toon, en omdat hij me niet van mijn stuk kon brengen, werd hij alleen maar nog koppiger. Hij knipperde een paar keer met zijn ogen en ik was me bewust van zijn antipathie.

'Dit is de laatste keer dat ik u vraag me mijn werk te laten doen,' vervolgde ik. 'We hebben hier te maken met een onnatuurlijke dood die onder mijn jurisdictie valt. Als u niet mee wilt werken, bel ik de regionale politie, de sheriff, of de FBI. U kunt kiezen. Dan is er waarschijnlijk binnen twintig minuten iemand hier. Ik heb mijn draagbare telefoon bij me.' Ik gaf een klopje op mijn jaszak.

'Als u wilt duiken,' zei hij schouderophalend, 'ga dan maar uw gang. Maar u moet wel een verklaring ondertekenen waarin u de scheepswerf van alle verantwoordelijkheid ontslaat als er iets onplezierigs mocht gebeuren. En ik betwijfel of er hier zulke formulieren zijn.'

'Aha. Ik moet iets ondertekenen dat u niet heeft.'

'Dat klopt.'

'Prima,' zei ik. 'Dan stel ik zo'n verklaring wel voor u op.'

'Dat moet door een jurist worden gedaan, en het is vandaag een feestdag.'

'Ik ben jurist en ik werk gewoon op feestdagen.'

Hij spande zijn kaakspieren en ik wist dat hij zich niet meer druk zou maken over formulieren nu er één ingediend zou worden. We liepen terug en mijn maag trok samen van angst. Ik wilde eigenlijk helemaal niet duiken en ik mocht de mensen niet die ik die dag ontmoet had. Ik was heus wel eens eerder verstrikt geraakt in bureaucratisch prikkeldraad als ik aan zaken werkte waarbij de regering of grote bedrijven betrokken waren. Maar dit was anders.

'Vertelt u eens,' zei Green op zijn neerbuigende toon, 'duiken hoofdpatholoog-anatomen altijd zelf naar lijken?'

'Zelden.'

'Legt u me dan eens uit waarom dat nu wel nodig is.'

'De omstandigheden waaronder deze persoon is overleden verdwijnen zodra het lichaam wordt verplaatst. Ik vind de situatie zo ongewoon dat ik zelf wil gaan kijken, nu ik de kans heb. En ik neem tijdelijk waar in het district Tidewater, dus ik was hier toevallig toen dat telefoontje kwam.'

Hij zweeg even en bracht me van mijn stuk toen hij weer sprak: 'Het speet me voor dokter Mant toen ik over zijn moeder hoorde. Wanneer gaat hij weer aan het werk?'

Ik probeerde me het telefoontje van die ochtend en die Young met zijn overdreven zuidelijke accent te herinneren. Green klonk niet alsof hij in het zuiden was geboren, maar dat klonk ik ook niet, terwijl dat niet betekende dat we geen zuidelijke tongval konden imiteren.

'Ik weet niet wanneer hij terugkomt,' antwoordde ik voorzichtig. 'Maar ik vraag me af hoe u hem kent.'

'Soms lopen zaken in elkaar over, of dat nu zo zou moeten zijn of niet.'

Ik begreep niet wat hij suggereerde.

'Dokter Mant begrijpt hoe belangrijk het is zich nergens mee te bemoeien,' vervolgde Green. 'Zulke mensen zijn prettig om mee samen te werken.'

'Hoe belangrijk het is om zich waar niet mee te bemoeien, kapitein Green?'

'Of een zaak bijvoorbeeld de verantwoordelijkheid van de marine is, of onder deze of gene jurisdictie valt. Mensen kunnen zich op veel verschillende manieren ergens mee bemoeien. Die mensen vormen dan een probleem en kunnen gevaarlijk zijn. Zoals die duiker. Hij kwam ergens waar hij niet thuishoorde en kijk eens wat er met hem is gebeurd.'

Ik bleef staan en staarde hem ongelovig aan. 'Ik verbeeld het me vast,' zei ik, 'maar het lijkt alsof u me bedreigt.'

'Gaat u uw spullen maar halen. U kunt uw auto hier dichterbij zetten, daar bij het hek,' zei hij en liep weg.

2

Lang nadat hij in het gebouw met het anker op de voorgevel was verdwenen, zat ik op de pier met moeite een dikke wetsuit over mijn zwempak aan te trekken. Niet ver bij mij vandaan waren een paar reddingswerkers bezig met een platbodem die ze aan een paal hadden vastgelegd. Arbeiders van de scheepswerf liepen nieuwsgierig rond en op het duikplatform waren twee mannen in blauwe neopreen pakken *buddy-phones* aan het testen. Ze leken de duikapparatuur, waaronder ook die van mij, bijzonder grondig te inspecteren.

Ik zag dat de duikers met elkaar praatten, maar verstond er geen woord van. Ze draaiden slangen los en hingen gewichten aan gordels. Af en toe wierpen ze een blik in mijn richting, en ik was verbaasd toen een van hen de ladder naar mijn pier opklom. Hij liep naar me toe en kwam naast me op de koude stenen zitten.

'Is deze stoel bezet?' Hij was een knappe, jonge, zwarte man, die de bouw had van een olympisch atleet.

'Er zijn genoeg mensen die hier willen zitten, maar ik weet niet waar ze zijn.' Ik worstelde verder met mijn wetsuit. 'Verdomme. Ik haat die dingen.'

'Zie het gewoon maar als een stuk tuinslang dat u aantrekt.'

'Ja, dat helpt me echt enorm.'

'Ik wil het even met u over de onderwatercommunicatieapparatuur hebben. Heeft u daar wel eens mee gewerkt?' vroeg hij.

Ik keek naar zijn ernstige gezicht en vroeg: 'Hoort u bij het reddingsteam?'

'Nee. Ik ben gewoon van de marine. En ik weet niet wat u vindt, maar ik had eigenlijk andere plannen voor oudejaarsavond. Ik weet niet waarom iemand in deze rivier zou willen duiken, tenzij hij altijd al een blind kikkervisje in een modderpoel had willen zijn. Of misschien als je te weinig ijzer in je bloed hebt en je het idee hebt dat al het roest in het water zal helpen.'

'Van al dat roest krijg je alleen maar tetanus.' Ik keek om me heen. 'Wie is er nog meer van de marine?'

'Die twee bij de reddingsboot zijn van het reddingsteam. Ki Soo, die daar op het duikplatform staat, is de enige andere marineman naast onze onverschrokken MOD-man. Ki is een prima vent. Hij is mijn maatje.'

Hij gebaarde naar Ki Soo dat alles in orde was, die hetzelfde gebaar terug maakte. Ik vond het allemaal nogal interessant en heel anders dan wat ik tot dusver had meegemaakt.

'Nu moet u goed naar me luisteren.' Mijn nieuwe kennis sprak met me alsof hij jaren met me samenwerkte. 'Communicatie-apparatuur is lastig als je er nog nooit mee hebt gewerkt. Het kan heel gevaarlijk zijn.' Zijn gezicht stond ernstig.

'Ik weet hoe het werkt,' verzekerde ik hem met meer kalmte dan ik voelde.

'Nou, je moet niet alleen weten hoe het werkt. Je moet er goede maatjes mee zijn, omdat het net als je duikmaatje, je leven kan redden.' Hij zweeg even. 'Het kan ook je dood zijn.'

Ik had slechts één keer eerder onderwatercommunicatie-apparatuur gebruikt en ik vond het nog steeds een eng idee dat mijn ademautomaat zou worden vervangen door een waterdichte duikbril met een mondstuk en zonder waterloosventiel. Ik maakte me er zorgen over dat de duikbril vol water zou lopen, dat ik het af zou moeten rukken terwijl ik in paniek naar mijn reserve of naar mijn octopusautomaat zocht. Maar daar wilde ik het nu niet over hebben, niet hier.

'Het gaat vast prima,' stelde ik hem opnieuw gerust.

'Fantastisch. Ik had al gehoord dat u een prof was,' zei hij. 'Trouwens, ik heet Jerod, en ik weet al wie u bent.' Hij zat met gekruiste benen steentjes in het water te gooien en leek gefascineerd door de zich langzaam uitbreidende kringen. 'Ik heb veel goede dingen over u gehoord. Als mijn vrouw hoort dat ik u heb ontmoet, is ze vast jaloers.'

Ik wist niet waarom een duiker bij de marine iets over mij zou hebben gehoord, buiten de dingen die in de pers over me werden gezegd en die niet altijd even aardig waren. Maar zijn woorden vormden een welkome balsem voor mijn slechte humeur. Dat wilde ik hem net gaan vertellen toen hij een blik op zijn horloge wierp en toen naar het platform staarde, waar Ki Soo naar hem omhoogkeek.

'Dokter Scarpetta,' zei Jerod terwijl hij opstond. 'Ik geloof dat we klaar zijn voor het feest. U ook?'

'Ik ben er ook helemaal klaar voor.' Ik stond ook op. 'Hoe kunnen we het beste te werk gaan?'

'De beste, en de enige manier is om die slang naar beneden te volgen.'

We gingen dichter bij de rand van de pier staan en hij wees naar de motorboot.

'Ik ben al een keer naar beneden gegaan en als je die luchtslang niet volgt, vind je hem nooit. Heeft u ooit door een riool gezwommen zonder lamp bij u?'

'Dat heb ik nog niet meegemaakt.'

'Nou, daar kun je geen hand voor ogen zien. En dat is hier ook zo.'

'Voor zover jij weet heeft nog niemand het lichaam aangeraakt,' zei ik.

'Ik ben de enige die er in de buurt is geweest.'

Hij keek toe terwijl ik mijn *stabilising jacket* pakte en een onderwaterlamp in een van de zakken stopte.

'Die zou ik maar hier laten. Onder deze omstandigheden is een lamp alleen maar lastig.'

Maar ik wilde hem toch meenemen omdat ik alles wat in mijn voordeel kon werken wilde aangrijpen. Jerod en ik klommen de ladder naar het duikplatform af, zodat we onze voorbereidingen konden afronden. Ik negeerde de blikken van de werklui van de scheepswerf terwijl ik crème in mijn haar smeerde en de neopreen kap over mijn hoofd trok. Ik gespte een mes aan de binnenkant van mijn rechterkuit en pakte de uiteinden van een loodgordel van viereneenhalve kilo en sjorde die snel om mijn middel. Ik controleerde de veiligheidssluitingen en trok handschoenen aan.

'Ik ben zo ver,' zei ik tegen Ki Soo.

Hij bracht de communicatie-apparatuur en mijn ademauto-maat naar me toe.

'Ik zal uw luchtslang aan de duikbril vastmaken.' Hij had geen buitenlands accent. 'Ik heb begrepen dat u al eerder met zulke communicatie-apparatuur heeft gewerkt.'

'Dat klopt,' zei ik.

Hij hurkte naast me neer en sprak op gedempte toon, alsof we samenzweerders waren. 'U, Jerod en ik zullen via de *buddy-phones* voortdurend met elkaar in verbinding staan.'

Ze zagen eruit als felrode gasmaskers en sloten van achteren met vijf riempjes. Jerod kwam achter me staan en hielp me met mijn trimvest en luchtfles terwijl zijn maatje verder sprak.

'Zoals u weet,' zei Ki Soo, 'kunt u normaal ademhalen en drukt u op het knopje op het mondstuk als u iets wilt zeggen.' Hij liet zien hoe het werkte. 'Nu moeten we dit goed over uw kap heen vastmaken en het stevig instoppen. Duwt u de rest van uw haar er maar onder, dan kan ik kijken of het van achteren goed vastzit.'

Ik vond de *buddy-phones* het naarste als ik niet in het water was, omdat je dan zo moeilijk kon ademen. Ik zoog de lucht zo goed mogelijk naar binnen en tuurde door het glas naar de twee duikers aan wie ik zojuist mijn leven had toevertrouwd.

'Twee leden van het reddingsteam in een boot houden ons via een transductorapparaat in het water in de gaten. Degene die boven water meeluistert, hoort alles wat we zeggen. Begrijpt u?' Ki Soo keek me aan en ik wist dat hij me waarschuwde. Ik knikte. Mijn ademhaling klonk me luid en moeizaam in de oren.

'Wilt u uw vinnen nu?'

Ik schudde mijn hoofd en wees naar het water.

'Gaat u er dan maar eerst in, dan gooi ik ze u wel toe.'

Minstens vijfendertig kilo zwaarder dan eerst, ging ik voorzichtig naar de rand van het duikplatform en controleerde nog eens of mijn masker wel goed onder mijn capuchon zat. De kathodische beschermingslijnen leken op snorharen van meervallen die uit de enorme, roerloze schepen te voorschijn kwamen. De wind rimpelde het water. Ik staalde mezelf tegen de meest zenuwslopende sprong in het diepe die ik ooit had gemaakt.

De kou kwam eerst als een schok en het duurde wel even voor mijn lichaam het water had opgewarmd dat in mijn rubberen pak sijpelde terwijl ik mijn vinnen aantrok. Maar wat nog erger was, ik kon de display van mijn duikcomputer of het kompas niet zien. Ik zag geen hand voor ogen en nu begreep ik waarom het geen zin had om een onderwaterlamp mee te nemen. Het in het water zwevende sediment absorbeerde het licht als vloeipapier. Daarom moest ik regelmatig even naar de oppervlakte om me te oriënteren terwijl ik naar de plek zwom waar de slang van de motorboot onder water verdween.

'Iedereen stand-by?' klonk Ki Soo's stem in de ontvanger tegen mijn schedel.

'Stand-by,' zei ik in het microfoontje en probeerde me te ontspannen terwijl ik langzaam vlak onder het wateroppervlak zwom.

'Bent u nu bij de slang?' Deze keer was het Jerod die tegen me sprak.

'Ik heb hem nu vast.' Ik merkte dat de slang onverwacht strak gespannen stond en ik deed mijn best hem zo weinig mogelijk aan te raken.

'Volg die slang maar naar beneden. Zo'n meter of negen. Als het goed is, drijft hij vlak boven de bodem.'

Ik begon met de afdaling. Ik hield regelmatig stil om de druk in mijn oren gelijk te maken, pogend niet in paniek te raken. Ik kon niets zien. Mijn hart bonkte terwijl ik mezelf dwong te ontspannen en diep in te ademen. Ik hield even stil en bleef rustig drijven. Ik sloot mijn ogen en ademde langzaam in en uit. Toen volgde ik de slang verder naar beneden en werd opnieuw door paniek bevangen toen er plotseling een dikke, roestende kabel voor me opdoemde.

Ik probeerde eronderdoor te zwemmen, maar kon niet zien

waar hij vandaan kwam of naartoe ging. Bovendien was ik eigenlijk lichter dan ik wilde en had ik best wat meer loodblokken aan mijn gordel of in de zakken van mijn *stabilising jacket* kunnen gebruiken. De kabel raakte me van achteren en kwam hard tegen mijn fles aan. Ik voelde een ruk aan mijn ademautomaat, alsof iemand er van achteren aan trok, en de luchtfles, die los was komen te zitten, begon van mijn rug af te glijden, me met zich mee naar beneden trekkend. Ik rukte het klittenband van mijn *stabilising jacket* open en wrong me er snel uit, ondertussen proberend alles te vergeten behalve de handelingen die ik had geleerd.

'Alles in orde?' klonk Ki Soo's stem in mijn masker.

'Een technisch probleem,' zei ik.

Ik manoeuvreerde de luchtfles tussen mijn benen, zodat ik me erbovenop kon laten drijven, alsof ik een raket bereed in de sombere duisternis van de ruimte. Ik maakte de gespen vast en vocht tegen de angst.

'Heeft u hulp nodig?'

'Nee. Kijk uit voor de kabels,' zei ik.

'Je moet overal voor uitkijken,' klonk zijn stem weer.

Terwijl ik mijn arm weer in het *stabilising jacket* stak, kwam de gedachte bij me op dat je hier beneden op veel manieren kon sterven. Ik rolde op mijn rug en gespte mezelf stevig in.

'Alles in orde?' hoorde ik Ki Soo's stem weer.

'Alles in orde. Je stem valt weg.'

'Er is te veel storing. Al die grote bakbeesten hier. We komen achter u aan. Wilt u ons dichter in de buurt hebben?'

'Nog niet,' zei ik.

Ze bleven op voorzichtige afstand omdat ze wisten dat ik het lichaam wilde zien zonder afgeleid of gestoord te worden. We moesten elkaar niet in de weg zitten. Ik liet mezelf langzaam nog verder naar beneden zakken, dichter naar de bodem toe. Ik besefte dat de slang waarschijnlijk ergens achter was blijven hangen, wat verklaarde waarom hij zo strak stond. Ik wist niet welke kant ik uit moest en probeerde een stukje naar links te gaan, toen ik plotseling iets tegen me aan voelde. Ik draaide me om en keek de dode man recht in zijn gezicht. Zijn lichaam stootte tegen me aan toen ik onwillekeurig terugdeinsde. Hij dreef en dobberde loom aan zijn slang. Zijn armen in het rubberen pak hield hij als een slaapwandelaar voor zich uit. Door mijn bewegingen trok ik hem aan de slang achter me aan.

Ik liet hem dicht naar me toe drijven en hij stootte weer tegen me aan, maar nu was ik niet bang meer omdat hij me nu niet meer overrompelde. Het was alsof hij probeerde mijn aandacht te trekken en met me wilde dansen in de helse duisternis die hem had opgeslokt. Ik liet mezelf rustig drijven en bewoog mijn vinnen nauwelijks omdat ik niet wilde dat het zand op de bodem op zou stuiven. Ook wilde ik me niet aan roestende scheepswrakken snijden.

'Ik heb 'm gevonden. Of misschien kan ik beter zeggen dat hij mij heeft gevonden.' Ik drukte het communicatieknopje in. 'Kunnen jullie me horen?'

'Nauwelijks. We zijn zo'n drie meter boven u. We wachten hier.'

'Blijf nog een paar minuten daar. Dan halen we hem naar boven.'

Ik probeerde nog een keer alles te bekijken met behulp van mijn onderwaterlamp, maar die was nog steeds nutteloos. Ik besefte dat ik mijn handen zou moeten gebruiken om uit te vinden hoe de situatie was. Ik stopte de onderwaterlamp terug in mijn *stabilising jacket* en hield mijn computerdisplay bijna tegen mijn masker aan. Met moeite zag ik dat ik me op bijna negen meter diepte bevond en dat ik nog meer dan een halve fles lucht had. Ik dobberde in de buurt van het gezicht van de dode man en kon in het duister alleen maar heel vaag zijn gelaatstrekken en het haar dat uit zijn kap was ontsnapt onderscheiden.

Ik pakte zijn schouders vast en tastte voorzichtig op zijn borst naar de slang. Die zat vast aan zijn loodgordel en ik volgde de slang naar de plek waar hij ergens in verstrikt was geraakt. Nog geen drie meter verder doemde een enorme roestige scheepsschroef voor mijn ogen op. Ik legde mijn hand tegen het met zeepokken begroeide metaal van het schip en hield mezelf zo in evenwicht, zodat ik niet nog dichter naar de boot toe zou drijven. Ik wilde niet onder een schip dat zo groot was als een voetbalveld terechtkomen en dan op de tast een weg naar boven moeten zoeken voordat mijn lucht opraakte. De slang was in de knoop geraakt en ik voelde of hij misschien zo was gevouwen of in elkaar gedrukt dat de lucht was afgesneden, maar vond niets wat dat daarop leek. Toen ik de slang van de schroef wilde losmaken, ging dat zelfs heel gemakkelijk. Ik zag geen reden waarom de duiker zichzelf niet kon hebben bevrijd en vermoedde dat de slang pas na zijn dood was vastgeraakt.

'Zijn luchtslang zat vast,' zei ik over de radio. 'Aan een van de schepen. Ik weet niet aan welke.'

'Heeft u hulp nodig?' zei Jerod.

'Nee. Ik heb hem vast. Jullie kunnen nu de slang optrekken.' Ik voelde de slang bewegen.

'Oké. Ik zorg dat het lichaam goed naar boven komt,' zei ik. 'Blijven jullie maar trekken. Heel langzaam.'

Ik sloeg mijn armen van achteren om het lichaam heen en begon met mijn enkels en knieën te trappen. Mijn heupen kon ik daarvoor niet gebruiken omdat ik te weinig bewegingsruimte had.

'Rustig aan,' waarschuwde ik ze door de microfoon, want ik kon niet meer dan dertig centimeter per seconde naar boven gaan. 'Langzaam, langzaam aan.'

Ik keek af en toe omhoog, maar kon niet zien waar ik was totdat we boven water waren. Toen waren er plotseling loodgrijze wolken langs de hemel en de reddingsboot die vlakbij op en neer dobberde. Ik blies de *stabilising jackets* van mijzelf en van de dode man op, draaide hem op zijn rug en maakte zijn loodgordel los, die ik vervolgens bijna liet vallen omdat hij zo zwaar was. Maar het lukte me hem aan de reddingswerkers te overhandigen. Ze droegen wetsuits en leken verstand van zaken te hebben, daar in hun oude platbodem.

Jerod, Ki Soo en ik hielden onze maskers op omdat we nog naar het platform terug moesten zwemmen. We spraken dus via de *buddy-phones* met elkaar en ademden via onze maskers terwijl we het lichaam in een bak legden. We duwden het vlak tegen de boot en hielpen de reddingswerkers het lichaam op te halen. Het water stroomde aan alle kanten uit de bak. 'We moeten zijn masker afdoen,' zei ik en gebaarde naar de reddingswerkers.

Ze leken in de war. Het was duidelijk dat het transductorapparaat zich niet bij hen bevond. Ze verstonden niets van wat we zeiden.

'Moet ik u helpen uw masker af te doen?' vroeg een van hen terwijl hij zijn hand naar me uitstak.

Ik wuifde hem weg en schudde mijn hoofd. Ik greep de zijkant van de boot en trok mezelf een stukje omhoog, zodat ik bij de bak kon. Ik trok het masker van het gezicht van de dode, liet het water eruit lopen en legde het naast zijn kap, waar lange slierten nat haar uit staken. Toen herkende ik hem, ondanks de diepe ovale afdruk om zijn ogen. Ik kende de rechte neus en de donkere snor boven zijn volle lippen. Ik herkende de journalist die me altijd zo eerlijk had behandeld.

'Gaat het?' vroeg een van de reddingswerkers.

Ik maakte een teken dat alles in orde was, hoewel ik zag dat ze niet begrepen wat ik zojuist had gedaan. Ik had uit kosmetische overwegingen gehandeld, want hoe langer het masker tegen de huid drukte terwijl die snel alle spankracht verloor, hoe kleiner de kans dat de afdruk zou wegtrekken. Rechercheurs en medici zou dat niets kunnen schelen, maar zijn familie en vrienden zouden Ted Eddings' gezicht niet zo willen zien.

'Verstaan jullie me?' vroeg ik aan Ki Soo en Jerod terwijl we in het water dobberden.

'Prima. Wat wilt u dat er met die slang gebeurt?' vroeg Jerod.

'Snijd hem maar zo'n tweeënhalve meter boven het lichaam af en zet een klem op het uiteinde,' zei ik. 'En stop die slang en de ademautomaat dan in een plastic zak.'

33

'Ik heb wel een zak in mijn trimvest,' bood Ki Soo aan.
'Mooi. Daar gaat het wel mee.'
Nadat we hadden gedaan wat we konden, rustten we even uit.
We lieten ons drijven en keken over het donkere water naar
de motorboot en de meerurenaansluiting. Toen ik naging waar
we precies waren geweest, besefte ik dat de schroef waar Eddings' slang aan vast had gezeten van de *Exploiter* was. De
onderzeeër zag eruit alsof hij van na de Tweede Wereldoor-
log was en misschien uit de oorlog in Korea dateerde. Ik was
nieuwsgierig of de waardevolle onderdelen eruit waren gehaald
en het schip nu zou worden gesloopt. Ik vroeg me af of Eddings met een bepaald doel bij die onderzeeër had gedoken of
dat hij er na zijn dood naartoe was gedreven.
De reddingsboot was al halverwege de steiger aan de andere
kant van de rivier, waar een ambulance stond te wachten om
het lichaam naar het mortuarium te brengen. Jerod gaf me een
teken dat alles in orde was en ik retourneerde dat gebaar, hoewel ik helemaal niet het gevoel had dat alles in orde was. De
lucht stroomde naar buiten toen we onze *stabilising jackets* leeg
lieten lopen en weer in het koperkleurige water onderdoken.

Een ladder voerde van de rivier naar het duikplatform en een
tweede ladder leidde naar de pier. Mijn benen trilden terwijl
ik omhoogklom, want ik was niet zo sterk als Jerod en Ki Soo,
die zich met hun uitrusting voortbewogen alsof die niet meer
woog dan hun huid. Maar ik ontdeed mezelf van mijn *stabilising jacket* en luchtfles en vroeg niet om hulp. Er werd een
politiewagen naast mijn auto geparkeerd en iemand trok Eddings' motorboot over het water naar de steiger toe. Zijn identiteit moest nog officieel worden vastgesteld, maar ik twijfelde
niet.
'Wat denkt u?' vroeg een stem boven me.
Ik keek op en zag kapitein Green naast een lange, slanke man
op de pier staan. Green was nu blijkbaar in een vriendelijke
bui, en stak zijn hand uit om me te helpen. 'Hier,' zei hij, 'geef
me uw fles maar.'

'Ik weet pas iets als ik hem heb onderzocht,' zei ik terwijl ik eerst de luchtfles en toen mijn andere spullen aangaf. 'Dank u. De motorboot met de slang en de rest moeten regelrecht naar het gerechtelijk laboratorium,' vervolgde ik.

'O? Wat gaat u er dan mee doen?' vroeg hij.

'Er wordt ook sectie gepleegd op de meerurenaansluiting.'

'U moet uw spullen heel goed afspoelen,' zei de slanke man op een toon alsof hij beter op de hoogte was dan Jacques Cousteau. Zijn stem kwam me bekend voor. 'Er zit hier veel olie en roest in het water.'

'Dat is zeker zo,' zei ik en klom op de pier.

'Ik ben rechercheur Roche,' zei hij. Hij was eigenaardig gekleed, in een spijkerbroek en oud, leren jack. 'Hoorde ik u zeggen dat zijn slang ergens aan vastzat?'

'Dat heb ik inderdaad gezegd, en ik vraag me af wanneer u dat heeft gehoord.' Ik stond nu op de pier en keek er niet bepaald naar uit mijn vieze, natte uitrusting naar mijn auto te sjouwen.

'We hebben natuurlijk meegeluisterd terwijl u het lichaam boven water haalde,' zei Green. 'Rechercheur Roche en ik zaten binnen te luisteren.'

Ik herinnerde me Ki Soo's waarschuwing en wierp een blik naar het platform waar hij en Jerod bezig waren met hun eigen uitrusting.

'De slang zat inderdaad vast,' antwoordde ik. 'Maar ik kan u nog niet vertellen wanneer dat is gebeurd. Misschien voor zijn dood, misschien erna.'

Roche leek niet erg geïnteresseerd en bleef me aanstaren met een blik waar ik me onbehaaglijk bij voelde. Hij was heel jong en bijna mooi met zijn fijne gelaatstrekken, volle lippen en korte, krullende, donkere haar. Maar zijn ogen bevielen me niet en ik vond ze vrijpostig en zelfvoldaan. Ik trok de kap van mijn hoofd en ging met mijn vingers door mijn natte haar. Hij keek toe terwijl ik mijn wetsuit openritste en de bovenkant naar beneden trok. Daar zat mijn badpak nog onder en het water dat daaronder zat, tegen mijn huid, koelde snel af.

Binnen korte tijd zou ik het ondraaglijk koud krijgen.

Mijn nagels waren al blauw.

'Een van de leden van het reddingsteam zei dat zijn gezicht heel rood was,' zei de kapitein terwijl ik de mouwen van de wetsuit om mijn middel bond. 'Ik vraag me af of dat iets te betekenen heeft.'

'*Livor mortis*,' antwoordde ik.

Hij keek me vragend aan.

'Lijken die aan de kou zijn blootgesteld, worden felroze,' zei ik en begon te huiveren.

'Aha. Dus dat betekent...'

'Nee,' onderbrak ik hem, omdat ik me te ellendig voelde om hem uit te horen. 'Het hoeft niets te betekenen. Luister, is hier een dames-wc waar ik mijn natte spullen uit kan trekken?' Ik keek om me heen zonder dat ik een geschikte plek zag.

'Daar.' Green wees naar een kleine caravan bij het hoofdgebouw. 'Zal rechercheur Roche met u meelopen om u te laten zien waar alles is?'

'Dat is niet nodig.'

'Hopelijk is de wc niet afgesloten,' vervolgde Green.

Dat zou even boffen zijn, dacht ik. Maar ik bofte niet. Het was afschuwelijk. Alleen een toilet en een wastafel, die al in geen tijden meer waren schoongemaakt. Een deur naar de mannen-wc aan de andere kant was afgesloten met een hangslot en een ketting, alsof een van beide sekses zich ernstig zorgen maakte over de privacy.

Er was geen verwarming. Ik trok alles uit en merkte toen dat er ook geen warm water was. Ik waste me zo goed mogelijk en trok snel een joggingpak en sneeuwlaarzen aan en zette een petje op. Het was halftwee en Lucy was waarschijnlijk al in het huis van Mant gearriveerd. En ik was nog niet eens met de tomatensaus begonnen. Ik was uitgeput en verlangde wanhopig naar een lange, warme douche of een warm bad.

Ik raakte Green maar niet kwijt. Hij vergezelde me naar mijn auto. Daar hielp hij me mijn duikapparatuur in de achterbak te zetten. De motorboot was al eerder op een oplegger geladen en was als het goed was onderweg naar mijn kantoor in Norfolk. Ik zag Jerod en Kim Soo niet meer en vond het jammer dat ik hen geen gedag kon zeggen.

'Wanneer doet u de sectie?' vroeg Green.

Ik keek hem aan. Hij was zo typisch een slappeling met macht en een hoge rang. Hij had zijn best gedaan om me weg te krijgen en toen hij daar niets mee had bereikt, had hij besloten dat we vrienden waren.

'Dat ga ik nu doen.' Ik startte de auto en zette de verwarming hoog.

Hij keek verbaasd. 'Is uw kantoor vandaag dan open?'

'Ik heb het zojuist geopend,' zei ik.

Ik had het portier nog niet dichtgedaan. Hij legde zijn armen op het dak en keek naar me. Hij stond zo dichtbij dat ik de gesprongen bloedvaatjes op zijn wangen en neus en de plekken waar de zon de pigmentatie van zijn huid had veranderd kon zien.

'Belt u me als u uw rapport klaar heeft?'

'Als ik de oorzaak en de omstandigheden van zijn dood vaststel, zal ik die zeker met u bespreken.'

'De omstandigheden?' Hij fronste zijn wenkbrauwen. 'Bedoelt u dan dat er twijfel over bestaat of zijn dood een ongeluk was?'

'Er kan en zal altijd twijfel bestaan, kapitein Green. Het is mijn taak om te twijfelen.'

'Nou, als u een mes of een kogel in zijn rug vindt, hoop ik dat u mij als eerste zult bellen,' zei hij sarcastisch en gaf me zijn kaartje.

Toen ik wegreed, zocht ik het nummer van Mants assistent op, hopend dat ik hem thuis zou treffen. Ik had geluk.

'Danny, met dokter Scarpetta,' zei ik.

'O, ja, mevrouw,' zei hij verbaasd.

Op de achtergrond klonk kerstmuziek en ik hoorde de stemmen van ruziënde mensen. Danny Webster was begin twintig en woonde nog bij zijn ouders.

'Het spijt me dat ik je op oudejaarsdag stoor,' zei ik, 'maar

we hebben een zaak waarbij onmiddellijk sectie moet plaatsvinden. Ik ben nu onderweg naar kantoor.'
'Heeft u mij nodig?' Hij leek wel voor dat idee open te staan.
'Ik kan je niet zeggen hoe ik het zou waarderen als je me zou
kunnen helpen. Een motorboot en het lijk worden op dit moment naar het kantoor gebracht.'
'Geen probleem, dokter Scarpetta,' zei hij vrolijk. 'Ik kom eraan.'
Ik belde mijn huis, maar Lucy nam niet op, en dus toetste ik
de code om de boodschappen op het antwoordapparaat te be-
luisteren. Er waren er twee, allebei van vrienden van Mant die
hem hun medeleven betuigden. Er viel nu sneeuw uit de loodgrijze lucht en op de drukke snelweg reden de mensen sneller
dan verantwoord was. Ik vroeg me af of mijn nichtje vertraging had en waarom ze me niet had gebeld. Lucy was drieëntwintig en kwam net van de FBI-academie. Ik was nog steeds
bezorgd om haar, alsof ik haar moest beschermen.
Het districtskantoor van Tidewater was gevestigd in een klein,
overvol bijgebouw op het terrein van het Sentara Norfolk-zie-
kenhuis. We deelden het gebouw met het ministerie van volks-
gezondheid, waar helaas ook de dienst afvalverwerking schelp-
dieren onder viel. Dus de parkeerplaats, waar het naar in staat
van ontbinding verkerende lichamen en rottende vis stonk, was
geen goede plaats om te vertoeven, in welk jaargetijde of op
welk tijdstip dan ook. Danny's stokoude Toyota stond er al
en toen ik de deur openmaakte, zag ik de motorboot gelukkig ook al.
Ik trok de deur weer achter me dicht en liep rond terwijl ik
alles in me opnam. De lange lagedrukslang was netjes opge-
rold en het afgesneden uiteinde en de ademautomaat waar de
slang aan vastzat waren zoals ik had gevraagd in plastic zakjes verpakt. Het andere uiteinde zat nog vast aan de kleine
compressor die aan de binnenband was bevestigd. Er lag ook
een kan benzine en het gebruikelijke assortiment duik- en
bootspullen, waaronder een paar extra loodblokken, een fles
300 bar-perslucht, een roeispaan, een reddingsvest, een zak-

lantaarn, een deken en een luchtdrukpistool.

Eddings had ook een extra vijf pk-motor aan de motorboot bevestigd, die hij blijkbaar had gebruikt om het verboden gebied binnen te varen waar hij was gestorven. De vijfendertig pk-motor van de boot was naar achteren getrokken en was beveiligd, zodat de schroef uit het water was. Ik herinnerde me dat de motor ook in die positie had gestaan toen ik de motorboot bij de rivier zag. Maar ik was meer geïnteresseerd in een koffertje van hard plastic dat open op de vloer lag. In de bekleding van piepschuim lagen een aantal hulpstukken voor een fotocamera en een paar doosjes Kodak-film van 100 ASA. Maar ik zag geen camera of stroboscoop en bedacht dat die waarschijnlijk voor altijd op de bodem van de Elizabeth zouden blijven liggen.

Ik liep een hellingbaan op en trok nog een deur open. In de witte, betegelde gang lag Ted Eddings in een lijkenzak op een wagentje vlak bij de röntgenkamer. Zijn stijve armen duwden tegen het zwarte vinyl alsof hij probeerde zich los te wringen. Water druppelde langzaam op de grond. Ik wilde net Danny gaan zoeken toen hij met een stapel handdoeken in zijn armen de hoek om kwam strompelen. Hij had een felrode steunband om zijn rechterknie vanwege een voetbalblessure waarvoor hij aan zijn voorste gewrichtsband was geopereerd.

'We moeten hem eigenlijk in de sectieruimte zetten,' zei ik. 'Je weet dat ik er niet voor ben om lichamen in de hal te laten staan terwijl er niemand bij is.'

'Ik was bang dat iemand hierover zou uitglijden,' zei hij, terwijl hij met de handdoeken het water opdepte.

'Nou, jij en ik zijn de enige mensen die hier vandaag zijn.' Ik glimlachte naar hem. 'Maar toch bedankt, en ik zou absoluut niet willen dat jij uitgleed. Hoe gaat het met je knie?'

'Ik geloof niet dat het daar ooit weer goed mee komt. Ik zit er nu al drie maanden mee en ik kan nog steeds nauwelijks de trap af.'

'Geduld, ga door met de fysiotherapie en dan gaat het straks heus wel beter,' herhaalde ik wat ik hem al eerder had gezegd.

'Heb je al röntgenfoto's van hem gemaakt?'
Danny was wel vaker bij secties van verongelukte duikers aanwezig geweest. Hij wist dat het hoogstonwaarschijnlijk was dat we projectielen of gebroken botten zouden vinden, maar op een röntgenfoto zou misschien wel een pneumothorax te zien zijn, of een verschuiving van het mediastinum die was veroorzaakt door lucht die als gevolg van een barotrauma uit de longen was gelekt.
'Ja, mevrouw. De film zit al in de ontwikkelaar.' Hij zweeg even en kreeg een geïrriteerde uitdrukking op zijn gezicht. 'En rechercheur Roche van de politie van Chesapeake is onderweg. Hij wil bij de autopsie aanwezig zijn.'
Hoewel ik rechercheurs altijd aanmoedigde te komen kijken als er sectie werd verricht in een zaak van hen, was Roche niet bepaald iemand die ik graag in het mortuarium had.
'Ken je hem?' vroeg ik.
'Hij is hier al eerder geweest. Ik laat u zelf maar oordelen.'
Hij ging weer rechtop staan en deed zijn donkere haar opnieuw in een staart, omdat een paar lokken voor zijn ogen hingen. Hij was gracieus en elegant en zag eruit als een jonge Cherokee met een prachtige glimlach. Ik vroeg me vaak af waarom hij hier wilde werken. Ik hielp hem het lichaam de sectieruimte in duwen en terwijl hij het woog en mat, verdween ik in de kleedruimte om een douche te nemen. Terwijl ik mijn operatiepak aantrok, belde Marino het nummer van mijn pieper.
'Wat is er?' vroeg ik toen ik hem aan de telefoon kreeg.
'Het is zeker wie we dachten dat het was?' vroeg hij.
'Waarschijnlijk wel.'
'Ben je al met de sectie bezig?'
'Ik ga zo beginnen,' zei ik.
'Geef me vijftien minuten. Ik ben bijna bij je.'
'Kom je hierheen?' vroeg ik verbaasd.
'Ik zit nu in de auto. We praten later wel. Ik ben er zo.'
Hoewel ik me afvroeg wat er aan de hand was, wist ik ook dat Marino iets moest hebben gevonden in Richmond. An-

ders was het onlogisch dat hij naar Norfolk kwam. Ted Eddings' dood viel niet onder Marino's jurisdictie, tenzij de FBI er al bij betrokken was, en dat zou ook onlogisch zijn.

Marino en ik waren allebei adviseur bij het misdaadanalyseprogramma van de FBI, dat meer algemeen bekend stond als de afdeling daderprofilering. Deze afdeling was gespecialiseerd in hulp aan de politie bij ongewoon gruwelijke en moeilijke sterfgevallen. We werkten vaak aan zaken die buiten onze eigen jurisdictie lagen, maar dat gebeurde alleen op uitnodiging, en het was nog een beetje vroeg voor Chesapeake om de FBI ergens over te bellen.

Rechercheur Roche arriveerde voor Marino er was. Hij had een papieren zak bij zich en stond erop dat ik hem een schort, handschoenen, mondkapje, muts en overschoenen gaf. Terwijl hij in de kleedkamer met zijn bacteriologische pantser bezig was, begonnen Danny en ik foto's te maken. We bekeken Eddings zoals hij bij ons was afgeleverd, in zijn wetsuit, waaruit het water nog steeds langzaam op de grond druppelde.

'Hij is al een tijdje dood,' zei ik. 'Ik heb het gevoel dat hem iets is overkomen vlak nadat hij de rivier in is gegaan.'

'Weten we wanneer dat was?' vroeg Danny terwijl hij de mesjes van de scalpels verving.

'We nemen aan dat het een tijdje na het invallen van het donker was.'

'Hij ziet eruit of hij nog niet erg oud is.'

'Negenentwintig.'

Hij staarde naar Eddings' gezicht. Zijn eigen gezicht kreeg een droevige uitdrukking. 'Het is net als wanneer we hier kinderen krijgen, of die basketbalspeler die vorige week dood bleef in de sportzaal.' Hij keek me aan. 'Wordt u er nooit gedeprimeerd van?'

'Ik kan er niet gedeprimeerd door worden omdat ik ter wille van hen mijn werk goed moet doen,' zei ik terwijl ik aantekeningen maakte.

'En als u klaar bent?' Hij keek op.

'We zijn nooit klaar, Danny,' zei ik. 'Onze harten zullen de rest van ons leven gebroken blijven, en we zullen nooit klaar zijn met de mensen die hier komen.'

'Omdat we ze niet kunnen vergeten.' Hij deed een plastic zak in een emmer en zette die naast me op de grond. 'Tenminste, ik niet.'

'Als we ze vergeten, is er iets mis met ons,' zei ik.

Roche kwam uit de kleedkamer. Met zijn masker en papieren pak zag hij eruit als een wegwerp-astronaut. Hij bleef uit de buurt van het wagentje met het lichaam, maar kwam zo dicht mogelijk bij me staan.

Ik zei tegen hem: 'Ik heb in de boot gekeken. Wat heeft u eruit gehaald?'

'Zijn pistool en zijn portefeuille. Die heb ik hier allebei bij me,' antwoordde hij. 'In die zak daar. Hoeveel paar handschoenen heeft u aan?'

'En een camera, film, dat soort zaken?'

'Wat in de boot ligt is alles. Het lijkt alsof u meer dan één paar handschoenen draagt.' Hij leunde naar me toe en zijn schouder duwde tegen de mijne.

'Ik draag twee paar.' Ik liep bij hem vandaan.

'Dan heb ik denk ik nog een paar nodig.'

Ik ritste de doorweekte duiklaarzen van Eddings open en zei: 'Ze liggen in die kast daar.'

Met een scalpel sneed ik de naden van de wetsuit en zijn badpak open, omdat het moeilijk was ze gewoon uit te trekken bij een lichaam dat helemaal was verstijfd. Toen ik hem uit het neopreen bevrijdde, zag ik dat hij helemaal roze was van de kou. Ik verwijderde zijn tweedelige zwempak en Danny en ik legden hem op de snijtafel, waar we zijn stijve armen draaiden en nog meer foto's namen.

Eddings had buiten wat oude littekens, die voornamelijk op zijn knieën zaten, geen verwondingen. Maar de natuur had hem eerder wel te pakken gehad met een aandoening genaamd hypospadie, wat betekende dat zijn urinebuis aan de onderkant van zijn penis uitkwam in plaats van in het midden. Hij had zich vast vaak voor deze onschuldige kwaal gegeneerd, vooral toen hij nog jong was. Als man had hij zich misschien wel zo geschaamd dat hij op seksueel gebied terughoudend was geweest.

Hij had zich tijdens onze zakelijke ontmoetingen in ieder geval nooit verlegen of terughoudend opgesteld. Ik had hem zelfs altijd zelfverzekerd en charmant gevonden, terwijl ik maar zelden onder de indruk was van charmant gedrag, vooral niet als het om een journalist ging. Maar ik wist ook dat uiterlijke schijn nog niets zei over de houding die iemand aannam als hij alleen was met een ander. En toen probeerde ik mijn gedachten stop te zetten.

Ik wilde me hem niet levend herinneren terwijl ik aantekeningen maakte en de resultaten van allerlei metingen noteerde in de diagrammen op mijn klembord. Maar een deel van mijn geest trotseerde mijn wil en ik dacht terug aan de laatste keer dat ik hem had gezien. Dat was in de week voor kerst geweest en ik was in mijn kantoor in Richmond. Ik stond met mijn rug naar de deur en was een plateau met dia's aan het sorteren. Ik hoorde hem niet, totdat hij iets tegen me zei. En toen ik me omdraaide, stond hij in de deuropening met een felrode kerstroos.

'Mag ik binnenkomen?' vroeg hij. 'Of moet ik dit mee terugnemen naar mijn auto?'

Ik begroette hem terwijl ik geïrriteerd aan de mensen bij de receptie dacht. Ze wisten dat ze geen journalisten achter de kogelvrije scheidingswand in de foyer mochten laten, tenzij ze dat aan mij hadden gevraagd, maar vooral de vrouwen waren een beetje al te gek op Eddings. Hij kwam mijn kamer binnen en zette de plant op het kleed naast mijn bureau en toen hij glimlachte, deed zijn hele gezicht mee.

'Het leek me dat dit kantoor wel iets levends en vrolijks kon gebruiken.' Zijn blauwe ogen keken in de mijne.

'Ik hoop dat dat niet op mij slaat.' Ik moest wel lachen, of ik wilde of niet.

'Zullen we hem omdraaien?'

Mijn ogen concentreerden zich weer op het diagram op mijn

klembord en ik besefte dat Danny het tegen mij had.

'Het spijt me,' mompelde ik.

Hij keek me bezorgd aan terwijl Roche alles bestudeerde alsof hij nog nooit in een mortuarium was geweest, in glazen kastjes glurend en af en toe een blik in mijn richting werpend. 'Is alles in orde?' vroeg Danny me, die altijd heel opmerkzaam was.

'We kunnen hem nu omdraaien,' zei ik.

Mijn geest flakkerde als een klein, warm vlammetje. Eddings had die dag een kaki broek en een zwarte legertrui gedragen en ik probeerde me de blik in zijn ogen te herinneren. Ik vroeg me af of er toen iets in die ogen te zien was geweest wat hier een voorbode van was geweest.

Zijn lichaam voelde koud aan omdat het in het koude water had gelegen. Ik ontdekte steeds dingen bij hem die enigszins afweken van de norm, waardoor ik nog meer in de war raakte. De afwezigheid van zijn voorste kiezen betekende dat hij onder behandeling van een orthodontist was geweest. Hij had heel dure porseleinen kronen en getinte contactlenzen die de toch al felblauwe kleur van zijn ogen verdiepten. De rechterlens was vreemd genoeg niet weggespoeld toen zijn masker volliep met water. Zijn doffe blik was nu eigenaardig asymmetrisch, alsof er twee dode mensen vanonder de slaperige oogleden naar buiten keken.

Ik was bijna klaar met het uitwendig onderzoek, maar de testen die het meest inbreuk maakten op zijn privacy moest ik nog doen. Bij elke onnatuurlijke dood moest ik namelijk de seksuele gewoonten van de patiënt onderzoeken. Ik vond maar zelden een duidelijke aanwijzing voor de ene of de andere seksuele voorkeur, zoals een tatoeage, en gewoonlijk kwam er niet iemand die intiem was geweest met de overledene vrijwillig met zulke informatie naar voren. Maar het maakte eigenlijk niet uit wat ik te horen kreeg en van wie. Ik zou toch naar sporen van anale sex zoeken.

'Waar zoekt u naar?' Roche liep weer naar de tafel en kwam vlak achter me staan.

'Naar proctitis, anale wondjes, kleine kloven, een verdikking van het epitheel als gevolg van verwondingen,' antwoordde ik terwijl ik gewoon verder ging.

'Dan neemt u aan dat hij van de verkeerde kant was.' Hij keek over mijn schouder.

Danny's wangen werden rood en de woede blonk in zijn ogen. 'Niets te zien aan de rand van de anus en het epitheel,' zei ik, al aantekeningen makend. 'Met andere woorden, hij heeft geen verwondingen die duiden op een actieve homoseksuele levenswijze. Rechercheur Roche, ik heb wat meer ruimte nodig.' Ik voelde zijn adem in mijn nek.

'Weet u, hij heeft veel interviews in dit gebied gedaan.'

'Wat voor interviews?' vroeg ik. Hij begon me nu echt op mijn zenuwen te werken.

'Dat weet ik niet.'

'Wie heeft hij geïnterviewd?'

'In de herfst heeft hij een stuk geschreven over de ontmantelingswerf. Kapitein Green kan u er waarschijnlijk meer over vertellen.'

'Ik heb kapitein Green net gesproken, maar hij heeft het er niet over gehad.'

'Het verhaal stond in *The Virginian Pilot*, in oktober, geloof ik. Het was niets bijzonders. Gewoon een achtergrondartikel,' zei hij. 'Ik heb zelf het idee dat hij terug is gekomen om naar iets groters te speuren.'

'Zoals?'

'Dat moet u niet aan mij vragen. Ik ben geen journalist.' Hij keek naar Danny. 'Ik heb een hekel aan de pers. Ze hebben altijd van die wilde theorieën en doen alles om die hard te maken. Deze vent is nogal beroemd hier, omdat hij een belangrijke journalist bij AP is en zo. Er wordt gezegd dat hij als hij een meisje heeft niet verder komt dan wat mooie praatjes. Als je erachter kijkt, zit er helemaal niks, als u begrijpt wat ik bedoel.' Hij had een wrede glimlach op zijn gezicht en ik vond het bijna ongelooflijk dat ik een zo sterke afkeer voor hem voelde, terwijl ik hem toch vandaag pas had ontmoet.

'Waar haalt u uw informatie vandaan?' vroeg ik.

'Ik hoor zo het een en ander.'

'Danny, laten we monsters nemen van zijn haar en vingernagels,' zei ik.

'Weet u, ik neem de tijd om met de mensen op straat te praten,' vervolgde Roche terwijl hij tegen mijn heupen aan duwde.

'Wilt u ook haartjes uit zijn snor?' Danny pakte een pincet en een paar enveloppen van een karretje.

'Doe maar.'

'Ik neem aan dat u hem ook op HIV gaat testen.' Roche duwde weer tegen me aan.

'Ja,' antwoordde ik.

'Dan denkt u dat hij misschien toch van de verkeerde kant was.'

Ik stopte met mijn werk omdat ik er nu genoeg van had. 'Rechercheur Roche,' – ik draaide me naar hem toe en sprak met harde stem – 'als u in mijn mortuarium wilt blijven moet u me de ruimte geven om te werken. Hou op tegen me aan te rijden en behandel mijn patiënten met respect. Deze man heeft er niet om gevraagd om hier dood en naakt op deze tafel te liggen. En ik hou niet van de uitdrukking "van de verkeerde kant".'

'Nou, hoe u het ook noemt, zijn seksuele voorkeur kan belangrijk zijn.' Hij was niet van zijn stuk gebracht en was zelfs tevreden over mijn irritatie.

'Ik weet niet of deze man wel of niet homofiel was,' zei ik.

'Maar ik weet wel zeker dat hij niet aan aids is overleden.'

Ik greep een scalpel van een karretje en toen veranderde zijn houding plotseling. Hij deed een paar stappen naar achteren, plotseling nerveus omdat ik op het punt stond te gaan snijden. Dat was dus het volgende probleem.

'Heeft u ooit een autopsie gezien?' vroeg ik.

'Een paar.' Hij zag eruit alsof hij elk moment kon gaan overgeven.

'Waarom gaat u daar niet even zitten,' stelde ik op niet erg vriendelijke toon voor. Ik vroeg me af waarom de politie van Chesapeake hem op deze zaak, of welke zaak dan ook had gezet. 'Of u kunt ook naar de hal gaan.'

'Het is hier gewoon warm.'

'Ga maar naar de dichtstbijzijnde prullenbak als u misselijk wordt.' Danny kon zijn lachen haast niet inhouden.

'Ik ga hier wel even zitten.' Roche ging naar het bureau bij de deur.

Ik maakte snel de y-incisie, van de schouders naar het borstbeen naar het bekken. Toen het bloed aan de lucht werd blootgesteld, dacht ik dat ik iets rook waardoor ik stopte waar ik mee bezig was.

'Weet u, Lipshaw heeft een heel goede slijper op de markt gebracht. Ik wilde dat we er ook zo een konden kopen,' zei Danny. 'Dat ding werkt met water, dus je stopt de messen er gewoon in en verder hoef je niets te doen.'

Er was geen twijfel aan de geur die ik rook, maar ik kon het gewoon niet geloven.

'Ik heb pas hun nieuwe catalogus bekeken,' vervolgde hij. 'Ik word helemaal gek van al die gave dingen die we ons niet kunnen veroorloven.'

Dit kon niet waar zijn.

'Danny, doe de deuren open,' zei ik op zo'n dringende toon dat hij ervan schrok.

'Wat is er?' vroeg hij gealarmeerd.

'We hebben hier veel frisse lucht nodig. Nu,' zei ik.

Hij was snel ondanks zijn slechte knie, en opende de dubbele deuren die op de hal uitkwamen.

'Wat is er?' Roche ging rechtop zitten.

'Deze man heeft een vreemde lucht bij zich.' Ik wilde mijn vermoeden nog niet kenbaar maken, vooral niet aan hem.

'Ik ruik niets.' Hij stond op en keek om zich heen, alsof de vreemde geur iets was wat hij kon zien.

Eddings' bloed had een bittere amandelgeur, en ik was niet verbaasd dat Roche en Danny dat niet konden ruiken. Het kunnen ruiken van cyanide is een sekse-gebonden, recessieve eigenschap die nog geen dertig procent van de bevolking heeft. Ik behoorde tot die selecte groep.

'Geloof me nou maar.' Ik stroopte de huid van de ribben waarbij ik oplette dat ik de intercostale spieren niet beschadigde.

'Hij ruikt heel vreemd.'

'En wat betekent dat?' wilde Roche weten.

'Daar kan ik pas antwoord op geven als alle testen zijn uitgevoerd,' zei ik. 'In de tussentijd zullen we zijn hele uitrusting grondig controleren om te zien of alles het wel deed en of hij bijvoorbeeld geen uitlaatgassen via zijn slang binnen heeft gekregen.'

Danny was weer bij de tafel komen staan om me te helpen. 'Weet u veel over meerurenaansluitingen?' vroeg hij.

'Ik heb er nog nooit een gebruikt.'

Ik maakte een langwerpige onderhuidse snede in het midden van de borstkas. Ik duwde het weefsel naar achteren en vormde een zakje van een stukje huid. Danny vulde dat met water. Vervolgens dompelde ik mijn hand in het water onder en zette het lemmet van de scalpel tussen twee ribben. Ik keek of er een stroom belletjes te zien was die aan zou geven dat een ongeluk bij het duiken er misschien toe had geleid dat er lucht in de borstholte was gelekt. Maar er was niets te zien.

'Laten we de meerurenaansluiting en de slang uit de boot halen en ze hier brengen,' besloot ik. 'Het zou goed zijn als we een duikexpert konden vinden voor een *second opinion*. Ken je iemand hier in de buurt die we op een feestdag kunnen bereiken?'

'Er is een duikwinkel in Hampton Road waar dokter Mant soms gebruik van maakt.'

Hij zocht het telefoonnummer op en ging bellen. De winkel was echter gesloten op deze oudejaarsdag vol sneeuw en de eigenaar leek niet thuis te zijn. Vervolgens ging Danny naar de achteringang en toen hij even later terugkwam, hoorde ik een bekende, luide stem en zware voetstappen in de gang.

'Als je een agent was, zou je dat niet mogen,' drong Pete Marino's stem in de sectieruimte door.

'Dat weet ik, maar ik snap niet waarom,' zei Danny.

'Nou, ik zal je één verdomd goeie reden geven. Haar dat zo lang is als dat van jou, is gemakkelijk om lekker vast te grijpen voor die zakken op straat. Als ik jou was, zou ik het afknippen. Bovendien vinden de meisjes je dan vast ook leuker.' Hij was net op tijd om de meerurenaansluiting en de opgerolde slang te helpen dragen en gaf ondertussen Danny een vaderlijke preek. Ik begreep best waarom Marino vreselijk veel problemen had met zijn eigen volwassen zoon.

'Weet jij iets over meerurenaansluitingen?' vroeg ik Marino toen hij binnenkwam.

Hij keek me wezenloos aan. 'Hoezo? Heb je dan een technisch probleem?'

'Dat ding dat je daar bij je hebt heet een meerurenaansluiting,' zei ik.

Hij en Danny zetten de spullen op een lege stalen tafel vlak bij waar ik aan het werk was.

'Het ziet ernaar uit dat de duikwinkels de komende paar dagen gesloten zijn,' vervolgde ik. 'Maar de compressor lijkt nogal eenvoudig – een pomp die wordt aangedreven door een vijf pk-motor die de lucht eerst door een ventiel met een filter stuwt en vervolgens door de lagedrukslang die is aangesloten op de tweede trap van de ademautomaat van de duiker. Het filter ziet er goed uit. De brandstoftoevoer is intact. Dat is alles wat ik je kan vertellen.'

'De tank is leeg,' merkte Marino op.

'Ik denk dat de benzine na zijn dood is opgeraakt.'

'Waarom?' Roche was bij ons komen staan en staarde aandachtig naar mij en de voorkant van mijn operatieschort, alsof hij en ik de enige twee mensen in de ruimte waren. 'Hoe weet u dat hij daar beneden de tijd niet uit het oog is verloren en zonder benzine is komen te zitten?'

'Omdat hij, zelfs als zijn luchttoevoer ermee stopte, voldoende tijd had om weer naar boven te gaan. Hij was maar negen meter onder water,' zei ik.

'Dat is diep als je slang ergens aan vastzit.'

'Dan wel. Maar als dat is gebeurd, had hij zijn loodgordel af kunnen gooien.'

'Is die geur nu weg?' vroeg hij.

'Nee, maar je ruikt het nu niet meer zo sterk.'

'Welke geur?' wilde Marino weten.

'Zijn bloed heeft een rare lucht.'

'Bedoel je dat het naar drank ruikt?'

'Nee, dat niet.'

Hij snoof een paar keer en haalde toen zijn schouders op. Roche liep achter me langs, zijn blik van de tafel afwendend. Ik kon het gewoon niet geloven toen hij weer tegen me aan stootte, hoewel hij volop ruimte had en ik hem had gewaarschuwd. Marino, die groot was en kaal begon te worden, had zijn met fleece gevoerde jas nog aan. Zijn ogen volgden Roche.

'En wie is dit?' vroeg hij.

'O, ja, jullie kennen elkaar natuurlijk nog niet,' zei ik. 'Rechercheur Roche van de politie in Chesapeake, en dit is hoofdinspecteur Marino uit Richmond.'

Roche stond aandachtig naar de meerurenaansluiting te kijken. Danny was op de tafel vlak bij hem bezig ribben door te snijden met een mes en de detective werd ellendig van het geluid. Zijn gezicht was weer asgrauw en zijn mondhoeken stonden naar beneden.

Marino stak een sigaret op en ik zag aan de uitdrukking op zijn gezicht dat hij zich een oordeel over Roche had gevormd en dat hij hem dat ook zou laten weten.

'Ik weet niet wat jij vindt,' zei hij tegen de rechercheur, 'maar ik heb al heel vroeg gemerkt dat als je eenmaal in deze tent komt, je nooit meer hetzelfde over lever denkt. Let maar op.' Hij stopte zijn aansteker weer in het borstzakje van zijn overhemd. 'Ikzelf was altijd gek op gebakken lever met uitjes.' Hij blies een wolk rook uit. 'Maar nu zou ik het voor geen miljoen meer eten.'

Roche leunde verder over de meerurenaansluiting heen, zijn gezicht er bijna tegenaan houdend, alsof de lucht van rubber en benzine het tegengif was dat hij nodig had. Ik ging verder met mijn werk.

'Hé, Danny,' vervolgde Marino, 'eet jij ooit nog dingen als niertjes of ingewandenvlees sinds je hier bent komen werken?'

'Dat heb ik nog nooit gegeten,' zei hij terwijl we het borstbeen verwijderden. 'Maar ik weet wat u bedoelt. Als ik mensen in een restaurant grote stukken lever zie bestellen, krijg ik bijna de neiging de deur uit te rennen. Vooral als het nog een beetje roze is.'

De geur werd sterker toen de organen bloot kwamen te liggen, en ik deed even een stap naar achteren.

'Ruikt u het nog?' vroeg Danny.

'O, ja,' zei ik.

Roche trok zich weer terug in zijn hoekje en nu Marino zijn lolletje had gehad, kwam hij naast me staan.

'Denk je dat hij is verdronken?' vroeg Marino zachtjes.

'Op het ogenblik denk ik van niet. Maar ik zal zeker onderzoeken of dat zo is,' zei ik.

'Wat kun je doen om vast te stellen dat hij niet is verdronken?'

Marino wist niet veel van dood door verdrinking, aangezien er maar zelden moorden op die manier werden gepleegd en dus was hij bijzonder nieuwsgierig. Hij wilde alles begrijpen wat ik deed.

'Ik kan naar een heel aantal dingen kijken,' zei ik terwijl ik verder werkte. 'Ik heb al een zakje in de huid aan de zijkant van de borst gemaakt, dat met water gevuld en een lemmet in de thorax gestoken om te zien of zich belletjes vormden. Ik ga straks het pericardium met water vullen en dan steek ik een naald in het hart, ook weer om te zien of er belletjes zijn. En ik ga in de hersens naar petechiën zoeken, en ik onderzoek ook het mediastinum op extra-alveolaire lucht.'

'En wat kun je uit al die dingen afleiden?' vroeg hij.

'Misschien een pneumothorax of luchtembolie. Dat kan op minder dan viereneenhalve meter diepte optreden als de duiker niet goed ademhaalt. Het probleem is dat er in geval van buitengewoon hoge druk kleine scheurtjes in de wanden van de longblaasjes kunnen ontstaan, wat weer resulteert in bloedingen en het lekken van lucht in een of beide longen.'

'En ik neem aan dat je daar dood aan kunt gaan,' zei hij.

'Ja,' zei ik, 'dat kun je zeker.'

'En als je te snel naar boven of naar beneden gaat?' Hij was aan de andere kant van de tafel gaan staan zodat hij alles kon zien.

'Veranderingen in de druk, oftewel barotrauma, die worden geassocieerd met het naar beneden of naar boven gaan, zijn niet erg waarschijnlijk op de diepte waarop hij dook. En zoals je kunt zien, is het weefsel niet sponsachtig. Als hij als gevolg van barotrauma was gestorven, zou dat waarschijnlijk wel het geval zijn. Wil je soms eerst beschermende kleding aandoen?'

'Zodat ik eruitzie als een Michelin-mannetje?' Marino keek in de richting van Roche.

'Ik hoop maar dat je geen aids krijgt,' zei Roche op matte toon vanuit de verte.

Marino trok een schort en handschoenen aan terwijl ik uitlegde welke verschijnselen ik absoluut niet mocht vinden als we wilden uitsluiten dat hij was overleden als gevolg van decompressie, caissonziekte, of verdrinking. Toen ik een dikke naald in zijn luchtpijp stak om een luchtmonster te nemen dat ik op cyanide kon testen, besloot Roche te vertrekken. Hij liep snel door de ruimte. Het papier van zijn tas met bewijsmateriaal kraakte toen hij die oppakte.

'Dus we weten pas iets als u de testen heeft gedaan,' zei hij vanuit de deuropening.

'Dat klopt. Voorlopig zijn de oorzaak en de omstandigheden van zijn dood nog onbepaald.' Ik stopte even met mijn werk en keek hem aan. 'U krijgt wel een kopie van mijn rapport als dat klaar is. En ik wil graag zijn persoonlijke eigendommen zien voor u weggaat.'

Hij kwam niet dichterbij en mijn handen zaten onder het bloed. Ik keek naar Marino. 'Wil jij dat even doen?'

'Graag.'

Hij liep naar hem toe, nam de zak van hem over en zei op norse toon: 'Kom maar mee. We bekijken die spullen wel in de hal, dan krijg je wat frisse lucht.'

Ze gingen vlak voor de deur staan. Ik ging verder. Het papier kraakte weer en vervolgens hoorde ik Marino de patronen uit een pistool halen. Hij opende de slede en klaagde er op luide toon over dat het pistool niet vergrendeld was.

'Ik kan gewoon niet geloven dat je met zo'n geladen ding rond-sjouwt,' daverde Marino's stem. 'Jezus! Dit is echt niet je lunch die je in een zakje bij je hebt.'

'Het pistool is nog niet op vingerafdrukken onderzocht.'

'Nou, dan trek je handschoenen aan en haal je de ammunitie eruit, net zoals ik heb gedaan. En dan controleer je de kamer, net zoals ik heb gedaan. Waar heb je je opleiding gehad? Ze-ker bij de veldwachterij, waar ze je vast ook je goede manie-ren hebben geleerd?'

Marino bleef maar doorgaan en nu snapte ik waarom hij Roche had meegenomen naar de gang, en dat was niet van-wege de frisse lucht. Danny keek me aan en grinnikte.

Marino kwam even later hoofdschuddend weer terug. Roche was vertrokken. Ik was opgelucht en dat was duidelijk te zien.

'Goeie god,' zei ik. 'Wat is dat voor een vent?'

'Hij denkt met het hoofd dat hij van God heeft gekregen,' zei Marino. 'En dat zit tussen z'n benen.'

'Zoals ik al zei,' antwoordde Danny, 'is hij dokter Mant hier al een paar keer komen lastig vallen. Maar ik had u nog niet verteld dat hij altijd boven met hem sprak. Hij wilde nooit naar het mortuarium komen.'

'Ik ben geschokt,' zei Marino op komische toon.

'Ik heb gehoord dat hij zich ziek heeft gemeld op de dag dat ze een demonstratie-autopsie bij moesten wonen,' vervolgde Danny. 'Bovendien is hij pas overgeplaatst van de afdeling jeugddelicten. Hij is dus pas zo'n twee maanden rechercheur moordzaken.'

'O, dat is fantastisch,' zei Marino. 'Precies de persoon met wie we aan zoiets samen willen werken.'

Ik vroeg hem: 'Ruiken jullie de cyanide?'

'Nee. Ik ruik nu alleen maar mijn sigaret, en meer wil ik ook niet ruiken.'

'Danny?'

'Nee, mevrouw.' Hij klonk teleurgesteld.

'Tot dusver zie ik niets dat erop wijst dat hij bij een duikongeluk is omgekomen. Geen belletjes in het hart of de thorax. Geen onderhuids emfyseem. Geen water in de maag of de longen. Ik kan niet zien of de aders bij het hart verstopt zijn.' Ik sneed nog een stuk hart open. 'Nou, er is wel sprake van verstopte aders, maar dat komt omdat de linker hartkamer het het eerst opgaf, waarna de rechter kamer het ook opgaf, of, met andere woorden, omdat hij stierf. En zijn maagwand is een beetje rood, wat op cyanide wijst.'

'Doc,' zei Marino, 'hoe goed kende je hem?'

'Ik kende hem niet echt persoonlijk.'

'Nou, ik zal je vertellen wat er in die zak zat, omdat Roche niet wist waar hij naar stond te kijken en ik hem dat niet wilde vertellen.'

Hij deed eindelijk zijn jas uit, zocht een veilig plekje om hem op te hangen en besloot hem over de rugleuning van een stoel te draperen. Hij stak nog een sigaret op.

'Verdomme, ik heb geen voeten meer van al dat staan,' zei hij terwijl hij naar de tafel ging waar de meerurenaansluiting en de slang lagen. Hij leunde tegen de rand. 'Daar heb jij zeker ook last van met je knie?' vroeg hij aan Danny.

'Ik heb zowat geen gevoel meer in mijn knie.'

'Eddings heeft een Browning negen millimeter-pistool met een woestijnbruine laklaag van Birdsong erop,' zei Marino.

'Wat is Birdsong?' Danny legde de milt in een weegschaal.

'De Rembrandt van de pistoollak. Je stuurt je wapen naar meneer Birdsong als je het waterproof wilt hebben en het buiten niet op wilt laten vallen,' antwoordde Marino. 'Het komt erop neer dat hij het afschuurt, het zandstraalt en er Teflon op spuit, dat er dan bij een hoge temperatuur wordt ingebakken. Alle pistolen van de ATE hebben een Birdsong-laklaag.'

De ATE was de anti-terreur-eenheid van de FBI. Ik wist zeker dat Eddings gezien het aantal verhalen dat hij over misdaadbestrijding had geschreven, kennis had gemaakt met de FBI-academie in Quantico en de beste agenten die daar waren opgeleid. 'Het klinkt als iets voor de bijzondere bijstandseenheid van de marine,' merkte Danny op.

'Voor hen, en voor arrestatieteams, veiligheidsdiensten, mensen zoals ik.' Marino keek weer naar de brandstofaansluiting en de ventielen van de meerurenaansluiting. 'En we hebben bijna allemaal ook een Novak-vizier. Maar we hebben geen KTW-ammunitie die dwars door metaal heen gaat, en die ook wel bekend staat als de dienderdoder.'

'Had hij met Teflon bedekte ammunitie?' Ik keek op.

'Zeventien patronen en één in het magazijn. Allemaal met rode lak op het slaghoedje om ze waterproof te maken.'

'Nou, die ammunitie die overal doorheen gaat heeft hij niet hier vandaan. Tenminste, niet legaal, want dat spul is al jaren verboden in Virginia. En wat betreft de lak op zijn pistool, weet je zeker dat dat van Birdsong afkomstig is, hetzelfde bedrijf als de FBI gebruikt?'

'Voor mij ziet het eruit als het magische laagje van Birdsong,' antwoordde Marino. 'Natuurlijk zijn er ook andere firma's die een soortgelijk produkt bieden.'

Ik opende de maag. Mijn eigen maag trok samen alsof er een vuist omheen sloot. Eddings had zo'n fan van de misdaadbestrijding geleken. Ik had gehoord dat hij met de politie optrok, dat hij naar hun picknicks en hun feesten ging. Hij had me nooit een wapenfanaat geleken. Ik was verbijsterd dat hij een pistool had dat was geladen met illegale patronen die erom bekend stonden dat ze werden gebruikt om de mensen die zijn bronnen en misschien zijn vrienden waren, te vermoorden en te verminken.

'Er zit alleen maar een beetje bruin vocht in zijn maag,' vervolgde ik. 'Hij heeft niet vlak voor zijn dood nog gegeten, en ik had ook niet anders verwacht als hij van tevoren van plan was te gaan duiken.'

'Is er een mogelijkheid dat hij uitlaatgassen binnen heeft gekregen, als de wind bijvoorbeeld precies de goede kant uit waaide?' Marino bestudeerde nog steeds de meerurenaansluiting. 'Zou hij dan ook niet roze zijn geworden?'

'Jazeker, en we zullen op koolmonoxyde testen. Maar dat verklaart de lucht die ik ruik niet.'

'En dat weet je zeker?'

'Ik weet wat ik ruik,' zei ik.

'U denkt dat het een moordzaak is, hè?' zei Danny tegen mij. 'We mogen hier niet over praten.' Ik rolde een verlengsnoer uit en stopte de stekker van de Stryker-zaag in het stopcontact. 'Niet tegen de politie van Chesapeake. Tegen niemand. Totdat alle testen klaar zijn en ik een officieel rapport heb. Ik weet niet wat hier aan de hand is. Ik weet niet wat er op de plaats van zijn dood is gebeurd. Daarom moeten we nog voorzichtiger zijn dan normaal.'

Marino keek naar Danny. 'Hoe lang werk je al in deze tent?' vroeg hij.

'Acht maanden.'

'Je hebt gehoord wat Doc net zei, hè?'

Verbaasd over Marino's veranderde toon keek Danny op.

'Je weet dat je je mond dicht moet houden, hè?' vervolgde Marino. 'En dat betekent niet tegen de andere jongens opscheppen, geen indruk proberen te maken op je familie of je vriendinnetje. Snap je?'

Danny slikte zijn woede in terwijl hij achter op het hoofd een snee van oor tot oor maakte.

'Zie je, als er iets uitlekt, weten Doc en ik waar dat vandaan komt,' vervolgde Marino zijn volkomen onnodige uitval.

Danny's gezicht stond strak terwijl hij de hoofdhuid terugvouwde. Hij trok de huid over de ogen, zodat de schedel bloot kwam te liggen en Eddings' gezicht zakte droevig en slap in elkaar, alsof hij wist wat er gebeurde en er verdrietig over was. Ik zette de zaag aan. De ruimte was gevuld met het hoge, zeurende geluid van staal dat door bot heen sneed.

3

Om halfvier was de zon achter een grijze sluier verdwenen. Er lag een paar centimeter sneeuw en de neerdwarrelende vlokken hingen als rook in de lucht. Marino en ik volgden de voetstappen van Danny, die al naar huis was, over de parkeerplaats. Ik had medelijden met hem.

'Marino,' zei ik, 'je kunt gewoon niet op die manier tegen mensen praten. Mijn personeel is discreet. Danny heeft het niet verdiend dat je hem zo onbeschoft behandelt, en ik vind het heel vervelend.'

'Hij is nog maar een jongen,' zei hij. 'Als je hem goed opvoedt, zorgt hij ook goed voor jou. Maar je moet wel in discipline geloven.'

'Het is niet jouw taak om mijn personeel discipline bij te brengen. En ik heb nog nooit een probleem met hem gehad.'

'O, ja? En misschien kun je deze keer wel helemaal geen problemen met hem gebruiken,' antwoordde hij.

'Ik zou het echt fijn vinden als je niet probeerde mijn kantoor voor me te leiden.'

Ik was moe en voelde me niet lekker, en Lucy nam nog steeds de telefoon in het huis van Mant niet op. Marino had zijn auto naast de mijne geparkeerd en ik opende mijn portier.

'En wat doet Lucy met oudejaarsavond?' vroeg hij, alsof hij wist waar ik me zorgen over maakte.

'Hopelijk is ze dan bij mij. Maar ik heb nog niets van haar gehoord.' Ik stapte in.

'De sneeuw is in het noorden begonnen, dus Quantico was er het eerste bij,' zei hij. 'Misschien zit ze wel vast. Je weet hoe erg het op de 95 kan zijn.'

'Ze heeft een autotelefoon. En bovendien komt ze uit Charlottesville,' zei ik.

'Waarom?'

'De Academie heeft besloten haar weer naar de universiteit te sturen voor nog een doctoraalstudie.'

'Waarin? Kernfysica voor gevorderden?'

'Blijkbaar doet ze een speciale studie over *virtual reality*.'

'Dus misschien is ze ergens onderweg na Charlottesville vast komen te zitten.' Hij wilde niet weg.

'Ze had toch wel een boodschap in kunnen spreken.'

Hij keek de parkeerplaats rond. Die was leeg, op het donkerblauwe, met sneeuw bedekte busje van het mortuarium na. De sneeuwvlokken lagen op zijn dunne haar, wat vast koud aanvoelde op zijn kalende hoofd, maar het leek hem niets te kunnen schelen.

'Heb je plannen voor oudejaarsavond?' Ik startte de auto en zette de ruitenwissers aan om de sneeuw van de voorruit te vegen.

'Ik ga met een paar kerels pokeren en chili eten.'

'Dat lijkt me leuk.' Ik keek naar zijn grote, rode gezicht, terwijl hij in de verte bleef staren.

'Doc, ik heb Eddings' appartement in Richmond onderzocht, maar daar wilde ik niet over uitweiden waar Danny bij was. Ik denk dat jij het ook wel zult willen bekijken.'

Marino wilde met me praten. Hij wilde niet alleen of bij zijn vrienden zijn. Hij wilde bij mij zijn, maar dat zou hij nooit toegeven. In al die jaren dat ik hem nu al kende, was hij er nooit voor uitgekomen wat hij voor mij voelde, hoe duidelijk die gevoelens ook waren.

'Ik kan niet tegen een spelletje poker op,' zei ik terwijl ik mijn riem vastmaakte, 'maar ik was van plan vanavond lasagne te maken. En het lijkt er niet op dat Lucy nog komt. Dus als je...'

'Ik denk dat het niet slim is om vanavond nog terug te rijden,' onderbrak hij me. De sneeuw joeg in kleine witte tornado's over het asfalt.

'Ik heb een logeerkamer,' vervolgde ik.

Hij keek op zijn horloge en besloot dat het een goed moment was om te roken.

'Het is inderdaad geen goed idee om nu terug te rijden,' merkte ik op. 'En het lijkt erop dat we moeten praten.'

'Tja, je hebt waarschijnlijk gelijk,' zei hij.

Toen hij langzaam achter me aan reed naar Sandbridge, zagen we rook uit de schoorsteen komen, iets waar we geen van beiden op hadden gerekend. Lucy's flesgroene Suburban stond op de oprit en ging schuil onder een laag sneeuw, zodat ik wist dat ze er al een tijdje was.

'Ik begrijp het niet,' zei ik tegen Marino terwijl we onze portiers dichtgooiden. 'Ik heb drie keer gebeld.'

'Misschien kan ik maar beter weggaan.' Hij stond weifelend bij zijn Ford.

'Dat is belachelijk. Kom mee. We verzinnen wel iets. Er staat een bank. En bovendien, Lucy zal het fantastisch vinden je weer te zien.'

'Heb je je duikspullen?' vroeg hij.

'In de achterbak.'

We haalden de uitrusting er samen uit en droegen alles naar het huis van dokter Mant, dat er in dit weer nog kleiner en troostelozer uitzag dan eerst. Er was een overdekte veranda bij de achterdeur. We gingen daar naar binnen en legden mijn uitrusting op de houten vloer. Lucy deed de keukendeur open, waarop we werden omgeven door de geur van tomaten en knoflook. Ze staarde verbijsterd naar Marino en de duikspullen.

'Wat is er in vredesnaam aan de hand?' vroeg ze.

Ik zag dat ze ontdaan was. Dit had een avond voor ons samen moeten worden, en we hadden niet vaak zulke speciale avonden in onze gecompliceerde levens.

'Dat is een lang verhaal.' Ik beantwoordde haar blik.

We liepen achter haar aan naar binnen, waar een grote pan op het fornuis stond. Op het werkblad lag een snijplank. Lucy was blijkbaar bezig geweest paprika's en uien te snijden toen wij arriveerden. Ze droeg een FBI-joggingpak en skisokken en zag er uiterst gezond uit, maar ik kon zien dat ze de laatste tijd niet veel had geslapen.

'Er ligt een tuinslang in de kast en er staat een lege, plastic afvalbak bij een tapkraan vlak bij de veranda,' zei ik tegen Marino. 'Als jij die even wilt vullen, kunnen we mijn uitrusting schoonspoelen.'

'Ik help wel,' zei Lucy.

'Dat doe je niet.' Ik omhelsde haar. 'In ieder geval niet voordat we even hebben bijgekletst.'

We wachtten totdat Marino buiten was en toen trok ik haar naar het fornuis en tilde het deksel van de pan. Er kwam een heerlijke geur uit. Ik voelde me gelukkig.

'Je bent ongelooflijk,' zei ik. 'God zegene je.'

'Toen je om vier uur nog niet terug was, leek het me maar beter om de saus te gaan maken, omdat we anders vanavond vast geen lasagne zouden eten.'

'Misschien moet er nog wat rode wijn bij. En misschien ook nog wat basilicum en een snufje zout. Ik was van plan om artisjokken in plaats van vlees te gebruiken. Marino zal daar wel niet blij mee zijn, maar dan eet hij maar prosciutto. Hoe lijkt je dat?' Ik legde het deksel weer op de pan.

'Tante Kay, waarom is hij hier?' vroeg ze.

'Heb je mijn briefje niet gevonden?'

'Jawel. Daarom kon ik hier binnenkomen. Maar je schreef alleen maar dat je weg moest voor een zaak.'

'Het spijt me. Maar ik heb een paar keer gebeld.'

'Ik wilde de telefoon niet opnemen in het huis van een vreemde,' zei ze. 'En je had geen boodschap achtergelaten.'

'Het punt is dat ik dacht dat je er niet was, en daarom nodigde ik Marino uit. Ik wilde niet dat hij in de sneeuw naar Richmond terug zou rijden.'

De teleurstelling blonk in haar felgroene ogen. 'Geen probleem. Zolang hij en ik maar niet in dezelfde kamer hoeven te slapen,' zei ze droogjes. 'Maar ik begrijp niet wat hij in Tidewater doet.'

'Dat is een lang verhaal, zoals ik al zei,' antwoordde ik. 'De zaak waar het om gaat heeft ook met Richmond te maken.'

We gingen naar de steenkoude veranda en gooiden snel mijn zwemvliezen, bodystocking, wetsuit en andere spullen in het ijzige water. Vervolgens droegen we alles naar de zolder, waar het niet zou bevriezen, en legden de spullen op een paar lagen handdoeken. Ik ging zo lang onder de douche staan als de boiler het uithield en bedacht hoe onwerkelijk het was dat Lucy, Marino en ik op een besneeuwde oudejaarsavond samen in dit kleine huisje aan de kust waren.

Toen ik uit mijn slaapkamer kwam, zaten ze in de keuken onder het genot van Italiaans bier een recept te lezen om zelf brood te maken.

'Goed,' zei ik. 'Dat was het. Nu neem ik het over.'

'Pas op,' zei Lucy.

Ik gebaarde dat ze uit de buurt moesten blijven en deed meel, gist, een beetje suiker en olijfolie in een grote kom. Ik zette de oven op een lage stand en maakte een fles Côte Rôtie open. Daar kon de kok dan van nippen terwijl ze met het echte werk bezig was. Bij de maaltijd wilde ik chianti schenken.

'Heb je in Eddings' portefeuille gekeken?' vroeg ik aan Marino, ondertussen kastanjechampignons in stukjes snijdend.

'Wie is Eddings?' vroeg Lucy.

Ze zat op het aanrecht Peroni te drinken. Door het raam achter haar tekenden zich tegen de invallende schemering witte vlagen sneeuw af. Ik vertelde wat meer over wat er die dag was gebeurd. Daarna stelde ze verder geen vragen meer, maar luisterde naar wat Marino zei.

'Er was niets wat echt opviel,' zei hij. 'Een Mastercard, een Visa-creditcard, Amex, verzekeringspapieren, dat soort spul, en ook nog wat bonnen. Het lijkt me dat die van restaurants zijn, maar dat gaan we nog uitzoeken. Mag ik er nog een?' Hij gooide zijn lege flesje in de vuilnisbak en trok de deur van de koelkast open. 'Even denken.' De flesjes rinkelden. 'Hij had niet veel contant geld bij zich. Zevenentwintig dollar.'

'En had hij geen foto's?' vroeg ik, terwijl ik op een houten plank met een laagje meel erop het deeg kneedde.

'Geen een.' Hij deed de deur van de koelkast weer dicht. 'Zoals je weet was hij niet getrouwd.'

'Misschien had hij wel een andere relatie,' zei ik.

'Dat kan best, want er is een heleboel wat we niet weten.' Hij keek Lucy aan. 'Ken je Birdsong?'

'Mijn Sig heeft een Birdsong-laklaag.' Ze keek naar mij. 'En de Browning van tante Kay ook.'

'Nou, die Eddings had dezelfde negen millimeter-Browning als je tante, met een woestijnbruine laklaag van Birdsong. Bovendien heeft zijn ammunitie een Teflon-laag en zit er rode lak op het slaghoedje. Ik bedoel, met dat spul kun je verdomme in de gietregen door twaalf telefoonboeken heen schieten.'

Ze was verbaasd. 'Wat moet een journalist daarmee?'

'Sommige mensen zijn gewoon erg gek op wapens en ammunitie,' zei ik. 'Hoewel ik nooit heb geweten dat dat ook voor Eddings gold. Hij heeft het er nooit met mij over gehad – niet dat het logisch was dat hij dat ter sprake zou brengen.'

'Ik heb nog nooit KTW in Richmond gezien,' zei Marino. KTW was de merknaam van de met een laag Teflon bedekte patronen. 'Legaal of niet.'

'Kan hij ze op een wapenbeurs hebben gekocht?' vroeg ik.

'Misschien. Maar één ding is zeker. Deze vent ging waarschijnlijk naar heel wat van die beurzen. Ik heb je nog niet over zijn appartement verteld.'

Ik bedekte het deeg met een vochtige handdoek en schoof de kom in de oven, die ik op de laagste stand had gezet.

'Ik ga je niet de hele mikmak vertellen,' vervolgde hij. 'Alleen het belangrijkste, te beginnen met de kamer waar hij blijkbaar zijn eigen ammunitie maakte. Wie weet waar hij al die patronen heeft leeggeschoten. Maar hij heeft een heel stel wapens om uit te kiezen, waaronder een aantal vuistvuurwapens, een AK-47, een MP5 en een M16. Niet echt iets om mee op ongedierte te jagen. Bovendien heeft hij een abonnement op een aantal wapentijdschriften, waaronder *Soldier of Fortune*, *U.S. Cavalry Magazine*, en de *Brigade Quartermaster*. En tenslotte,' – Marino nam nog een slok bier – 'hebben we een paar instructievideo's voor scherpschutters gevonden. Je weet wel, commandotraining en dat soort spul.'

Ik mengde eieren en parmezaanse kaas met ricotta. 'Heb je iets gevonden wat aangeeft waar hij mee bezig was?' vroeg ik. Het steeds groter wordende mysterie van de dode man verwarde me.

'Nee, maar het lijkt erop dat hij achter iets aan zat.'

'Of iets zat achter hem aan,' zei ik.

'Hij was bang,' zei Lucy alsof ze hem kende. 'Je gaat niet in het donker duiken met een waterproof negen millimeter pistool en supersterke ammunitie als je niet bang bent. Dat is het gedrag van iemand die denkt dat er een prijs op zijn hoofd staat.'

Toen vertelde ik hun over het vreemde telefoontje dat ik vroeg in de ochtend had gehad van ene agent Young die niet leek te bestaan. Ik bracht ook kapitein Green ter sprake en beschreef zijn gedrag.

'Waarom zou hij je bellen, als hij inderdaad degene is die dat heeft gedaan?' zei Marino fronsend.

'Het was duidelijk dat hij niet wilde dat ik de plek waar Eddings was overleden zou zien,' zei ik. 'En misschien dacht hij dat als ik uitgebreide informatie van de politie kreeg, ik gewoon zou wachten tot het lichaam naar mij toe werd gebracht, zoals ik meestal doe.'

'Nou, het lijkt mij dat er is geprobeerd je te intimideren,' zei Lucy

'Ik denk dat dat inderdaad de bedoeling was,' stemde ik in.

'Heb je het telefoonnummer geprobeerd dat die niet bestaande agent Young je gaf?' vroeg ze.

'Nee,' zei ik.

'Waar is het?'

Ik haalde het en ze pakte de telefoon.

'Het is het nummer voor het plaatselijke weerbericht,' zei ze terwijl ze ophing.

Marino trok een stoel onder de met een geblokt tafelkleed gedekte ontbijttafel vandaan en ging er achterstevoren op zitten, met zijn armen op de rugleuning. Niemand zei iets, terwijl we de feiten overdachten die met de minuut vreemder werden.

'Luister, Doc.' Marino liet zijn knokkels kraken. 'Ik moet echt roken. Mag ik hier blijven of moet ik naar buiten?'

'Naar buiten,' zei Lucy, met haar duim naar de deur wijzend. Ze zag er onvriendelijker uit dan ze zich volgens mij voelde.

'En wat als ik in de sneeuw wegzak, troela?' zei hij.

'Er ligt buiten niet meer dan tien centimeter sneeuw. Je zakt alleen maar weg in je zelfmedelijden.'

'Morgen gaan we op het strand op blikjes schieten,' zei hij. 'Iemand moet je af en toe eens een lesje leren, *special agent* Lucy.'

'Jullie gaan helemaal niet op het strand schieten,' zei ik.

'Misschien kunnen we het goedvinden dat Pete het raam opendoet en de rook naar buiten blaast,' zei Lucy. 'Maar dit bewijst maar weer eens hoe verslaafd je eigenlijk bent.'

'Zo lang je maar snel rookt,' zei ik. 'Dit huis is zo al koud genoeg.'

Het raam wilde niet open, maar Marino gaf niet op en slaagde er na een wild gevecht in het los te krijgen. Hij zette zijn stoel vlak bij het raam, stak een sigaret op en blies de rook door de hor. Lucy en ik legden het bestek en de servetten in de woonkamer. We hadden besloten dat het gezelliger was om voor de open haard te eten dan in dokter Mants keuken of in de overvolle, tochtige eetkamer.

'Je hebt me nog niet eens verteld hoe het met je gaat,' zei ik tegen mijn nichtje, terwijl ze met de haard bezig was.

'Het gaat prima met me.'

De vonkjes vlogen in de met roet bedekte schoorsteen omhoog terwijl ze nog wat hout in de haard schoof. Ik kon de aderen op haar handen en de gespannen spieren in haar rug zien. Haar talenten lagen in de computerkunde en sinds kort ook in robotica, wat ze op het Massachusetts Institute of Technology had gestudeerd. Die kennis maakte haar heel aantrekkelijk voor de anti-terreureenheid van de FBI. En ze verwachten van haar dat ze zich geestelijk, en niet lichamelijk voor hen in zou zetten. Geen vrouw had ooit voldaan aan de loodzware eisen die de anti-terreureenheid stelde, maar ik was bezorgd dat Lucy haar eigen grenzen daarin niet zou accepteren.

'Hoeveel sport je?' vroeg ik.

Ze trok het haardscherm dicht, ging op de rand van de haard zitten, keek me aan en zei: 'Veel.'

'Als je nog minder vet op je lichaam krijgt, is dat niet gezond meer.'

'Ik ben heel gezond en ik heb zelfs te veel vet op mijn lichaam.'

'Als je anorexia krijgt, steek ik daar mijn hoofd niet voor in het zand, Lucy. Ik weet dat eetstoornissen dodelijk kunnen zijn. Ik heb de slachtoffers gezien.'

'Ik heb geen eetstoornis.'

Ik liep naar haar toe en ging naast haar zitten. Het vuur verwarmde onze rug.

'Het lijkt me dat ik je maar op je woord moet geloven.'

'Goed zo.'

'Luister eens,' – ik gaf haar een klopje op haar been – 'je bent aan de anti-terreureenheid verbonden als hun technisch adviseur. Niemand heeft ooit verwacht dat je je samen met de mannen aan touwen uit helikopters liet zakken en anderhalve kilometer in vier minuten rende.'

Ze keek me aan en haar ogen schoten vuur. 'Jij moet nodig over beperkingen beginnen. Ik heb nooit gemerkt dat jij je door je sekse liet tegenhouden.'

'Ik ken echt mijn eigen grenzen,' wierp ik tegen. 'En ik gebruik mijn hersens om ze te omzeilen. Zo heb ik me staande weten te houden.'

'Luister eens,' zei ze emotioneel, 'ik heb er genoeg van computers en robots te programmeren en elke keer als er iets spannends gebeurt, zoals die bom in Oklahoma City, achter te blijven terwijl de jongens naar de Andrews-luchtmachtbasis gaan. En als ik wel met ze mee mag, sluiten ze me ergens op in een klein kamertje alsof ik maar een stomme klungel ben. Ik ben verdomme geen klungel. Ik wil geen halfwas-agent zijn.'

Haar ogen blonken plotseling van de tranen en ze wendde haar blik af. 'Ik kan elke stormbaan lopen waar ze me op zetten. Ik kan *abseilen*, scherpschieten en diepzeeduiken. En wat belangrijker is, ik kan het aan als ze zich als een stelletje hufters gedragen. Ze zijn niet allemaal even blij dat ik erbij ben, weet je.'

Daar twijfelde ik niet aan. Lucy had altijd al extreme reacties opgeroepen, omdat ze briljant was en zo moeilijk kon zijn. Ze was ook mooi, met haar scherpe, sterke gelaatstrekken, en ik vroeg me echt af hoe ze zich handhaafde in een elite-eenheid met vijftig mannen, met wie ze geen van allen ooit uit zou gaan.

'Hoe is het met Janet?' vroeg ik.

'Ze hebben haar overgeplaatst naar het kantoor in Washington om zich daar met witte-boordencriminaliteit bezig te houden. Dus ze is in ieder geval niet ver weg.'

'Dat is dan zeker recent gebeurd.' Ik was verbaasd.

'Heel recent.' Lucy legde haar voorarmen op haar knieën.

'En waar is ze vanavond?'

'Haar familie heeft een appartement in Aspen.'

Mijn stilzwijgen was een vraag, en haar stem klonk geïrriteerd toen ze antwoordde. 'Nee, ik ben niet uitgenodigd. En niet omdat Janet en ik problemen hebben. Het was gewoon geen goed idee.'

'Aha.' Ik aarzelde, maar zei toen: 'Haar ouders weten het dus nog steeds niet.'

'Jezus, wie weet het wel? Denk je dat we het op het werk niet verbergen? Dus we gaan samen uit en kunnen dan toekijken hoe de ander door mannen wordt belaagd. Dat is echt heerlijk,' zei ze op bittere toon.

'Ik weet hoe het op het werk is,' zei ik. 'Dat is niet anders dan ik je al had voorspeld. Ik ben meer geïnteresseerd in Janets familie.'

Lucy staarde naar haar handen. 'Het is vooral haar moeder. Om je de waarheid te vertellen, ik denk niet dat het haar vader iets zou kunnen schelen. Hij denkt heus niet dat hij ergens iets verkeerd heeft gedaan, zoals mijn moeder. Alleen denkt zij dat jíj iets verkeerd hebt gedaan, aangezien zij vindt dat jij mij hebt opgevoed en dus mijn moeder bent.'

Het had weinig zin me te verdedigen tegen de onnozele ideeën van Dorothy, mijn enige zuster, die helaas ook Lucy's moeder was.

'En moeder heeft nu een nieuwe theorie. Ze zegt dat jij de eerste vrouw bent op wie ik verliefd ben geworden, en dat dat alles verklaart,' vervolgde Lucy op ironische toon. 'Het maakt niet uit dat dat incest zou zijn of dat jij hetero bent. Je moet niet vergeten dat ze van die intelligente kinderboeken schrijft, en dat ze dus een expert op het gebied van psychologie en blijkbaar ook van sextherapie is.'

'Ik vind het naar voor je dat je dat naast alle andere ellende ook nog eens moet doormaken,' zei ik emotioneel. Ik wist nooit wat ik moest doen als we dit soort gesprekken hadden. Het was nog nieuw, en eigenlijk ook eng, voor me.

'Luister,' – ze stond op toen Marino de woonkamer in kwam – 'met sommige dingen moet je gewoon leren leven.'

'Nou, ik heb goed nieuws voor jullie,' kondigde Marino aan, 'volgens het weerbericht gaat die rotsneeuw later over in regen. Dus morgenochtend kunnen we hier allemaal weg.'

'Morgen is het nieuwjaar,' zei Lucy. 'Waarom zouden we hier in hemelsnaam weg moeten?'

'Omdat ik je tante mee wil nemen naar Eddings' huis.' Hij zweeg even en vervolgde toen: 'En Benton moet ook hierheen komen.'

Ik reageerde niet. Benton Wesley was afdelingshoofd van het misdaadanalyse-programma van de FBI, en ik had gehoopt dat ik hem tijdens de feestdagen niet zou zien.

'Wat heb je me dan nog niet verteld?' zei ik kalm.

Hij ging op de bank zitten en keek me een tijdje bedachtzaam aan. Toen beantwoordde hij mijn vraag met een andere vraag: 'Ik ben ergens nieuwsgierig naar, Doc. Hoe kun je iemand onder water vergiftigen?'

'Misschien is het niet onder water gebeurd,' zei Lucy. 'Misschien heeft hij cyanide binnengekregen voor hij ging duiken.'

'Nee, zo is het niet gebeurd,' zei ik. 'Cyanide is heel agressief en als hij het heeft ingeslikt, zou zijn maag erg beschadigd zijn geweest. En zijn slokdarm en mond waarschijnlijk ook.'

'Wat is er dan wel gebeurd?' vroeg Marino.

'Ik denk dat hij cyanidegas heeft ingeademd.'

Hij leek verbijsterd. 'Hoe dan? Door de compressor?'

'Die voert lucht aan via een ventiel met een filter erop,' bracht ik hem in herinnering. 'Het is mogelijk dat iemand gewoon wat zoutzuur met een cyanidetablet heeft gemengd en het flesje zo dicht bij het ventiel heeft gehouden dat het gas naar binnen werd gezogen.'

'Als Eddings inderdaad cyanidegas inademde terwijl hij onder water was,' zei Lucy, 'wat zou er dan zijn gebeurd?'

'Een toeval, en vervolgens de dood. Binnen een paar seconden.'

Ik dacht aan de slang die had vastgezeten en vroeg me af of Eddings dicht bij de schroef van de *Exploiter* was geweest toen hij plotseling via zijn ademautomaat het cyanidegas had ingeademd. Dat kon een verklaring zijn voor de plek waar ik hem had aangetroffen.

'Kun je de meerurenaansluiting op cyanide testen?' vroeg Lucy.

'Nou, we kunnen het proberen,' zei ik, 'maar ik verwacht niet dat ik iets zal vinden, tenzij er een cyanidetablet boven op de filter van het ventiel is gelegd. En zelfs dan is het mogelijk dat er met de spullen is geknoeid voordat ik erbij kwam. We hebben misschien meer geluk met het deel van de slang dat het dichtst bij het lichaam was. Ik zal morgen met de toxicologische testen beginnen, als ik tenminste iemand kan vinden die op een feestdag naar het laboratorium wil komen.'

Mijn nichtje liep naar een raam om naar buiten te kijken. 'Het sneeuwt nog steeds behoorlijk. Het is verbazingwekkend hoe de sneeuw de nacht op doet lichten. Ik kan de zee zien. Net een zwarte muur,' zei ze mijmerend.

'Het is ook een muur,' zei Marino. 'De muur achter aan de tuin.'

Ze zweeg een tijdje, en ik bedacht hoe erg ik haar miste. Hoewel ik haar al weinig had gezien toen ze in de doctoraalfase van haar studie zat, zagen we elkaar nu nog minder. Want zelfs als ik voor een zaak naar Quantico moest, was er geen garantie dat we tijd hadden om elkaar te spreken. Ik was bedroefd dat haar kindertijd voorbij was en er was iets in mij dat wilde dat ze een minder zwaar leven en een minder zware loopbaan had gekozen.

Nog steeds uit het raam starend, zei ze peinzend: 'Dus we hebben een journalist die gek is op zware wapens. Hij is op de een of andere manier met cyanidegas vergiftigd terwijl hij 's nachts op verboden terrein bij ontmantelde schepen aan het duiken was.'

'Dat is een van de mogelijkheden,' bracht ik haar in herinnering. 'De zaak is nog niet afgesloten. Dat moeten we niet vergeten.'

Ze draaide zich om. 'Waar zou je cyanide kunnen krijgen als je iemand wilde vergiftigen? Zou dat moeilijk zijn?'

'Je kunt het bij verschillende industriële bedrijven krijgen,' zei ik.

'Zoals?'

'Nou, het wordt bijvoorbeeld gebruikt om goud uit erts te halen. Het wordt ook bij het vergulden van metaal gebruikt, en als ontsmettingsmiddel, en om fosforzuur uit beenderen te maken,' zei ik. 'Met andere woorden, iedereen, van een juwelier tot een fabrieksarbeider tot iemand van de ongediertebestrijding, kan toegang tot cyanide hebben. Bovendien vind je in elk chemisch laboratorium zoutzuur.'

'Nou,' zei Marino, 'als iemand Eddings heeft vergiftigd, dan moet die ervan op de hoogte zijn geweest dat hij er met zijn boot op uit ging. En ook waar en wanneer.'

'Iemand moet van heel veel dingen op de hoogte zijn geweest,' stemde ik in. 'Bijvoorbeeld wat voor soort luchtapparatuur Eddings van plan was te gebruiken, want als hij met flessen perslucht in plaats van een meerurenaansluiting naar beneden was gegaan, had de werkwijze van de moordenaar heel anders moeten zijn.'

'Ik wilde maar dat we wisten wat hij daar aan het doen was.'
Marino trok het haardscherm open om het vuur op te stoken.
'Hoe dan ook,' zei ik, 'het lijkt erop dat het ook om foto's ging. En te zien aan de camera-apparatuur die hij bij zich had, was het hem menens.'
'Maar er is geen onderwatercamera gevonden,' zei Lucy.
'Nee,' zei ik. 'Die kan door de stroom overal naartoe zijn gevoerd, of misschien ligt hij onder het slib. Helaas blijft het soort apparatuur dat hij had blijkbaar niet drijven.'
'Ik zou dat filmpje best eens willen zien.' Lucy keek nog steeds naar de sneeuw en ik vroeg me af of ze aan Aspen dacht.
'Eén ding is zeker, hij was geen foto's van vissen aan het maken.' Marino greep een dik blok hout dat nog een beetje te groen was. 'Dus dan blijven de schepen over. En ik denk dat hij met een verhaal bezig was waarvan iemand niet wilde dat hij het schreef.'
'Misschien was hij wel met een verhaal bezig,' stemde ik in, 'maar dat betekent nog niet dat dat iets met zijn dood te maken heeft. Iemand kan gebruik hebben gemaakt van het feit dat hij ging duiken om hem om een andere reden te vermoorden.'
'Waar bewaar je het brandhout?' Hij had het vuur opgegeven.
'Buiten, onder een dekzeil,' antwoordde ik. 'Dokter Mant wil het niet in huis. Hij is bang voor termieten.'
'Nou, hij heeft meer reden om bang te zijn voor het vuur en de tocht in deze tent.'
'Achter het huis, vlak bij de veranda,' zei ik. 'Dank je, Marino.'
Hij trok zijn handschoenen, maar niet zijn jas aan en ging naar buiten. Het vuur rookte koppig door en de wind maakte vreemde, kreunende geluiden in de scheve schoorsteen. Ik keek naar mijn nichtje, die nog steeds voor het raam stond.
'We moeten maar eens met het eten aan de slag, denk je niet?' zei ik tegen haar.
'Wat doet hij nou?' zei ze, met haar rug naar me toe.
'Marino?'

'Ja. Die grote idioot is verdwaald. Kijk, hij staat helemaal bij de muur. Wacht even. Nu zie ik hem niet meer. Hij heeft zijn zaklantaarn uitgedaan. Dat is vreemd.'

De haartjes in mijn nek gingen bij haar woorden recht omhoog staan en ik sprong op. Ik vloog naar de slaapkamer en greep mijn pistool van het nachtkastje. Lucy kwam achter me aan.

'Wat is er?' riep ze.

'Hij heeft geen zaklantaarn,' zei ik en rende naar de keuken.

4

In de keuken gooide ik de deur naar de veranda open, waar Marino net aan kwam lopen. We botsten bijna tegen elkaar op.

'Wat is er verdomme...?' schreeuwde hij van achter een stapel hout.

'Er sluipt hier iemand rond,' zei ik op kalme, maar dringende toon.

Het aanmaakhout viel met een luide klap op de grond en hij rende met getrokken pistool de tuin weer in. Lucy had haar pistool gehaald en was nu ook buiten. We konden met ons drieën wel een heel oproer aan.

'Controleren jullie de naaste omgeving van het huis,' commandeerde Marino. 'Ik ga wel naar de tuin.'

Ik ging weer naar binnen om zaklantaarns te halen en Lucy en ik liepen een tijdje om het huis heen, ingespannen kijkend en luisterend, maar het enige wat er was te zien en te horen waren onze schoenen die in de sneeuw kraakten en voetsporen achterlieten. Ik hoorde Marino zijn pistool vergrendelen en we verzamelden ons weer in de donkere schaduw bij de veranda.

'Er zijn voetafdrukken bij de muur,' zei hij. Zijn adem kwam als een wit rookpluimpje naar buiten. 'Het is heel vreemd. Ze leiden naar het strand en bij het water verdwijnen ze.' Hij keek om zich heen. 'Heb je buren die misschien een wandelingetje hebben gemaakt?'

'Ik ken de buren van dokter Mant niet,' antwoordde ik. 'Maar ze mogen niet in deze tuin komen. En wie gaat er nu in zulk weer over het strand lopen?'

'Waar gaan de voetsporen op dit terrein naartoe?' vroeg Lucy.

'Het ziet ernaar uit dat hij over de muur heen is gekomen en dat hij vervolgens zo'n drie meter de tuin in is gelopen voordat hij weer terugging,' antwoordde Marino.

Ik dacht eraan hoe Lucy voor het raam had gestaan, verlicht door het vuur en de lampen. Misschien had de indringer haar gezien en was hij bang geworden.

Toen bedacht ik iets anders. 'Hoe weten we dat het een hij was?'

'Als dat niet zo was, heb ik medelijden met de vrouw die zulke grote schuiten heeft,' zei Marino. 'Die schoenen hebben ongeveer dezelfde maat als de mijne.'

'Schoenen of laarzen?' vroeg ik, en ging naar de muur.

'Dat weet ik niet. Ze hebben een patroon met een soort kruisarcering.' Hij liep achter me aan.

De voetsporen die ik zag gaven me nog meer reden om verontrust te zijn. Ze waren niet afkomstig van gewone laarzen of sportschoenen.

'Grote god,' zei ik, 'ik geloof dat deze persoon duiklaarzen aan had, of mocassin-achtige schoenen die op duiklaarzen lijken. Kijk maar.'

Ik wees Lucy en Marino op het patroon van de zool. Ze hurkten naast me neer. Ik richtte mijn zaklantaarn schuin op de voetsporen.

'Geen voetholte te zien,' merkte Lucy op. 'Voor mij lijken ze echt op duiklaarzen of waterschoenen. Dat is bizar.'

Ik ging rechtop staan en staarde over de muur naar het donkere, kolkende water. Het leek onvoorstelbaar dat er iemand uit de zee was gekomen.

'Kun je hier foto's van maken?' vroeg ik aan Marino.

'Ja, hoor. Maar ik heb niets om afdrukken mee te maken.'

Toen gingen we terug naar het huis. Hij raapte het hout op en droeg het naar de woonkamer, terwijl Lucy en ik ons weer met de maaltijd bezighielden. Ik wist eigenlijk niet meer of ik nog wel kon eten, omdat ik zo gespannen was. Ik schonk nog een glas wijn in en probeerde de indringer als toeval af te doen, een ongevaarlijke omzwerving van iemand die van sneeuw of van een nachtelijke duikpartij hield.

Maar ik wist wel beter en hield mijn pistool in de buurt. Ook keek ik vaak uit het raam. Het was me zwaar te moede toen ik de lasagne in de oven schoof. Ik haalde de parmezaanse kaas uit de koelkast en begon die te malen. Vervolgens schikte ik vijgen en meloen op borden, en legde er voor Marino flink wat prosciutto bij. Lucy maakte de salade en een tijdje waren we zwijgend aan het werk.

Toen ze eindelijk weer iets zei, klonk ze niet blij. 'Je bent echt weer ergens in verzeild geraakt, tante Kay. Waarom gebeurt dat jou toch altijd?'

'We moeten onze verbeelding niet op hol laten slaan,' zei ik.

'Je zit hier helemaal alleen in de een of andere uithoek, zonder een alarminstallatie en met sloten die net zo makkelijk opengaan als bierblikjes die je zo opentrekt...'

'Heb je de champagne al koud gezet?' onderbrak ik haar. 'Het is zo middernacht. Het duurt maar tien, vijftien minuten voor de lasagne klaar is, tenzij dokter Mants oven net zo slecht werkt als de rest hier. Dan kan het wel tot volgend jaar duren. Ik heb nooit begrepen waarom mensen lasagne urenlang in de oven laten staan. En dan vragen ze zich af waarom het net een stuk leer is geworden.'

Lucy staarde naar me. Ze had haar keukenmes op de rand van de saladeschaal gelegd. Ze had genoeg selderij en worteltjes gesneden voor een heel weeshuis.

'Ik ga ooit nog eens een keer lasagne con carciofi voor je maken. Daar zitten artisjokken in, maar je gebruikt bechamelsaus in plaats van marinade...'

'Tante Kay,' onderbrak ze me op ongeduldige toon. 'Ik vind het vreselijk als je zo doet. En ik sta het gewoon niet toe dat je zo doet. Die lasagne kan me nu niks schelen. Wat me wel kan schelen is dat je vanochtend een vreemd telefoontje hebt gekregen. Vervolgens was er een bizar sterfgeval en werd je op de plek van het misdrijf eigenaardig behandeld. En vanavond had je verdomme een insluiper, die misschien wel een wetsuit aan had.'

'Het is niet waarschijnlijk dat die persoon terug zal komen. Wie het ook is geweest. Tenzij hij ons alle drie te pakken wil nemen.'

'Tante Kay, je kunt hier niet blijven,' zei ze.

'Ik moet in dokter Mants district invallen en dat kan ik niet vanuit Richmond doen,' zei ik terwijl ik weer door het raam boven de gootsteen keek. 'Waar is Marino? Is hij nog steeds foto's aan het nemen?'

'Hij is een tijdje geleden binnengekomen.' Haar frustratie was zo tastbaar als een naderende storm.

Ik liep naar de woonkamer en vond hem daar slapend op de bank, bij het loeiende haardvuur. Mijn ogen gingen naar het raam waar Lucy naar buiten had staan kijken en ik liep ernaartoe. Achter het koude glas lichtte de besneeuwde tuin flauw op, als een bleke maan. De sneeuw was getekend door de langwerpige schaduwen die door onze voeten waren gemaakt. De muur was donker en ik kon er niet overheen kijken, naar de plek waar het grove zand in zee overging.

'Lucy heeft gelijk,' klonk Marino's slaperige stem achter mijn rug.

Ik draaide me om. 'Ik dacht dat je uitgeteld was.'

'Ik hoor en zie alles, zelfs als ik uitgeteld ben,' zei hij. Ik kon een glimlach niet onderdrukken.

'Zorg dat je hier verdomme weg komt. Dat is mijn mening.' Hij hees zichzelf omhoog. 'Ik zou hier nooit in dit krot in deze uithoek blijven. Als er iets gebeurt, hoort niemand je schreeuwen.' Hij keek me aan. 'Tegen de tijd dat iemand je vindt, ben je bevroren. Als je niet al door een orkaan naar de zee bent geblazen.'

'Nou is het wel genoeg,' zei ik.

Hij pakte zijn pistool van de salontafel, stond op en stak het wapen tussen zijn broeksband. 'Je zou een van je andere dokters hierheen kunnen laten komen om in Tidewater te werken.'

'Ik ben de enige die geen gezin heeft. Het is gemakkelijker voor mij om ergens anders te wonen, vooral in deze tijd van het jaar.'

'Wat een onzin. Je hoeft je er niet voor te verontschuldigen dat je gescheiden bent en geen kinderen hebt.'

'Daar verontschuldig ik me niet voor.'

'En het is toch niet zo dat je iemand vraagt om zes maanden ergens anders te gaan wonen. Trouwens, jij bent verdomme de baas. Je zou andere mensen opdracht moeten geven ergens anders te gaan wonen, gezin of niet. Jij zou in je eigen huis moeten zijn.'

'Ik dacht eigenlijk dat het niet onprettig zou zijn om hierheen te komen,' zei ik. 'Sommige mensen betalen veel geld voor een huisje bij de zee.'

Hij rekte zich uit. 'Heb je hier ook iets Amerikaans te drinken?'

'Melk.'

'Ik dacht meer aan iets als Miller-bier.'

'Ik wil weten waarom je Benton gaat bellen. Ik denk zelf dat het te vroeg is om de FBI hierbij te betrekken.'

'En ik denk zelf dat jij niet objectief over hem kunt zijn.'

'Zit me nou niet te jennen,' waarschuwde ik hem. 'Het is al laat en ik ben moe.'

'Ik ben gewoon eerlijk tegen je.' Hij haalde een sigaret uit zijn pakje Marlboro en stak die tussen zijn lippen. 'En hij komt naar Richmond. Daar twijfel ik niet aan. Hij en zijn vrouw zijn nergens heen met de feestdagen, dus ik denk dat hij nu wel aan een karweitje toe is. En dit wordt een heel mooi karweitje.'

Ik kon hem niet aankijken en vond het vervelend dat hij wist waarom dat was.

'Trouwens,' vervolgde hij, 'op het ogenblik is het niet de politie van Chesapeake die de FBI iets vraagt. Ik vraag de FBI iets, en ik heb het recht dat te doen. Voor het geval je dat vergeten was, ik ben commandant van het district waar Eddings' appartement is. Wat mij betreft is dit een onderzoek waarbij verschillende diensten worden betrokken.'

'Het is een zaak voor Chesapeake, niet voor Richmond,' merkte ik op. 'Het lichaam is in Chesapeake gevonden. Je kunt niet zomaar hun jurisdictie binnenwalsen, en dat weet je. Je kunt niet voor hen spreken als je de FBI erbij haalt.'

'Luister,' vervolgde hij, 'nadat ik Eddings' appartement heb doorzocht, en met wat ik daar heb gevonden...'

Ik onderbrak hem. 'Wat heb je dan gevonden? Je hebt het steeds maar over wat je hebt gevonden. Wat bedoel je, zijn wapenarsenaal?'

'Dat bedoel ik niet alleen. Ik bedoel iets ergers. Daar zijn we nog niet aan toe gekomen.' Hij keek me aan en nam de sigaret uit zijn mond. 'Het komt erop neer dat Richmond een reden heeft om in deze zaak geïnteresseerd te zijn. Dus beschouw jij jezelf ook maar als uitgenodigd om aan het onderzoek deel te nemen.'

'Ik ben bang dat ik al ben uitgenodigd toen Eddings in Virginia stierf.'

'Het lijkt me niet dat jij je vanochtend zo welkom voelde toen je op die scheepswerf was.'

Ik zei niets, want hij had gelijk.

'Misschien heb je vanavond wel een gast hier op het terrein gehad zodat je je zou realiseren hoe onwelkom je eigenlijk bent,' vervolgde hij. 'Ik wil dat de FBI er nu bij komt omdat er meer aan de hand is dan een vent in een motorboot die je uit de rivier hebt moeten vissen.'

'Wat heb je dan nog meer in Eddings' appartement gevonden?' vroeg ik.

'Het zou beter zijn als we dat tot morgen lieten wachten.' Hij wierp een blik naar de keuken, alsof hij bang was dat Lucy hem zou horen.

'Marino, sinds wanneer maak je je zorgen of je me iets kunt vertellen?'

'Dit is anders.' Hij wreef met zijn handen over zijn gezicht. 'Ik denk dat Eddings bij de Nieuwe Zionisten verzeild is geraakt,' zei hij tenslotte.

De lasagne was voortreffelijk, omdat ik de verse mozzarella in een theedoek had laten uitlekken, zodat er tijdens het bakken niet te veel vocht van af was gekomen, en omdat de pasta natuurlijk vers was. Ik had de schotel zacht, in plaats van croquant en bruin opgediend. Het laagje parmezaanse kaas dat ik er aan tafel overheen had gestrooid, maakte de lasagne af. Marino at bijna al het brood op, dat hij met een dikke laag boter besmeerde, met prosciutto belegde en in de tomatensaus sopte, terwijl Lucy maar een beetje met de kleine portie eten op haar bord zat te spelen. Het was harder gaan sneeuwen en Marino vertelde ons over de bijbel van de Nieuwe Zionisten die hij had gevonden. We hoorden het vuurwerk in Sandbridge.

'Laten we naar de woonkamer gaan,' stelde ik voor, mijn stoel naar achteren duwend. 'Het is middernacht. We moeten de champagne openmaken.'

Ik maakte me meer zorgen dan ik had verwacht, want wat Marino vertelde was erger dan waar ik bang voor was geweest. In de loop der jaren had ik veel gehoord over Joel Hand en zijn fascistische volgelingen, die zichzelf de Nieuwe Zionisten noemden. Ze wilden een nieuwe orde instellen, een ideaal land scheppen. Ik was altijd al bang geweest dat ze zich zo stil hielden achter de muren van hun complex in Virginia omdat ze een ramp aan het beramen waren.

'We moeten de boerderij van die klootzakken bestormen,' zei Marino terwijl hij van de tafel opstond. 'Dat had al lang geleden moeten gebeuren.'

'Maar wat voor aanleiding zou daar voor zijn?' vroeg Lucy.

'Als je het mij vraagt, heb je met engerds als hem geen aanleiding nodig.'

'O, een prima idee. Vertel dat maar aan Dragetti,' zei ze op quasi humoristische toon. Dragetti was de nationale procureur-generaal.

'Luister, ik ken een paar kerels in Suffolk, waar Hand woont, en de buren zeggen dat er daar echt heel gekke dingen gebeuren.'

'Buren denken altijd dat er gekke dingen gebeuren bij hun buren,' zei ze.

Marino haalde de champagne uit de koelkast terwijl ik de glazen pakte.

'Wat voor soort gekke dingen?' vroeg ik hem.

'Er meren binnenvaartschepen af op de Nansemond en er worden kratten uitgeladen die zo groot zijn dat ze een hijskraan moeten gebruiken. Niemand weet wat er daar bij die rivier allemaal gebeurt, maar piloten hebben er 's nachts vuren waargenomen. Misschien doen ze er wel aan occulte rituelen. De mensen uit de buurt zweren dat ze voortdurend geweerschoten horen en dat er moorden op die boerderij zijn gepleegd.'

Ik liep naar de woonkamer. We zouden later wel opruimen.

Ik zei: 'Ik weet alles van de moorden in deze staat af, en ik heb de Nieuwe Zionisten nog nooit in dat verband horen noemen, en trouwens ook niet in verband met een andere misdaad. Ik heb ook nog nooit gehoord dat ze zich met occultisme bezighielden. Alleen maar met politiek die net op het randje is en excentriek extremisme. Ze lijken Amerika te haten en zouden waarschijnlijk blij zijn als ze ergens hun eigen kleine landje hadden, waar Hand koning kon zijn. Of God. Hoe ze hem ook zien.'

'Zal ik dit ding maar ontkurken?' Marino hield de champagnefles omhoog.

'Het nieuwe jaar wordt er niet jonger op,' zei ik. 'Ik wil dit even op een rijtje zetten.' Ik ging op de bank zitten. 'Eddings was op de een of andere manier bij de Nieuwe Zionisten betrokken?'

'Alleen omdat hij een van hun bijbels had, zoals ik je al heb verteld,' zei Marino. 'Die vond ik toen we zijn huis doorzochten.'

'En je wilde niet dat ik die zou zien?' Ik keek hem vragend aan.

'Vanavond niet, nee,' zei hij. 'Omdat ik eigenlijk niet wil dat zij die ziet, als je het echt wilt weten.' Hij keek naar Lucy.

'Pete,' zei mijn nichtje op verstandige toon, 'je hoeft me niet meer te beschermen, hoewel ik het wel waardeer dat je dat probeert.'

Hij was stil.

'Wat voor soort bijbel?' vroeg ik.

'Niet het soort dat je meeneemt naar de mis.'

'Een satanische bijbel?'

'Nee, dat niet. Tenminste, hij lijkt niet op de satanische bijbels die ik heb gezien, omdat er geen duivelsverering aan te pas komt en ook niet het soort symbolisme dat je daar meestal mee associeert. Maar het is zeker niet iets wat je voor het slapen gaan wilt lezen.' Hij keek weer naar Lucy.

'Waar is die bijbel?' wilde ik weten.

Hij trok de folie van de kurk en draaide het ijzerdraad los. De kurk schoot er met een luide knal uit en vervolgens schonk hij champagne zoals hij bier schonk, de glazen helemaal schuin houdend zodat er geen kop op kwam.

'Lucy, zou jij mijn attachékoffertje kunnen halen? Dat staat in de keuken,' zei hij. Toen ze de kamer uit was, keek hij me aan en zei op fluistertoon: 'Ik zou het niet mee hebben gebracht als ik had geweten dat zij er ook zou zijn.'

'Ze is een volwassen vrouw. Ze is verdorie een FBI-agent,' zei ik.

'Ja, en ze draait soms door, en dat weet jij ook. Ze zou zoiets akeligs niet moeten zien. Ik zeg je, ik heb het gelezen omdat dat wel moest, en ik vond het heel griezelig. Ik had het gevoel dat ik eigenlijk naar de kerk moest, en heb je me dat ooit eerder horen zeggen?' Zijn gezicht stond gespannen.

Dat had ik hem inderdaad nog nooit horen zeggen, en ik was ongerust. Lucy had problemen gehad die me echt angst aan hadden gejaagd. Er waren periodes geweest waarin ze destructief en labiel was.

'Ik heb het recht niet om haar te beschermen,' zei ik, net toen ze weer de kamer in kwam.

'Ik hoop dat je het niet over mij hebt,' zei ze terwijl ze Marino zijn attachékoffertje overhandigde.

'Ja, we hadden het wel over jou,' zei hij. 'Want het lijkt me niet dat je dit moet zien.'

De sloten sprongen open.

'Het is jouw zaak.' Ze keek me met een kalme blik aan. 'Ik ben erin geïnteresseerd en ik wil je graag alle mogelijke hulp bieden, ook al is dat nog zo weinig. Maar als je dat wilt, ga ik de kamer wel uit.'

Vreemd genoeg was de beslissing een van de moeilijkste die ik ooit had gemaakt. Als ik haar toestond bewijsmateriaal te bekijken waartegen ik haar eigenlijk wilde beschermen, betekende dat dat ik toegaf dat ze voldoende professionele capaciteiten had. De wind deed de ramen rinkelen en raasde met een smartelijk, spookachtig geluid over het dak. Ik maakte plaats op de bank.

'Kom maar naast me zitten, Lucy,' zei ik. 'Dan kunnen we er samen naar kijken.'

De Nieuwe Zionistische Bijbel heette eigenlijk Het Boek van Hand, omdat de auteur door God was geïnspireerd en het manuscript heel bescheiden naar zichzelf had genoemd. Het was in renaissance-schrift op dundrukpapier geschreven en was gebonden in bewerkt, zwart, versleten en gevlekt leer, met de naam erop van iemand die ik niet kende. Lucy zat meer dan een uur tegen me aan geleund terwijl Marino in het huis rondliep. Hij bracht meer hout naar binnen en rookte. Zijn rusteloosheid was net zo duidelijk zichtbaar als het flakkerende licht van het vuur.

Net als de christelijke bijbel, bestond veel van het manuscript uit allegorieën, profetieën en spreuken om de tekst aansprekend en menselijk te maken. Dat was een van de redenen waarom het boek zo lastig te lezen was. De bladzijden stonden vol mensen en beelden die tot de diepere lagen van de geest doordrongen. Het Boek, zoals we het in die eerste uren van het nieuwe jaar gingen noemen, vertelde tot in het kleinste detail hoe je moest moorden en verminken, schrik aanjagen, hersenspoelen en martelen. Het uitvoerige gedeelte over de noodzaak van pogroms, met illustraties erbij, deed me huiveren.

Al het beschreven geweld deed me denken aan de Inquisitie en het boek legde inderdaad ook uit dat de Nieuwe Zionisten op aarde waren om een soort nieuwe Inquisitie in te stellen.

'We zijn in een eeuw waarin we de onrechtvaardigen uit ons midden moeten verwijderen,' had Hand geschreven, 'en daarbij moeten we luid en duidelijk zijn als cimbalen. We moeten hun zwakke bloed op onze blote huid voelen afkoelen terwijl we zwelgen in hun destructie. We moeten de Ene volgen op weg naar de glorie, zelfs als dat de dood betekent.'

Ik las andere mysterieuze oproepen tot vernietiging en bladerde door vreemde ideeën over versmeltingsprocessen en brandstoffen die konden worden gebruikt om het land in een andere balans te brengen. Toen ik aan het einde van het Boek was gekomen, had ik het gevoel dat ikzelf, en het hele huis, door een vreselijke duisternis werd omgeven. Ik voelde me bezoedeld en walgde bij het idee dat er mensen in ons midden waren die zo dachten.

Lucy sprak uiteindelijk als eerste, want de stilte was meer dan een uur niet verbroken. 'Het gaat over de Ene en hun loyaliteit aan hem,' zei ze. 'Is dat een persoon of een soort god?'

'Het is Hand, die verdomme waarschijnlijk denkt dat hij Jezus Christus is,' zei Marino, terwijl hij de champagneglazen weer volschonk. 'Weet je nog dat we hem in de rechtszaal hebben ontmoet?' Hij keek me aan.

'Dat zal ik niet gauw vergeten,' zei ik.

'Hij kwam binnen met zijn hele hofhouding, waaronder een advocaat uit Washington met een groot, gouden zakhorloge en een wandelstok met een zilveren dopje erop,' vertelde hij Lucy. 'Hand droeg een chic pak van de een of andere beroemde ontwerper, en hij had lang, blond haar, dat hij in een staart droeg. De vrouwen stonden voor het gerechtsgebouw te wachten om een glimp van hem op te vangen, alsof hij Michael Bolton of zo was, is dat niet ongelooflijk?'

'Waarom moest hij voor de rechtbank verschijnen?' Lucy keek mij aan.

'Hij eiste recht van inzage, wat de procureur-generaal hem had geweigerd. Daarom spande hij een rechtszaak aan.'

'Wat wilde hij dan?' vroeg ze.

'Het kwam erop neer dat hij me probeerde te dwingen hem een kopie van de rapporten over de dood van senator Len Cooper te geven.'

'Waarom?'

'Hij beweerde dat de senator door politieke vijanden was vergiftigd. In werkelijkheid was Cooper gestorven aan een door een hersentumor veroorzaakte acute bloeding. De rechter gaf Hand geen gelijk.'

'Joel Hand zal je wel niet graag mogen,' zei ze tegen me.

'Waarschijnlijk niet.' Ik keek naar het Boek op de salontafel en vroeg Marino: 'Die naam op de omslag. Weet jij wie Dwain Shapiro is?'

'Dat wilde ik net gaan vertellen,' zei hij. 'We hebben het volgende uit de computer gekregen. Hij woonde tot aan de herfst op het terrein van de Nieuwe Zionisten in Suffolk, waarna hij deserteerde. Ongeveer een maand later kwam hij om in Maryland toen zijn auto werd gestolen.'

We zwegen even en ik vond dat het net leek alsof de donkere ramen van het huis grote, vierkante ogen waren.

Toen vroeg ik: 'Zijn er verdachten of getuigen?'

'Niet dat we weten.'

'Hoe heeft Eddings Shapiro's bijbel te pakken gekregen?' vroeg Lucy.

'Dat is natuurlijk de hamvraag,' antwoordde Marino. 'Misschien heeft Eddings op een gegeven moment wel met hem gesproken, of misschien met zijn familie. Dit ding is geen fotokopie en er staat aan het begin dat je je Boek nooit uit handen mag geven. En als je ooit met het Boek van iemand anders wordt betrapt, kun je wel dag zwaaien met je handje.'

'Dat is eigenlijk ook wat er met Eddings is gebeurd,' zei Lucy.

Ik wilde het Boek niet bij ons in de buurt hebben en wilde maar dat ik het in het vuur kon gooien. 'Dit staat me niet aan,' zei ik. 'Het staat me helemaal niet aan.'

Lucy keek me nieuwsgierig aan. 'Je wordt toch niet bijgelovig, hè?'

'Deze mensen verkeren met het kwaad,' zei ik. 'En ik aanvaard het feit dat er kwaad in de wereld is en dat je daar niet te licht over moet denken. Waar heb je dat afschuwelijke boek precies in Eddings' huis gevonden?' vroeg ik Marino.
'Onder zijn bed,' zei hij.
'Serieus.'
'Ik ben heel serieus.'
'En weten we zeker dat Eddings alleen woonde?' vroeg ik.
'Dat lijkt er wel op.'
'Heeft hij familie?'
'Zijn vader is overleden, hij heeft een broer in Maine, en zijn moeder woont in Richmond. Vlak bij jou, trouwens.'
'Heb je met haar gesproken?' vroeg ik.
'Ik ben bij haar langsgegaan om haar het slechte nieuws te vertellen en heb gevraagd of we het huis van haar zoon nog een keer heel grondig mochten doorzoeken. Dat doen we morgen.' Hij wierp een blik op zijn horloge. 'Of ik moet eigenlijk zeggen, vandaag.'
Lucy stond op en ging bij de haard zitten. Ze zette een elleboog op haar knie en legde haar kin in haar hand. Achter haar gloeide verkoold hout op een dikke laag as.
'Hoe weet je dat deze bijbel oorspronkelijk van de Nieuwe Zionisten is geweest?' zei ze. 'Het lijkt me dat je alleen maar weet dat hij van Shapiro afkomstig is, en hoe weten we waar hij dat boek vandaan heeft?'
Marino zei: 'Shapiro was tot drie maanden geleden een Nieuwe Zionist. Ik heb gehoord dat Hand niet erg begripvol is als er mensen bij hem weggaan. Ik wil je iets vragen. Hoeveel ex-Nieuwe Zionisten ken je?'
Dat wist Lucy niet. En ik ook niet.
'Hij heeft al minstens tien jaar volgelingen. En horen we ooit over iemand die bij hem weggaat?' vervolgde hij. 'Hoe weten we in godsnaam wie hij allemaal op zijn boerderij heeft begraven?'
'Hoe kan het dat ik nooit van hem heb gehoord?' wilde ze weten.

Marino stond op om het laatste restje champagne in te schenken.
Hij zei: 'Omdat ze je niets leren over zulke dingen op het Massachusetts Institute of Technology en de universiteit van Virginia.'

5

Bij het aanbreken van de dag lag ik in bed naar Mants achtertuin te kijken. Er was veel sneeuw gevallen. Er lag een dikke laag op de muur en achter de duinen glinsterde de zon op de zee. Ik sloot mijn ogen en dacht aan Benton Wesley. Ik vroeg me af wat hij van het huis waar ik nu woonde zou vinden en wat we tegen elkaar zouden zeggen als we elkaar later op de dag zouden zien. We hadden elkaar niet meer gesproken sinds de tweede week van december, toen we hadden besloten dat we onze relatie moesten verbreken.

Ik draaide me op mijn zij en trok het dekbed tot aan mijn oren omhoog toen ik zachte voetstappen hoorde. Vervolgens voelde ik dat Lucy op de rand van mijn bed kwam zitten.

'Goeiemorgen, mijn meest favoriete nichtje ter wereld,' mompelde ik.

'Ik ben het enige nichtje dat je in de wereld hebt,' zei ze zoals altijd. 'En hoe wist je dat ik het was?'

'Het was maar goed dat jij het was. Als het iemand anders was geweest had die het er misschien niet best afgebracht.'

'Ik heb koffie voor je meegebracht,' zei ze.

'Je bent een engel.'

'"Joho", om met Marino te spreken. Dat zegt iedereen altijd over me.'

'Ik wilde alleen maar aardig zijn,' geeuwde ik.

Ze boog zich over me heen en kuste me, en ik rook de Engelse zeep die ik in haar badkamer had gelegd. Ik was me bewust van haar kracht en haar stevige lichaam, en voelde me oud.

'Je zorgt ervoor dat ik me afschuwelijk voel.' Ik rolde me op mijn rug en legde mijn handen achter mijn hoofd.

'Waarom zeg je dat?' Ze droeg een van mijn wijde flanellen pyjama's en keek verbaasd.

'Omdat ik niet denk dat ik de Yellow Brick Road nog kan lopen,' zei ik. Dat was de hindernisbaan van de Academie.

'Ik heb nog nooit van iemand gehoord voor wie het gemakkelijk was.'

'Voor jou is het wel gemakkelijk.'

Ze aarzelde. 'Ach, nu wel, ja. Maar jij hoeft toch niet met de ATE op te trekken.'

'En daar ben ik dankbaar voor.'

Ze zweeg even en zei toen met een zucht: 'Weet je, eerst was ik kwaad toen de Academie besloot me een maand naar de universiteit terug te sturen. Maar misschien is het uiteindelijk wel een opluchting. Ik kan in het laboratorium werken en als een normaal mens over de campus fietsen en joggen.'

Lucy was geen normaal mens, en zou dat ook nooit zijn. Ik was tot de conclusie gekomen dat personen met een I.Q. dat zo hoog was als het hare droevig genoeg op veel manieren net zoveel verschillen van gewone mensen als geestelijk gehandicapten. Ze staarde uit het raam. De sneeuw werd steeds lichter. In het aarzelende ochtendlicht had haar haar de kleur van rood goud, en ik verwonderde me erover dat ik familie was van iemand die zo mooi was.

'Het is misschien ook wel een opluchting dat ik nu niet in Quantico ben.' Ze zweeg even en draaide zich met een heel ernstige uitdrukking op haar gezicht naar me toe. 'Tante Kay, er is iets wat ik je moet vertellen. Ik weet eigenlijk niet of je dit wel wilt horen. Of misschien zou het gemakkelijker zijn als je het niet hoorde. Ik zou het je gisteren al hebben verteld als Marino er niet was geweest.'

'Ik luister.' Ik voelde me onmiddellijk weer gespannen.

Ze zweeg weer even. 'Ik vind dat je het moet weten, vooral omdat je Wesley vandaag misschien ziet. Op het Bureau gaat het gerucht dat hij en Connie uit elkaar zijn.'

Ik wist niet wat ik moest zeggen.

'Ik kan natuurlijk niet beoordelen of dat echt waar is,' vervolgde ze. 'Maar ik heb een paar van de dingen gehoord die worden gezegd. En een deel daarvan heeft met jou te maken.'

'Waarom zou dat met mij te maken hebben?' reageerde ik te snel.

'Kom nou.' Ze keek me aan. 'Sinds je met hem aan zoveel zaken begon samen te werken, zijn de mensen iets gaan vermoeden. Sommige agenten denken dat dat de enige reden is waarom je adviseur bent geworden. Zodat je met hem samen kon zijn, met hem kon reizen, weet je.'

'Dat is een pertinente onwaarheid,' zei ik kwaad en ging rechtop zitten. 'Ik heb toegestemd om adviserend patholoog-anatoom te worden omdat de directeur dat aan Benton heeft gevraagd, die mij toen heeft gevraagd, en niet andersom. Ik help bij die zaken om de FBI van dienst te zijn en...'

'Tante Kay,' onderbrak ze me. 'Je hoeft jezelf niet te verdedigen.'

Maar ik liet me niet kalmeren. 'Dat is volkomen waanzinnig. Ik heb mijn professionele integriteit nog nooit laten beïnvloeden door een vriendschap.'

Lucy werd stil en zei tenslotte: 'We hebben het niet over een gewone vriendschap.'

'Benton en ik zijn heel goede vrienden.'

'Jullie zijn meer dan vrienden.'

'Op dit ogenblik niet. En het gaat je trouwens niets aan.'

Ze stond ongeduldig op. 'Je hoeft niet boos op me te worden.' Ze staarde me aan, maar ik kon niets zeggen omdat de tranen me hoog zaten.

'Ik vertel je alleen maar wat ik heb gehoord zodat je het niet van iemand anders hoeft te horen,' zei ze.

Ik zei nog steeds niets en ze wilde weg lopen.

Ik greep haar hand. 'Ik ben niet boos op je. Probeer me alsjeblieft te begrijpen. Het is toch logisch dat ik zo reageer als ik zoiets hoor. Dat zou jij ook doen.'

Ze trok zich los. 'Waarom denk je dat ik niet zo reageerde toen ik het hoorde?'

Ik keek gefrustreerd hoe ze mijn kamer uit beende. Ik bedacht dat ze de moeilijkste persoon was die ik kende. We maakten zo lang we elkaar kenden al ruzie. Ze gaf altijd pas toe als ik volgens haar lang genoeg had geleden, al wist ze hoeveel ik om haar gaf. Het was zo oneerlijk, zei ik tegen mezelf en zette mijn voeten op de grond.

Ik haalde mijn vingers door mijn haar terwijl ik me voorbereidde om echt op te staan en de dag het hoofd te bieden. Mijn geest was zwaarmoedig en was overschaduwd door dromen die nu ver weg waren, maar waarvan ik het gevoel had dat ze eigenaardig waren geweest. Ik had het idee dat er water en vreemde mensen in voor waren gekomen en dat ik onhandig en bang was geweest. Ik nam een douche, pakte een badjas van een haakje aan de binnenkant van de deur en trok mijn pantoffels aan. Marino en mijn nichtje waren al aangekleed en zaten in de keuken toen ik eindelijk verscheen.

'Goedemorgen,' zei ik, alsof Lucy en ik elkaar die dag niet al eerder hadden gesproken.

'Ja. Het is zeker een goede morgen.' Marino zag eruit alsof hij de hele nacht wakker was geweest en woedend was.

Ik pakte een stoel en ging bij hen aan de kleine ontbijttafel zitten. De zon was ondertussen opgekomen en de sneeuw leek wel in brand te staan.

'Wat is er aan de hand?' vroeg ik. Ik begon me nog meer gespannen te voelen.

'Herinner je je die voetafdrukken gisteravond bij de muur nog?' Zijn gezicht was vuurrood.

'Natuurlijk.'

'Nou, daar hebben we er nu nog meer van.' Hij zette zijn mok met koffie neer. 'Alleen staan deze bij onze auto's en zijn ze afkomstig van gewone laarzen met een Vibram-zool. En raad eens, Doc?' vroeg hij. Ik was bang dat ik al wist wat hij zou gaan zeggen. 'Wij drieën gaan vandaag nergens heen totdat er een sleepwagen is geweest.'

Ik zei niets.

'Iemand heeft onze banden kapot gesneden.' Lucy's gezicht was uitdrukkingsloos. 'Allemaal, godverdomme. Met een soort breed lemmet, denk ik. Misschien een groot mes of een machete.'

'De moraal van het verhaal is dat het om de donder geen verdwaalde buurman of een nachtelijke duiker was die in jouw tuin is geweest,' vervolgde hij. 'Ik denk dat het iemand was die een opdracht had. En nadat we hem aan het schrikken hebben gemaakt, is hij, of iemand anders teruggekomen.'

Ik stond op om koffie in te schenken. 'Hoe lang denk je dat het duurt voor onze auto's gerepareerd zijn?'

'Vandaag?' zei hij. 'Ik denk niet dat de auto's van jou en Lucy vandaag gerepareerd kunnen worden.'

'Dat moet gewoon,' zei ik op nuchtere toon. 'We moeten hier weg, Marino. We moeten naar Eddings' huis. En in dit huis lijkt het op dit moment niet al te veilig.'

'Dat lijkt me een goede inschatting,' zei Lucy.

Ik liep naar het raam bij de gootsteen en zag dat de banden van onze auto's er in de sneeuw als hoopjes zwart rubber bij lagen.

'Ze zijn aan de zijkant doorgesneden en niet op het profiel, zodat ze niet geplakt kunnen worden,' zei Marino.

'Wat moeten we nu doen?' vroeg ik.

'Richmond heeft een overeenkomst met andere politiebureaus en ik heb al met Virginia Beach gesproken. Ze zijn onderweg.'

Zijn auto had politiebanden en -velgen nodig, terwijl Lucy en ik banden van Goodyear en Michelin moesten hebben. In tegenstelling tot Marino waren we met onze eigen auto gekomen. Dat vertelde ik hem.

'Er is een vrachtwagen met oplegger onderweg voor jullie,' zei hij toen ik weer ging zitten. 'Binnen een paar uur laden ze jouw Benz en Lucy's rotkar daarop en brengen ze ze naar de Bell-bandenservice op Virginia Beach Boulevard.'

'Het is geen rotkar,' zei Lucy.

'Waarom heb je in vredesnaam een auto met de kleur van papegaaiepoep gekocht? Komt dat doordat je wortels in Miami liggen of zo?'

'Nee, dat komt door mijn budget. Ik heb hem voor negenhonderd dollar kunnen kopen.'

'En wat doen we in de tussentijd?' vroeg ik. 'Je weet dat ze dit niet snel zullen afhandelen. Het is nieuwjaar.'

'Dat is waar,' zei hij. 'Het is heel simpel, Doc. Als je naar

Richmond gaat, rij je met mij mee.'

'Prima.' Daar had ik niets tegenin te brengen. 'Laten we dan nu proberen zoveel mogelijk gedaan te krijgen, zodat we straks weg kunnen.'

'Om te beginnen moet jij je spullen inpakken,' zei hij tegen me. 'Ik vind dat je maar moet maken dat je hier voorgoed wegkomt.'

'Dat kan ik niet doen. Ik moet hier blijven totdat dokter Mant uit Londen terugkomt.'

Toch pakte ik alles in, alsof ik tijdens dit leven niet meer naar dit huis zou terugkeren. Vervolgens voerden we zo goed we dat alleen konden, een forensisch onderzoek uit. Want het was een vergrijp om banden kapot te snijden en we wisten dat de plaatselijke politie niet erg enthousiast zou zijn over onze zaak. We hadden geen uitrusting om gipsafdrukken van het profiel van de laarzen te maken en namen dus gewoon maar foto's van de voetafdrukken om onze auto's heen. Ik vermoedde echter dat we daar alleen maar uit zouden kunnen afleiden dat de verdachte groot was en een algemeen verkrijgbaar soort laars of schoen droeg met een Vibram-logo op het grove profiel.

Toen aan het eind van de ochtend een jonge politieman genaamd Sanders en een rode sleepwagen arriveerden, pakte ik twee van de kapotte radiaalbanden en stopte die in de achterbak van Marino's auto. Ik sloeg de mannen in hun overalls en dikke jacks een tijdje gade. Ze hanteerden met verbazingwekkende snelheid een krik terwijl de bumper van de Ford met een hefbrug omhoog werd gehouden. Het leek alsof Marino's auto elk moment weg kon vliegen. Agent Sanders vroeg of het feit dat ik de hoofdpatholoog-anatoom was misschien iets met de schade aan onze auto's te maken had. Ik zei tegen hem dat ik niet dacht dat dat het geval was.

'Mijn plaatsvervanger woont hier,' legde ik uit. 'Dokter Philip Mant. Hij is ongeveer een maand in Londen. Ik val alleen maar voor hem in.'

'En niemand weet dat u hier logeert?' vroeg Sanders, die ook niet gek was.

'Natuurlijk, sommige mensen weten dat. Ik neem zijn telefoon aan.'

'Dus u denkt niet dat dit iets te maken heeft met wie u bent en wat u doet, mevrouw?' Hij maakte aantekeningen.

'Op dit moment heb ik geen aanwijzingen dat er een connectie is,' antwoordde ik. 'We weten niet eens zeker of de schuldige niet de een of andere knul was die op oudejaarsavond wat stoom af moest blazen.'

Sanders keek steeds naar Lucy, die bij onze auto's met Marino stond te praten. 'Wie is dat?' vroeg hij.

'Mijn nichtje. Ze werkt bij de FBI,' antwoordde ik en spelde haar naam.

Toen hij met haar ging praten, liep ik nog één keer het huis binnen. Ik ging door de onbewerkte voordeur naar binnen. De lucht werd verwarmd door het zonlicht dat door de ramen scheen en de kleuren van de meubels deed verbleken. Ik kon de knoflook van onze maaltijd van de avond daarvoor nog ruiken. Ik keek nog een keer in mijn slaapkamer, opende laden en verschoof de kleren die in de kast hingen. De teleurstelling die ik voelde maakte me droevig. In het begin had ik gedacht dat ik een prettige tijd zou hebben.

In de hal keek ik nog even in de kamer waar Lucy had geslapen en ging toen naar de woonkamer, waar we tot in de vroege ochtend het Boek van Hand hadden zitten lezen. Die herinnering bracht me net als mijn droom van mijn stuk en het kippevel stond op mijn armen. De angst stroomde door mijn bloed en plotseling kon ik geen ogenblik langer meer in het huis van mijn collega blijven. Ik rende naar de veranda en schoot door de deur naar de achtertuin. In het zonlicht voelde ik me rustiger en toen ik naar de zee keek, raakte ik weer geïnteresseerd in de muur.

Toen ik er dichter naartoe liep, kwam de sneeuw tot de bovenkant van mijn laarzen. De voetsporen van de avond daarvoor waren verdwenen. De indringer wiens zaklantaarn Lucy had gezien, was over de muur geklommen en had snel gemaakt dat hij wegkwam. Maar hij, of iemand anders, moest later weer zijn teruggekomen, omdat de voetsporen rondom onze auto's duidelijk waren gemaakt nadat het was opgehouden met sneeuwen. Bovendien waren ze niet afkomstig van duiklaarzen of surfschoenen. Ik keek over de muur voorbij het duin, naar het brede, lager gelegen strand. De sneeuw lag als hoopjes gesponnen suiker op het zand en het zeegras stak daar als gerafelde veren uit omhoog. Het water was onstuimig en donkerblauw. Ik volgde de kustlijn zo ver mogelijk, maar er was niemand te zien.

Ik stond lang naar de zee te kijken, volledig in beslag genomen door speculaties en zorgen. Toen ik me omdraaide om terug te gaan, zag ik geschrokken dat rechercheur Roche zo dicht bij me stond dat hij me vast had kunnen pakken.

'Grote god,' zei ik naar adem snakkend. 'Wilt u in vredesnaam nooit meer zo naar me toe sluipen.'

'Ik heb in uw voetsporen gelopen. Daarom heeft u me niet gehoord.' Hij kauwde kauwgom en had zijn handen in de zakken van een leren jas. 'Als ik wil, kan ik heel geruisloos zijn.'

Ik staarde hem aan en mijn afkeer van hem werd nog groter. Hij droeg een donkere broek met laarzen en ik kon zijn ogen niet zien achter zijn vliegeniersbril. Maar dat maakte niet uit. Ik wist wat ik aan rechercheur Roche had. Ik kende zijn soort heel goed.

'Ik hoorde over dat vandalisme hier en ben toen even langsgekomen om te zien of ik nog van dienst kon zijn,' zei hij.

'Ik wist niet dat we de politie in Chesapeake hadden gebeld,' antwoordde ik.

'Virginia Beach en Chesapeake hebben een gemeenschappelijke alarmlijn en zo heb ik over uw probleem gehoord,' zei hij.

'Ik moet u bekennen dat het eerste dat bij me opkwam was dat er mogelijk een verband is.'

'Een verband waarmee?'

'Met onze zaak.' Hij kwam dichterbij staan. 'Het lijkt erop dat iemand zich op jullie auto's heeft uitgeleefd. Het lijkt me een waarschuwing. Weet u, misschien steekt u uw neus ergens in waarvan iemand vindt dat die er niet thuishoort.'

Mijn ogen gingen naar zijn voeten, naar zijn leverkleurige leren rijglaarzen en ik zag de afdrukken die ze in de sneeuw hadden gemaakt. Roche had grote voeten en handen en droeg laarzen met Vibram-zolen. Ik keek weer naar zijn gezicht, dat knap geweest zou zijn als zijn geest niet zo beperkt en laaghartig was geweest. Ik zei een tijdje geen woord, maar toen ik weer sprak was ik heel direct.

'U klinkt net als kapitein Green. Vertel eens. Bedreigt u me ook?'

'Ik maak gewoon een opmerking.'

Hij kwam nog dichterbij staan en ik stond nu met mijn rug tegen de muur. De smeltende sneeuw erbovenop druppelde tussen de kraag van mijn jas en mijn nek terwijl ik steeds verhitter van kwaadheid raakte.

'Trouwens,' vervolgde hij, nog dichterbij stappend, 'wat zijn de ontwikkelingen in die zaak van ons?'

'Ga alstublieft naar achteren,' zei ik.

'Ik ben er helemaal niet zeker van dat u me alles vertelt. Ik denk dat u best een duidelijk idee heeft van wat er met Ted Eddings is gebeurd en dat u informatie achterhoudt.'

'We gaan het nu niet over die, of over een andere zaak hebben,' zei ik.

'Ziet u? Dan zit ik met een probleem, want ik moet verantwoording afleggen.' Ik kon het niet geloven toen hij zijn hand op mijn schouder legde en vervolgde: 'Ik weet dat u me geen moeilijkheden wilt bezorgen.'

'Blijf van me af,' waarschuwde ik hem. 'Drijf de zaak niet te ver door.'

'Ik denk dat wij eens met elkaar zouden moeten praten om zo ons communicatieprobleem op te lossen.' Hij liet zijn hand liggen. 'Misschien kunnen we in een rustig, ontspannen restaurantje gaan eten. Hou je van vis? Ik ken een heel geïsoleerd gelegen restaurant aan de baai.'

Ik zweeg en vroeg me af of ik mijn vinger in zijn luchtpijp zou rammen.

'Wees maar niet verlegen. Vertrouw me. Het kan best. Dit is

niet de hoofdstad van de Geconfedereerde Staten, met al die snobistische ouwe lijken die jullie in Richmond hebben. Hier geloven we in leven en laten leven. Snap je wat ik bedoel?'
Ik probeerde langs hem heen te schuiven, maar hij greep mijn arm.
'Ik praat tegen je.' Hij begon kwaad te klinken. 'Je loopt niet zomaar weg als ik tegen je praat.'
'Laat me los,' eiste ik.
Ik probeerde mijn arm los te rukken, maar hij was verbazingwekkend sterk.
'Hoeveel chique universitaire titels je ook hebt, mij kun je niet aan,' mompelde hij. Zijn adem rook naar pepermunt.
Ik staarde recht naar zijn Ray Ban zonnebril.
'Haal je handen nu weg,' zei ik op luide, bevelende toon. 'Nu!' riep ik alsof ik hem elk moment kon doden.
Roche liet me plotseling los en ik ploeterde gedecideerd door de sneeuw, terwijl mijn hart op hol sloeg. Toen ik bij de voorkant van het huis was, bleef ik buiten adem en verbijsterd staan.
'Er zijn voetafdrukken in de achtertuin, waar foto's van moeten worden genomen,' zei ik tegen iedereen. 'De voetafdrukken van rechercheur Roche. Hij was hier zonet. En ik wil al mijn spullen uit dat huis weg hebben.'
'Wat bedoel je in vredesnaam, dat hij hier net was?' vroeg Marino.
'We hadden een gesprek.'
'Hoe is hij daar verdomme gekomen zonder dat we hem hebben gezien?'
Ik tuurde langs de straat, maar zag geen auto die van Roche zou kunnen zijn. 'Ik weet niet hoe hij hier is gekomen,' zei ik. 'Ik denk dat hij via de achtertuin van iemand anders is gekomen. Of misschien is hij wel via het strand gekomen.'
Lucy wist niet wat ze moest denken toen ze me aankeek. 'Je komt hier dus niet meer terug?' vroeg ze. 'Helemaal niet?'
'Nee,' zei ik, 'als het aan mij ligt, kom ik hier nooit meer terug.'

Ze hielp me de rest van mijn spullen in te pakken en ik vertelde pas wat er in de achtertuin was gebeurd toen we in Marino's auto op de 164 snel naar Richmond reden.

'Shit,' riep hij. 'Die verdomde smeerlap heeft je lastig gevallen. Godverdomme. Waarom heb je niet gegild?'

'Ik denk dat hij opdracht had van iemand anders om me lastig te vallen,' zei ik.

'Het kan me niet schelen wat zijn opdracht was. Hij heeft je lastig gevallen. Je moet een aanhoudingsbevel laten uitvaardigen.'

'Het is niet tegen de wet om iemand lastig te vallen,' zei ik.

'Hij heeft je beetgepakt.'

'Dus ik moet hem laten arresteren omdat hij mijn arm vastpakte?'

'Hij had helemaal niks mogen vastpakken.' Hij was woedend. 'Je hebt hem gezegd dat hij je los moest laten en dat heeft hij niet gedaan. Dat is ontvoering. En het is in ieder geval aanranding. Verdomme, deze situatie is te gek voor woorden.'

'Je moet hem bij Interne Zaken rapporteren,' zei Lucy vanaf de voorbank, waar ze met de scanner zat te spelen omdat ze haar handen nooit stil kon houden. 'Hé, Pete, de ruisonderdrukker werkt niet goed,' zei ze. 'En je kunt niets verstaan op kanaal drie. Dat is toch het derde district?'

'Wat verwacht je anders, als ik vlak bij Williamsburg ben? Denk je dat ik een motoragent ben?'

'Nee, maar als je er een wilt spreken, kan ik dat waarschijnlijk wel klaarspelen.'

'Je kunt vast zelfs contact krijgen met die verdomde spaceshuttle,' merkte hij geïrriteerd op.

'Als je dat kunt,' zei ik tegen haar, 'kun je dan ook regelen dat ze mij meenemen?'

6

We kwamen om halfdrie in Richmond aan. Een bewaker opende het hek en liet ons in de bewaakte buurt waar ik onlangs was komen wonen. Het was typerend voor dit deel van Virginia dat het hier niet had gesneeuwd. Het water druppelde in grote hoeveelheden uit de bomen, omdat de regen 's nachts was overgegaan in ijzel en daarna de temperatuur was gestegen.

Mijn stenen huis stond een stukje van de straat af op een heuvel die uitzicht bood op een rotsachtige bocht in de rivier de James. Het bijbehorende stuk grond met de vele bomen was omgeven door een smeedijzeren hek waar de kinderen uit de buurt zich niet doorheen konden wringen. Ik kende mijn buren niet, en was ook niet van plan daar verandering in te brengen.

Ik had geen problemen voorzien toen ik voor het eerst in mijn leven had besloten dat ik iets voor mezelf wilde laten bouwen. Maar of het nu om het met leisteen bedekte dak, de stenen op het pad door mijn tuin of de kleur van mijn voordeur ging, het leek wel of iedereen er iets op had aan te merken. Toen het zo ver was gekomen dat ik zelfs in het mortuarium door de gefrustreerde telefoontjes van mijn aannemer werd gestoord, had ik de buurtvereniging gedreigd dat ik ze voor de rechter zou dagen. Het was logisch dat ik tot dusver weinig uitnodigingen voor feestjes in deze buurt had gekregen.

'Je buren zijn vast dolblij dat je weer thuis bent,' zei mijn nichtje op droge toon toen we uitstapten.

'Ik geloof niet dat ze nog echt op me letten.' Ik zocht naar mijn sleutels.

'Onzin,' zei Marino. 'Jij bent de enige hier die haar dagen doorbrengt met het bezoeken van plekken waar moorden zijn gepleegd en met het snijden in dode lichamen. Ze zitten waarschijnlijk de hele tijd uit het raam te loeren als jij thuis bent.

Jezus, die bewaker belt ze waarschijnlijk allemaal als jij aan komt rijden.'

'Dank je,' zei ik, de voordeur openmakend. 'Ik begon me hier net wat meer thuis te voelen.'

De alarminstallatie zoemde waarschuwend dat ik maar beter snel de juiste toetsen in kon drukken, en ik keek zoals altijd eerst rond, omdat mijn huis nog steeds vreemd voor me was. Ik was altijd bang dat het dak zou lekken, dat er pleisterwerk naar beneden zou komen of dat er iets anders kapot zou gaan, en als alles in orde was, was ik bijzonder tevreden over mijn prestatie. Mijn huis had twee verdiepingen en was heel open, omdat de ramen zo waren geplaatst dat ze elk straaltje licht opvingen. De woonkamer had een glazen muur, waardoor je de James kilometers ver kon volgen en aan het einde van de dag kon ik de zon boven de bomen langs de oever van de rivier zien ondergaan.

Naast mijn slaapkamer had ik een kantoor dat eindelijk groot genoeg voor me was. Daar ging ik eerst kijken of ik faxen had. Er waren er vier.

'Is er iets belangrijks bij?' vroeg Lucy die achter me aan was gelopen terwijl Marino de dozen en tassen uitlaadde.

'Ze zijn allemaal van je moeder.' Ik overhandigde haar de faxen.

Ze fronste haar voorhoofd. 'Waarom zou ze een fax voor mij hiernaartoe sturen?'

'Ik heb haar niet verteld dat ik tijdelijk in Sandbridge ging wonen. Jij wel?'

'Nee. Maar oma weet toch wel waar je bent?' zei Lucy.

'Natuurlijk. Maar mijn moeder en jouw moeder hebben niet altijd alles op een rijtje.' Ik keek wat ze aan het lezen was. 'Alles in orde?'

'Ze is zo raar. Weet je, ik heb een modem en een CD ROM in haar computer geïnstalleerd en heb haar laten zien hoe ze die moest gebruiken. Dat was een vergissing. Nu heeft ze steeds allerlei vragen. In deze faxen staan allemaal vragen over de computer.' Ze bladerde geërgerd door de vellen papier.

Ik was ook boos op Dorothy, haar moeder. Ze was mijn zuster, de enige die ik had, en ze nam zelfs niet de moeite haar enige kind een gelukkig nieuwjaar te wensen.

'Ze heeft ze vandaag gestuurd,' vervolgde mijn nichtje. 'Het is een feestdag en ze zit weer aan een van haar belachelijke kinderboeken te schrijven.'

'Eerlijk is eerlijk, haar boeken zijn niet belachelijk,' zei ik.

'Ja, kan je nagaan. Ik weet niet wanneer ze haar research heeft gedaan, maar dat was zeker niet toen ik opgroeide.'

'Ik wilde maar dat jullie tweeën niet zo slecht met elkaar op konden schieten.' Ik zei hetzelfde wat ik al Lucy's hele leven zei. 'Op een dag moet je je toch met haar verzoenen. Vooral als ze doodgaat.'

'Jij denkt altijd over de dood.'

'Dat doe ik omdat ik er veel van weet, en het is de andere kant van het leven. Je kunt de dood net zo min negeren als de nacht. Je zult toch een manier moeten vinden om met Dorothy om te gaan.'

'Nee, dat moet ik niet.' Ze draaide mijn met leer beklede bureaustoel om en ging er op zitten. Ze keek me aan. 'Dat heeft geen zin. Ze begrijpt helemaal niets van me en ze heeft me ook nooit begrepen.'

Dat was waarschijnlijk waar.

'Je mag mijn computer wel gebruiken,' zei ik.

'Ik ben zo klaar.'

'Marino haalt ons om een uur of vier op,' zei ik.

'Ik wist niet dat hij weg was.'

'Even maar.'

De toetsen klikten terwijl ik naar mijn slaapkamer ging om mijn spullen uit te pakken en plannen te maken. Ik had een auto nodig en vroeg me af of ik er een moest huren. Verder moest ik me verkleden, maar ik wist niet wat ik aan moest. Ik vond het vervelend dat ik bij de gedachte dat ik Wesley zou zien nog steeds onzeker was over mijn kleding. Terwijl de minuten voortkropen werd ik echt bang om hem weer te zien. Marino haalde ons op de afgesproken tijd af. Hij had ergens een autowasserette gevonden die open was en had de tank met benzine gevuld. We reden in oostelijke richting over Monument Avenue naar de wijk die bekend stond als de Fan, met elegante herenhuizen langs historische lanen en oude, door studenten bevolkte woningen. Bij het standbeeld van Robert E. Lee stak hij over naar Grace Street, waar Ed Eddings in een wit, in Spaanse stijl gebouwd twee-onder-een-kap huis had gewoond. Er hing een rode kerstvlag aan de houten veranda met een schommel. De politie had felgeel lint van de ene kant naar de andere kant van het huis gespannen. Het leek een morbide parodie op een kerstcadeautje. De dikke, zwarte letters op het lint waarschuwden nieuwsgierigen dat ze uit de buurt moesten blijven.

'Gezien de omstandigheden wilde ik niet dat er iemand binnen zou komen en ik wist niet wie er verder nog een sleutel had,' legde Marino uit terwijl hij de voordeur openmaakte. 'Ik kan geen nieuwsgierige huisbaas gebruiken die zijn verdomde inventaris wil gaan controleren.'

Wesley was nergens te bekennen en ik was net tot de conclusie gekomen dat hij niet zou komen toen ik het hese geronk van zijn grijze BMW hoorde. Hij parkeerde langs de stoep en ik zag hoe de radio-antenne werd ingetrokken toen hij de motor afzette.

'Doc, ik wacht wel op hem als jij al naar binnen wilt,' zei Marino.

'Ik moet hem spreken.' Lucy ging de trap af terwijl ik een paar katoenen handschoenen aantrok.

'Ik ben binnen,' zei ik, alsof Wesley niet iemand was die ik kende.

Ik ging Eddings' hal binnen en overal waar ik keek was zijn persoonlijkheid overduidelijk aanwezig. Ik voelde zijn nauwgezette aard in de minimalistische meubels, de Indiase tapijten en glanzende vloeren, en zijn warmte in de zonnige, gele muren met de felgekleurde grafieken. Er lag een fijn laagje stof, dat alleen was weggeveegd op de plaatsen waar de politie onlangs kasten en laden had geopend. Begonia's, een ficus, een vijgeplant en cyclamen leken te treuren om hun verdwenen baas. Ik keek om me heen of ik een gieter zag. Ik vond er een in de waskamer, vulde die met water en begon de planten te begieten omdat ik het onzinnig vond ze dood te laten gaan. Ik hoorde Benton Wesley niet binnenkomen.

'Kay?' Zijn kalme stem klonk achter me.

Ik draaide me om en hij zag verdriet dat niet voor hem was bedoeld.

'Wat ben je aan het doen?' Hij staarde naar me terwijl ik water in een pot goot.

'Precies waar dit op lijkt.'

Hij was stil en keek me in mijn ogen.

'Ik kende hem, ik kende Ted,' zei ik. 'Niet echt goed. Maar hij was populair bij mijn personeel. Hij heeft me vaak geïnterviewd en ik respecteerde... Ach...' Mijn geest dwaalde af. Wesley was mager, waardoor zijn gelaatstrekken nog scherper dan anders waren. Zijn haar was nu helemaal grijs, hoewel hij niet veel ouder was dan ik. Hij zag er moe uit, maar iedereen die ik kende zag er moe uit. Hij zag er echter niet eenzaam uit. Hij zag er niet uit alsof hij droevig was dat hij niet bij zijn vrouw of bij mij was.

'Pete heeft me over jullie auto's verteld,' zei hij.

'Ongelooflijk, hè?' zei ik terwijl ik nog wat planten water gaf.

'En die rechercheur. Hoe heet hij ook alweer? Roche? Ik moet toch met zijn baas praten. We zijn er nog niet in geslaagd elkaar te spreken te krijgen, maar als dat wel lukt, zal ik er iets over zeggen.'

'Dat hoef je van mij niet te doen.'

'Ik vind het echt niet vervelend,' zei hij.

'Ik heb liever dat je het niet doet.'

'Prima.' Hij hief zijn handen in een gebaar van overgave en keek de kamer rond.

'Hij had geld en was weinig thuis,' zei hij.

'Iemand zorgde voor zijn planten,' antwoordde ik.

'Hoe vaak?' Hij keek weer naar ze.

'De niet-bloeiende planten minstens één keer per week en de

rest om de andere dag, afhankelijk van hoe warm het hier was.'

'Dus deze planten hebben al een week geen water gehad?'

'Of langer,' zei ik.

Lucy en Marino waren nu ook in de woning en liepen door de gang.

'Ik wil de keuken bekijken' zei ik terwijl ik de gieter neerzette.

'Dat is een goed idee.'

De keuken was klein en zag eruit alsof hij sinds de jaren zestig niet meer was opgeknapt. In de kastjes vond ik oude potten en pannen en tientallen blikjes met etenswaren als tonijn en soep, en snacks, zoals *pretzels*. In zijn koelkast bewaarde Eddings voornamelijk bier. Maar ik was geïnteresseerd in een fles Louis Roederer Cristal-champagne met een rode strik erom.

'Heb je iets gevonden?' Wesley zocht onder de gootsteen.

'Misschien.' Ik keek nog steeds in de koelkast. 'Die kost in een restaurant zeker zo'n honderdvijftig dollar en als je zo'n fles in de winkel koopt misschien honderdtwintig.'

'Weten we hoeveel die vent verdiende?'

'Ik weet het niet. Maar ik vermoed dat dat niet veel was.'

'Hij heeft hier een heleboel schoensmeer en schoonmaakspullen, maar verder niets,' zei Wesley terwijl hij opstond.

Ik draaide de fles om en las de sticker op het etiket. 'Honderddertig dollar, en die champagne is niet hier gekocht. Voor zover ik weet heeft Richmond geen drankwinkel die The Wine Merchant heet.'

'Misschien was het een cadeautje. Wat de strik kan verklaren.'

'Misschien komt die fles uit D.C.?'

'Dat weet ik niet. Ik koop tegenwoordig niet veel wijn in D.C.,' zei hij.

Ik deed de deur van de koelkast dicht en was heimelijk blij, want toen we nog samen waren dronken we altijd graag wijn. Vroeger vonden we het leuk om wijn uit te kiezen en die op te drinken terwijl we dicht tegen elkaar aan op de bank zaten of in bed lagen.

'Hij ging niet vaak boodschappen doen,' zei ik. 'Ik zie geen aanwijzingen dat hij veel zelf kookte.'

'Het lijkt erop dat hij hier niet vaak was,' zei hij.

Ik voelde zijn aanwezigheid toen hij dichterbij me kwam staan, en kon dat haast niet verdragen. Zijn aftershave was subtiel en geurde naar kaneel en hout. Als ik die lucht ergens rook was ik altijd even van mijn stuk, net zoals nu.

'Gaat het?' vroeg hij zachtjes, zodat alleen ik het kon horen. Hij bleef in de deuropening staan.

'Nee,' zei ik. 'Dit is afschuwelijk.' Ik sloeg een kastje een beetje te hard dicht.

Hij liep naar de gang. 'Nou, we moeten zijn financiën eens grondig bekijken, om te zien of hij van iemand geld kreeg om buiten de deur te eten en dure champagne te kopen.

Die papieren lagen in zijn kantoor. De politie had ze nog niet bekeken omdat er officieel geen sprake was van een misdrijf. Ondanks mijn vermoedens over de oorzaak van Eddings' dood en de vreemde gebeurtenissen daaromheen, hadden we op dit moment juridisch gezien geen moord.

'Heeft iemand al in deze computer gekeken?' vroeg Lucy, die naar de 486 op het bureau keek.

'Nee,' zei Marino, die dossiers in een groene, metalen kast stond te bekijken. 'Een van de jongens zei dat we er niet in konden.'

'Oké,' zei ze. 'Hij heeft een wachtwoord, dat is niet ongebruikelijk. Maar het is een beetje vreemd dat hij geen floppy in zijn back-up-drive heeft. Hé, Pete? Hebben jullie hier ergens floppy's gevonden?'

'Ja, er staat hier een hele doos.' Hij wees naar de boekenkast, die vol stond met boeken over de Burgeroorlog en een in leer gebonden encyclopedie.

Lucy pakte de doos en maakte die open.

'Nee. Dit zijn programmafloppy's voor WordPerfect.' Ze keek ons aan. 'Ik wil alleen maar zeggen dat de meeste mensen een back-up van hun werk hebben, ervan uitgaande dat hij hier in dit huis ergens aan werkte.'

Niemand wist of dat inderdaad het geval was geweest. We wisten alleen maar dat Eddings bij het kantoor van AP in Fourth Street, in het centrum, had gewerkt. Hoe hadden we kunnen weten waar hij thuis mee bezig was geweest, totdat Lucy zijn computer *rebootte*, een magische truc uithaalde en op de een of andere manier in de programmabestanden kwam. Ze schakelde de *screensaver* uit en bekeek de WordPerfect-*directories*, die allemaal leeg waren. Eddings had geen enkel bestand.

'Shit,' zei ze. 'Dat is echt bizar, tenzij hij zijn computer nooit gebruikte.'

'Dat kan ik me niet voorstellen,' zei ik. 'Zelfs als hij in de stad werkte, moet hij dit kantoor aan huis toch ergens voor hebben gebruikt.'

Ze typte nog wat commando's terwijl Marino en Wesley een aantal financiële papieren bekeken die Eddings netjes in een bakje in een la had gelegd.

'Ik hoop maar dat hij niet zijn hele *subdirectory* heeft gewist,' zei Lucy, die nu in het besturingssysteem zat. 'Dat kan ik zonder back-up niet terugkrijgen en het lijkt erop dat hij geen back-up heeft.'

Ik keek hoe ze *undelete*.** typte en de *enter*-toets indrukte. Op wonderbaarlijke wijze verscheen er een bestand genaamd *kill-drug.old* en nadat ze had aangegeven dat ze dat wilde houden, kwam er een andere naam op het scherm. Toen ze klaar was, had ze zesentwintig bestanden teruggevonden. Wij keken verbaasd toe.

'Dat is nou zo gaaf van DOS 6,' zei ze alleen maar en begon de bestanden te printen.

'Kun je zien wanneer ze zijn gewist?' vroeg Wesley.

'Op alle bestanden staan dezelfde tijd en datum,' antwoordde ze. 'Verdomme. Eenendertig december, tussen één uur één en een uur vijfendertig 's nachts. Je zou denken dat hij toen al dood was.'

'Het hangt ervan af wanneer hij naar Chesapeake is gegaan,' zei ik. 'Zijn boot is pas om zeven uur 's ochtends gevonden.'

'Trouwens, de klok van de computer loopt gelijk. Dus deze tijden moeten goed zijn,' zei ze.

'Zou het meer dan een halfuur duren om zoveel bestanden te wissen?' vroeg ik.

'Nee. Dat kun je in een paar minuten doen.'

'Dan heeft iemand ze misschien gelezen terwijl hij aan het wissen was,' zei ik.

'Dat doen veel mensen. We hebben meer papier voor de printer nodig. Wacht even, ik haal wel wat bij de fax weg.'

'Nu we het daar toch over hebben,' zei ik, 'kunnen we een lijst van alle verstuurde faxen oproepen?'

'Natuurlijk.'

Ze toverde een lijst met allerlei codes en telefoonnummers te voorschijn die me niets zeiden. Ik besloot dat ik die later wel zou bekijken. Maar we wisten tenminste zeker dat iemand rond het tijdstip waarop Eddings was gestorven, in zijn computer was geweest en al zijn bestanden had vernietigd. Lucy legde uit dat degene die hier verantwoordelijk voor was niet erg geraffineerd was, omdat een computerexpert ook de *subdirectory* zou hebben weggehaald, zodat het *undelete*-commando niet meer kon worden gebruikt.

'Dat is niet logisch,' zei ik. 'Iemand die schrijft maakt altijd back-ups van zijn werk, en het is duidelijk dat hij allesbehalve slordig was. En in de kluis waar hij zijn wapens bewaarde?' vroeg ik Marino. 'Heb je daar soms floppy's gevonden?'

'Nee.'

'Dat betekent nog niet dat er niemand in die kluis, en in het huis heeft ingebroken,' zei ik.

'Als dat is gebeurd, kende die persoon de combinatie van de kluis en de code voor de alarminstallatie.'

'Zijn die dan hetzelfde?' vroeg ik.

'Ja. Hij gebruikt overal zijn geboortedatum voor.'

'En hoe heb je dat uitgevonden?'

'Via zijn moeder.'

'En zijn sleutels?' zei ik. 'Die hebben we niet bij het lichaam gezien. Hij moet toch sleutels voor zijn pick-up hebben gehad.'

'Roche zei dat er geen sleutels waren,' zei Marino, en dat vond ik ook vreemd.

Wesley bekeek de vellen papier met de teruggehaalde bestanden die uit de printer kwamen. 'Dit ziet er allemaal uit als kranteartikelen,' zei hij.

'Gepubliceerde artikelen?' vroeg ik.

'Sommige misschien wel, want die zien er nogal oud uit. Het vliegtuig dat op het Witte Huis neerstortte, bijvoorbeeld. En de zelfmoord van Vince Foster.'

'Misschien was Eddings gewoon aan het opruimen,' suggereerde Lucy.

'O, dit is interessant.' Marino zat een bankafschrift te bekijken. 'Op tien december is er drieduizend dollar naar zijn rekening overgemaakt.' Hij opende nog een envelop en zocht verder. 'In november ook.'

Hetzelfde was het geval in oktober en de rest van het jaar. Aan de andere gegevens die we hadden te oordelen, had Eddings inderdaad dringend een aanvulling op zijn inkomen nodig gehad. Zijn hypotheek kostte hem duizend dollar per maand, zijn creditcard-uitgaven bedroegen per maand soms ongeveer net zoveel en toch was zijn jaarsalaris nog geen vijfenveertigduizend dollar.

'Shit. Met al dat extra geld had hij bijna tachtigduizend per jaar te verteren,' zei Marino. 'Niet slecht.'

Wesley kwam naar mij toe. Hij legde zwijgend een vel papier in mijn hand.

'De necrologie voor Dwain Shapiro,' zei hij. 'Uit de *Washington Post* van 16 oktober vorig jaar.'

Het artikel was kort. Er stond alleen maar in dat Shapiro mecanicien bij een Ford-dealer in Washington D.C. was geweest en dat hij toen hij 's avonds laat na een barbezoek naar huis reed, bij een autoroof was doodgeschoten. Zijn familie woonde niet in de buurt van Virginia en de Nieuwe Zionisten werden niet genoemd.

'Eddings heeft dit niet geschreven,' zei ik. 'Dit is geschreven door een journalist van de *Post*.'

'Hoe heeft hij het Boek dan te pakken gekregen?' zei Marino. 'En waarom lag het in vredesnaam onder zijn bed?'

'Misschien was hij het aan het lezen,' antwoordde ik. 'En misschien wilde hij niet dat iemand anders, zijn huishoudster bijvoorbeeld, het zou zien.'

'Hier zijn aantekeningen.' Lucy werd helemaal in beslag genomen door het scherm. Ze opende het ene na het andere bestand en gaf print-commando's. 'Oké, nu wordt het spannend. Verdomme.' Ze werd helemaal opgewonden terwijl de teksten voorbijrolden en de Laser Jet zoemde en klikte. 'Te gek.' Ze stopte en draaide zich naar Wesley. 'Hij heeft allemaal gegevens over Noord-Korea met informatie over Joel Hand en de Nieuwe Zionisten erbij.'

'Wat staat er over Noord-Korea?' Hij las een paar bladzijden terwijl Marino nog een la doorzocht.

'Het gaat over het probleem dat onze regering een paar jaar geleden met de hunne had toen ze in een van hun kerncentrales plutonium probeerden te maken dat ze voor wapens konden gebruiken.'

'Het schijnt dat Hand erg in kernfusies, energie en dat soort dingen is geïnteresseerd,' zei ik. 'Daar wordt ook in het Boek een toespeling op gemaakt.'

'Oké,' zei Wesley, 'dan is dit misschien gewoon een profielschets van hem. Of beter gezegd, het ruwe materiaal voor een groot verhaal over hem.'

'Waarom zou Eddings een groot artikel dat hij nog niet klaar had wissen?' wilde ik weten. 'En is het toeval dat hij dat heeft gedaan in de nacht dat hij stierf?'

'Dat kan erop wijzen dat hij zelfmoord wilde plegen,' zei Wesley. 'En we weten niet zeker dat hij dat niet heeft gedaan.'

'Precies,' zei Lucy. 'Hij vernietigt al zijn werk, zodat na zijn dood niemand iets ziet dat hij niet wil laten zien. Vervolgens arrangeert hij zijn dood zo dat het een ongeluk lijkt. Misschien vond hij het wel heel belangrijk dat de mensen niet zouden denken dat hij zelfmoord had gepleegd.'

'Dat is een reële mogelijkheid,' stemde Wesley in. 'Misschien

was hij ergens bij betrokken waar hij niet meer uit kon ontsnappen, wat het geld zou verklaren dat elke maand naar zijn
bankrekening werd overgemaakt. Of misschien was hij wel depressief of had hij een zwaar persoonlijk verlies meegemaakt
waar wij niets van weten.'
'Iemand anders kan die bestanden hebben verniétigd en de
back-up-floppy's of uitdraaien hebben meegenomen,' zei ik.
'Dat kan na zijn dood zijn gebeurd.'
'Dan had die persoon een sleutel en kende hij de codes en
combinaties,' zei hij. 'Hij wist dat Eddings niet thuis was en
ook niet thuis zou komen.' Hij keek me aan.
'Ja,' zei ik.
'Dat is nogal ingewikkeld.'
'Deze zaak is heel ingewikkeld,' zei ik. 'Maar ik kan je wel
met zekerheid vertellen dat als Eddings onder water met cyanidegas is vergiftigd, hij dat niet zelf kan hebben gedaan. En
ik wil weten waarom hij zoveel wapens had. Ik wil weten waarom het pistool dat hij in zijn motorboot bij zich had een Birdsong-laklaag had en met KTW's was geladen.'
Wesley keek weer naar me en zijn onverstoorbaarheid kwam
hard bij me aan. 'Je zou zijn militaristische neigingen natuurlijk als een uiting van zijn labiliteit kunnen zien,' zei hij.
'Of van zijn angst om vermoord te worden,' zei ik.
Toen gingen we naar de wapenkamer. Er hingen machinepistolen aan een rek aan de muur en in de Browning-kluis die
de politie die ochtend had opengemaakt lagen pistolen, revolvers en ammunitie. Ted Eddings had een kleine slaapkamer
uitgerust met een cilinderpers, een digitale weegschaal, een hul-
zenslijper, matrijzen om patronen te vullen en alles wat hij verder nodig had om zijn voorraad ammunitie op peil te houden.
In een la lagen koperen hulzen en slaghoedjes. In een oude le-
gerkist was kruit opgeslagen en hij leek gek te zijn geweest op
laservizieren en periscopen.
'Ik vind dat dit van een zekere getiktheid getuigt,' zei Lucy.
Ze hurkte voor de kluis en opende de plastic foedralen. 'Ik
zou zeggen dat dit wel meer dan gewoon lichtelijk paranoïde

is. Het is alsof hij dacht dat er een heel leger aan kwam.'
'Paranoia is gezond als er echt iemand achter je aan zit,' zei ik.
'Ik begin te denken dat die vent gestoord was,' antwoordde Marino.
Hun theorieën konden me niets schelen. 'Ik heb cyanide geroken in het mortuarium,' bracht ik hen in herinnering. Mijn geduld begon op te raken. 'Hij heeft zichzelf niet vergast voordat hij de rivier in ging, want dan zou hij dood zijn geweest toen hij het water raakte.'
'Jij rook cyanide,' zei Wesley op scherpe toon. 'Niemand anders heeft dat geroken en we hebben de uitslag van de toxicologische testen nog niet.'
'Wat suggereer je, dat hij zichzelf heeft verdronken?' Ik staarde naar hem.
'Ik weet het niet.'
'Ik heb niets gezien dat erop wijst dat hij is verdronken,' zei ik.
'Zie je dan altijd zulke aanwijzingen bij gevallen van verdrinking?' vroeg hij op redelijke toon. 'Ik dacht dat gevallen van verdrinking erom berucht zijn dat ze zo moeilijk zijn, wat ook de reden is waarom er vaak experts uit Zuid-Florida worden bijgehaald om bij zulke zaken te helpen.'
'Ik ben mijn loopbaan in Zuid-Florida begonnen en word beschouwd als een expert op het gebied van verdrinkingsgevallen,' zei ik bits.
We ruzieden verder op het trottoir bij zijn auto omdat ik wilde dat hij me naar huis zou brengen, zodat we ons meningsverschil uit konden vechten. De maan was wazig, de dichtstbijzijnde lantaarnpaal was een blok verderop en we konden elkaar niet goed zien.
'In godsnaam, Kay. Ik suggereerde heus niet dat je niet weet wat je doet,' zei hij.
'Dat deed je wel.' Ik stond bij het portier bij de bestuurderszitplaats alsof het mijn auto was en ik er elk ogenblik in weg kon rijden. 'Je zit op me af te geven. Je gedraagt je als een zak.'

'We zijn een sterfgeval aan het onderzoeken,' zei hij op die kalme toon van hem. 'Dit is niet de tijd of de plaats om je allerlei dingen persoonlijk aan te trekken.'

'Nou, laat ik je dan eens iets vertellen, Benton. Mensen zijn geen machines. Ze trekken zich dingen wel persoonlijk aan.'

'En daar gaat dit om.' Hij kwam naast me staan en opende het portier. 'Je trekt dit vanwege mij in het persoonlijke vlak. Ik weet niet of dit een goed idee was.' De sloten sprongen open. 'Misschien had ik hier vandaag niet moeten komen.' Hij schoof achter het stuur. 'Maar ik vond dat het belangrijk was. Ik probeerde juist te handelen en ik dacht dat jij dat ook zou doen.'

Ik liep naar de andere kant en stapte in, me afvragend waarom hij het portier niet voor me open had gehouden, zoals hij meestal deed. Ik was plotseling erg moe en was bang dat ik zou gaan huilen.

'Het is belangrijk, en je hebt juist gehandeld,' zei ik. 'Er is iemand dood. Ik geloof niet alleen dat hij is vermoord, maar ik heb ook het idee dat hij bij iets groters was betrokken, bij een heel vuil zaakje ben ik bang. Ik geloof niet dat hij zijn eigen computerbestanden heeft gewist en dat hij al zijn back-up-floppy's heeft weggedaan. Dat zou namelijk inhouden dat hij wist dat hij ging sterven.'

'Ja, het zou inhouden dat hij zelfmoord heeft gepleegd.'

'Wat hier niet het geval is.'

We keken elkaar in het donker aan.

'Ik denk dat iemand op de avond dat hij stierf zijn huis is binnengegaan.'

'Iemand die hij kende.'

'Of iemand die iemand anders kende die daar binnen kon komen. Bijvoorbeeld een collega of een goede vriend, of iemand met wie hij een relatie had. En wat betreft de huissleutels, de zijne zijn zoek.'

'Jij denkt dat dit iets met de Nieuwe Zionisten heeft te maken.' Hij begon te ontdooien.

'Ik ben bang van wel. En iemand waarschuwt me om me hier buiten te houden.'

'Dat zou betekenen dat de politie van Chesapeake erbij betrokken is.'

'Misschien niet het hele korps,' zei ik. 'Misschien alleen maar Roche.'

'Als wat jij zegt waar is, dan is hij maar een onbelangrijk radertje, een buitenlaagje dat ver van de kern verwijderd is. Ik denk dat zijn interesse in jou hier niets mee te maken heeft.'

'Hij is er alleen in geïnteresseerd om me te intimideren, angst aan te jagen,' zei ik. 'En daarom denk ik dat hij er iets mee te maken heeft.'

Wesley zweeg en keek door de voorruit. Ik gaf toe aan mijn verlangen en staarde naar hem.

Toen draaide hij zich weer naar me toe. 'Kay, heeft dokter Mant het er ooit over gehad dat hij werd bedreigd?'

'Niet tegen mij. Maar ik weet niet of hij in zo'n geval iets zou zeggen. Vooral als hij bang was.'

'Maar waarvoor? Daar kan ik me maar moeilijk iets bij voorstellen,' zei hij terwijl hij de auto startte en de straat op reed. 'Als Eddings iets met de Nieuwe Zionisten te maken had, wat voor connectie kan er dan in vredesnaam met dokter Mant zijn?'

Dat wist ik ook niet. Ik zweeg terwijl hij reed.

Toen zei hij: 'Is er een mogelijkheid dat je Britse collega gewoon de stad is ontvlucht? Weet je zeker dat zijn moeder is overleden?'

Ik dacht aan de mortuarium-coördinator van Tidewater die zonder vooraankondiging of reden vlak voor kerst ontslag had genomen. En toen was Mant ook plotseling vertrokken.

'Ik weet alleen maar wat hij me heeft verteld,' zei ik. 'Maar ik heb geen reden te denken dat hij liegt.'

'Wanneer komt je andere plaatsvervangend hoofd terug, die nu met zwangerschapsverlof is?'

'Ze heeft net een baby gekregen.'

'Nou, het is nogal moeilijk om dat te simuleren,' zei hij.

We reden Malvern op. De regen tikte als kleine speldeprikjes tegen het glas. Er kwamen woorden bij me op die ik niet uit kon spreken en toen we Cary Street in reden begon ik me wanhopig te voelen. Ik wilde tegen Wesley zeggen dat we het juiste besluit hadden genomen, maar dat het niet betekende dat alle gevoelens weg waren als je een relatie verbrak. Ik wilde hem vragen hoe het met Connie, zijn vrouw, ging. Ik wilde hem mee naar binnen nemen, net als vroeger, en hem vragen waarom hij me nooit meer belde. De Old Locke Lane waarover we in de richting van de rivier gingen was niet verlicht, en hij reed langzaam, in een lage versnelling.

'Ga je vanavond terug naar Fredericksburg?' vroeg ik.

Hij was stil en zei toen: 'Connie en ik gaan scheiden.'

Ik reageerde niet.

'Het is een lang verhaal en het wordt waarschijnlijk een langdurige, ellendige toestand. Godzijdank zijn de kinderen in ieder geval zo goed als volwassen.' Hij draaide het raampje naar beneden en de bewaker liet ons door.

'Benton, ik vind het heel erg voor je,' zei ik. Zijn BMW ronkte luid in mijn lege, natte straat.

'Nou, je zou waarschijnlijk kunnen zeggen dat ik mijn verdiende loon krijg. Ze had al bijna een jaar een verhouding met een andere man en ik wist van niks. Goede detective ben ik, hè?'

'Wie is het?'

'Hij is aannemer in Fredericksburg en heeft aan ons huis gewerkt.'

'Weet zij van ons?' Ik kon het bijna niet vragen, omdat ik Connie altijd graag had gemogen en er zeker van was dat ze me zou haten als ze de waarheid hoorde.

We reden mijn oprit op en hij antwoordde me pas toen we bij mijn voordeur stonden.

'Ik weet het niet.' Hij ademde diep in en keek naar zijn handen op het stuur. 'Ze heeft waarschijnlijk wel geruchten gehoord, maar ze luistert niet naar geruchten en hecht er al helemaal geen geloof aan.' Hij zweeg even. 'Ze weet dat we vaak bij elkaar waren, dat we samen op reis zijn geweest, dat soort dingen. Maar ik vermoed echt dat ze denkt dat dat alleen maar voor het werk was.'

'Ik voel me hier vreselijk onder.'

Hij zei niets.

'Woon je nog thuis?' vroeg ik.

'Zij wilde ergens anders gaan wonen,' antwoordde hij. 'Ze is naar een appartement verhuisd waar Doug regelmatig op bezoek kan komen, denk ik.'

'Dat is de naam van die aannemer.'

Zijn gezicht stond hard. Hij staarde door de voorruit. Ik nam voorzichtig een van zijn handen in de mijne.

'Luister,' zei ik op zachte toon. 'Ik wil je op alle mogelijke manieren helpen. Maar je moet me wel zeggen wat ik voor je kan doen.'

Hij keek me aan en een ogenblik lang blonken tranen in zijn ogen. Ik dacht dat die om haar waren. Hij hield nog steeds van zijn vrouw, en hoewel ik dat wel begreep, wilde ik dat niet hoeven zien.

'Je kunt niet veel voor me doen.' Hij schraapte zijn keel. 'Vooral nu niet. En het grootste deel van volgend jaar ook niet. Die vent met wie ze een verhouding heeft is gek op geld en hij weet dat ik wel wat geld heb, van mijn familie. Ik wil niet alles kwijt raken.'

'In het licht van wat zij heeft gedaan, snap ik niet hoe dat zou kunnen gebeuren.'

'Het is ingewikkeld. Ik moet voorzichtig zijn. Ik wil dat mijn kinderen om me blijven geven, me blijven respecteren.' Hij keek me aan en trok zijn hand terug. 'Je weet wat ik ervan vind. Probeer het daar alsjeblieft bij te laten.'

'Wist je dit in december al, toen we besloten ermee op te houden...'

Hij onderbrak me. 'Ja, toen wist ik het al.'

'Ik snap het.' Mijn stem klonk gespannen. 'Ik wilde maar dat je me dat had verteld. Dan zou het misschien gemakkelijker zijn geweest.'

'Ik geloof niet dat er iets is dat het gemakkelijker zou hebben gemaakt.'

'Goedenacht, Benton,' zei ik en stapte uit. Ik keek niet om hoe hij wegreed.

Binnen had Lucy Melissa Etheridge op staan, en ik was blij dat mijn nichtje er was en dat er muziek in huis was. Ik dwong mezelf niet aan hem te denken, alsof ik een andere kamer in mijn geest binnen kon gaan en hem buiten kon sluiten. Lucy was in de keuken. Ik trok mijn jas uit en legde mijn tas op de aanrecht.

'Alles in orde?' Ze duwde de deur van de koelkast met haar schouder dicht en droeg een paar eieren naar de gootsteen.

'Nou, het is eigenlijk allemaal behoorlijk afschuwelijk,' zei ik.

'Je moet iets eten, en je hebt geluk, want ik ben aan het koken.'

'Lucy,' – ik leunde tegen de aanrecht – 'als iemand Eddings' dood als een ongeluk of een geval van zelfmoord probeert voor te doen, dan zouden bedreigingen of intriges jegens de mensen van mijn dienst in Norfolk logisch kunnen zijn. Maar zou mijn personeel vroeger al zijn bedreigd? Jij bent goed in deduceren. Vertel me eens hoe het zit.'

Ze stond eiwitten stijf te slaan in een schaal en ontdooide een *bagel* in de magnetron. Het was deprimerend te zien hoe ze alles zonder vet klaarmaakte en ik wist niet hoe ze het volhield.

'Je weet niet of iemand vroeger is bedreigd,' zei ze op nuchtere toon.

'Ik besef dat ik dat niet weet, tenminste, nog niet.' Ik maakte een Wiener melange. 'Maar ik probeer dit gewoon logisch te bekijken. Waarom doe je daar niet wat ui, peterselie en gemalen peper bij. En een snufje zout kan ook geen kwaad.'

'Zal ik er ook een voor jou maken?' vroeg ze terwijl ze de eiwitten klopte.

'Ik heb eigenlijk geen honger. Misschien neem ik straks wat soep.'

Ze keek me aan. 'Ik vind het naar voor je dat alles zo afschuwelijk is.'

Ik wist dat ze het over Wesley had en zij wist dat ik het niet over hem wilde hebben.

'Eddings' moeder woont hier in de buurt,' zei ik. 'Ik denk dat ik maar eens met haar moet gaan praten.'

'Vanavond? Zo laat nog?' De garde tikte zachtjes tegen de zij-kant van de schaal.

'Misschien wil ze vanavond wel graag praten, ook al is het al laat,' zei ik. 'Ze heeft gehoord dat haar zoon dood is, maar verder weet ze nog haast niets.'

'Ja,' mompelde Lucy. 'Gelukkig nieuwjaar.'

7

Ik hoefde geen adres of telefoonnummer bij inlichtingen op te vragen, omdat de moeder van de overleden journalist de enige Eddings was die in Windsor Farms woonde. Volgens het telefoonboek woonde ze in Sulgrave, een mooie straat met bomen erlangs, die bekend stond om zijn chique villa's en om Virginia House en Agecroft, twee zestiende-eeuwse herenhuizen in tudorstijl die in de jaren twintig uit Engeland in kratten hierheen waren verscheept. Het was nog niet erg laat toen ik haar belde, maar ze klonk alsof ze had liggen slapen.

'Mevrouw Eddings?' zei ik. Ik vertelde haar wie ik was.

'Ik ben bang dat ik was ingedommeld.' Ze klonk angstig. 'Ik zit in de kamer tv te kijken. Lieve hemel, ik weet niet eens wat er nu op de tv is. Ik zat naar *My Brilliant Career* op PBS te kijken. Heeft u dat ook gezien?'

'Mevrouw Eddings,' zei ik weer, 'ik heb een paar vragen over uw zoon Ted. Ik ben de patholoog-anatoom die aan zijn zaak werkt. En ik hoopte eigenlijk dat ik met u kon komen praten. Ik woon maar een paar blokken bij u vandaan.'

'Dat had ik al gehoord.' Haar zware zuidelijke accent werd nog uitgesprokener door de tranen. 'Dat u vlakbij woonde.'

'Zou het u nu uitkomen?' vroeg ik na een ogenblik stilte.

'Nou, ik zou het erg fijn vinden. En ik heet Elizabeth Glenn,' zei ze terwijl ze begon te huilen.

Ik belde Marino thuis, waar zijn televisie zo hard aan stond dat ik niet begreep hoe hij nog iets anders kon horen. Hij was in gesprek op de andere lijn en wilde degene met wie hij belde duidelijk niet te lang laten wachten.

'Oké, kijk maar wat je uit kunt vinden,' zei hij toen ik hem vertelde wat ik ging doen. 'Ik zit nu tot aan m'n nek in de zooi. Er is in Mosby Court iets aan de hand wat best in een opstootje kan ontaarden.'

'Dat kunnen we net gebruiken,' zei ik.

'Ik ga er nu naartoe. Anders zou ik wel met je meegaan.'
We hingen op en ik kleedde me warm aan omdat ik geen auto had. Lucy zat in mijn kantoor aan de telefoon. Te oordelen aan haar gespannen blik en fluistertoon vermoedde ik dat ze Janet aan de lijn had. Ik wuifde haar vanuit de gang toe en liet haar door op mijn horloge te wijzen weten dat ik over een uur terug zou zijn. Toen ik naar buiten ging en door de natte, donkere kou liep, begon mijn geest binnen in me te kronkelen als een dier dat zich probeerde te verbergen. Het contact met de nabestaanden bleef een van de wreedste aspecten van mijn werk.

Door de jaren heen had ik veel verschillende reacties meegemaakt. Sommige mensen maakten mij tot de zondebok terwijl andere families me smeekten om er op de een of andere manier voor te zorgen dat het sterfgeval ongedaan werd gemaakt. Ik had mensen zien huilen, jammeren, tieren, tekeergaan of helemaal niet reageren en ik was dan altijd de arts, toonde altijd een gepaste afstandelijkheid, terwijl ik toch vriendelijk bleef. Want dat had ik zo geleerd.

Mijn eigen reacties moest ik voor mezelf houden. Niemand was getuige van die momenten, zelfs niet toen ik getrouwd was en er expert in werd mijn stemmingen te verbergen of onder de douche te huilen. Ik herinnerde me dat ik op een gegeven moment netelroos kreeg en tegen Tony had gezegd dat ik allergisch was voor planten, vis, het sulfiet in rode wijn. Mijn ex-echtgenoot was daar gemakkelijk in omdat hij niet wilde horen wat er echt aan de hand was.

Windsor Farms was griezelig stil toen ik er vanaf de rivier naartoe liep. De mist hing om de Victoriaanse ijzeren straatlantaarns alsof het Engeland was en hoewel de ramen in de meeste herenhuizen verlicht waren, leek het niet alsof er iemand wakker was. De bladeren op het trottoir waren net doorweekt papier. De regen viel neer en begon te bevriezen. Ik bedacht dat ik stom was geweest om zonder paraplu van huis te gaan.

Toen ik bij het huis in Sulgrave kwam, merkte ik dat de buurt bekend voor me was. Ik kende namelijk de rechter die in het huis ernaast woonde en was vaak op zijn feestjes geweest. Het imponerende huis van de familie Eddings had drie verdiepingen en was in ouderwetse stijl gebouwd. Het had schoorstenen aan weerskanten van het dak, ronde slaapkamerramen en een ovaal venster boven de voordeur. Links van het portaal stond een stenen leeuw die daar al jaren de wacht hield. Ik liep de gladde trap op en moest twee keer aanbellen voordat er een zachte stem aan de andere kant van het dikke hout klonk.

'Ik ben dokter Scarpetta,' antwoordde ik en de deur ging langzaam open.

'Ik dacht al dat u het was.' Een angstig gezicht keek me aan terwijl de kier wijder werd. 'Komt u alstublieft binnen, daar is het warm. Het is vreselijk vanavond.'

'Het wordt al heel glad,' zei ik terwijl ik naar binnen ging.

Mevrouw Eddings was knap op een welopgevoede, kokette manier. Ze had fijne gelaatstrekken en zacht wit haar, dat haar hoge, gladde voorhoofd vrij liet. Ze droeg een zwart pakje met een kasjmier coltrui eronder, alsof ze de hele dag moedig visite had ontvangen. Maar haar ogen verrieden haar onherroepelijke verlies, en toen ze me voorging naar de hal, liep ze met wankele stappen. Ik vermoedde dat ze had gedronken.

'Het is hier prachtig,' zei ik terwijl ze mijn jas van me aannam. 'Ik ben al zo vaak langs uw huis gelopen en gereden en ik had er geen idee van wie hier woonde.'

'En waar woont u?'

'Daarginds. Ten westen van Windsor Farms,' wees ik. 'Mijn huis is nieuw. Ik ben er pas in de herfst komen wonen.'

'O, ja, ik weet waar uw huis is.' Ze deed de deur van de kast dicht en ging me voor door een gang. 'Ik ken daar heel wat mensen.'

De salon waar we heen gingen was een museum vol Perzische tapijten, Tiffany-lampen en Biedermeier-meubels van taxushout. Ik ging op een prachtige, maar harde met zwarte stof beklede bank zitten en vroeg me af hoe de verhouding tussen moeder en zoon was geweest. De inrichting van hun woningen riep een beeld op van twee mensen die koppig en afstandelijk konden zijn.

'Uw zoon heeft me een paar keer geïnterviewd,' begon ik ons gesprek.

'O ja?' Ze probeerde te glimlachen, maar haar gezicht vertrok.

'Het spijt me. Ik weet dat het moeilijk is,' zei ik vriendelijk. Ze probeerde zichzelf in haar rode, leren stoel weer onder controle te krijgen. 'Ik mocht Ted graag. En mijn mensen ook.'

'Iedereen mag Ted graag,' zei ze. 'Hij is van jongs af aan een charmeur geweest. Ik herinner me het eerste grote interview nog dat hij in Richmond had.' Ze staarde naar het vuur, haar handen stijf in elkaar gevouwen. 'Dat was met gouverneur Meadows, u herinnert zich hem vast nog wel. Ted kreeg hem als enige te spreken. Dat was toen iedereen zei dat de gouverneur drugs gebruikte en omgang had met zedeloze vrouwen.'

'O, ja,' antwoordde ik, alsof datzelfde nooit over andere gouverneurs was beweerd.

Ze staarde in de verte met een diepbedroefde uitdrukking op haar gezicht. Haar hand beefde toen ze haar haar glad streek. 'Hoe heeft dit kunnen gebeuren? O, heer, hoe heeft hij kunnen verdrinken?'

'Mevrouw Eddings, ik denk niet dat hij is verdronken.'

Ze staarde me ontsteld, met grote ogen aan. 'Wat is er dan gebeurd?'

'Dat weet ik nog niet. Er moeten nog tests worden gedaan.'

'Hoe zou het anders gebeurd kunnen zijn?' Ze bette haar tranen met een zakdoekje. 'De agent die hier is geweest zei dat het onder water is gebeurd. Ted was in de rivier aan het duiken met dat apparaat van hem.'

'Er zijn een aantal mogelijke oorzaken,' antwoordde ik. 'Dat de ademautomaat die hij gebruikte bijvoorbeeld niet werkte. Hij kan bedwelmd zijn geraakt door gas. Dat weet ik nu gewoon nog niet.'

'Ik heb tegen hem gezegd dat hij dat ding niet moest gebruiken. Ik kan u niet vertellen hoe vaak ik hem heb gesmeekt niet met dat ding te gaan duiken.'

'Hij had het dus al eerder gebruikt.'

'Hij zocht graag naar overblijfselen uit de Burgeroorlog. Hij heeft bijna gedoken met zo'n metaaldetector. Ik geloof dat hij verleden jaar een paar kanonskogels in de James heeft gevonden. Het verbaast me dat u dat niet weet. Hij heeft een aantal verhalen over zijn avonturen geschreven.'

'Duikers hebben meestal een partner bij zich, een buddy,' zei ik. 'Weet u met wie hij meestal ging?'

'Nou, misschien nam hij af en toe iemand mee. Ik weet echt niet wie, want hij sprak met mij niet veel over zijn vrienden.'

'Heeft hij het er ooit met u over gehad dat hij in de Elizabeth naar overblijfselen uit de Burgeroorlog ging duiken?' vroeg ik.

'Ik weet er niets van dat hij daarheen wilde gaan. Hij heeft het er nooit met me over gehad. Ik dacht dat hij vandaag hier zou komen.' Ze sloot haar ogen. Ze fronste haar voorhoofd en haar borst ging zwaar op en neer, alsof er niet genoeg lucht in de kamer was.

'En hoe zit het met die overblijfselen uit de Burgeroorlog, die hij verzamelde?' vervolgde ik. 'Weet u waar hij die bewaarde?'

Ze antwoordde niet.

'Mevrouw Eddings,' zei ik, 'we hebben niets wat daarop leek in zijn huis gevonden. Geen een knoop, gesp, of kogel. En we hebben ook geen metaaldetector gevonden.'

Ze zweeg. Haar handen, waarmee ze in de tissue kneep, beefden.

'Het is heel belangrijk dat we vaststellen waar uw zoon op de ontmantelingswerf in Chesapeake mee bezig kan zijn geweest,' zei ik. 'Hij dook op verboden terrein in de buurt van door de marine afgedankte schepen en niemand lijkt te weten waarom hij dat deed. Ik kan me moeilijk voorstellen dat hij daar naar overblijfselen uit de Burgeroorlog zocht.'

Ze staarde naar het vuur en zei op afwezige toon: 'Ted heeft steeds allerlei fases. Hij heeft ooit vlinders verzameld. Toen hij tien was. En toen gaf hij ze allemaal weg en begon hij edelstenen te verzamelen. Ik weet nog dat hij op de vreemdste plaatsen naar goud zocht en met een pincet granaatjes uit het zand langs de weg viste. Daarna ging hij over op munten, en daarvan gaf hij de meeste weer uit, omdat het de machine met flesjes coke niet kan schelen of een kwartje van zilver is of niet. Basketbal-plaatjes, postzegels, meisjes. Hij hield niets lang bij zich. Hij heeft me ooit verteld dat hij van de journalistiek houdt omdat het daarin ook zo is.'

Ik luisterde naar haar tragische verhaal.

'Daarom denk ik dat hij zijn moeder ook voor een andere had geruild als dat mogelijk was geweest.' Er gleed een traan over haar wang. 'Hij vond mij vast erg saai.'

'Te saai om uw financiële hulp te accepteren, mevrouw Eddings?' vroeg ik voorzichtig.

Ze trok haar kin omhoog. 'Ik vind dat u nu een beetje te persoonlijk wordt.'

'Ja, inderdaad, en ik vind het vervelend dat ik u zo moet benaderen. Maar ik ben arts en uw zoon is nu mijn patiënt. Het is mijn opdracht om al het mogelijke te doen om vast te stellen wat er met hem is gebeurd.'

Ze haalde diep en beverig adem en betastte het bovenste knoopje van haar jasje. Ik wachtte terwijl ze tegen haar tranen vocht.

'Ik stuurde hem elke maand geld. U weet hoe het is met het belastingtarief voor erfenissen, en Ted was eraan gewend geraakt boven zijn stand te leven. Zijn vader en ik zullen daar wel schuldig aan zijn.' Ze kon haast niet verder praten. 'Het leven is niet hard genoeg voor mijn zonen geweest. En het leven was ook niet erg hard voor mij, totdat Arthur overleed.'

'Wat had uw man voor baan?'

'Hij zat in de tabak. We hebben elkaar tijdens de oorlog ontmoet, toen het grootste deel van de sigaretten voor de hele wereld in deze buurt werd gemaakt en je er hier toch nauwelijks een kon vinden, en ook geen kousen.'

Haar herinneringen kalmeerden haar, en ik onderbrak haar niet.

'Op een avond ging ik naar een feestje in de Officers' Club in het Jefferson-hotel. Arthur was kapitein in een legeronderdeel dat de Richmond Grays heette en hij kon goed dansen.' Ze glimlachte. 'O, hij kon dansen alsof de muziek zijn adem en levensbloed was, en ik had hem gelijk in de gaten. Onze ogen hoefden elkaar maar één keer te ontmoeten en van dat moment af aan zijn we nooit meer bij elkaar vandaan geweest.'

Ze staarde in de verte. Het vuur kraakte en flakkerde alsof het iets belangrijks wilde zeggen.

'Dat was natuurlijk een deel van het probleem,' vervolgde ze. 'Arthur en ik zijn altijd bezeten van elkaar gebleven en ik geloof dat de jongens soms het gevoel hadden dat ze ons in de weg liepen.' Ze keek me nu recht aan. 'Ik heb u niet eens gevraagd of u thee, of iets sterkers wilt.'

'Nee, dank u. Had Ted een goede band met zijn broer?'

'Ik heb Jeffs telefoonnummer al aan die agent gegeven. Hoe heette hij ook alweer? Martino of zo. Ik vond hem nogal onbeleefd. Weet u, een slokje Gold Schlagger is heerlijk op een avond als deze.'

'Nee, dank u.'

'Dat heb ik door Ted ontdekt,' zei ze tot mijn verbazing. De tranen liepen plotseling over haar wangen. 'Hij ontdekte het toen hij in het westen aan het skiën was en bracht een fles mee naar huis. Het smaakt naar vloeibaar vuur met een beetje kaneel erin. Dat zei hij toen hij mij die fles gaf. Hij nam altijd kleine cadeautjes voor me mee.'

'Heeft hij u ooit champagne gegeven?'

Ze snoot omzichtig haar neus.

'U zei dat hij u vandaag op zou komen zoeken,' bracht ik haar in herinnering.

'Hij zou bij me komen lunchen,' zei ze.

'Er staat een fles heel goede champagne in zijn koelkast. Er zit een strikje omheen en ik vroeg me af of hij van plan was die fles vandaag mee te nemen voor de lunch.'

'O, jee.' Haar stem beefde. 'Dat moet voor een ander feestje bestemd zijn geweest. Ik drink geen champagne. Ik krijg er hoofdpijn van.'

'We zijn op zoek naar zijn computerfloppy's,' zei ik. 'We zoeken naar aantekeningen die te maken hebben met artikelen waar hij recent nog aan heeft gewerkt. Heeft hij u ooit gevraagd of hij hier iets op mocht bergen?'

'Er liggen nog sportspullen van hem op zolder, maar die zijn zo oud als Methusalem.' Haar stem brak. Ze schraapte haar keel. 'En dingen die hij op school heeft geschreven.'

'Weet u dan misschien of hij ergens een kluisje heeft?'

'Nee.' Ze schudde haar hoofd.

'Heeft hij wellicht een vriend of vriendin aan wie hij die spullen kan hebben toevertrouwd?'

'Ik ken zijn vrienden niet,' zei ze opnieuw. De koude regen tikte tegen de ramen.

'En hij had het ook nooit over relaties. Bedoelt u dat hij geen relatie had?'

Ze klemde haar lippen op elkaar.

'Zegt u het alstublieft als ik iets verkeerd interpreteer.'

'Een paar maanden geleden bracht hij een meisje mee. Ik geloof dat dat in de zomer was. Ze was blijkbaar een soort wetenschapper.' Ze zweeg even. 'Het schijnt dat hij met een verhaal of zo bezig was, zo hadden ze elkaar ontmoet. We hadden een meningsverschil over haar.'

'Waarom?'

'Ze was aantrekkelijk, zo'n academisch type. Misschien was ze wel een universitair docente. Ik weet het niet meer precies, maar ze kwam uit het buitenland.'

Ik wachtte, maar ze vertelde verder niets.

'Waar ging dat meningsverschil over?' vroeg ik.

'Zodra ik haar zag, wist ik dat ze geen goed iemand was, en ik wilde haar niet in mijn huis laten,' antwoordde mevrouw Eddings.

'Woont ze hier in de buurt?' vroeg ik.

'Je zou denken van wel, maar ik zou niet weten wat haar adres is.'

'Maar het is mogelijk dat hij nog steeds met haar omging.'
'Ik heb geen idee met wie Ted omging,' zei ze. Ik had het idee dat ze loog.
'Mevrouw Eddings,' zei ik, 'het lijkt erop dat uw zoon niet vaak thuis was.'
Ze keek me alleen maar aan.
'Had hij een huishoudster? Iemand die voor zijn planten zorgde bijvoorbeeld?'
'Ik stuurde mijn huishoudster bij hem langs als dat nodig was,' zei ze. 'Corian. Ze brengt hem soms ook eten. Ted neemt nooit de moeite te koken.'
'Wanneer is ze voor het laatst bij hem geweest?'
'Dat weet ik niet,' zei ze. Ik merkte dat ze genoeg begon te krijgen van mijn vragen. 'Voor de kerst, denk ik, omdat ze griep heeft gehad.'
'Heeft Corian u ooit verteld wat hij in zijn huis had?'
'U bedoelt zeker zijn vuurwapens,' zei ze. 'Weer zoiets wat hij ongeveer een jaar geleden begon te verzamelen. Dat was alles wat hij voor zijn verjaardag wilde: een cadeaubon van zo'n wapenhandel hier in de buurt. Alsof een vrouw daar naar binnen zou durven.'
Het had geen zin haar nog verder te ondervragen, want ze wilde eigenlijk alleen maar dat haar zoon nog leefde. Ze was vastbesloten elke activiteit of vraag die dat verlangen tegenging te ontwijken. Rond tien uur ging ik weer naar huis en gleed twee keer bijna uit in de verlaten straten, waar het zo donker was dat ik niets kon zien. Het was bitter koud en de nacht was vol scherpe, natte geluiden terwijl het ijs een laagje om de bomen vormde en de grond bedekte.
Ik voelde me ontmoedigd, omdat het erop leek dat de mensen Eddings alleen maar oppervlakkig hadden gekend of zoals hij in het verleden was geweest. Ik was te weten gekomen dat hij munten en vlinders had verzameld en dat hij altijd charmant was geweest. Hij was een ambitieuze journalist met een beperkt concentratievermogen. Ik bedacht hoe vreemd het eigenlijk was dat ik in dit weer door zijn oude buurt liep om

over deze man te praten. Ik vroeg me af wat hij zou denken als ik het hem kon vertellen en voelde me erg droevig.

Toen ik thuiskwam, wilde ik met niemand praten, maar ging regelrecht naar mijn kamer. Ik stond mijn handen in het warme water te warmen en mijn gezicht te wassen toen Lucy in de deuropening verscheen. Ik zag onmiddellijk dat ze weer een van haar buien had.

'Heb je wel genoeg te eten genomen?' Ik keek haar in de spiegel boven de wasbak aan.

'Ik krijg nooit genoeg te eten,' antwoordde ze op lichtgeraakte toon. 'Een zekere Danny van je kantoor in Norfolk heeft gebeld. Hij zei dat de boodschappendienst een telefoontje over onze auto's had gehad.'

Even wist ik niet waar ze het over had, maar toen herinnerde ik het me weer: 'Ik heb mijn nummer aan de garage gegeven.' Ik droogde mijn gezicht af. 'Ik denk dat de boodschappendienst Danny thuis heeft gebeld.'

'Hoe dan ook. Hij vroeg of je hem terugbelde.' Ze staarde me in de spiegel aan alsof ik iets verkeerds had gedaan.

'Wat is er?'

'Ik moet hier gewoon weg.'

'Ik zal proberen de auto's morgen hier te krijgen,' zei ik onaangenaam getroffen.

Ik liep de badkamer uit en ze kwam achter me aan.

'Ik moet terug naar de universiteit.'

'Natuurlijk, Lucy,' zei ik.

'Je begrijpt het niet. Ik moet nog zoveel doen.'

'Ik had niet begrepen dat je zelfstandige studie of wat het ook is al was begonnen.' Ik ging naar de bar in de salon.

'Het maakt niet uit of die al is begonnen. Ik moet nog veel regelen. En ik snap niet hoe je de auto's hier wilt krijgen. Misschien kan Marino me wel naar mijn auto brengen.'

'Marino heeft het druk en mijn plan is heel simpel,' zei ik. 'Danny rijdt mijn auto naar Richmond en hij heeft een betrouwbare vriend die in jouw Suburban rijdt. En dan nemen Danny en zijn vriend de bus terug naar Norfolk.'

'Hoe laat?'

'Dat is het enige probleem. Danny kan pas na kantoortijd weg, omdat hij mijn privé-auto niet in werktijd hierheen kan brengen.' Ik maakte een fles chardonnay open.

'Shit,' zei Lucy ongeduldig. 'Dus morgen heb ik ook geen vervoer?'

'Ik ben bang dat we dan geen van beiden nog vervoer hebben,' zei ik.

'En wat ga jij dan doen?'

Ik gaf haar een glas wijn. 'Ik ga naar mijn kantoor en zal waarschijnlijk veel aan de telefoon zitten. Is er niets wat je hier op het FBI-kantoor kunt doen?'

Ze haalde haar schouders op. 'Ik ken hier een paar mensen met wie ik op de Academie heb gezeten.'

Ik wilde zeggen dat ze dus in ieder geval een andere agent zou kunnen vinden om mee naar de sportschool te gaan zodat ze haar slechte bui daar af kon reageren, maar slikte mijn woorden in.

'Ik wil geen wijn.' Ze zette het glas op de bar. 'Ik denk dat ik maar een biertje neem.'

'Waarom ben je zo kwaad?'

'Ik ben niet kwaad.' Ze pakte een Beck's Light uit de kleine koelkast en wipte de dop eraf.

'Wil je niet gaan zitten?'

'Nee,' zei ze. 'Trouwens, ik heb het Boek, dus je hoeft niet ongerust te worden als je het niet in je tas vindt.'

'Wat bedoel je, dat je het Boek hebt?' Ik keek haar met een onbehaaglijk gevoel aan.

'Ik heb erin zitten lezen terwijl jij bij mevrouw Eddings was.' Ze nam een slok bier. 'Het leek me een goed idee om het nog eens door te nemen voor het geval we iets over het hoofd hadden gezien.'

'Het lijkt me dat je het al goed genoeg hebt bekeken,' zei ik op neutrale toon. 'Het lijkt me eigenlijk dat we het allemaal goed genoeg hebben bekeken.'

'Veel wat erin staat is in de stijl van het Oude Testament. Ik bedoel, het is niet echt zwarte kunst.'

Ik keek haar zwijgend aan en vroeg me af wat er in werkelijkheid omging in dat ongelooflijk gecompliceerde brein.

'Ik vind het eigenlijk best interessant en ik geloof dat het alleen macht heeft als je dat toestaat. En ik sta dat niet toe, dus mij doet het niets,' zei ze.

Ik zette mijn glas neer. 'Nou, er zit je toch iets dwars.'

'Het enige wat me dwarszit, is dat ik hier vastzit en dat ik moe ben. Ik ga dus maar eens naar bed,' zei ze. 'Ik hoop dat je goed slaapt.'

Maar ik sliep niet goed. In plaats daarvan zat ik me voor het open-haardvuur zorgen over Lucy te maken, want ik kende mijn nichtje beter dan wie ook. Misschien had ze gewoon ruzie met Janet en zou ze dat de volgende ochtend weer bijleggen. Of misschien had ze echt te veel te doen en was het een groter probleem voor haar dan ik besefte dat ze niet terug kon naar Charlottesville.

Ik doofde het vuur en controleerde nog een keer of de alarminstallatie aan stond. Toen ging ik weer naar mijn slaapkamer en sloot de deur. Maar ik kon nog steeds niet slapen. Dus zat ik in het schijnsel van de lamp naar de ijsregen te luisteren terwijl ik het overzicht bestudeerde dat Eddings' faxapparaat had gegeven. In de afgelopen twee weken waren er achttien nummers gedraaid, allemaal onbekend. Ze wezen er echter op dat hij in ieder geval een deel van de tijd thuis was geweest en in zijn studeerkamer bezig was geweest.

Ik bedacht dat als hij thuis had gewerkt, het waarschijnlijk was dat er heel wat faxberichten naar het kantoor van AP waren verstuurd. Maar dat was niet het geval. Sinds half december had hij maar twee keer naar zijn kantoor gefaxt, tenminste, vanaf het faxapparaat dat we in zijn huis hadden aangetroffen. Dat was eenvoudig genoeg vast te stellen omdat hij een verkort faxnummer voor het persbureau had ingevoerd, waarbij er RED AP bij de ontvanger verscheen, samen met minder duidelijke afkortingen als MSA, DMS, KPT en LM. Drie daarvan hadden een netnummer in Tidewater, midden- en noord-

Virginia, terwijl DMS het netnummer van Memphis, in Tennessee had.

Ik probeerde te slapen, maar de feiten dansten voor mijn ogen en er kwamen allerlei vragen bij me op waar ik mijn geest gewoon niet voor kon afsluiten. Ik vroeg me af met wie Eddings op die verschillende plaatsen contact had gezocht, en of dat er eigenlijk wel iets toe deed. De plek waar hij was gestorven kon ik maar niet uit mijn hoofd zetten. Ik zag nog steeds voor me hoe zijn lichaam in die modderige rivier had gedreven, verbonden met een nutteloze slang die vast was geraakt aan een roestende scheepsschroef. Ik kon zijn stijve lichaam nog voelen terwijl ik hem in mijn armen had gehouden en met hem naar boven was gezwommen. Ik had voordat ik boven water kwam al geweten dat hij al uren dood was, en dat was een van de redenen waarom ik vermoedde dat hij ook al uren dood was geweest toen er iemand zijn appartement in Richmond was binnengegaan en zijn computerbestanden had vernietigd. Om drie uur ging ik rechtop in bed zitten en staarde naar het duister. Afgezien van de gewone krakende geluiden, was het huis stil. Ik kon mijn geest gewoon niet uitschakelen. Met tegenzin zette ik mijn voeten op de grond. Mijn hart bonkte, alsof het verbijsterd was dat ik op zo'n tijdstip in actie kwam. Ik deed de deur van mijn werkkamer dicht en schreef de volgende korte brief:

VOOR DEGENE DIE DIT LEEST
Ik besef dat dit een faxnummer is, want anders zou ik u wel zelf bellen. Ik moet weten wie u bent, aangezien uw nummer op een overzicht voorkomt van het faxapparaat van iemand die onlangs is overleden. Neemt u alstublieft zo spoedig mogelijk contact met mij op. Als u wilt controleren of dit bericht rechtsgeldig is, kunt u hoofdinspecteur Pete Marino van de politie in Richmond benaderen.

Ik gaf een aantal telefoonnummers en ondertekende met mijn

titel en naam. Ik faxte de brief naar elk ingeprogrammeerd nummer op het overzicht van Eddings' faxapparaat, behalve natuurlijk naar dat van Associated Press. Ik bleef een tijdje achter mijn bureau zitten, met een doffe blik voor me uit starend, alsof mijn faxapparaat deze zaak onmiddellijk voor me zou oplossen. Maar het bleef stil terwijl ik zat te lezen en afwachtte. Om zes uur, een christelijke tijd, belde ik Marino.

'Ik neem aan dat er geen rellen zijn geweest,' zei ik nadat de telefoon met een klap was gevallen en ik zijn stem iets hoorde mompelen. 'Goed zo, je bent wakker,' vervolgde ik.

'Hoe laat is het?' Hij klonk alsof hij half verdoofd was.

'Tijd om op te staan.'

'We hebben zo'n vijf mensen opgesloten. Daarna kalmeerde de rest en gingen ze weer naar binnen. Waarom ben jij al wakker?'

'Ik ben altijd wakker. En trouwens, ik kan vandaag best een lift naar m'n werk gebruiken.'

'Nou, zet de koffie maar aan,' zei hij. 'Ik kom wel naar je toe.'

8

Toen hij arriveerde, lag Lucy nog in bed en was ik verse fruit-
salade en koffie aan het maken. Ik liet hem binnen en was
ontsteld toen ik mijn straat zag. Richmond was die nacht in
ijs veranderd, en ik had op het nieuws al gehoord dat neer-
vallende takken en bomen de elektriciteitsleidingen in verschillende delen van de stad hadden beschadigd.

'Was het moeilijk?' vroeg ik, terwijl ik de voordeur dichtdeed.

'Het ligt eraan wat je bedoelt.' Marino trok zijn jas uit en gaf
die aan mij.

'Met de auto.'

'Ik heb sneeuwkettingen. Maar ik ben tot na middernacht in
touw geweest en ik ben doodop.'

'Kom mee, dan krijg je een kop koffie.'

'Maar niet van dat cafeïnevrije spul.'

'Koffie uit Guatemala, en ik kan je verzekeren dat er cafeïne
in zit.'

'Waar is die meid?'

'Ze slaapt nog.'

'Juist. Lekker voor haar.' Hij geeuwde weer.

We liepen naar de keuken met zijn vele ramen, met uitzicht
op de loodgrijze, trage rivier. De rotsen waren met een laagje ijs bedekt en het bos was een droom die in het bleke ochtendlicht begon te schitteren. Marino schonk koffie voor zichzelf in en deed er flink wat suiker en melk in.

'Wil jij ook?' vroeg hij.

'Zwart, graag.'

'Dat hoef je me zo langzamerhand toch niet meer te vertellen.'

'Ik ga er nooit van uit dat iets bekend is,' zei ik terwijl ik borden uit de kast pakte. 'Vooral niet bij mannen, omdat die iets
in hun genen lijken te hebben waardoor het voor hen onmogelijk is zich bepaalde feiten te herinneren die vrouwen belangrijk vinden.'

'Ja, nou, ik zou een hele lijst van dingen kunnen opnoemen die Doris zich nooit herinnerde, te beginnen met het gebruiken van mijn gereedschap en dat dan niet op z'n plaats terugleggen,' zei hij. Doris was zijn ex-vrouw.

Ik was aan de aanrecht bezig. Hij keek om zich heen alsof hij wilde roken. Maar dat mocht hij niet van mij.

'Tony maakte zeker nooit koffie voor je,' zei hij.

'Tony deed nooit veel voor me, behalve proberen me zwanger te maken.'

'Daar heeft hij dan niet veel van terechtgebracht, tenzij je geen kinderen wilde.'

'Niet van hem.'

'En nu?'

'Ik wil nog steeds geen kinderen van hem. Hier.' Ik gaf Marino een bord. 'Laten we gaan zitten.'

'Wacht eens even. Is dit alles?'

'Wat wil je nog meer?'

'Shit, Doc. Dit is geen eten. En wat zijn die kleine groene stukjes met zwarte stippen in vredesnaam?'

'Kiwi. Dat heb je vast wel eens gegeten,' zei ik op geduldige toon. 'Ik kan wel een *bagel* voor je klaarmaken.'

'Ja, dat is lekker. Met *cream cheese*. Heb je *bagels* met maanzaad?'

'Als je vandaag een drugtest krijgt, wordt er morfine in je bloed gevonden.'

'En geef me niet van dat spul zonder vet. Dat is net alsof je stijfsel eet.'

'Niet waar,' zei ik. 'Stijfsel is lekkerder.'

Ik was vastbesloten ervoor te zorgen dat hij nog een tijdje bleef leven en gaf hem geen boter. Marino en ik waren zo langzamerhand meer dan partners of zelfs vrienden. We waren van elkaar afhankelijk op een manier die we geen van tweeën echt snapten.

'Vertel me eens wat je allemaal hebt gedaan,' zei hij terwijl we aan mijn ontbijttafel naast een groot raam zaten. 'Ik weet dat je de hele nacht in touw bent geweest.' Hij nam een grote hap van zijn *bagel* en pakte zijn glas sap.

Ik vertelde hem over mijn bezoek aan mevrouw Eddings en over het briefje dat ik had geschreven en naar de faxnummers had gestuurd die ik niet kende.

'Het is vreemd dat hij overal naartoe faxte, behalve naar zijn kantoor.'

'Hij heeft twee faxen naar zijn kantoor gestuurd,' bracht ik hem in herinnering.

'Ik moet met die mensen praten.'

'Veel geluk ermee. Vergeet niet dat ze journalisten zijn.'

'Daar ben ik juist bang voor. Voor die klaplopers is Eddings gewoon het zoveelste verhaal. Het enige waar zij over inzitten is wat ze met de informatie zullen doen. Hoe erger zijn dood is, hoe mooier zij het vinden.'

'Nou, ik weet het niet. Maar ik denk dat de mensen met wie hij contact had bij dat kantoor heel voorzichtig zullen zijn met wat ze zeggen. Dat kan ik ze eigenlijk niet kwalijk nemen. Een onderzoek naar een sterfgeval is iets angstaanjagends voor mensen die er niet om hebben gevraagd erbij betrokken te worden.'

'Hoe staat het met de toxicologische testen?' vroeg Marino.

'De resultaten komen hopelijk vandaag,' zei ik.

'Mooi zo. Als jij de bevestiging krijgt dat het cyanide was, dan kunnen we dit onderzoek misschien uitvoeren zoals het hoort. Zoals het nu is, probeer ik allerlei bijgeloof uit te leggen aan de commissaris en vraag ik me af wat ik in vredesnaam met die veldwachters in Chesapeake aan moet. En ik zeg tegen Wesley dat het om een moord gaat en hij vraagt me om bewijzen, omdat hij ook onder druk wordt gezet.'

Ik was van mijn stuk toen zijn naam viel en keek door de ramen naar het onbevaarbare water dat traag langs de grote, donkere rotsen stroomde. De zon lichtte de grijze wolken aan het oostelijke deel van de hemel op. Ik hoorde de douche in het achterste deel van het huis, waar Lucy's kamer was.

'Het lijkt erop dat de Schone Slaapster wakker is,' zei Marino. 'Heeft ze een lift nodig?'

'Ik geloof dat ze vandaag naar het FBI-kantoor gaat. We moeten maar eens weg,' vervolgde ik, want het werkoverleg op mijn kantoor begon altijd om halfnegen.

Hij hielp me met de borden, die we in de gootsteen zetten. Een paar minuten later stond ik met mijn jas, mijn dokterstas en mijn attachékoffertje in mijn handen, toen mijn nichtje de hal in kwam lopen. Haar haar was nat en ze had haar ochtendjas strak om zich heen getrokken.

'Ik heb gedroomd,' zei ze op gedeprimeerde toon. 'Iemand schoot ons in onze slaap dood. Met een 9 mm, in ons achterhoofd. Ze zorgden dat het op een roofmoord leek.'

'O, ja?' vroeg Marino, terwijl hij zijn met konijnebont gevoerde handschoenen aantrok. 'En waar was ondergetekende dan? Want zoiets gebeurt niet als ik in het huis ben.'

'Jij was er niet.'

Hij gaf haar een vreemde blik toen hij besefte dat ze het serieus meende. 'Wat heb je gisteravond in vredesnaam gegeten?'

'Het was net een film. Het heeft vast uren geduurd.' Ze keek naar me met opgezette, uitgeputte ogen.

'Wil je met me mee naar kantoor?' vroeg ik.

'Nee, nee. Ik red het wel. Een stel lijken is nu wel het laatste dat ik om me heen wil hebben.'

'Ga je iets doen met die agenten die je kent?' vroeg ik bezorgd.

'Ik weet het niet. We zouden gaan oefenen met zuurstof, maar ik geloof dat ik nu niet veel zin heb om een wetsuit aan te trekken en in een naar chloor stinkend zwembad te zwemmen. Ik denk dat ik maar gewoon op mijn auto wacht en dan wegga.'

Marino en ik zeiden niet veel terwijl we naar het centrum reden. Zijn dikke banden beten zich met rinkelende tanden in de gladde straat vast. Ik wist dat hij zich zorgen maakte over Lucy. Hij mocht haar dan wel vaak uitfoeteren, als iemand anders dat zou proberen te doen, zou Marino hem met zijn blote handen in elkaar slaan. Hij kende haar al sinds ze tien was en hij was degene die haar in een pick-up had leren rijden en had leren schieten.

'Doc, ik wil je iets vragen,' zei hij uiteindelijk, toen we de tol-post naderden en het gerinkel van de sneeuwkettingen minder werd. 'Denk je dat het wel goed gaat met Lucy?'

'Iedereen heeft wel eens een nachtmerrie,' zei ik.

'Hallo, Bonita,' riep hij tegen de beambte terwijl hij zijn pas-je door het raampje heen aangaf. 'Wanneer ga je eens iets aan het weer doen?'

'Geef mij nou maar niet de schuld, hoofdinspecteur.' Ze gaf hem zijn pasje terug en de slagboom ging open. 'U zei dat u verantwoordelijk was.'

Haar vrolijke stem volgde ons toen we weer doorreden. Ik be-dacht hoe droevig het eigenlijk was dat we in een tijd leefden waarin zelfs tolbeambten plastic handschoenen moesten dra-gen uit angst dat hun huid in aanraking zou komen met de huid van iemand anders. Ik vroeg me af of we ooit een punt zouden bereiken waarop we allemaal in plastic capsules leef-den om niet aan ziekten als het Ebola-virus en aids te sterven.

'Ik vind dat ze een beetje vreemd doet,' vervolgde Marino ter-wijl hij zijn raampje weer omhoogdraaide. Na een ogenblik vroeg hij: 'Waar is Janet?'

'Bij haar familie in Aspen, geloof ik.'

Hij staarde recht voor zich uit en reed verder.

'Na wat er in het huis van dokter Mant is gebeurd, vind ik het niet raar dat Lucy een beetje overstuur is,' ging ik verder.

'Jezus, meestal is zij degene die de problemen opzoekt,' zei hij. 'Ze raakt nooit overstuur. Daarom laat het Bureau haar ook met de ATE optrekken. Je mag niet overstuur raken als je met neo-nazi's en terroristen te maken hebt. Je meldt je niet ziek omdat je verdomme een nare droom hebt gehad.'

Hij nam de afslag bij Seventh Street naar de oude straatjes van Shockoe Slip met hun kinderhoofdjes en reed toen naar het noorden, Fourteenth Street op, waar ik elke dag werkte als ik in de stad was. De Pathologisch-Anatomische Dienst van Virginia, oftewel de PADV, was een vierkant, wit gepleis-terd gebouw met kleine, donkere ramen die me aan onpretti-ge, argwanende ogen deden denken. In het oosten keken ze uit op de sloppenwijken en in het westen op het financiële district. Erbovenlangs liepen verhoogde snelwegen en spoorrails. Marino reed naar de parkeerplaats aan de achterkant van het gebouw. Als je bedacht in wat voor toestand de wegen waren, stond daar een indrukwekkend aantal auto's. Ik stapte uit voor de dichte achterdeur en maakte met mijn sleutel een andere deur open. Ik liep over de hellingbaan voor brancards en ging het mortuarium in. Ik hoorde de mensen die verderop in de gang bezig waren. De sectieruimte lag achter de grote koelcel en de deuren stonden wijd open. Ik kwam binnen terwijl Fielding, het plaatsvervangend hoofd, een aantal buisjes en een catheter uit het lichaam van een jonge vrouw verwijderde die op de tweede tafel lag.

'Bent u komen schaatsen?' vroeg hij, blijkbaar niet verbaasd me te zien.

'Het scheelde niet veel. Ik moet vandaag misschien de dienstauto lenen. Ik heb op het ogenblik zelf geen auto.'

Hij leunde fronsend dichter over zijn patiënt heen, een tatoeage van een ratelslang bestuderend die zich rond de uitgezakte linkerborst van de vrouw kronkelde. Het was naar om te zien dat de opengesperde bek naar haar tepel was gericht.

'Vertel mij eens waarom iemand in vredesnaam zoiets laat doen,' zei Fielding.

'Het lijkt mij dat de tatoeëerder er het meeste plezier aan heeft beleefd,' zei ik. 'Kijk eens aan de binnenkant van haar onderlip. Daar heeft ze waarschijnlijk ook een tatoeage.'

Hij trok haar onderlip naar beneden, waar aan de binnenkant in grote, scheve letters *Fuck you* stond.

Fielding keek me verbijsterd aan. 'Hoe wist u dat?'

'Die tatoeages zijn zelfgemaakt, ze ziet eruit als een motor-type en ik denk dat ze de gevangenis wel eens vanbinnen heeft gezien.'

'Klopt allemaal.' Hij greep een schone handdoek en veegde zijn gezicht af.

Mijn collega, die aan bodybuilding deed, zag er altijd uit alsof hij elk moment uit zijn operatiepak kon scheuren en hij zweette altijd, terwijl de anderen het eigenlijk nooit echt warm hadden. Maar hij was een kundig forensisch patholoog. Hij was aardig en zorgzaam en ik geloofde ook dat hij loyaal was. 'Mogelijk een overdosis,' legde hij uit terwijl hij een tekening van de tatoeage op een formulier maakte. 'Haar nieuwjaar was denk ik een beetje al te gelukkig.'

'Jack,' zei ik, 'hoe vaak heb je met de politie in Chesapeake te maken gehad?'

Hij tekende verder. 'Niet vaak.'

'En recent?' vroeg ik.

'Ik geloof van niet. Waarom?' Hij keek me aan.

'Ik heb een nogal vreemde ontmoeting met een van hun rechercheurs gehad.'

'Had dat met Eddings te maken?' Hij begon het lichaam af te spoelen. Het lange, donkere haar van de vrouw viel over het glanzende staal.

'Precies.'

'Weet je, het is vreemd, maar Eddings had me pas nog gebeld. Dat was denk ik niet langer dan een dag voor hij stierf,' zei Fielding terwijl hij de waterslang op een ander deel van het lichaam richtte.

'Wat wilde hij?' vroeg ik.

'Ik was hier bezig, dus ik heb hem niet gesproken. En nu zou ik willen dat ik wel met hem had gepraat.' Hij klom op een klein laddertje en begon met een Polaroid-camera foto's te nemen. 'Blijft u lang in de stad?'

'Dat weet ik nog niet,' zei ik.

'Nou, zeg het maar als ik u in Tidewater kan helpen.' De camera flitste en hij wachtte tot de foto eruit kwam. 'Ik weet niet of ik het al had verteld, maar Ginny is weer zwanger en ze vindt het waarschijnlijk heerlijk om even het huis uit te zijn. En ze houdt van de zee. Zeg maar hoe die rechercheur heet over wie u zich zorgen maakt, dan neem ik hem wel onder handen.'

'Ik wilde maar dat iemand dat deed,' zei ik.

De camera flitste weer. Ik dacht aan het huis van Mant en

kon me niet voorstellen dat ik Fielding en zijn vrouw daar- heen, of zelfs naar een huis in de buurt zou sturen.

'Het is trouwens toch logischer als u hier blijft,' vervolgde hij. 'En hopelijk blijft dokter Mant niet eeuwig in Engeland.'

'Dank je,' zei ik op warme toon. 'Misschien zou het goed zijn als je er gewoon een paar keer per week heen kon gaan.'

'Geen probleem. Kunt u me de Nikon even aangeven?'

'Welke?'

'Eh, de N-50 met het enkele objectief. Ik geloof dat die in de kast ligt,' wees hij.

'We stellen wel een rooster op,' zei ik terwijl ik de camera voor hem pakte. 'Maar het is niet goed als jij en Ginny in dokter Mants huis logeren, dat moet je maar van me aanne- men.'

'Heeft u dan problemen?' Hij trok nog een foto uit de Pola- roid-camera en overhandigde die aan mij.

'Marino, Lucy en ik zijn het nieuwe jaar met kapot gesneden banden begonnen.'

Hij liet de camera zakken en keek me geschokt aan. 'Shit. Denkt u dat dat toeval was?'

'Nee, dat denk ik niet,' zei ik.

Ik nam de lift naar de volgende verdieping en deed de deur van mijn kantoor open. Daar trof de aanblik van Eddings' kerstroos me als een vuistslag. Ik kon de plant niet op mijn secretaire laten staan en daarom pakte ik hem op, maar ik wist niet waar ik hem neer moest zetten. Ik liep verward en ontdaan rond, totdat ik de plant uiteindelijk weer op zijn ou- de plekje terugzette. Ik wilde hem niet weggooien of andere mensen in het gebouw opschepen met de herinneringen die hij opriep.

Ik wierp een blik in de kamer van Rose, die naast die van mij was, en was niet verbaasd dat ze er nog niet was. Mijn secre- taresse werd al wat ouder en ze vond het zelfs op de mooiste dagen niet prettig om met de auto naar het centrum te ko- men. Ik hing mijn jas op en keek aandachtig om me heen. Al- les leek in orde, behalve dat de schoonmakers, die altijd na

kantoortijd kwamen, niet waren geweest. Maar de interieur-
verzorgers, zoals ze door de overheid werden genoemd, wilden eigenlijk geen van allen in dit gebouw werken. Er waren
er maar weinig die het hier lang uithielden en er was niemand
die ook beneden wilde werken.

Ik had mijn kantoor van de vorige hoofdpatholoog-anatoom
geërfd, maar behalve de houten betimmering op de muren was
alles anders dan in zijn tijd. Cagney had, gehuld in wolken si-
garerook, bourbon gedronken met politieagenten en directeu-
ren van begrafenisondernemingen en had de lijken met zijn
blote handen aangeraakt. Mijn voorganger had zich niet met
laserstralen en DNA bemoeid.

Ik herinnerde me nog dat ik na zijn dood voor het eerst zijn
kantoor zag tijdens een sollicitatiegesprek voor zijn functie. Ik
had de macho-souvenirs die hij trots had opgesteld in me opgenomen, en toen een daarvan een siliconen-implantaat bleek
te zijn van de borst van een vrouw die was verkracht en vermoord, had ik even overwogen om toch maar in Miami te
blijven.

Ik dacht niet dat het kantoor de vroegere hoofdpatholoog nu
nog aan zou staan, want er mocht niet worden gerookt, en
gebrek aan respect en kinderachtig gedrag moesten buiten de
deur blijven. De eiken meubelen waren niet van de overheid,
maar van mijzelf, en ik had een machinaal vervaardigd, maar
kleurig Sarouk-kleed op de betegelde vloer gelegd. Er stonden
papyrusplanten en een ficus. Ik had niet de moeite genomen
om schilderijen op te hangen, omdat ik net als psychiaters
niets aan mijn muren wilde dat mensen provocerend zouden
kunnen vinden. Bovendien had ik alle beschikbare ruimte nodig voor mijn archiefkasten en boeken. En wat betreft mijn
trofeeën, Cagney zou niet erg onder de indruk zijn geweest
van de speelgoedautootjes en -treintjes die ik gebruikte om samen met rechercheurs ongelukken te reconstrueren.

Ik nam een paar minuten om de inhoud van mijn bakje met
inkomende post te bekijken, dat vol lag met overlijdensaktes.
De formulieren met een rode rand waren zaken voor de pa-

tholoog-anatoom en de aktes met een groene rand waren dat niet. Er lagen ook rapporten in die ik moest paraferen en op mijn computerscherm werd aangekondigd dat ik e-mail had. Dat kon allemaal wachten, dacht ik, en ik liep weer de gang op om te kijken wie er nog meer waren. Ik zag alleen Cleta toen ik in het kantoor bij de receptie kwam, maar zij was precies degene die ik wilde spreken.

'Dokter Scarpetta,' zei ze verbaasd. 'Ik wist niet dat u hier was.'

'Het leek me dat ik maar naar Richmond terug moest komen,' zei ik, een stoel bij haar bureau schuivend. 'Dokter Fielding en ik gaan proberen de zaken in Tidewater vanaf hier te doen.'

Cleta kwam uit Florence in South Carolina en droeg veel make-up en te korte rokjes, omdat ze geloofde dat geluk gelegen was in een aantrekkelijk uiterlijk, iets dat ze nooit zou hebben. Ze was bezig gruwelijke foto's op nummer te sorteren en zat rechtop op haar stoel met een vergrootglas in haar hand en haar bril op haar neus. Op haar bureau lag een worstebroodje op een servetje, dat ze waarschijnlijk in de cafetaria vlak bij het kantoor had gehaald, en ze dronk er limonade bij.

'Nou, ik geloof dat het begint te dooien,' vertelde ze.

'Mooi zo.' Ik glimlachte. 'Ik ben blij dat je er bent.'

Daar leek ze erg mee ingenomen. Ze viste nog meer foto's uit het smalle doosje.

'Cleta,' zei ik, 'je herinnert je Ted Eddings toch nog wel?'

'O, ja, mevrouw.' Het leek plotseling alsof ze elk moment in huilen uit kon barsten. 'Hij was altijd zo aardig als hij hier kwam. Ik kan het nog steeds niet geloven.' Ze beet op haar onderlip.

'Dokter Fielding zegt dat Eddings vorige week hierheen heeft gebeld,' zei ik. 'Ik vroeg me af of je je dat nog herinnerde.'

Ze knikte. 'Ja, mevrouw, dat weet ik nog. Ik kan het zelfs maar niet uit m'n hoofd zetten.'

'Heeft hij met je gesproken?'

'Ja.'

'En weet je nog wat hij zei?'

'Nou, hij wilde dokter Fielding spreken, maar zijn lijn was bezet. Ik vroeg hem dus of ik een boodschap door kon geven en we maakten wat grapjes. U weet hoe hij was.' Haar ogen begonnen te stralen en toen kreeg ze een aarzelende toon in haar stem. 'Hij vroeg me of ik nog steeds zoveel ahornsiroop at, omdat ik er met mijn accent vast heel veel van gebruikte. En hij vroeg me mee uit.'

Ik luisterde. Haar wangen werden rood.

'Dat meende hij natuurlijk niet. Dat zei hij altijd, weet u. "Wanneer maken we een afspraakje?" Hij meende het niet,' zei ze weer.

'Het geeft niet als hij het wel meende,' zei ik op vriendelijke toon.

'Nou, hij had al een vriendin.'

'Hoe weet je dat?' vroeg ik.

'Hij zei dat hij haar een keer mee zou nemen, en ik kreeg het idee dat het behoorlijk aan was. Ik geloof dat ze Loren heet, maar verder weet ik niets over haar.'

Ik overpeinsde het feit dat Eddings zulke persoonlijke gesprekken met mijn medewerkers had gehad en het verbaasde me nu nog minder dat hij me gemakkelijker had kunnen bereiken dan de meeste andere journalisten. Ik vroeg me af of dat talent ook tot zijn dood had geleid en vermoedde dat dat inderdaad het geval was.

'Heeft hij je verteld waar hij dokter Fielding over wilde spreken?' zei ik terwijl ik opstond.

Ze moest even nadenken en speelde afwezig met de foto's die de buitenwereld hopelijk nooit zou hoeven zien. 'Wacht even. O, ik weet het weer. Het ging over straling. Wat de verschijnselen zouden zijn als iemand daaraan overleed.'

'Wat voor straling?' vroeg ik.

'Nou, ik dacht dat hij een verhaal over röntgenapparaten schreef. U weet wel, die zijn de laatste tijd veel in het nieuws geweest omdat er zoveel mensen bang zijn voor dingen als bombrieven.'

Ik herinnerde me niet dat ik iets in Eddings' huis had gezien dat erop wees dat hij onderzoek aan het doen was voor zo'n verhaal. Ik liep naar mijn kamer terug, maakte een begin met mijn schrijfwerk en begon mensen terug te bellen. Een paar uur later zat ik net achter mijn bureau aan een verlate lunch toen Marino binnenkwam.

'Hoe is het buiten?' vroeg ik, verbaasd hem te zien. 'Wil je een halve sandwich met tonijn?'

Hij deed allebei de deuren dicht en ging zitten. Hij trok zijn jas niet uit en de blik op zijn gezicht joeg me angst aan. 'Heb je Lucy gesproken?' vroeg hij.

'Niet sinds ik van huis ben weggegaan.' Ik legde mijn sandwich neer. 'Waarom?'

'Ze belde me' – hij keek op zijn horloge – 'ongeveer een uur geleden. Ze wilde weten waar ze Danny kon bereiken zodat ze hem over haar auto kon bellen. En ze klonk alsof ze dronken was.'

Ik zweeg even en keek hem aan. Toen wendde ik mijn ogen af. Ik vroeg hem niet of hij het zeker wist, want Marino wist alles van zulke dingen, en Lucy had een verleden waarvan hij heel goed op de hoogte was.

'Moet ik naar huis gaan?' vroeg ik hem kalm.

'Nee. Ik geloof dat ze gewoon een bui heeft en dat ze zich aan het afreageren is. Ze heeft in ieder geval geen auto waarmee ze de weg op kan.'

Ik haalde diep adem.

'Het punt is dat ik denk dat ze nu veilig is. Maar het leek me dat je het moest weten, Doc.'

'Dank je,' zei ik op grimmige toon

Ik had gehoopt dat de neiging tot drankmisbruik die mijn nichtje had gehad een probleem was dat ze achter zich had gelaten. Ik had namelijk geen zorgwekkende symptomen meer opgemerkt sinds ze in een destructieve periode dronken achter het stuur was gaan zitten en bijna was verongelukt. Maar door haar vreemde gedrag die ochtend en wat Marino me net had verteld, besefte ik dat er iets helemaal verkeerd zat. Ik wist niet wat ik moest doen.

'En nog iets,' zei hij terwijl hij opstond. 'Je wilt toch niet dat ze zo teruggaat naar de Academie?'

'Nee,' zei ik, 'natuurlijk niet.'

Hij ging weer weg en ik bleef een tijdje met de deuren dicht zitten. Ik was gedeprimeerd en mijn gedachten leken op het trage water achter mijn huis. Ik wist niet of ik boos of bang was, maar toen ik dacht aan alle keren dat ik Lucy een glas wijn had aangeboden of een biertje voor haar had gepakt, voelde ik me verraden. Ik was bijna wanhopig toen ik dacht aan alles wat ze bereikt en wat ze te verliezen had, en plotseling kreeg ik ook andere gedachten. Ik zag de vreselijke beelden voor me die waren neergeschreven door een man die een god wilde zijn en ik wist dat mijn nichtje ondanks al haar intelligentie niet begreep hoe zwart die macht was. Ze kende het kwaad niet zoals ik het kende.

Ik trok mijn jas en handschoenen aan, omdat ik nu wist waar ik heen moest. Ik wilde net aan de receptie doorgeven dat ik zou vertrekken toen de telefoon ging. Ik nam op voor het geval het Lucy was. Maar het was de commissaris van de politie van Chesapeake, die me vertelde dat hij Steels heette en dat hij daar net uit Chicago naartoe was verhuisd.

'Het spijt me dat we op deze manier kennismaken,' zei hij. Zijn stem klonk oprecht. 'Maar ik wil het met u over Roche, een van mijn rechercheurs, hebben.'

'Ik wilde het ook al met u over hem hebben,' zei ik. 'Misschien kunt u mij uitleggen met wat voor probleem hij eigenlijk zit.'

'Volgens hem bent u het probleem,' zei hij.

'Dat is belachelijk,' zei ik, niet bij machte mijn woede in te slikken. 'Het komt erop neer, commissaris Steels, dat uw rechercheur onbekwaam en onprofessioneel is en dit onderzoek hindert. Ik ontzeg hem de toegang tot mijn mortuarium.'

'Beseft u dat Interne Zaken dit grondig zal moeten onderzoeken,' zei hij, 'en dat u waarschijnlijk op een gegeven moment hier op kantoor moet komen praten?'

'Hoe luidt de beschuldiging precies?'

'Seksuele intimidatie.'

'Dat is tegenwoordig wel populair,' zei ik cynisch. 'Maar ik wist niet dat ik macht over hem had, aangezien hij voor u en niet voor mij werkt. En seksuele intimidatie heeft altijd te maken met machtsmisbruik. Maar dat maakt allemaal niet uit, aangezien de rollen in dit geval zijn omgedraaid. Uw rechercheur is degene die avances jegens mij maakte en als die niet zijn beantwoord, is hij degene die schuldig is.'

Steels zei na een ogenblik: 'Dan lijkt het mij dat het uw woord tegen het zijne is.'

'Nee, het lijkt mij grote onzin. En als hij me nog één keer aanraakt, laat ik een arrestatiebevel uitvaardigen om hem op te sluiten.'

Hij zweeg.

'Commissaris Steels,' vervolgde ik, 'het lijkt me overduidelijk dat de zeer angstaanjagende zaak die in uw district speelt van zeer groot belang is. Kunnen we het even over Ted Eddings hebben?'

Hij schraapte zijn keel. 'Natuurlijk.'

'Bent u op de hoogte van die zaak?'

'Zeker. Ik heb alle informatie en ben helemaal op de hoogte.'

'Mooi zo. Dan bent u het er zeker wel mee eens dat we die zaak met alle ons ten dienst staande middelen moeten onderzoeken.'

'Tja, ik denk dat we sterfgevallen altijd goed moeten onderzoeken, maar bij het geval Eddings lijkt mij het antwoord wel duidelijk.'

Ik werd steeds kwader terwijl ik naar hem luisterde.

'Misschien weet u dat hij gek was op spullen uit de Burgeroorlog. Hij had zelfs een hele verzameling. Blijkbaar zijn er niet ver van de plek waar hij aan het duiken was een paar veldslagen geweest, en misschien zocht hij wel naar overblijfselen daarvan, zoals kanonskogels.'

Ik realiseerde me dat Roche met mevrouw Eddings had gesproken of dat de commissaris misschien een aantal van de kranteartikelen had gelezen die Eddings waarschijnlijk over zijn speurtochten had geschreven. Ik was geen geschiedkundige, maar ik wist genoeg om te zien waar het probleem lag bij een theorie die zo langzamerhand belachelijk werd.

Ik zei tegen Steels: 'Het grootste gevecht dat in uw streek op of in de buurt van het water heeft plaatsgevonden was dat tussen de *Merrimac* en de *Monitor*. En dat was kilometers verderop, in Hampton Roads. Ik heb nog nooit van gevechten gehoord die hebben plaatsgevonden op of bij dat deel van de Elizabeth River waar de scheepswerf ligt.'

'Maar dokter Scarpetta, dat weten we toch niet zeker?' zei hij bedachtzaam. 'Er kan toen van alles zijn afgevuurd, allerlei rotzooi zijn gestort, er kunnen allerlei mensen zijn gedood. Er waren tenslotte geen tv-camera's of miljoenen verslaggevers bij. Alleen maar Matthew Brady. En trouwens, ik hou erg van geschiedenis en ik heb veel over de Burgeroorlog gelezen. Ik geloof persoonlijk dat die vent, die Eddings, naar beneden is gegaan om op de rivierbodem naar overblijfselen te zoeken. Hij inhaleerde giftige gassen uit zijn apparaat en stierf. En wat hij in zijn handen had, een metaaldetector bijvoorbeeld, is in het slib weggezakt.'

'Ik behandel dit geval als een mogelijke moordzaak,' zei ik vastberaden.

'En afgaande op wat ik heb gehoord, ben ik het niet met u eens.'

'Ik verwacht dat de openbare aanklager het wel met me eens zal zijn als ik haar heb ingelicht.'

Daar reageerde de commissaris niet op.

'Ik neem aan dat u niet van plan bent de mensen van het misdaadanalyse-programma van het Bureau erbij te halen,' vervolgde ik. 'Aangezien u heeft besloten dat het om een ongeluk gaat.'

'Op dit moment zie ik geen enkele reden om de FBI erbij te halen. En dat heb ik ook tegen ze gezegd.'

'Nou, ik zie daar alle reden voor,' antwoordde ik. Ik moest mijn uiterste best doen om de hoorn niet zomaar op de haak te smijten.

'Verdomme, verdomme, verdomme!' mompelde ik terwijl ik kwaad mijn spullen bij elkaar griste en de deur uit beende.

In het kantoor bij het mortuarium nam ik een stel sleutels van het haakje aan de muur en ging naar de parkeerplaats. Ik opende het portier van de donkerblauwe stationcar die we soms gebruikten om lijken te vervoeren. De auto was niet zo opvallend als een lijkwagen, maar het was ook geen wagen die je op de oprit bij je buurman zou verwachten. Hij was enorm groot, had raampjes van getint glas met jaloezieën ervoor zoals je die ook wel bij begrafenisauto's ziet. Er was geen achterbank en in plaats daarvan lag er achterin triplex op de grond met speciale klemmen zodat brancards tijdens de rit niet heen en weer zouden glijden. Mijn mortuariumcoördinator had een aantal luchtverfrissers tegen de achterruit gehangen en de cedergeur was verstikkend.

Ik draaide het raampje een stukje open en reed naar Main Street, dankbaar dat de straten nu alleen nog maar nat waren en het verkeer niet al te druk was. De vochtige, koude lucht voelde prettig aan op mijn gezicht en ik wist wat ik moest doen. Het was alweer een tijdje geleden dat ik op weg naar huis bij een kerk was gestopt. Het kwam eigenlijk alleen maar bij me op om dat te doen als er een crisis was, als ik echt geen kant meer uit kon. Bij Three Chopt Road en Grove Street reed ik de parkeerplaats van Saint Bridget's op. De kerk bestond uit baksteen en leisteen, en vanwege de huidige toestand van de wereld bleven de deuren 's avonds niet meer open. Maar de AA had op dit tijdstip een bijeenkomst en ik wist altijd wanneer ik naar binnen kon zonder te worden gestoord.

Ik ging door een zijdeur naar binnen en sloeg een kruis met wijwater. Ik liep naar het sanctuarium, waar rijen heiligen het kruis bewaakten en op kleurige, gebrandschilderde ramen de kruisiging van Jezus werd afgebeeld. Ik koos de achterste rij banken en verlangde naar kaarsen om aan te steken. Aan dat ritueel was echter een einde gemaakt door het Tweede Vaticaanse Concilie. Ik knielde op het bankje en bad voor Ted

Eddings en zijn moeder. Ik bad voor Marino en Wesley. En daar, alleen in het donker, bad ik ook voor mijn nichtje. Toen bleef ik stil, met gesloten ogen zitten en voelde dat de spanning verminderde.

Toen het bijna zes uur was, wilde ik eigenlijk al weggaan, maar bleef even stilstaan in het voorportaal en zag licht branden in de bibliotheek verderop in de gang. Ik wist niet waarom ik in die richting werd gedreven, maar bedacht dat het effect van een kwaadaardig boek wellicht teniet kon worden gedaan door een heilig boek en dat de catechismus misschien precies was wat de priester me zou aanraden. Toen ik naar binnenging, zag ik daar een oudere vrouw die bezig was boeken op planken te zetten.

'Dokter Scarpetta?' vroeg ze, blijkbaar zowel verbaasd als verheugd me te zien.

'Goedenavond.' Ik schaamde me dat ik haar naam niet meer wist.

'Ik ben mevrouw Edwards.'

Ik herinnerde me dat ze de parochiale hulp van de kerk coördineerde en dat ze mensen die zich hadden bekeerd, les gaf in de katholieke dogma's. Soms leek het me dat ik ook bij dat groepje zou moeten horen, omdat ik maar zo zelden naar de mis ging. Ze was klein en een tikje mollig, was nog nooit in een klooster geweest, maar wekte dezelfde schuldgevoelens bij me op als de brave nonnen uit mijn jeugd.

'Ik zie u hier niet vaak om deze tijd,' zei ze.

'Ik kwam alleen maar even langs,' antwoordde ik. 'Na het werk. Ik ben bang dat ik het lof heb gemist.'

'Dat was op zondag.'

'Natuurlijk. Tja, ik wilde al weggaan, maar ik ben blij dat ik u nog net zag.' Haar ogen namen mijn gezicht op en ik wist dat ze voelde dat ik behoefte had om te praten.

Ik bekeek de boekenkasten.

'Zoekt u iets?' vroeg ze.

'De catechismus,' zei ik.

Ze liep naar de andere kant van de kamer, pakte een catechismus van een plank en overhandigde die vervolgens aan mij. Het was een dik boek en ik vroeg me af of ik wel het juiste besluit had genomen, want ik was erg moe en betwijfelde of Lucy op het moment in staat was om te lezen.

'Kan ik u misschien ergens mee helpen?' Haar stem was vriendelijk.

'Het zou fijn zijn als ik even met de priester kon praten,' zei ik.

'Kapelaan O'Connor is op bezoek in het ziekenhuis.' Ze bleef me onderzoekend aankijken. 'Kan ik niets voor u doen?'

'Misschien wel.'

'Laten we hier even gaan zitten,' stelde ze voor.

We pakten stoelen bij een simpele, houten tafel, die me deed denken aan de tafels op de nonnenschool waar ik in Miami op had gezeten. Ik herinnerde me plotseling weer hoe opgetogen ik was geweest over wat ik op de bladzijden van de boeken daar had gevonden, want ik hield van leren en elke geestelijke ontsnapping uit mijn thuissituatie was een opluchting. Mevrouw Edwards en ik zaten als vriendinnen tegenover elkaar, maar ik vond het moeilijk te praten, omdat ik maar zelden zo openhartig met iemand sprak.

'Ik kan niet veel details vertellen, want mijn probleem heeft te maken met een zaak waar ik mee bezig ben,' begon ik.

'Dat begrijp ik.' Ze knikte.

'Ik moet volstaan met u te vertellen dat ik blootgesteld ben geweest aan een soort satanische bijbel. Niet noodzakelijkerwijs zwarte kunst, maar wel iets kwaadaardigs.'

Ze reageerde niet, maar bleef me aankijken.

'En hetzelfde geldt voor Lucy. Lucy is mijn nichtje van drieëntwintig. Ze heeft dat manuscript ook gelezen.'

'En als gevolg daarvan heeft u het nu moeilijk?' vroeg mevrouw Edwards.

Ik haalde diep adem en voelde me belachelijk. 'Ik weet dat het nogal raar klinkt.'

'Natuurlijk klinkt het niet raar,' zei ze. 'We moeten de macht van het kwaad nooit onderschatten en we moeten het indien mogelijk altijd vermijden ermee in aanraking te komen.'

'Ik kan dat niet altijd vermijden,' zei ik. 'Gewoonlijk is het het kwaad waardoor mijn patiënten bij mij terechtkomen. Maar ik hoef maar zelden documenten als de tekst waar ik het nu over heb te bekijken. Ik heb sindsdien dromen waar ik me zorgen over maak en mijn nichtje is de laatste tijd heel onberekenbaar en heeft veel in het Boek zitten lezen. Ik ben vooral bezorgd voor haar. Daarom ben ik hier.'

'Blijft gij echter bij wat u geleerd en toevertrouwd is,' citeerde ze. 'Zo eenvoudig ligt het.' Ze glimlachte.

'Ik weet niet zeker of ik u wel begrijp,' antwoordde ik.

'Dokter Scarpetta, er is geen remedie voor wat u me net heeft verteld. Ik kan geen handoplegging doen en het duister en de kwade dromen doen verdwijnen. Kapelaan O'Connor kan dat ook niet. We hebben daar geen ritueel of ceremonie voor. We kunnen voor u bidden, en dat zullen we natuurlijk ook doen. Maar u en Lucy moeten nu vooral terugkeren naar jullie eigen geloof. Jullie moeten datgene doen wat jullie in het verleden ook kracht heeft gegeven.'

'Daarom ben ik hier vandaag ook gekomen,' zei ik.

'Dat is goed. Zeg tegen Lucy dat ze terug moet keren naar de geloofsgemeenschap en moet bidden. Ze zou weer naar de kerk moeten komen.'

Dat zou wel nooit gebeuren, dacht ik toen ik naar huis reed. Mijn angsten werden alleen maar nog sterker toen ik door de voordeur liep. Het was nog geen zeven uur in de avond en Lucy lag op bed.

'Slaap je?' Ik ging in het donker naast haar zitten en legde mijn hand op haar rug. 'Lucy?'

Ze antwoordde niet en ik was dankbaar dat onze auto's er nog niet waren. Ik was bang dat ze anders zou hebben geprobeerd naar Charlottesville terug te rijden, en ik zat erover in dat ze misschien elke vreselijke vergissing zou herhalen die ze ooit had begaan.

'Lucy?' zei ik weer.

Ze draaide zich langzaam naar me toe. 'Wat is er?' zei ze.

'Ik kom alleen maar even kijken hoe het met je gaat,' fluisterde ik.

Ik zag dat ze met haar hand langs haar ogen veegde en besefte dat ze niet had geslapen, maar had liggen huilen.

'Wat is er?' vroeg ik.

'Niets.'

'Ik weet dat er iets is. En het is tijd dat we eens samen praten. Je bent jezelf niet en ik wil je helpen.'

Ze wilde me niet antwoorden.

'Lucy, ik blijf hier zitten totdat je met me praat.'

Ze bleef zwijgen en ik kon haar oogleden zien bewegen toen ze naar het plafond staarde. 'Janet heeft het ze verteld,' zei ze. 'Ze heeft het aan haar moeder en vader verteld. Ze probeerden haar op andere gedachten te brengen, alsof ze meer over haar gevoelens weten dan zijzelf. Alsof ze op de een of andere manier een verkeerd beeld heeft van zichzelf.'

Haar stem klonk steeds kwader en ze hees zichzelf omhoog totdat ze half rechtop zat. Ze duwde de kussens tegen haar rug.

'Ze willen dat ze in therapie gaat,' vervolgde ze.

'Dat vind ik ellendig voor je,' zei ik. 'Ik weet niet goed wat ik moet zeggen, behalve dat het hun probleem is en niet dat van jullie tweeën.'

'Ik weet niet wat ze gaat doen. Het is al erg genoeg dat we op moeten passen dat het Bureau het niet ontdekt.'

'Je moet sterk zijn en trouw blijven aan wie je bent.'

'Wie dat ook is. Soms weet ik dat echt niet.' Ze raakte steeds meer overstuur. 'Ik vind het vreselijk. Het is moeilijk. En het is zo oneerlijk.' Ze leunde met haar hoofd tegen mijn schouder. 'Waarom kan ik niet zoals jij zijn. Waarom kan het niet gemakkelijk zijn?'

'Ik weet niet of je wel zoals mij zou willen zijn,' zei ik. 'En mijn leven is echt niet gemakkelijk geweest, bijna niets wat belangrijk is, is gemakkelijk. Jij en Janet kunnen hier best een oplossing voor vinden als jullie dat echt willen. En als jullie echt van elkaar houden.'

Ze haalde diep adem en blies die langzaam uit.

'Geen destructief gedrag meer.' Ik stond op van de rand van haar bed in die duistere kamer. 'Waar is het Boek?'

'Op het bureau,' zei ze.

'In mijn werkkamer?'

'Ja. Daar heb ik het neergelegd.'

We keken elkaar aan en haar ogen glinsterden van de tranen. Ze snoof luidruchtig en snoot haar neus.

'Begrijp je waarom het niet goed is om al te lang bij zoiets stil te staan?' vroeg ik.

'Kijk eens waar jij de hele tijd bij stil moet staan. Dat hoort bij ons werk.'

'Nee,' zei ik, 'het hoort bij ons werk dat je weet welk pad je moet nemen en waar je niet stil moet blijven staan. Je moet de macht van de vijand in dezelfde mate respecteren als je hem veracht. Anders ben je de verliezer, Lucy. Dat kun je nu maar beter gelijk leren.'

'Ik begrijp het,' zei ze stilletjes en pakte de catechismus die ik aan het voeteneinde van het bed had gelegd. 'Wat is dit, en moet ik het vanavond helemaal uitlezen?'

'Het is iets wat ik uit de kerk heb meegenomen. Ik dacht dat je het misschien wel wilde bekijken.'

'Vergeet de kerk maar,' zei ze.

'Waarom?'

'Omdat die mij heeft vergeten. De kerk denkt dat mensen zoals ik abnormaal zijn, alsof ik naar de hel of de gevangenis moet omdat ik ben zoals ik ben. Dat bedoel ik. Jij weet niet hoe het is om buitengesloten te zijn.'

'Lucy, ik ben het grootste deel van mijn leven al buitengesloten. Je weet niet wat discriminatie is totdat je een van de drie vrouwen in jouw jaar op de medische faculteit bent. Of op de rechtenfaculteit, waar de mannen hun aantekeningen niet willen uitlenen als je ziek bent geweest en een college hebt gemist. Daarom word ik niet ziek. Daarom word ik niet dronken en verstop ik me niet in mijn bed.' Ik klonk hard omdat ik wist dat ik hard moest zijn.

'Dit is iets anders,' zei ze.

'Ik denk dat jij wilt geloven dat het anders is, zodat je een excuus voor zelfmedelijden hebt,' zei ik. 'Het lijkt mij dat jij degene bent die verantwoordelijk is voor al dat vergeten en buitensluiten. Niet de kerk. Niet de maatschappij. Zelfs niet Janets ouders, die het misschien gewoon wel niet begrijpen. Ik dacht dat je sterker was.'

'Ik ben ook sterk.'

'Nou, ik heb er genoeg van,' zei ik. 'Je hoeft hier niet meer te komen om dronken te worden en de dekens over je hoofd te trekken, zodat ik me de hele dag zorgen over je kan lopen maken. En als ik je dan probeer te helpen, wil je niets van me weten, en ook niet van andere mensen.'

Ze staarde me zwijgend aan. Uiteindelijk zei ze: 'Ben je echt voor mij naar die kerk gegaan?'

'Ik ging voor mezelf.' Ik ging over op een lichtere toon. 'Maar jij was het belangrijkste gespreksonderwerp.'

Ze gooide de dekens van zich af. 'Het belangrijkste doel van de mens is God te eren en voor altijd vreugde te scheppen in God,' zei ze terwijl ze opstond.

Ik bleef in de deuropening staan.

'De catechismus. Natuurlijk de niet-seksistische versie. Ik heb op de universiteit een serie colleges over religie gevolgd. Ga je iets eten?'

'Waar heb je zin in?' vroeg ik.

'Iets makkelijks.' Ze kwam naar me toe en sloeg haar armen om me heen. 'Het spijt me, tante Kay,' zei ze.

In de keuken trok ik de deur van de vriezer open en zag niets inspirerends. Toen keek ik in de koelkast, maar mijn eetlust was samen met mijn gemoedsrust op de vlucht geslagen. Ik at een banaan en wilde net een pot koffie zetten toen ik werd opgeschrikt door een bericht op de radio-ontvanger die ik op de aanrecht had staan.

'Eenheid 600 aan station één,' klonk Marino's stem.

Ik nam de microfoon en antwoordde: 'Station één.'

'Kun je me bellen?'

'Geef me het nummer maar,' zei ik, en kreeg een naar voorgevoel.

Het was mogelijk dat de radiofrequentie die mijn dienst gebruikte werd afgeluisterd en als een zaak erg gevoelig lag, probeerden de rechercheurs ons allemaal uit de lucht te houden. Het nummer dat Marino me gaf was van een openbare telefooncel.

Toen hij opnam, zei hij: 'Sorry, maar ik had geen klein geld bij me.'

'Wat is er aan de hand?' Ik verdeed geen tijd.

'Ik passeer de dienstdoende patholoog omdat ik wist dat jij wilde dat we jou eerst op de hoogte stelden.'

'Wat is er dan?'

'Shit, Doc, ik vind het echt heel erg. Maar we hebben Danny.'

'Danny?' zei ik verward.

'Danny Webster. Van je afdeling in Norfolk.'

'Wat bedoel je, dat je hem hebt?' De angst sloeg me om het hart. 'Wat heeft hij gedaan?'

Ik dacht dat hij misschien was gearresteerd terwijl hij in mijn auto reed. Of misschien had hij een ongeluk gehad.

Marino zei: 'Doc, hij is dood.'

Vervolgens was het zowel aan zijn als mijn kant van de lijn stil.

'O, god.' Ik leunde tegen de aanrecht en sloot mijn ogen. 'O, mijn god,' zei ik. 'Wat is er gebeurd?'

'Luister, ik denk dat je het beste hierheen kunt komen.'

'Waar ben je?'

'Bij Sugar Bottom, bij de oude spoortunnel. Je auto staat ongeveer een blok verder heuvelopwaarts bij Libby Hill Park.'

Ik stelde verder geen vragen, maar zei tegen Lucy dat ik weg moest en waarschijnlijk pas laat terug zou zijn. Ik greep mijn dokterstas en mijn pistool, want ik kende de achterbuurt waar de tunnel was, en ik kon me niet voorstellen wat Danny daar te zoeken had gehad. Hij en zijn vriend zouden mijn auto en Lucy's Suburban naar mijn kantoor brengen, waar de administrateur van de dienst ze zou opwachten en ze een lift naar het busstation zou geven. Church Hill was niet ver van de PADV, maar ik kon geen reden bedenken waarom Danny in mijn Mercedes ergens anders heen was gereden dan waar hij naartoe moest. Hij leek niet het type om misbruik te maken van mijn vertrouwen.

Ik reed snel door West Cary Street, langs enorme bakstenen huizen met daken van koper en leisteen, waarvan de toegang werd versperd door hoge, zwarte, smeedijzeren hekken. Het was surreëel om in de dienstauto van het mortuarium door deze elegante wijk te scheuren terwijl een van mijn medewerkers dood was en ik me er zorgen over maakte dat ik Lucy weer alleen had moeten laten. Ik kon me niet herinneren of ik de alarminstallatie en de sensoren die buiten elke beweging registreerden had aangezet toen ik wegging. Mijn handen beefden en ik wilde dat ik een sigaret op kon steken.

Libby Hill Park lag op een van de zeven heuvels van Richmond in een deel van de stad dat tegenwoordig als een toplocatie voor onroerend goed werd beschouwd. Uit de vorige eeuw daterende rijtjeshuizen en neoclassicistische woningen waren prachtig gerestaureerd door mensen die zo dapper waren geweest een historische buurt uit de klauwen van het verval en de misdaad te redden. Voor de meeste mensen die hier woonden was het risico dat ze hadden genomen op een succes uitgelopen. Ik wist echter dat ik zelf niet vlak bij sociale woningbouwwijken en achtergestelde buurten zou kunnen wonen, waar de handel in drugs de belangrijkste tak van industrie was. Ik wilde me niet in mijn eigen buurt met misdaadgevallen hoeven bezighouden.

Aan beide kanten van Franklin Street stonden politieauto's met rode en blauwe zwaailichten. Het was heel donker, en ik kon de achthoekige muziektent en de bronzen soldaat die op zijn hoge granieten sokkel over de James uitkeek, maar nauwelijks onderscheiden. Er stonden agenten en een cameraploeg om mijn Mercedes heen en de mensen waren naar buiten gekomen om te kijken wat er aan de hand was. Toen ik langzaam langsreed, kon ik niet zien of mijn auto beschadigd was, maar het portier bij de bestuurderszitplaats stond open en het licht binnen in de auto was aan.

Ten oosten van Twenty-ninth Street ging de weg naar beneden, naar een lager gelegen gedeelte dat bekendstond als Sugar Bottom. Dat deel van de stad was genoemd naar de prostituées die vroeger aan de welgestelde mannen van Virginia verdienden, of misschien ook wel naar de illegale drank. Ik kende het verhaal erachter niet precies. De gerestaureerde huizen gingen plotseling over in sloppen en scheef gezakte hutjes met teerpapier, en waar het trottoir ophield, halverwege de steile heuvel, begonnen dichte bossen. Daar lag ook de spoortunnel die in de jaren twintig was ingestort.

Ik herinnerde me nog dat ik ooit in een politiehelikopter over dit gebied was gevlogen. De zwarte opening van de tunnel had me tussen de bomen aangegaapt en de treinsporen waren een modderig litteken dat naar de rivier leidde. Ik dacht aan de treinwagons en de arbeiders die nog steeds in de tunnel waren begraven, en kon me opnieuw niet voorstellen waarom Danny hier uit vrije wil naartoe zou gaan. Hij zou toch in ieder geval bezorgd zijn geweest om zijn geblesseerde knie. Ik parkeerde zo dicht mogelijk in de buurt van Marino's Ford en werd onmiddellijk door verslaggevers opgemerkt.

'Dokter Scarpetta, is het waar dat dat uw wagen is die daar boven aan de heuvel staat?' vroeg een vrouwelijke journalist terwijl ze naar me toe rende. 'Ik heb begrepen dat de Mercedes op uw naam staat. Welke kleur heeft uw auto? Zwart?' drong ze aan toen ik niet antwoordde.

'Kunt u uitleggen hoe uw auto hier terecht is gekomen?' Een man duwde een microfoon onder mijn neus.

'Heeft u hem hier naartoe gereden?' vroeg iemand anders.

'Is hij gestolen? Heeft het slachtoffer uw auto gestolen? Denkt u dat het om drugs gaat?'

De stemmen vielen elkaar in de rede, omdat niemand op zijn beurt wilde wachten en ik niets wilde zeggen. Toen een aantal agenten in uniform beseften dat ik was gearriveerd, kwamen ze tussenbeide.

'Hé, ga eens naar achteren.'

'Onmiddellijk. Jullie hebben me gehoord.'

'Laat die dame erdoor.'

'Schiet op. We moeten hier een misdrijf onderzoeken. Ik hoop dat dat mag.'

Marino greep me plotseling bij mijn arm. 'Stelletje bloedzuigers,' zei hij terwijl hij een woedende blik op de journalisten wierp. 'Pas op waar je loopt. We moeten door het bos heen, tot vlak bij de tunnel. Wat voor schoenen heb je aan?'

'Het gaat wel.'

Er was een lang pad, dat steil vanaf de straat naar beneden liep. Er waren lampen neergezet om het pad te verlichten, en het licht wierp verraderlijke schaduwen. Aan de zijkant verdween het bos in de duisternis. De bomen bewogen zachtjes in de wind.

'Pas op waar je loopt,' zei hij weer. 'Het is modderig en er ligt overal zooi.'

'Wat voor zooi?' vroeg ik.

Ik knipte mijn zaklantaarn aan en richtte die op het smalle, modderige pad vol gebroken glas, halfvergaan papier en losse schoenen die vaag wit oplichtten tussen braamstruiken en kale bomen.

'De buren hebben geprobeerd hier een vuilnisstortplaats van te maken,' zei hij.

'Hij kan hier niet naar beneden zijn gekomen met zijn slechte knie,' zei ik. 'Hoe doe ik dit het beste?'

'Aan mijn arm.'

'Nee. Ik moet dit alleen bekijken.'

'Nou, je gaat niet alleen naar beneden. We weten niet of er daar ergens misschien nog iemand is.'

'Daar ligt bloed.' Ik wees met de zaklantaarn. Ongeveer twee meter lager glinsterden een paar grote druppels bloed op de dode bladeren.

'Er ligt hier heel veel bloed.'

'Ook bij de straat?'

'Nee. Het lijkt erop dat het hier zo ongeveer begint. Maar we hebben tot beneden, tot aan de plek waar hij ligt, bloed op het pad gevonden.'

'Goed. Laten we maar gaan.' Ik keek om me heen en liep voorzichtig naar beneden. Marino's zware voetstappen klonken achter me.

De politie had felgeel lint van boom tot boom gespannen, een zo groot mogelijk gebied afzettend, want we wisten nog niet hoe groot de eigenlijke plek van het misdrijf was. Ik zag het lichaam pas toen ik uit het bos op een open plek kwam waar het oude spoor in het zuiden naar de rivier leidde en in het westen in de gapende mond van de tunnel verdween. Danny Webster lag half op zijn rug en half op zijn zij met zijn armen en benen helemaal in de knoop. Er lag een grote plas bloed onder zijn hoofd. Ik bekeek hem langzaam met behulp van mijn zaklantaarn en zag dat er heel veel aarde en gras op zijn trui en spijkerbroek zat en dat er stukjes blad en andere vuiltjes in zijn bebloede haar kleefden.

'Hij is de heuvel af gerold,' zei ik. Ik merkte op dat een paar van de riempjes van zijn felrode knieband los waren geraakt en dat er vuil op het klittenband zat. 'Hij was al dood of bijna dood toen hij hier tot stilstand kwam.'

'Ja, ik denk dat het wel duidelijk is dat hij boven is neergeschoten,' zei Marino. 'Mijn eerste vraag was of hij misschien een bloedspoor heeft achtergelaten terwijl hij probeerde te ontkomen. En of hij ongeveer tot hier is gekomen, toen is bezweken en de rest van het pad naar beneden is gerold.'

'Of misschien lieten ze hem denken dat hij de kans kreeg om te ontkomen.' Mijn stem werd emotioneel. 'Zie je die knieband die hij aan heeft? Heb je enig idee hoe langzaam hij moet zijn geweest als hij inderdaad heeft geprobeerd dit pad af te lopen? Weet je wat het is om je met een slecht been heel moeizaam voort te bewegen?'

'Dus de een of andere zak heeft op een vogel in een kooitje geschoten,' zei Marino.

Ik antwoordde niet en richtte de zaklantaarn op het gras en de vuilnis op het gedeelte van het pad dat naar de straat leidde. Er glinsterden donkerrode druppels bloed op een plat melkpak, dat door het weer en de tijd wit was uitgeslagen.

'En zijn portefeuille?' vroeg ik.

'Die zat in zijn achterzak. Elf dollar en zijn creditcards zaten er nog in,' zei Marino, voortdurend om zich heen kijkend.

Ik nam een aantal foto's en knielde toen naast het lichaam. Ik draaide het om zodat ik Danny's kapotte hoofd beter kon zien. Ik voelde zijn hals en hij was nog warm. Het bloed onder hem was aan het stollen. Ik maakte mijn dokterstas open. 'Hier.' Ik vouwde een plastic zeiltje open en gaf het aan Marino. 'Hou dit even omhoog terwijl ik zijn temperatuur opneem.'

Hij schermde het lichaam af tegen alle ogen behalve de onze terwijl ik de spijkerbroek en onderbroek naar beneden trok. Ze waren allebei bevuild. Hoewel het niet ongewoon was dat mensen op het moment dat ze stierven urineerden en zich ontlastten, was dit soms ook de reactie van het lichaam op doodsangst.

'Heb je enig idee of hij soms met drugs rotzooide?' vroeg Marino.

'Ik heb geen reden om aan te nemen dat dat zo was,' zei ik. 'Maar ik weet het gewoon niet.'

'Leek het er bijvoorbeeld op dat hij boven zijn stand leefde? Ik bedoel, hoeveel verdiende hij?'

'Hij verdiende ongeveer eenentwintigduizend dollar per jaar. Ik weet niet of hij boven zijn stand leefde. Hij woonde nog thuis, bij zijn ouders.'

Zijn lichaamstemperatuur was vierendertig zeven, en ik legde de thermometer boven op mijn tas om de omgevingstemperatuur op te nemen. Ik bewoog zijn armen en benen. De *rigor mortis* was alleen nog maar opgetreden in de kleine spieren, zoals die van zijn vingers en ogen. Danny was voor het grootste deel nog net zo warm en soepel als hij tijdens zijn leven was geweest. Toen ik me dichter over hem heen boog, rook ik zijn aftershave en wist dat ik die geur voortaan altijd zou herkennen. Ik keek of het zeiltje wel goed onder zijn lichaam lag en draaide hem op zijn rug. Er stroomde nog meer bloed toen ik naar andere wonden begon te zoeken.

'Hoe laat kreeg je het telefoontje?' vroeg ik Marino, die langzaam in de richting van de tunnel liep, de in elkaar gevlochten takken van de klimplanten en het kreupelhout met zijn zaklantaarn afzoekend.

'Een van de buren hoorde een geweerschot in dit gebied en belde om vijf over zeven het alarmnummer. Zo'n vijftien minuten later vonden we je auto en hem. Dus het is zo'n twee uur geleden gebeurd. Klopt dat met wat je ziet?'

'Het vriest nu bijna. Hij heeft dikke kleren aan en is ongeveer twee graden afgekoeld. Ja, dat klopt wel. Geef me die zakken eens aan. Weten we wat er met die vriend die Lucy's Suburban zou besturen is gebeurd?'

Ik schoof de bruine papieren zakken over zijn handen en maakte die bij zijn polsen met elastiekjes vast. Zo zou kwetsbaar bewijsmateriaal niet verloren gaan, zoals kruit van het wapen, of vezels, of huid onder zijn vingernagels, voor het geval hij soms met zijn aanvaller had gevochten. Maar ik dacht niet dat hij dat had gedaan. Wat er ook was gebeurd, volgens mij had Danny precies gedaan wat hem werd opgedragen.

'Op het moment weten we niets over die vriend,' zei Marino. 'Ik kan een eenheid naar je kantoor sturen, om daar te zoeken.'

'Dat lijkt me een goed idee. Misschien heeft die vriend hier wel iets mee te maken.'

'Honderd,' zei Marino in zijn mobilofoon en ik nam nog een aantal foto's.

'Honderd,' antwoordde de centralist.

'Roep een eenheid op die in de buurt van de pathologisch-anatomische dienst tussen Fourteenth en Franklin is.'

Danny was van achteren neergeschoten. De wond gaf aan dat het schot van dichtbij, maar niet tegen het hoofd aan was afgevuurd. Ik wilde Marino net vragen of hij patroonhulzen had gevonden, toen ik een geluid hoorde dat ik maar al te goed kende.

'O, nee,' zei ik terwijl het geronk luider klonk. 'Marino, laat ze niet hier komen.'

Maar het was al te laat. We keken omhoog naar de nieuwshelikopter die laag boven ons begon rond te cirkelen. Het zoeklicht zwaaide over de tunnel en de koude, harde grond waar ik op mijn knieën lag, terwijl mijn handen onder de hersens en het bloed zaten. Ik beschermde mijn ogen tegen het verblindende licht terwijl bladeren en vuil opvlogen en de kale bomen heen en weer zwaaiden. Ik hoorde niet wat Marino schreeuwde terwijl hij woedend met zijn zaklantaarn naar de lucht zwaaide. Ik beschermde het lijk zo goed mogelijk met mijn eigen lichaam.

Ik trok een plastic zak over Danny's hoofd en bedekte hem met een laken terwijl de nieuwsploeg van Channel 7 het bewijsmateriaal vernietigde omdat ze niet beter wisten of omdat het ze niets kon schelen, of allebei misschien. De deur van de helikopter was eruit gehaald en de cameraman leunde naar buiten. Hij legde me met behulp van het zoeklicht vast voor het nieuws van elf uur. Toen begonnen de wieken aan een luidruchtige terugtocht.

'Godverdegodver!' schreeuwde Marino, terwijl hij zijn vuist tegen hen schudde. 'Ik zou jullie uit de lucht moeten schieten!'

9

Ik ritste het lichaam in een lijkenzak terwijl er een auto naar ons onderweg was. Toen ik opstond, werd ik duizelig. Ik moest naar mijn evenwicht zoeken terwijl mijn gezicht koud aanvoelde en ik even niets kon zien.

'Het ambulanceteam kan hem nu wegbrengen,' zei ik tegen Marino. 'Kan niemand ervoor zorgen dat die verdomde televisiecamera's hier verdwijnen?'

Hun felle lichten zweefden als satellieten in de donkere straat terwijl ze wachtten totdat wij terugkwamen. Marino keek me aan. We wisten allebei dat niemand iets kon doen aan de journalisten of de middelen die ze gebruikten om ons vast te leggen. Zolang ze de plaats van het misdrijf maar niet verstoorden, konden ze doen wat ze wilden, vooral als ze in helikopters zaten die we niet tegen of aan konden houden.

'Ga je hem in je eigen auto vervoeren?' vroeg hij.

'Nee. Er is al een ambulanceteam,' zei ik. 'En we hebben hulp nodig om hem naar boven te krijgen. Zeg maar dat ze nu hierheen kunnen komen.'

Hij sprak in zijn mobilofoon terwijl onze zaklantaarns over vuil en bladeren en kuilen vol modderig water bleven glijden. Marino zei: 'Ik laat een paar jongens hier nog een poosje rondsnuffelen. Tenzij die smeerlap zijn patroonhuls heeft opgeraapt, moet die hier nog ergens liggen.' Hij keek naar de top van de heuvel. 'Het probleem is dat sommige van die knapen de patroonhulzen ver uitspuwen en die verdomde helikopter heeft de zooi overal naartoe geblazen.'

Een paar minuten later kwam er een ambulanceteam met een brancard naar beneden. Er knarste gebroken glas onder hun voeten en het metaal van de brancard rinkelde. We wachtten totdat ze het lichaam hadden opgetild. Toen ging ik op de grond zoeken waar het had gelegen. Ik staarde naar de zwarte opening van een tunnel die lang geleden in een berg was gegraven waar de grond te zacht was en liep er dichter naartoe, totdat ik aan het begin van de doorgang stond. Verderop werd hij afgesloten door een muur waar in het licht van mijn zaklantaarn witte verf op de stenen glinsterde. Er staken roestende spijkers uit wegrottende, bemodderde bielzen en er lagen overal oude banden en flessen.

'Doc, er is hier niets.' Marino kwam voorzichtig aanlopen. 'Shit.' Hij gleed bijna uit. 'We hebben hier al gekeken.'

'Nou, het is duidelijk dat hij hier niet door kan zijn ontsnapt,' zei ik terwijl mijn zaklantaarn keitjes en dood onkruid ontdekte. 'En niemand kan zich hier ook verbergen. De gemiddelde burger weet helemaal niet van het bestaan van deze plek af.'

'Kom mee.' Marino's stem was vriendelijk maar vastberaden. Hij legde zijn hand even op mijn arm.

'Deze plek is niet toevallig uitgekozen. Zelfs hier in de buurt weten niet veel mensen dat dit hier is.' Mijn licht zocht verder. 'Het is iemand geweest die precies wist waar hij mee bezig was.'

'Doc,' zei hij. Ergens druppelde water. 'Het is hier niet veilig.'

'Ik betwijfel het of Danny deze plek kende. Deze aanval was vooraf gepland en is in koelen bloede uitgevoerd.' Mijn stem weergalmde tegen de oude, donkere muren.

Deze keer bleef Marino mijn arm vasthouden en ik verzette me niet. 'Je hebt alles gedaan wat je kon. Laten we gaan.'

De modder trok aan mijn laarzen en stroomde over zijn zwarte legerschoenen toen we langs de rottende rails naar buiten liepen. We gingen samen de met vuil bedekte heuvel weer op, voorzichtig om het bloed heen stappend dat op de plekken lag waar Danny's lichaam als een stuk vuilnis langs de steile helling naar beneden was gegleden. Veel van de bloedspatten waren door de hevige wind die de helikopter had gemaakt van hun plaats geraakt, en dat zou op een dag van belang zijn als een advocaat vond dat dat belangrijk was. Ik wendde mijn gezicht van de camera's en de flitslichten af. Marino en ik zorgden dat we ze ontweken en spraken tegen niemand.

'Ik wil mijn auto zien,' zei ik tegen hem. Op de mobilofoon klonk luid zijn codenummer.

'Honderd,' antwoordde hij, de mobilofoon dicht bij zijn mond houdend.

'Ga je gang, honderdzeventien,' zei de centralist tegen iemand anders.

'Ik heb de parkeerplaats aan de voor- en aan de achterkant van het gebouw gecontroleerd, hoofdinspecteur,' zei eenheid honderdzeventien tegen Marino. 'Het voertuig dat u heeft beschreven is nergens te zien.'

'Begrepen.' Marino bracht zijn hand met de mobilofoon omlaag en keek erg gealarmeerd. 'Lucy's Suburban staat niet bij jouw kantoor. Ik snap het niet,' zei hij tegen mij. 'Hier klopt iets niet.'

We liepen terug naar Libby Hill Park omdat dat niet erg ver was en we wilden praten.

'Ik heb het idee dat Danny misschien iemand heeft opgepikt,' zei Marino terwijl hij een sigaret opstak. 'Het lijkt erop dat het om drugs ging.'

'Dat zou hij niet doen terwijl hij mijn auto wegbracht,' zei ik. Ik wist dat ik naïef klonk. 'Hij zou niemand oppikken.'

Marino draaide zich naar me toe. 'Kom nou,' zei hij. 'Dat weet je helemaal niet.'

'Ik heb nooit enige reden gehad om te denken dat hij onverantwoordelijk was of zich met drugs of iets anders bezighield.'

'Nou, het lijkt mij duidelijk dat hij een dubbelleven leidde, zoals dat wordt genoemd.'

'Ik weet helemaal niet of dat zo is.' Ik was moe van al dat gepraat.

'Je kunt maar beter uitzoeken of dat wel of niet zo is, want je zit onder het bloed.'

'Daar maak ik me tegenwoordig toch wel zorgen over, om wie het ook gaat.'

'Luister, ik bedoel dat mensen die je kent je ook wel eens teleurstellen,' vervolgde hij. Het licht van de stad spreidde zich beneden ons uit. 'En soms zijn de mensen die je niet erg goed kent, erger dan degenen die je helemaal niet kent. Je vertrouwde Danny omdat je hem mocht en omdat je vond dat hij zijn werk goed deed. Maar hij kan zich achter de schermen met van alles hebben beziggehouden, en dat kon jij gewoon niet weten.'

Ik antwoordde niet. Het was waar wat hij zei.

'Hij ziet er goed uit, een mooie jongen. En dan rijdt hij plotseling in die ongelooflijk gave auto. Zelfs de besten zouden dan in de verleiding komen om een stukje om te rijden voordat ze de auto van de baas afleveren. Of misschien wilde hij gewoon wat dope scoren.'

Ik dacht eerder dat Danny het slachtoffer was geworden van een poging tot autodiefstal en wees Marino erop dat er in het centrum en deze buurt een hele serie autodiefstallen was gepleegd.

'Misschien,' zei Marino toen we mijn auto al konden zien. 'Maar je auto staat er nog. Waarom zou je met iemand de straat uit lopen en hem neerschieten, en de auto vervolgens gewoon laten staan? Waarom zou je hem dan niet gelijk stelen? Misschien moeten we aan een geval van potenrammen denken. Is dat al bij je opgekomen?'

We waren bij mijn Mercedes. De journalisten namen nog meer foto's en stelden nog meer vragen, alsof dit de misdaad van de eeuw was. We negeerden hen en liepen naar het open portier naast de bestuurderszitplaats en keken in mijn s-320. Ik bekeek de armleuningen, de asbakken, het dashboard en de leren bekleding van de stoelen en zag niets bijzonders. Ik zag niets wat op een gevecht wees, maar het matje op de grond bij de passagier was vuil. Er waren vage schoenafdrukken te zien.

'Zo is de auto ook aangetroffen?' vroeg ik. 'Was het portier al open?'

'Wij hebben het portier opengemaakt. Maar het was niet op slot,' zei Marino.

'En niemand is erin geweest?'

'Nee.'

'Dit was er eerst nog niet.' Ik wees naar het matje.

'Wat?' vroeg Marino.

'Zie je die afdrukken van schoenen en dat vuil?' Ik sprak op fluistertoon, zodat de journalisten het niet zouden horen. 'Er had niemand op de voorbank moeten zitten. Niet terwijl Danny reed, en ook niet daarvoor, toen de auto in Virginia Beach werd gerepareerd.'

'En Lucy dan?'

'Nee. Ze is recent niet met me meegereden. Ik kan niemand verzinnen die is meegereden sinds de auto de laatste keer is schoongemaakt.'

'Maak je maar geen zorgen, we zullen alles stofzuigen.' Hij keek van me weg en zei met tegenzin: 'Je weet dat we de auto in beslag zullen moeten nemen, Doc.'

'Dat begrijp ik,' zei ik en we liepen terug naar de straat vlak bij de tunnel, waar onze auto's stonden.

'Ik vraag me af of Danny Richmond kende,' zei Marino.

'Hij is wel eens op mijn kantoor geweest,' antwoordde ik. Het was me zwaar te moede. 'Toen hij pas was aangenomen heeft hij zelfs een week stage bij ons gelopen. Ik weet niet meer precies waar hij logeerde, maar ik geloof dat het in de Comfort Inn aan Broad Street was.'

We liepen zwijgend verder en toen zei ik: 'Hij kende het gebied rondom mijn kantoor dus wel.'

'Ja, en daar valt deze wijk ook onder, aangezien jouw kantoor maar ongeveer vijftien blokken hiervandaan ligt.'

Plotseling bedacht ik iets. 'Misschien is hij hier vanavond heen gereden om iets te eten voor hij weer met de bus naar huis ging. Hoe weten we dat hij niet zoiets heel gewoons deed?'

Onze auto's stonden in de buurt van een aantal politiewagens en een politiebusje, en de journalisten waren nu vertrokken. Ik maakte het portier van de stationcar open en stapte in. Marino stond met zijn handen in zijn zakken en met een argwanende uitdrukking op zijn gezicht naar me te kijken omdat hij me zo goed kende.

'Je doet de sectie toch niet vanavond, hè?' vroeg hij.

'Nee.' Dat was niet nodig en ik wilde dat mezelf ook niet aandoen.

'En je wilt ook nog niet naar huis. Dat zie ik aan je.'

'Er moeten nog dingen gebeuren,' zei ik. 'Hoe langer we wachten, hoe meer we kwijt kunnen raken.'

'Waar wil je het proberen?' vroeg hij, want hij wist wat het betekende om mee te maken dat iemand met wie je samenwerkte werd gedood.

'Nou, er zijn hier een aantal zaken waar je kunt eten. Millie, bijvoorbeeld.'

'Nee. Te prijzig. En dat geldt ook voor Patrick Henry en de meeste van de tenten in de Slip en in Shockoe Bottom. Je moet niet vergeten dat Danny niet veel geld had, tenzij mensen van wie we niets weten hem betaalden.'

'Laten we ervan uitgaan dat hij geen geld uit andere bronnen kreeg,' zei ik. 'Laten we aannemen dat hij iets zocht dat niet te ver van mijn kantoor was en dat hij daarom in Broad Street bleef.'

'Poe, dat is niet in Broad, maar wel heel dicht bij Libby Hill Park. En het Café natuurlijk,' zei hij.

'Dat lijkt mij ook,' stemde ik in.

Toen we bij Poe naar binnen gingen, was de bedrijfsleider net bezig de rekening van de laatste klant van die avond op te maken. Naar mijn idee moesten we heel lang wachten. We kregen te horen dat er die avond niet veel mensen waren komen eten en dat er niemand was geweest die op Danny leek. We liepen terug naar onze auto's en reden verder over Broad Street naar het Hill Café bij Twenty-eighth Street. Mijn hart ging sneller slaan toen ik besefte dat het restaurant maar één straat van de plek was waar mijn Mercedes was gevonden.

Het café op de hoek stond bekend om zijn bloody mary's en chili en was al jarenlang favoriet bij politieagenten. Ik was er dus al vaak geweest, meestal met Marino. Het was een echt buurtcafé, en ondanks het late uur waren de stoelen nog vol, was het er rokerig en stond een luidruchtige tv-comedy aan.

Daigo stond achter de bar glazen te drogen toen ze Marino zag en hem een brede glimlach gaf.

'Wat doe je hier zo laat?' vroeg ze, alsof dat nog nooit eerder was voorgekomen. 'Waar was je eerder op de avond, toen het hier nog een dolle boel was?'

'Vertel eens,' zei Marino, 'hoe staan de zaken vanavond in de tent die het beste broodje biefstuk van de hele stad maakt?' Hij ging dichter bij haar staan, zodat andere mensen niet konden horen wat hij zei.

Daigo was een pezige, zwarte vrouw en ze nam me op alsof ze me wel eens eerder had gezien. 'Vroeger op de avond kwamen ze overal vandaan hiernaartoe,' zei ze. 'Ik dacht dat ik erin zou blijven. Willen jij en je vriendin iets bestellen, hoofdinspecteur?'

'Misschien,' zei hij. 'Je kent Doc toch wel, hè?'

Ze fronste haar wenkbrauwen en kreeg toen een blik van herkenning in haar ogen. 'Ik wist wel dat ik jou hier al eerder had gezien. Samen met hem. Zijn jullie al getrouwd?' Ze lachte alsof dat het grappigste was dat ze ooit had gezegd.

'Luister eens, Daigo,' vervolgde Marino, 'we vragen ons af of een bepaalde knul hier vandaag is geweest. Blank, mager, lang, donker haar, een mooie jongen. Hij droeg waarschijnlijk een leren jack, spijkerbroek, een trui, tennisschoenen en een felrode knieband. Ongeveer vijfentwintig, en hij reed in een nieuwe, zwarte Mercedes Benz met veel antennes erop.'

Haar ogen vernauwden zich en haar gezicht kreeg een grimmige uitdrukking terwijl Marino verder praatte. De theedoek hing werkloos in haar hand. Ik vermoedde dat de politie haar wel eerder vragen over een onplezierige zaak had gesteld en ik zag aan het trekje rond haar mond dat ze niets te maken wilde hebben met luie, slechte mensen die zonder enige emotie fatsoenlijke levens verwoestten.

'O, ik weet precies wie je bedoelt,' zei ze.

Haar woorden hadden hetzelfde effect als wanneer er een geweer zou zijn afgevuurd. We waren verbijsterd en een en al aandacht.

'Hij kwam hier denk ik om een uur of vijf binnen, want het was nog vroeg,' zei ze. 'Er zaten er als altijd wel een paar bier te drinken, maar er waren nog niet veel mensen om te eten. Hij ging daar zitten.'

Ze wees naar een leeg tafeltje onder een hangende asperagus, helemaal achter in de zaak, bij een schildering van een haan op de witte, stenen muur. Toen ik naar het tafeltje staarde waar Danny zijn laatste maaltijd had gegeten terwijl hij voor mij in de stad was, zag ik hem in gedachten voor me. Hij leefde, was vriendelijk, met zijn scherpe gelaatstrekken en glanzende, lange haar, en vervolgens lag hij, onder het bloed en de modder op een donkere heuvel vol vuilnis. Mijn borst deed pijn en ik moest even de andere kant op kijken. Ik moest iets anders met mijn ogen doen.

Toen ik weer rustiger was, wendde ik me tot Daigo en zei: 'Hij werkte voor mij, bij de pathologisch-anatomische dienst. Hij heette Danny Webster.'

Ze nam me een lang moment op. Ze besefte heel goed wat ik had gezegd. 'O, nee,' zei ze zachtjes. 'Dat was hij. O, lieve heer, ik kan het gewoon niet geloven. Het was op het nieuws, en de mensen hier hebben er de hele avond over zitten praten omdat het hier vlakbij was.'

'Ja,' zei ik.

Ze keek Marino aan alsof ze hem wilde smeken. 'Hij was nog maar een jongen. Hij viel niemand lastig, hij at hier gewoon zijn broodje vis en dan vermoordt iemand hem! Ik zeg je' – ze veegde boos met haar theedoek over de bar – 'er is te veel slechtheid in de wereld. Veel te veel! Ik heb er genoeg van. Begrijpen jullie me? De mensen moorden maar alsof 't niks is.'

Een paar mensen die verderop zaten te eten hoorden waar we het over hadden, maar hielden zich afzijdig, zonder naar ons te staren of iets te vragen. Marino was in uniform. Het was duidelijk dat hij een hoge rang had en daardoor waren mensen meestal geneigd om zich niet met hem te bemoeien. We wachtten totdat Daigo haar frustraties had kunnen uiten en gingen aan een tafeltje in het rustigste hoekje van de zaak zitten. Ze gebaarde naar een serveerster.

'Wat wil je eten, liefje?' vroeg Daigo aan mij.

Ik dacht dat ik nooit meer iets zou kunnen eten en bestelde kruidenthee, maar daar wilde ze niets van weten.

'Luister, breng jij de dokter maar eens een schaal met mijn broodpudding met Jack Daniels-saus. Maak je maar geen zorgen, de whisky is door het koken helemaal vervlogen,' zei ze, alsof zij nu de dokter was. 'Met een kop sterke koffie. hoofdinspecteur?' Ze keek Marino aan. 'Wil je wat je altijd hebt, knul? Prima.' Voordat hij kon reageren, zei ze: 'Een broodje biefstuk, met de biefstuk half doorgebakken, met uitjes en extra frietjes. En hij wil er graag zigeunersaus, ketchup, mosterd en mayonaise bij. Geen toetje. We moeten deze man wel in leven houden.'

'Mag ik?' Marino pakte zijn sigaretten, alsof hij die dag nog niet genoeg had van dingen die zijn dood konden worden.

Daigo stak ook een sigaret op en vertelde ons wat ze zich nog meer herinnerde. Eigenlijk herinnerde ze zich alles, omdat het Hill Café het soort zaak was waar vreemden opvielen. Danny, zei ze, was nog geen uur binnen geweest. Hij was alleen binnengekomen en was ook alleen weer weggegaan, en het leek er niet op dat hij op iemand wachtte. Ze had het idee gehad dat hij erg op de tijd moest letten, omdat hij vaak op zijn horloge keek, en hij had een broodje vis met friet en een Pepsi besteld. Danny Websters laatste maaltijd had hem zes dollar en zevenentwintig cent gekost. De vrouw die hem had bediend heette Cissy, en hij had haar een dollar fooi gegeven.

'En je hebt niemand hier in de buurt gezien bij wie je voelhorens omhoog gingen staan? De hele dag niet?' vroeg Marino.

Daigo schudde haar hoofd. 'Nee, hoofdinspecteur. Dat betekent natuurlijk nog niet dat er hier in de straat niet ergens de een of andere smeerlap rondhing. Want die zijn hier wel. Daar hoef je niet ver voor te zoeken. Maar als er zo iemand was, dan heb ik hem niet gezien. En er is hier vandaag ook nie-

mand geweest die erover klaagde dat-ie zo iemand had gezien.'
'Nou, we moeten navraag doen bij je klanten, bij zoveel mogelijk,' zei Marino. 'Misschien heeft iemand rond de tijd dat Danny hier wegging een auto gezien.'
'We hebben de bonnen van de creditcards.' Ze trok aan haar kapsel, dat er zo langzamerhand heel wild uitzag. 'De meeste mensen die hier zijn geweest kennen we toch wel.'
We wilden weggaan, maar er was nog één ding dat ik wilde weten. 'Daigo,' vroeg ik, 'heeft hij eten meegenomen?'
Ze keek verbaasd en stond op. 'Ik zal het even vragen.'
Marino drukte zijn volgende sigaret uit. Zijn gezicht zag vuurrood.
'Gaat het wel met je?' vroeg ik.
Hij bette zijn gezicht met een servet. 'Het is hier bloedheet.'
'Hij heeft zijn frietjes meegenomen,' vertelde Daigo toen ze terugkwam. 'Cissy zegt dat hij zijn broodje en salade op heeft gegeten, maar dat ze bijna al zijn frietjes voor hem heeft ingepakt. En toen hij bij de kassa kwam, kocht hij ook nog een maxi-pak kauwgom.'
'Welk merk?' vroeg ik.
'Ze weet bijna zeker dat dat Dentyne was.'
Toen Marino en ik buiten waren, maakte hij het boordje van zijn witte uniformoverhemd los en deed zijn das af. 'Verdomme, soms wilde ik dat ik nooit bij de A-brigade was weggegaan,' zei hij, want toen hij nog de leiding had over de rechercheurs daar, was hij gewoon in burger geweest. 'Het kan me niet schelen of iemand me ziet,' mompelde hij. 'Ik blijf er haast in.'
'Laat je het me wel weten als je het echt meent?' zei ik.
'Maak je maar geen zorgen, ik ben nog niet klaar voor een van jouw snijtafels. Ik heb gewoon te veel gegeten.'
'Ja, dat heb je inderdaad,' zei ik. 'En je hebt ook te veel gerookt. En daardoor komen de mensen godverdomme op mijn tafels terecht. Waag het niet om dood te gaan. Ik heb genoeg van alle mensen die doodgaan.'
We waren bij mijn stationcar en hij staarde naar mijn gezicht,

zoekend naar iets waarvan ik niet wilde dat hij het zag. 'Gaat het wel?'

'Wat denk je? Danny werkte voor me.' Mijn hand beefde terwijl ik met het sleuteltje stond te stuntelen. 'Hij leek zo aardig en beschaafd. Het leek alsof hij altijd het goede probeerde te doen. Hij bracht mijn auto van Virginia Beach hierheen omdat ik hem dat had gevraagd en nu is zijn achterhoofd verdwenen. Hoe denk je verdomme dat ik me voel?'

'Ik denk dat je het gevoel hebt dat dit op de een of andere manier jouw schuld is.'

'En misschien is dat ook wel zo.' Ik rukte het portier open. We stonden in het donker naar elkaar te kijken.

'Nee, dat is niet zo,' zei hij. 'Het is de schuld van de zak die de trekker overhaalde. Jij had daar helemaal niks mee te maken. Maar in jouw plaats zou ik het ook zo voelen.'

'O, god,' zei ik plotseling.

'Wat?' Hij klonk gealarmeerd en keek om zich heen alsof ik plotseling iets had gezien.

'Het zakje waar hij zijn eten in had. Wat is daarmee gebeurd? Het lag niet in mijn Mercedes. Ik heb daar helemaal niets gezien. Nog geen kauwgomwikkel,' zei ik.

'Verdomme, je hebt gelijk. En ik heb ook niets gezien op de plek waar je auto stond. En ook niets bij het lichaam, of ergens anders op de plek van het misdrijf.'

Er was één plek waar nog niemand had gezocht, en dat was waar we nu waren, in deze straat bij het restaurant. Dus Marino en ik haalden onze zaklantaarns weer te voorschijn en gingen op zoek. We zochten in Broad Street, maar we vonden de kleine, witte zak in Twenty-eighth Street, vlak bij de stoeprand. In een van de tuinen begon een hond te blaffen. De plek waar het zakje lag leek erop te wijzen dat Danny mijn auto zo dicht mogelijk bij het café had geparkeerd, in een stuk straat waar de gebouwen en bomen donkere schaduwen wierpen en er maar weinig licht was.

'Heb je een paar potloden of pennen in je tas?' Marino hurkte bij wat vermoedelijk het restant van Danny's avondeten was.

Ik vond een pen en een kam met een lange steel en gaf die aan hem. Met die eenvoudige gereedschappen maakte hij de zak open zonder iets aan te raken. Er zaten koude frietjes in aluminiumfolie en een maxi-verpakking Dentyne-kauwgom in. Het was schokkend om de inhoud van de zak te zien, die een vreselijk verhaal vertelde. Danny was iemand tegengekomen terwijl hij van het café naar mijn auto was gelopen. Misschien was er iemand uit de schaduw gekomen die een pistool had getrokken terwijl Danny het portier openmaakte. We wisten het niet zeker, maar het leek waarschijnlijk dat hij was gedwongen een straat verder te rijden, waarna hij naar een afgelegen, beboste heuvel was gevoerd om daar te sterven.

'Ik wilde dat die verdomde hond z'n bek eens hield,' zei Marino terwijl hij rechtop ging staan. 'Blijf hier. Ik ben zo terug.' Hij liep naar zijn auto aan de overkant van de straat en deed de achterbak open. Toen hij terugkwam, had hij de bekende bruine, papieren zak bij zich die de politie voor bewijsmateriaal gebruikte. Terwijl ik hem openhield, liet hij Danny's kliekjes met behulp van de kam en het potlood erin vallen.

'Ik weet dat ik dit naar de officiële opslagruimte zou moeten brengen, maar ze willen daar liever geen eten. En trouwens, er staat daar geen koelkast.' Het papier kraakte toen hij de zak dichtvouwde.

Onze voeten sloften over het trottoir.

'Jezus, het is hier kouder dan in een koelkast,' zei hij. 'Als we vingerafdrukken vinden, zijn ze waarschijnlijk van hem. Maar ik zal het lab er toch maar naar laten kijken.'

Hij stopte de zak in zijn achterbak en ik wist dat hij daar al vaak bewijsmateriaal had bewaard. Marino's afkeer van de regels ging verder dan zijn uniform.

Ik keek door de donkere straat vol geparkeerde auto's. 'Wat er ook is gebeurd, het is hier begonnen,' zei ik.

Marino zweeg en keek ook om zich heen. Toen vroeg hij: 'Denk je dat het om je Benz ging? Denk je dat dat het motief was?'

'Ik weet het niet,' antwoordde ik.

'Nou, het zou een beroving kunnen zijn. Door de auto leek hij rijk, ook al was hij dat niet.'

Ik werd weer door een schuldgevoel overvallen.

'Maar ik denk toch dat hij misschien iemand heeft ontmoet die hij op wilde pikken.'

'Misschien zou het gemakkelijker zijn als hij iets kwaads in de zin had gehad,' zei ik. 'Misschien zou dat voor ons gemakkelijker zijn, omdat we hem er dan zelf de schuld van konden geven dat hij is vermoord.'

Marino keek me zwijgend aan. 'Ga naar huis en probeer wat te slapen. Wil je dat ik achter je aan rijd?'

'Nee, dank je. Ik red het wel.'

Maar ik redde het eigenlijk niet. De rit was langer en donkerder dan ik me herinnerde en ik voelde me ongewoon onhandig bij alles wat ik probeerde te doen. Het was zelfs moeilijk om bij de tolpost het raampje naar beneden te draaien en het juiste bedrag te vinden. De bon die ik in de vuilnisbak wilde gooien, viel ernaast en toen iemand achter me toeterde, schrok ik me wild. Ik was zo uit mijn doen dat ik niets kon verzinnen waar ik weer kalm van zou worden, zelfs niet van een glas whisky. Tegen enen was ik weer in mijn eigen wijk terug. De bewaker die me doorliet had een grimmige blik en ik vermoedde dat hij het nieuws ook had gehoord en wist waar ik was geweest. Toen ik bij mijn huis kwam, zag ik verbijsterd dat Lucy's Suburban op de oprit stond.

Ze was nog op en leek weer hersteld. Ze zat in de salon met de open haard aan, een deken over haar benen en een grappige Robin Williams op de tv.

'Wat is er gebeurd?' Ik ging in een stoel vlak bij haar zitten. 'Hoe is je auto hier gekomen?'

Ze had haar bril op en was het een of andere FBI-handboek aan het lezen. 'Je boodschappendienst belde rond halfnegen,' zei ze. 'De vent die mijn auto terugbracht was bij jouw kantoor en je assistent was nergens te bekennen. Hoe heet hij, Danny? Dus die jongen in mijn auto belde, en vervolgens ging de telefoon hier. Ik heb hem gezegd dat hij naar de wachtpost moest rijden, daar heb ik hem opgewacht.'

'Maar wat is er gebeurd?' vroeg ik weer. 'Ik weet niet eens hoe die jongen heet. Hij was toch een kennis van Danny? Danny reed in mijn auto. Ze zouden allebei de auto's achter mijn kantoor zetten.' Ik zweeg en staarde haar aan. 'Lucy, heb je enig idee wat er aan de hand is? Weet je waarom ik zo laat thuis ben?'

Ze pakte de afstandsbediening en zette de tv uit. 'Ik weet alleen maar dat je bij een zaak werd geroepen. Dat zei je vlak voor je wegging.'

Dus ik vertelde het haar. Ik vertelde haar wie Danny was en dat hij dood was, en ik legde uit wat er met mijn auto was gebeurd. Ik bracht haar op de hoogte van alle details.

'Lucy, heb je enig idee wie de jongen was die je auto hier bracht?' zei ik toen.

'Ik weet het niet.' Ze zat nu rechtop in haar stoel. 'Een Latijnsamerikaans type, Rick. Hij had een oorringetje, kort haar en leek me twee- of drieëntwintig. Hij was heel beleefd, heel aardig.'

'Waar is hij nu?' vroeg ik. 'Je hebt toch niet alleen je auto van hem aangenomen?'

'O, nee. Ik heb hem naar het busstation gebracht, en George heeft ons verteld hoe we moesten rijden.'

'George?'

'De dienstdoende bewaker. Bij de wachtpost. Ik denk dat het toen tegen negenen was.'

'En toen is Rick teruggegaan naar Norfolk.'

'Ik weet niet wat hij heeft gedaan,' zei ze. 'Hij zei onderweg dat hij er zeker van was dat Danny wel zou komen opdagen. Hij heeft er waarschijnlijk geen idee van wat er is gebeurd.'

'God. Laten we hopen dat dat zo is, tenzij hij het op het nieuws heeft gehoord. Laten we hopen dat hij er niet bij is geweest,' zei ik.

Het besef dat Lucy alleen met deze vreemde in haar auto had gezeten vervulde me van angst, en in gedachten zag ik Danny's hoofd weer voor me. Ik voelde het verbrijzelde bot onder mijn handschoenen, die nat waren van zijn bloed.

'Wordt Rick als een verdachte beschouwd?' Ze was verbaasd.

'Op het moment is zowat iedereen verdacht.'

Ik pakte de telefoon die op de bar stond. Marino was ook net thuis en voor ik iets kon zeggen, begon hij al met zijn verhaal.

'We hebben de patroonhuls gevonden.'

'Mooi,' zei ik opgelucht. 'Waar?'

'Als je met je gezicht naar de tunnel op de weg staat, lag die huls in een stuk kreupelhout ongeveer drie meter rechts van de plek waar het bloedspoor op het pad begon.'

'Een rechts gerichte uitwerper,' zei ik.

'Dat moet wel, tenzij Danny en zijn moordenaar allebei achterstevoren de heuvel af zijn gelopen. En die zak meende het serieus. Hij had een vijfenveertig. Met Winchester-ammunitie.'

'Overkill,' zei ik.

'Dat kun je wel zeggen. Iemand wilde er zeker van zijn dat hij dood was.'

'Marino,' zei ik, 'Lucy heeft vanavond Danny's vriend ontmoet.'

'Je bedoelt de jongen die haar auto terugbracht?'

'Ja,' zei ik en vertelde hem wat ik wist.

'Misschien maakt dat het een beetje logischer,' zei hij. 'Ze raakten elkaar op de snelweg kwijt, maar Danny maakte zich daar niet druk over, omdat hij zijn vriend had verteld hoe hij moest rijden en omdat hij hem een telefoonnummer had gegeven.'

'Kan iemand uitzoeken wie Rick is, voordat hij verdwijnt? Misschien kunnen we hem opvangen als hij uit de bus stapt?' vroeg ik.

'Ik zal de politie in Norfolk bellen. Dat moet ik toch doen, omdat iemand naar Danny's huis moet om zijn familie op de hoogte te stellen voordat ze het van de pers horen.'

'Zijn familie woont in Chesapeake,' vertelde ik hem het slechte nieuws. Ik wist dat ik ook met ze zou moeten praten.

'Shit,' zei Marino.

'Praat hier niet met rechercheur Roche over, en ik wil niet dat hij in de buurt komt van Danny's familie.'

'Maak je daar maar geen zorgen over. En probeer dokter Mant te bereiken.'

Ik probeerde het appartement van zijn moeder in Londen, maar er was niemand thuis. Ik sprak een dringende boodschap in op het antwoordapparaat. Er waren zoveel mensen die ik moest bellen en ik was uitgeput. Ik ging naast Lucy op de bank zitten.

'Hoe gaat het?'

'Nou, ik heb de catechismus bekeken, maar ik geloof niet dat ik klaar ben voor het heilig vormsel.'

'Ik hoop dat je dat ooit wel zult zijn.'

'Ik heb hoofdpijn die maar niet over gaat.'

'Dat is je verdiende loon.'

'Je hebt helemaal gelijk.' Ze wreef over haar slapen.

Ik kon niet nalaten te vragen: 'Waarom doe je het toch, na alles wat je hebt meegemaakt?'

'Ik weet niet altijd waarom ik het doe. Misschien omdat ik de hele tijd zo op mijn tellen moet passen. Veel agenten hebben hetzelfde. We rennen en sporten en doen alleen maar wat goed is. En dan blazen we vrijdagavond stoom af.'

'Nou, deze keer was je tenminste op een veilige plek toen je dat deed.'

'Raak jij nooit de controle over jezelf kwijt?' Ze keek me aan. 'Want dat heb ik nog nooit meegemaakt.'

'Ik wilde altijd dat je dat nooit zou meemaken,' zei ik. 'Want dat was het enige wat je bij je moeder meemaakte en je had iemand nodig bij wie je je veilig voelde.'

'Maar je hebt mijn vraag niet beantwoord.' Ze bleef me aankijken.

'Wat? Of ik ooit dronken ben geweest?'

Ze knikte.

'Dat is niet iets waar je trots op hoeft te zijn, en ik ga nu naar bed.' Ik stond op.

'Meer dan één keer?' Haar stem volgde me toen ik wegliep.

Ik bleef in de deuropening staan en draaide me om. 'Lucy, in mijn lange, zware leven is er niet veel geweest wat ik niet heb gedaan. En ik heb je nooit veroordeeld om iets wat jij hebt gedaan. Ik maak me alleen maar zorgen als je jezelf door je gedrag in gevaar brengt.' Dat was mijn zoveelste understatement.

'Maak je je nu ook zorgen over mij?'

Ik glimlachte een beetje. 'Ik zal me vast de rest van mijn leven zorgen over jou maken.'

Ik ging naar mijn kamer en deed de deur dicht. Ik legde mijn Browning naast mijn bed en nam een slaappil omdat ik anders de paar nachtelijke uren die nog restten niet zou slapen. Toen ik bij het aanbreken van de dag wakker werd, zat ik nog in mijn stoel, met de lamp aan en het meest recente nummer van het tijdschrift van de Amerikaanse Vereniging van Juristen nog op mijn schoot. Ik stond op en liep naar de gang. Ik zag verbaasd dat Lucy's deur openstond en dat haar bed niet was opgemaakt. Ze lag niet in de salon op de bank en ik liep snel naar de eetkamer aan de voorkant van het huis. Ik staarde naar buiten en zag alleen maar met een laagje rijp bedekte kinderhoofdjes en gras. Het was duidelijk dat de Suburban al een tijdje weg was.

'Lucy,' mompelde ik, alsof ze me kon horen. 'Verdomme, Lucy!'

10

Ik was tien minuten te laat voor het werkoverleg, wat ongebruikelijk was, maar niemand zei er iets van of leek zich erover op te winden. De moord op Danny Webster hing in de
lucht, alsof er elk ogenblik allerlei onheil op ons neer kon dalen. Mijn mensen waren traag en verbijsterd, en niemand had
zijn hoofd erbij. Rose had me een kop koffie gebracht en was
na al die jaren vergeten dat ik mijn koffie zwart dronk.

De vergaderkamer, die pas was verbouwd, leek heel gezellig
met het donkerblauwe tapijt, de lange, nieuwe tafel en het donkere hout op de muren. Maar de anatomische modellen op de
tafels en het skelet onder de plastic hoes herinnerden aan de
harde werkelijkheid die hier werd besproken. Er waren natuurlijk geen ramen en de muren werden opgesierd met portretten van de vroegere hoofdpathologen. Dat waren allemaal
mannen, die streng op ons neer staarden.

Mijn hoofdadministrateur en de plaatsvervangend hoofdadministrateur zaten die ochtend naast me en daarnaast zat het
hoofd toxicologie van de Forensische Afdeling. Fielding zat
links van me en at yoghurt met een plastic lepeltje, naast hem
zat de assistent-patholoog en daarnaast zat de nieuwe onderzoeksassistent, een vrouw.

'Ik weet dat jullie het vreselijke nieuws over Danny Webster
hebben gehoord,' begon ik op sombere toon. Ik zat zoals altijd aan het hoofd van de tafel. 'Het spreekt vanzelf dat woorden tekortschieten om onze reactie op een zinloze dood als
deze weer te geven.'

'Dokter Scarpetta,' zei de assistent-patholoog, 'zijn er nog nieuwe ontwikkelingen?'

'Op het moment weten we het volgende,' zei ik en vertelde alles wat ik wist. 'Op de plek van het misdrijf bleek gisteravond
dat hij minstens één schotwond in zijn achterhoofd had,' zei
ik tenslotte.

'En hoe zit het met patroonhulzen?' vroeg Fielding.

'De politie heeft er een in het bos gevonden, niet ver van de straat af.'

'Dus hij is daar in Sugar Bottom neergeschoten en niet in of bij de auto.'

'Het lijkt er niet op dat hij in of bij de auto is neergeschoten,' zei ik.

'In wiens auto?' vroeg de onderzoeksassistent, die op latere leeftijd medicijnen was gaan studeren en die veel te serieus was.

'In mijn auto. In de Mercedes.'

De onderzoeksassistent leek het niet te snappen, totdat ik weer uitlegde wat er was gebeurd. Toen stelde ze een opmerkelijke vraag. 'Is er een mogelijkheid dat u het slachtoffer had moeten zijn?'

'Jezus,' zei Fielding op geërgerde toon terwijl hij zijn bakje yoghurt neerzette. 'Je zou zoiets niet eens moeten zeggen.'

'De werkelijkheid is niet altijd prettig,' zei de onderzoeksassistent, die slim en saai was. 'Ik geef jullie alleen maar in overweging dat als dokter Scarpetta's wagen bij een restaurant stond waar ze al vaak is geweest, iemand misschien op haar heeft gewacht en werd betrapt. Of misschien volgde iemand haar en wist hij niet dat zij niet degene was die in het restaurant zat, aangezien het al donker was toen Danny hiernaartoe kwam.'

'Laten we overgaan op de andere zaken van vanochtend,' zei ik terwijl ik een slokje nam van de met sacharine gezoete en met creamer lichter gemaakte koffie van Rose.

Fielding nam de werklijst voor zich en las die met zijn gebruikelijke ongeduldige, noordelijke accent voor. Naast Danny waren er nog drie lichamen waarop sectie moest worden gepleegd. Een van de overledenen was bij een brand omgekomen, terwijl het bij de andere zaken om een gevangene met een hartkwaal en een zeventigjarige vrouw met een defibrillator en een pacemaker ging.

'Ze was al lang depressief, voornamelijk over haar hartkwaal,' zei Fielding, en 'vannacht om drie uur hoorde haar man haar opstaan. Blijkbaar ging ze naar de kelder en schoot zichzelf in de borst.'

Bij de andere zaken die mogelijk voor sectie in aanmerking kwamen, was een aantal andere stakkers die die nacht waren overleden als gevolg van een hartinfarct of een auto-ongeluk. Ik wees een oudere vrouw die duidelijk het slachtoffer was van kanker en een behoeftige man die aan zijn hartziekte was overleden af. Tenslotte schoven we onze stoelen naar achteren en ging ik naar boven. Mijn mensen respecteerden mijn privacy en trokken mijn verdriet niet in twijfel. In de lift zei niemand iets en ik keek recht voor me uit naar de dichte deuren. In de kleedkamer trokken we zwijgend onze operatieschorten aan en wasten we zonder iets te zeggen onze handen. Ik trok de hoezen over mijn schoenen en deed handschoenen aan. Fielding kwam vlak naast me staan en zei in mijn oor: 'Waarom laat u mij de sectie niet doen?' Zijn ogen keken me ernstig aan.

'Ik doe het zelf,' zei ik. 'Maar toch bedankt.'

'Dokter Scarpetta, u moet uzelf dat niet aan doen, snapt u? Ik was er niet toen hij die week hier werkte. Ik heb hem nooit ontmoet.'

'Het gaat wel, Jack.' Ik liep weg.

Het was niet de eerste keer dat ik sectie verrichtte op iemand die ik kende en de meeste agenten en zelfs de andere artsen begrepen dat niet altijd. Ze stelden dat de resultaten objectiever waren als iemand anders de sectie uitvoerde, maar dat was niet waar, zolang er maar getuigen waren. Ik had Danny dan wel niet heel goed en ook niet lang gekend, maar hij had voor me gewerkt, en je zou kunnen zeggen dat hij misschien ook voor me was gestorven. Ik zou mijn uiterste best voor hem doen.

Hij lag op een wagentje vlak bij tafel een, waar ik meestal werkte. Zijn aanblik was die ochtend nog schokkender en trof me als een vuistslag. Hij was koud en de *rigor mortis* was nu volledig ingetreden, alsof alles wat menselijk in hem was geweest het die nacht had opgegeven. Er zat opgedroogd bloed op zijn gezicht en zijn lippen waren een stukje van elkaar alsof hij nog iets had willen zeggen terwijl het leven hem ontglipte. Zijn ogen staarden met de doffe, halfopen blik van de doden voor zich uit. Ik zag zijn rode knieband en herinnerde me hoe hij nog maar een paar dagen geleden de vloer had gedweild. Ik herinnerde me zijn vrolijkheid en de droevige blik op zijn gezicht toen hij over Ted Eddings en de andere jonge mensen had gesproken die plotseling waren verdwenen.

'Jack.' Ik wenkte Fielding.

Hij kwam bijna op een draf naar me toe. 'Ja, mevrouw,' zei hij.

'Ik neem je aanbod toch maar aan.' Ik begon etiketten te plakken op de reageerbuizen die op een van de wagentjes stonden. 'Ik kan je hulp best gebruiken, als je tenminste zeker weet dat je het aan kunt.'

'Wat moet ik doen?'

'We zullen samen de sectie doen.'

'Geen probleem. Zal ik de aantekeningen maken?'

'Laten we hem zoals hij nu is fotograferen, maar we moeten eerst een zeiltje op de tafel leggen,' zei ik.

Danny had nummer PA-3096 gekregen, wat betekende dat hij in het centrale district van Virginia de dertigste zaak van het nieuwe jaar was. Hij werkte niet erg mee nadat hij een aantal uren in de koelcel had gelegen. Toen we hem op de tafel tilden, sloegen zijn armen en benen hard tegen het staal, alsof ze protesteerden tegen wat we op het punt stonden te gaan doen. We trokken hem zijn vieze, bebloede kleren uit. Zijn armen wilden niet uit de mouwen komen en zijn strakke spijkerbroek ging moeilijk uit. Ik stak mijn handen in de zakken en vond zevenentwintig cent aan klein geld, een cacaoboterstift en een sleutelbos.

'Dat is vreemd,' zei ik terwijl we de kleren opvouwden en ze op het wagentje legden, dat ook met een wegwerp plastic zeiltje was bedekt. 'Wat is er met mijn autosleutel gebeurd?'

'Was het er zo een met afstandsbediening?'

'Ja.' Het klittenband maakte een scheurend geluid toen ik de knieband losmaakte.

'En die lag dus niet ergens op de plaats van het misdrijf.'

'We hebben het niet gevonden. En aangezien het sleuteltje niet in het contact zat, nam ik aan dat Danny het had.' Ik trok hem zijn dikke sportsokken uit.

'Nou, het lijkt me dat de moordenaar het heeft meegenomen, of misschien is het gewoon kwijtgeraakt.'

Ik dacht aan de helikopter die er een rotzooi van had gemaakt. Ik had gehoord dat Marino op het nieuws was geweest. Iedereen had kunnen zien hoe hij zijn vuist schudde en had kunnen horen hoe hij stond te schreeuwen, en mij hadden ze ook gezien.

'Oké, hij heeft tatoeages.' Fielding pakte het klembord.

Danny had een stel dobbelstenen boven op zijn voeten laten tekenen.

'Zessen,' zei Fielding. 'Oef, dat heeft vast erg pijn gedaan.'

Ik vond een vaag litteken van een operatie aan zijn blindedarm, en ook een litteken op zijn linkerknie die misschien veroorzaakt was door een ongelukje dat hij als kind had gehad. Op zijn rechterknie zag ik de paarse littekens van een recente kijkoperatie en de spieren in dat been vertoonden een minimale atrofie. Ik verzamelde stukjes van zijn vingernagels en haar en kwam op het eerste gezicht niets tegen dat op een gevecht wees. Ik zag geen reden om aan te nemen dat hij zich had verzet tegen de persoon die hij voor het Hill Café had ontmoet, toen hij zijn zakje met eten had laten vallen.

'Laten we hem omdraaien,' zei ik.

Fielding hield zijn benen vast terwijl ik hem onder zijn armen vastgreep. We draaiden hem op zijn buik en ik bekeek met behulp van een lens en een sterke lamp zijn achterhoofd. Zijn lange, donkere haar zat vol klonters bloed en vuil. Ik beklopte de schedel nog eens.

'Ik moet dit afscheren, zodat ik het goed kan zien. Maar het lijkt erop dat we hier een contactwond achter zijn rechter oor hebben. Waar zijn de foto's?'

'Die zouden al klaar moeten zijn.' Fielding keek om zich heen. 'We moeten dit reconstrueren.'

'Shit.' Hij hielp me een diepe stervormige wond bij elkaar te houden, die zo groot was dat het erop leek alsof de kogel daar naar buiten was gekomen.

'De kogel is absoluut hier binnengedrongen,' zei ik terwijl ik met een scalpel voorzichtig dat gedeelte van de schedel kaal schoor. 'Zie je, hier is een vage afdruk van een loop. Heel vaag. Hier.' Ik wees de plek met een bebloede vinger aan. 'Dit is veroorzaakt door iets heel krachtigs. Het lijkt bijna een geweer.'

'Een vijfenveertig?'

'Een gat van ruim een centimeter,' zei ik alsof ik in mezelf sprak, de liniaal bekijkend. 'Ja, dat komt zeker overeen met een kaliber vijfenveertig.'

Ik was net bezig stukjes van de schedelwand weg te halen om naar de hersens te kunnen kijken, toen de forensisch technicus verscheen en de röntgenfoto's op een lichtbak hing. De felle, witte omtrek van de kogel zat in de voorste sinus, zeveneneenhalve centimeter onder de bovenkant van het hoofd.

'Grote god,' mompelde ik, naar de foto's starend.

'Wat is dat in vredesnaam?' vroeg Fielding, terwijl we allebei dichter bij de foto's gingen staan.

De misvormde kogel was groot en had scherpe kartelranden die waren omgekruld alsof het een klauw was.

'Dat doet de Hydra-Shock niet,' zei mijn plaatsvervangend hoofdpatholoog.

'Nee, inderdaad. Dit is een heel krachtige soort ammunitie.'

'Starfire of Golden Sabre misschien?'

'Zoiets, ja,' antwoordde ik. Ik had nog nooit eerder zulke ammunitie in het mortuarium gezien. 'Maar ik denk eerder aan Black Talon, omdat de patroonhuls die we hebben gevonden niet van PMC of Remington is. Het is een Winchester-huls. En Winchester maakte Black Talon totdat die van de markt werd gehaald.'

'Winchester maakt Silvertips.'

'Dit is zeker geen Silvertip,' antwoordde ik. 'Heb je ooit een Black Talon gezien?'

'Alleen maar in tijdschriften.'

'Met een zwarte laklaag, een huls van koper met een punt met een inkeping die net zoals deze hier openbarst. Kijk maar naar de scherpe punten.' Ik wees ze op de foto aan. 'Ongelooflijk destructief. Zo'n ding gaat als een cirkelzaag door je heen. Fantastisch om te gebruiken bij rechtshandhaving, maar een nachtmerrie als die patronen in de verkeerde handen komen.'

'Jezus,' zei Fielding verbaasd. 'Het lijkt verdomme wel een octopus.'

Ik trok mijn rubber handschoenen uit en verving ze door andere handschoenen van een stevige, geweven stof. Ammunitie zoals Black Talon was namelijk gevaarlijk op de eerstehulpafdeling en in het mortuarium. Die patronen vormden een grotere bedreiging dan een naald, en ik wist niet of Danny soms hepatitis of aids had. Ik wilde mezelf niet aan het gekartelde metaal snijden dat hem had gedood, zodat zijn moordenaar een einde zou maken aan twee levens in plaats van een.

Fielding trok een paar blauwe Nitrile-handschoenen aan, die steviger waren dan rubber handschoenen, maar die toch niet sterk genoeg waren.

'Daar mag je aantekeningen mee maken,' zei ik, 'maar verder niets.'

'Is het zo erg?'

'Ja,' zei ik, de Stryker-zaag in het stopcontact stekend. 'Als je die handschoenen draagt en hiermee bezig gaat, snijd je jezelf.'

'Dit lijkt niet op een autoroof. Dit lijkt eerder op iemand die het erg serieus meende.'

'Geloof me,' – ik ging harder praten om boven het zeurende geluid van de zaag uit te komen – 'het kan niet serieuzer.'

Wat ik onder de huid op zijn schedel vond, werd steeds schokkender. De kogel had de temporale, occipitale, pariëtale en frontale delen van de schedel vernietigd. Als de kracht van de kogel niet was afgeremd door de dikke rand aan de achterkant van de schedel, zou de verwrongen klauw het lichaam weer hebben verlaten, en zouden we een heel belangrijk bewijsstuk zijn kwijtgeraakt. En wat de hersens betrof, het was afschuwelijk wat de Black Talon daar had aangericht. De explosie en het koper en lood hadden een vreselijk spoor getrokken door het wonderbaarlijke weefsel dat Danny had gemaakt tot de persoon die hij was. Ik spoelde de kogel af en maakte hem vervolgens grondig schoon in een lichte chlooroplossing, omdat het een bekend verschijnsel is dat bewijsmateriaal van metaal door lichaamsvocht gaat roesten.

Tegen twaalf uur stopte ik de kogel in een plastic envelop en bracht hem naar boven, naar het vuurwapenlaboratorium. Daar lagen allerlei soorten van een etiket voorziene en in bruin papieren zakken verpakte wapens op tafels. Er waren messen die op krassen moesten worden onderzocht, machinepistolen en zelfs een zwaard. Henry Frost, die pas in Richmond werkte, maar die heel bekend was op zijn terrein, zat naar een computerscherm te staren.

'Is Marino hier al geweest?' vroeg ik toen ik naar binnen liep. Frost keek op en zijn bruine ogen werden zich langzaam van mij bewust, alsof hij terugkwam van een verre plek waar ik nog nooit was geweest. 'Hij is hier zo'n twee uur geleden geweest.' Hij sloeg een paar toetsen aan.

'En toen heeft hij je de patroonhuls gegeven.' Ik ging naast zijn stoel staan.

'Daar ben ik nu mee bezig,' zei hij. 'Het schijnt dat deze zaak topprioriteit heeft.'

Ik had het idee dat Frost ongeveer net zo oud was als ik en dat hij zeker twee keer was gescheiden. Hij was aantrekkelijk en sportief, had goed geproportioneerde gelaatstrekken en kort, zwart haar. Volgens de roddels die mensen altijd over hun collega's vertellen, deed hij mee aan marathons, was hij een expert in wildwaterkanoën, en kon hij van vijftig passen afstand een vlieg van een olifant af schieten. Uit eigen observatie wist ik dat hij meer van zijn vak hield dan van welke

vrouw ook, en dat hij het allerliefste over wapens sprak.
'Heb je de vijfenveertig in het systeem ingebracht?' vroeg ik hem.
'We weten niet zeker of die wel iets met de misdaad te maken heeft, hè?' Hij keek me aan.
'Nee,' zei ik, 'dat weten we niet zeker.' Ik zag een stoel met wieltjes staan en trok die naar me toe. 'De patroonhuls is ongeveer drie meter van de plek waar hij is neergeschoten gevonden. In het bos. Hij is schoon en ziet er nieuw uit. En ik heb dit.' Ik zocht in de zak van mijn witte jas en haalde er de envelop met de Black Talon-kogel uit.
'Wauw,' zei hij.
'Past die bij een vijfenveertig-kaliber Winchester?'
'Asjemenou. Er is overal een eerste keer voor.' Hij maakte de envelop open en was plotseling helemaal opgewonden. 'Ik ga de velden en trekken opmeten en dan kan ik u zo vertellen of het om een vijfenveertig-kaliber gaat.'
Hij stelde de stereomicroscoop in en bevestigde de kogel met behulp van was, zodat er geen nieuwe afdrukken op het metaal kwamen.
'Oké,' zei hij zonder op te kijken, 'de groeven zitten aan de linkerkant en we hebben zes velden en trekken.' Hij begon de kogel met een micrometer op te meten. De veldafdrukken zijn 0,074 en de trekken zijn 0,153. Ik zal die gegevens in de AVK inbrengen. De AVK was het Algemene Vuurwapen Karakteristieken-systeem van de FBI. 'En nu ga ik het kaliber bepalen,' zei hij afwezig terwijl hij op zijn toetsenbord typte.
Terwijl de computer razend snel de database doornam, bekeek Frost de kogel met een Vernier-meter. Het verbaasde me niet dat hij vaststelde dat de Black Talon een vijfenveertig-kaliber was. De AVK kwam met een lijst met twaalf producenten van vuurwapens waarmee de kogel kon zijn afgevuurd. Op Sig Sauer en een paar Colts na, waren het allemaal militaire wapens.
'En de patroonhuls?' vroeg ik. 'Weten we daar iets over?'
'Die heb ik op de video, maar ik heb er nog niet naar gekeken.'

Hij plofte weer op de stoel neer waar hij had gezeten toen ik binnenkwam en begon te typen op een terminal die via een modem in verbinding stond met een FBI-vuurwapenbeeldsysteem dat DRUGFIRE heette. Het systeem was een onderdeel van het uitgebreide, door Lucy ontwikkelde Crime Analysis Information Network, oftewel het CAIN. Het doel ervan was om misdrijven die met hetzelfde type vuurwapen waren gepleegd met elkaar te vergelijken. Het kwam erop neer dat ik wilde weten of het wapen waarmee Danny was vermoord, al eerder iemand had gedood of verwond, vooral gezien het feit dat het type ammunitie erop wees dat de moordenaar geen beginneling was.

De terminal was een eenvoudige 486-PC die was aangesloten op een videocamera en een stereomicroscoop waarmee beelden direct in kleur op een veertig centimeter breed scherm konden worden opgeroepen. Frost ging naar een ander menu en plotseling verscheen er een dambord met zilverkleurige schijven op het scherm. Die schijven waren afbeeldingen van andere vijfenveertig-kaliber patroonhulzen, allemaal met hun eigen karakteristieken. De achterkant van de vijfenveertig-kaliber Winchester die een rol speelde in mijn zaak stond links bovenaan. Ik zag elke afdruk die was veroorzaakt door de grendel, de slagpin, of andere metalen onderdelen van het pistool dat de kogel in Danny's hoofd had geschoten.

'Die van jou heeft een grote kras aan de linkerkant.' Frost liet me een afdruk zien die op een slangetje leek dat uit de ronde deuk kwam die door de slagpin was veroorzaakt. 'En hier zit ook een afdruk, ook aan de linkerkant.' Hij wees de plek met zijn vinger op het scherm aan.

'De uitwerper?' vroeg ik.

'Nee. Ik zou zeggen dat dat door de terugslag van de slagpin komt.'

'Is dat iets ongewoons?'

'Nou, het lijkt me dat het uniek is voor dit wapen,' antwoordde hij terwijl hij naar het scherm staarde. 'We kunnen dit in het systeem invoeren, als u wilt.'

'Laten we dat maar doen.'

Hij ging naar een ander menu en voerde de informatie die hij had in, zoals de halfronde afdruk van de slagpin in het zachte metaal van het slaghoedje en de richting van de gedraaide en parallelle groeven die hij onder de microscoop had gezien. We voerden geen gegevens in over de kogel die ik uit Danny's hersens had gehaald, want we konden niet bewijzen dat er een verband bestond tussen de Black Talon en de patroonhuls, ook al hadden we wel een sterk vermoeden dat dat verband bestond. Het onderzoek van de twee bewijsstukken had ook niets met elkaar te maken, want velden en trekken en afdrukken van de slagpin verschillen net zoveel van elkaar als vingerafdrukken en schoeisel. We konden alleen maar hopen dat de verschillende stille getuigen dezelfde verhalen vertelden.

In dit geval was dat verbazingwekkend genoeg inderdaad het geval. Toen Frost de gegevens had ingevoerd, hoefden we maar twee minuten te wachten totdat DRUGFIRE ons liet weten dat het een aantal kandidaten had gevonden die mogelijk bij de kleine, met nikkel bedekte cilinder pasten die we op drie meter afstand van Danny's bloedsporen hadden gevonden.

'Eens kijken wat we hier hebben,' zei Frost tegen zichzelf terwijl hij de lijst op zijn scherm opriep. 'Dit is de belangrijkste kandidaat.' Hij ging met zijn vinger over het scherm. 'Geen enkele concurrentie. Deze ligt kilometers voor op het peloton.'

'Een Sig .45 220,' zei ik, hem verbijsterd aankijkend. 'Het systeem komt dus met een wapen dat bij de patroonhuls past, in plaats van met een andere patroonhuls?'

'Ja. Verdomd als het niet waar is. Je-zus.'

'Ik weet niet of ik het wel goed begrijp.' Ik geloofde mijn ogen niet. 'Er zouden geen eigenschappen van een vuurwapen in DRUGFIRE zitten tenzij dat vuurwapen ooit naar een laboratorium is gebracht. Door de politie, om wat voor reden dan ook.'

'Zo gaat het inderdaad in z'n werk,' zei Frost, terwijl hij een uitdraai maakte. 'Deze Sig .45 in de computer wordt genoemd als het wapen waarmee de kogel is afgevuurd waarvan de huls bij Danny Websters lichaam is gevonden. Dat is wat we nu weten. Ik moet nu de patroonhuls opzoeken van het testschot dat is afgevuurd toen we het vuurwapen binnenkregen.' Hij stond op.

Ik bleef roerloos naar de lijst in DRUGFIRE zitten staren, met de symbolen en afkortingen die de eigenschappen van het pistool aangaven. Het wapen maakte krassen en groeven, zijn vingerafdrukken, op de patroonhulzen van alle kogels die het afschoot. Ik dacht aan Ted Eddings' verstijfde lichaam in het koude water van de Elizabeth. Ik dacht aan Danny, die dood bij een tunnel lag die nergens naartoe voerde.

'Dan is dit pistool op de een of andere manier weer in gebruik genomen,' zei ik.

Frost trok met samengeknepen lippen een aantal archiefladen open. 'Dat lijkt er wel op. Maar ik weet echt niet precies waarom het in eerste instantie in het systeem is ingevoerd.' Terwijl hij verder zocht, zei hij: 'Ik geloof dat Henrico County het politiebureau was dat het wapen oorspronkelijk bij ons heeft ingeleverd. Even zien, waar is CVA 4571? We hebben hier echt te weinig ruimte.'

'Het is in de herfst ingevoerd,' las ik van het scherm voor. 'Op 29 september.'

'Juist. Dat moet dan ook de datum zijn die op het formulier is ingevuld.'

'Weet je waarom de politie het wapen hier heeft gebracht?'

'Daar zou u ze over moeten bellen,' zei Frost.

'Laten we Marino erop afsturen.'

'Goed idee.'

Ik draaide het nummer van Marino's pieper terwijl Frost een archiefmap uit een la trok. Die bevatte de gebruikelijke doorzichtige envelop die we gebruikten om de duizenden patroon- en andere hulzen te bewaren die jaarlijks naar de laboratoria in Virginia werden gebracht.'

'Daar hebben we 'm,' zei hij.

'Heb je hier ook een Sig P220?' Ik stond ook op.

'Eentje. Die ligt in het rek bij de andere vijfenveertig-kaliber zelfladers.'

Terwijl hij de patroonhuls van het testschot onder de microscoop legde, liep ik een kamer in die, afhankelijk van je gezichtspunt, een nachtmerrie of een speelgoedwinkel was. De muren hingen vol pistolen, revolvers en Tec-11- en Tec-9-pistolen. Het was deprimerend te bedenken hoeveel mensen er met de wapens in deze overvolle kamer waren gedood, en hoeveel van die zaken ik persoonlijk had behandeld. De Sig Sauer P220 was zwart en leek zo sterk op het 9 mm-wapen dat de politie van Richmond gebruikte, dat ik ze op het eerste gezicht niet uit elkaar zou kunnen houden. Als je er echter wat beter naar keek, zag je wel dat het vijfenveertig-kaliber wapen wat groter was, en ik vermoedde dat de afdruk van de mond van de loop ook anders was.

'Waar is de inkt?' vroeg ik Frost, die over de microscoop gebogen zat terwijl hij de patroonhulzen zo neerlegde dat hij ze met elkaar kon vergelijken

'In de bovenste la van het bureau,' zei hij. De telefoon ging. 'Achterin.'

Ik pakte het kleine inktkussentje voor vingerafdrukken en vouwde een stuk sneeuwwit katoen open, dat ik op een dun, zacht vel plastic legde. Frost nam de telefoon op.

'Hé, man. We hebben een treffer in DRUGFIRE,' zei hij. Ik snapte dat hij het tegen Marino had. 'Kun je iets voor me opzoeken?' Hij vertelde Marino wat hij wist. Toen hij ophing, zei Frost tegen mij: 'Hij gaat nu gelijk Henrico bellen.'

'Mooi zo,' zei ik verstrooid en drukte de loop van de pistool eerst tegen het inktkussen en vervolgens tegen het lapje.

'Dit is wel erg bijzonder,' zei ik toen ik de zwarte afdruk van de mond van de loop had bestudeerd die duidelijk de vizierkorrel, de terugslagveer en de vorm van de slede van het pistool lieten zien.

'Denkt u dat we kunnen bepalen om welk specifiek type pistool het gaat?' vroeg hij, ondertussen weer in de microscoop turend.

'Bij een contactwond is dat in theorie wel mogelijk,' zei ik. 'Het probleem is natuurlijk alleen dat een vijfenveertig-kaliber wapen met zeer krachtige ammunitie zo ongelooflijk destructief is, dat het niet waarschijnlijk is dat je een goede afdruk vindt, niet op het hoofd.'

Dat was ook het geval bij Danny, zelfs nadat ik al mijn kennis over plastische chirurgie had gebruikt om de wond waar de kogel het lichaam binnen was gegaan zo goed mogelijk te reconstrueren. Maar toen ik het lapje katoen vergeleek met de diagrammen en de foto's die ik het mortuarium had gemaakt, zag ik niets wat erop wees dat het moordwapen geen Sig P220 was geweest. Ik had zelfs het idee dat een afdruk van de vizierkorrel aan de rand van de loop hetzelfde was.

'Dit is de bevestiging die we nodig hebben,' zei Frost. Hij verstelde de focus terwijl hij in de microscoop bleef kijken.

We draaiden ons allebei om toen we iemand door de gang hoorden rennen.

'Wilt u zelf even kijken?' vroeg hij.

'Ja, goed,' zei ik terwijl er nog iemand, met wild rammelende sleutels, langsrende.

'Wat is er in vredesnaam aan de hand?' Frost stond op en keek fronsend naar de deur.

Er klonken luide stemmen in de gang en mensen snelden voorbij, maar nu de andere kant op. Toen Frost en ik het lab uitkwamen, sprintten er net een paar beveiligingsbeambten naar hun kantoor. Wetenschappers in witte jassen stonden in de deuropeningen en keken wild om zich heen. Iedereen vroeg aan iedereen wat er aan de hand was toen het brandalarm plotseling losbarstte en er rode lampen in het plafond aan en uit begonnen te flitsen.

'Wat is dit in godsnaam, een brandoefening?' riep Frost.

'Er staat geen oefening gepland.' Ik hield mijn handen tegen mijn oren terwijl de mensen voorbijrenden.

'Betekent dat dat er brand is?' Hij leek verbijsterd.

Ik keek naar de sprinklerinstallatie in het plafond en zei: 'We moeten hier weg.'

'Ik rende de trap af en was net door de gang van mijn verdieping gelopen, toen er een woeste, witte, orkaan van koud halongas uit het plafond naar beneden stortte. Het klonk alsof ik werd omringd door enorme cimbalen waar een miljoen stokken wild tegenaan sloegen. Ik holde kamers in en uit. Fielding was weg en alle andere kantoren die ik controleerde waren zo haastig verlaten dat ladenkasten nog openstonden en diaprojectors en microscopen nog aan waren. Er vielen koude wolken gas over me heen en ik had het surreële gevoel dat ik midden in een luchtaanval door een orkaan heen vloog. Ik stormde naar de bibliotheek, de wc's, en toen ik wist dat iedereen veilig buiten was, rende ik door de hal en duwde de voordeur open. Ik bleef even stilstaan tot ik weer op adem was en mijn hart rustiger sloeg.

De handelwijze bij een alarm of een brandoefening was net zo strikt als de meeste andere procedures in de staat. Ik wist dat ik mijn mensen op de derde verdieping van de parkeergarage van de Monroe Tower aan Franklin Street zou vinden. Iedereen die in de laboratoria werkte zou nu op de daarvoor aangewezen plekken moeten zijn, behalve de sectie- en afdelingshoofden, van wie ik blijkbaar als laatste het gebouw verliet. Alleen de directeur Algemene Diensten, die de verantwoording had voor het gebouw, was ook laat. Hij stak met ferme pas voor mij de straat over, met een helm onder zijn arm. Toen ik hem riep, draaide hij zich om en keek me met samengeknepen ogen aan, alsof hij me niet kende.

'Wat is er in godsnaam aan de hand?' vroeg ik terwijl ik samen met hem naar het trottoir liep.

'Wat er aan de hand is, is dat je maar beter niets extra's op de begroting voor dit jaar kunt zetten.' Hij was een oudere man, die altijd goed gekleed ging en altijd onvriendelijk was. Vandaag was hij woedend.

Ik staarde naar het gebouw en zag er geen rook uit komen. Een paar straten verderop kwamen brandweerauto's met gillende sirenes aanrijden.

'De een of andere zot heeft die verdomde sprinklerinstallatie aangezet, en die houdt niet op totdat alle chemicaliën naar beneden zijn gekomen.' Hij keek me woedend aan, alsof ik de schuldige was. 'Ik had dat verdomde ding al laten vertragen om dit soort situaties te voorkomen.'

Ik kon me niet inhouden en zei: 'Dat zou niet slim zijn als er wel een brand of een explosie in het laboratorium was geweest.' De meeste van zijn besluiten waren net zo onzinnig. 'Je kunt geen vertraging van dertig seconden gebruiken als er zoiets gebeurt.'

'Nou, er is niet zoiets gebeurd. Heb je er enig idee van hoeveel dit gaat kosten?'

Ik dacht aan de papieren op mijn bureau en andere belangrijke voorwerpen die overal heen waren gewaaid en die misschien wel beschadigd waren. 'Waarom zou iemand het systeem aanzetten?' vroeg ik.

'Luister, ik weet op het ogenblik net zoveel als jij.'

'Maar er zijn duizenden liters chemicaliën in mijn kantoor, het mortuarium en de anatomische afdeling gedumpt.' We gingen een trap op. Ik kon mijn frustratie steeds moeilijker in bedwang houden.

'Dat merk je niet eens.' Hij wuifde mijn opmerking onbehouwen weg. 'Dat spul vervliegt gewoon.'

'Het is op lichamen neergekomen waarop we sectie aan het plegen waren en in een paar gevallen ging het om moorden. Laten we maar hopen dat dat nooit in de rechtszaal door een advocaat naar voren wordt gebracht.'

'Je kunt maar beter hopen dat we dit kunnen betalen. Het kost toch zeker een paar honderdduizend dollar om die halontanks weer te vullen. Daar zou je 's nachts van wakker moeten liggen.'

De derde verdieping van de parkeergarage stond vol met honderden ambtenaren die onverwacht vrij hadden. Gewoonlijk was een brand- of een vals alarm een kans om een beetje te dollen, en was iedereen in een goede bui, zolang het maar lekker weer was. Maar vandaag was niemand erg ontspannen. Het was koud en grauw buiten en de mensen stonden opgewonden met elkaar te praten. De directeur liep plotseling bij me weg om met een van zijn volgelingen te praten en ik keek om me heen. Ik had mijn eigen mensen net ontdekt toen ik een hand op mijn arm voelde.

'Jee, wat is er?' vroeg Marino toen ik schrok. 'Heb je last van het posttraumatisch stress-syndroom?'

'Vast wel,' zei ik. 'Was jij ook in het gebouw?'

'Nee, maar ik was niet ver uit de buurt. Ik hoorde dat jullie groot brandalarm hadden en het leek me dat ik maar eens moest gaan kijken wat er aan de hand was.'

Hij hees zijn riem met de zware politie-uitrusting op. Zijn ogen dwaalden over de mensenmassa heen. 'Kun je me vertellen wat er in vredesnaam aan de hand is? Hebben jullie eindelijk een geval van zelfontbranding?'

'Ik weet niet precies wat er aan de hand is. Maar ik heb gehoord dat iemand een vals alarm heeft doorgegeven waardoor in het hele gebouw de sprinklerinstallatie in werking is gesteld. Waarom ben jij hier?'

'Daarginds staat Fielding,' zei Marino. 'En Rose. Ze zijn er allemaal. Je ziet eruit alsof je het ijskoud hebt.'

'Dat heb ik ook. Was je gewoon in de buurt?' vroeg ik, want als Marino vragen ontweek, wist ik dat er iets aan de hand was.

'Ik hoorde dat verdomde alarm helemaal in Broad Street,' zei hij.

Alsof het zo was afgesproken stopte plotseling het vreselijke geloei aan de overkant van de straat. Ik liep wat dichter naar het muurtje langs het parkeerdek en keek eroverheen. Ik was bezorgd over wat ik zou aantreffen als we weer in het gebouw mochten. Brandweerauto's denderden met veel lawaai de parkeerplaatsen op en brandweerlieden in beschermende kleding gingen door verschillende deuren naar binnen.

'Toen ik zag wat er aan de hand was,' vervolgde Marino, 'dacht ik dat je wel hierboven zou zijn. Dus ben ik je maar even komen opzoeken.'

'Dat heb je goed gedacht,' zei ik. Mijn nagels waren blauw.

'Weet je iets over die zaak in Henrico County, over die vijf-enveertig-kaliber patroonhuls die is afgeschoten met de Sig P220 waarmee Danny is vermoord?' vroeg ik, terwijl ik tegen het koude beton leunend, naar de stad staarde.

'Waarom verwacht je dat ik dat zo snel heb uitgezocht?'

'Omdat iedereen bang voor je is.'

'Nou, dat is ze geraden.'

Marino kwam dichter naast me staan. Hij leunde ook tegen de muur, maar keek de andere kant op, omdat hij niet graag met zijn rug naar mensen toe stond. En dat had niets met goede manieren te maken. Hij hees zijn riem weer op en vouwde zijn armen over zijn borst. Hij ontweek mijn ogen en ik zag dat hij boos was.

'Op 11 december,' zei hij, 'werd er een auto aangehouden tussen de 64 en de Mechanicsville-tolweg. Toen de agent uit Henrico County naar de auto toe liep, stapte de bestuurder uit en rende weg. De agent ging hem te voet achterna. Het was 's avonds.' Hij pakte zijn sigaretten. 'De achtervolging voerde over de grens van het district de stad in en eindigde uiteindelijk in Whitcomb Court.' Hij knipte zijn aansteker aan. 'Niemand weet precies wat er is gebeurd, maar de agent is op een gegeven moment zijn wapen kwijtgeraakt.'

Het duurde even voor ik me herinnerde dat de politie van Henrico County een paar jaar geleden van negen-millimeter pistolen was overgegaan op Sig Sauer P220 vijfenveertig-kaliber wapens.

'En dat was het desbetreffende pistool?' vroeg ik bezorgd.

'Ja.' Hij inhaleerde de rook. 'Zie je, Henrico heeft een eigen beleid. Elke Sig wordt in DRUGFIRE ingevoerd als er zoiets gebeurt.'

'Dat wist ik niet.'

'Precies. De wapens van agenten raken net als bij andere mensen wel eens kwijt of worden gestolen. Dus het is geen gek idee om ze op te sporen als ze weg zijn, voor het geval ze bij misdaden zijn gebruikt.'

'Het pistool waarmee Danny is vermoord, is dus het wapen

dat die agent uit Henrico is kwijtgeraakt,' vroeg ik nog eens voor alle zekerheid.

'Dat lijkt er wel op.'

'Het is ongeveer een maand geleden in de sloppenwijken verdwenen,' vervolgde ik. 'En nu is het bij een moord gebruikt. Het is tegen Danny gebruikt.'

Marino draaide zich naar me toe en tikte de as van zijn sigaret. 'Gelukkig was jij het niet in die auto voor het Hill Café.'

Er was niets wat ik daarop kon zeggen.

'Dat deel van de stad is niet erg ver bij Whitcomb Court en andere slechte buurten vandaan,' zei hij. 'Dus misschien gaat het toch om een autoroof.'

'Nee.' Dat wilde ik nog steeds niet aannemen. 'Mijn auto is niet gestolen.'

'Er kan iets zijn gebeurd waardoor die zak van gedachten is veranderd,' zei hij.

Ik antwoordde niet.

'Dat kan van alles zijn geweest. Een buurman die een lamp aan doet. Een sirene die ergens gaat loeien. Een alarminstallatie die per ongeluk af gaat. Misschien was hij van slag toen hij Danny had doodgeschoten en maakte hij daarom niet af waarmee hij was begonnen.'

'Hij hoefde hem niet dood te schieten.' Ik keek hoe het verkeer langzaam over de straat beneden me voorbij reed. 'Hij had gewoon mijn Mercedes kunnen stelen toen die bij het café stond. Waarom zou hij een stuk verder zijn gereden met Danny en met hem de heuvel af zijn gelopen naar het bos?' Mijn stem kreeg een hardere toon. 'Waarom zou je dat allemaal doen voor een auto die je uiteindelijk toch niet steelt?'

'Zulke dingen gebeuren,' zei hij weer. 'Ik weet het niet.'

'En hoe zit het met die garage in Virginia Beach,' zei ik. 'Heeft iemand ze al gebeld?'

'Danny heeft jouw auto daar rond drie uur opgehaald, want ze hadden tegen jou gezegd dat hij dan klaar zou zijn.'

'Wat bedoel je dat ze dat tegen mij hadden gezegd?'

'Dat hebben ze tegen jou gezegd toen je ze belde.'

Ik keek hem aan en zei: 'Ik heb ze helemaal niet gebeld.'

Hij tikte weer wat as van zijn sigaret af. 'Ze zeiden van wel.'

'Nee.' Ik schudde mijn hoofd. 'Danny heeft ze gebeld. Dat zou hij doen. Hij was de contactpersoon voor hen en de boodschappendienst van mijn kantoor.'

'Nou, er heeft iemand gebeld die zei dat ze dokter Scarpetta was. Lucy misschien?'

'Ik betwijfel of ze zou zeggen dat ze mij was. Was degene die belde wel een vrouw?'

Hij aarzelde. 'Goeie vraag. Maar je moet het waarschijnlijk toch even aan Lucy vragen, om na te gaan of ze echt niet heeft gebeld.'

Er kwamen brandweerlieden uit het gebouw en ik wist dat we zo weer terug zouden mogen naar ons kantoor. We zouden de rest van de dag bezig zijn met alles te controleren, met speculeren en klagen, ondertussen hopend dat er geen nieuwe secties zouden komen.

'Die ammunitie zit me nog het meeste dwars,' zei Marino.

'Frost is over een uur wel in zijn laboratorium terug,' zei ik, maar dat leek Marino niets te kunnen schelen.

'Ik bel hem wel. Ik ga daar niet in die rotzooi naar binnen.'

Ik merkte dat hij niet weg wilde en dat hij meer aan zijn hoofd had dan deze zaak.

'Je zit ergens mee,' zei ik.

'Ja, Doc. Ik zit altijd wel ergens mee.'

'Wat is er nu dan?'

Hij haalde zijn pakje Marlboro weer te voorschijn en ik dacht aan mijn moeder die nu voortdurend een zuurstofapparaat bij zich had, omdat ze vroeger net zo erg was geweest als hij.

'Kijk niet zo naar me,' zei hij op waarschuwende toon terwijl hij weer naar zijn aansteker zocht.

'Ik wil niet dat je je eigen dood veroorzaakt. En vandaag lijk je daar echt je best voor te doen.'

'We gaan toch allemaal een keer dood.'

'Attentie,' blèrde de omroepinstallatie van een van de brandweerauto's. 'Hier spreekt de brandweer van Richmond. Er is geen sprake meer van een noodsituatie. U kunt weer terug naar het gebouw,' meldde de mechanische stem met de monotone klank en het krassende, steeds opnieuw terugkerende gepiep. 'Attentie. Er is geen sprake meer van een noodsituatie. U kunt weer terug naar het gebouw...'

'Ik persoonlijk,' vervolgde Marino, geen aandacht bestedend aan de commotie, 'ik wil het hoekje omgaan terwijl ik bier zit te drinken, nacho-chips met salsa en zure room eet, een sigaret rook, Jack Black naar binnen gooi en naar een sportwedstrijd kijk.'

'Als je dan toch bezig bent, kun je net zo goed ook sex hebben.' Ik glimlachte niet, want ik vond de risico's die hij met zijn gezondheid nam helemaal niet grappig.

'Doris heeft me van sex genezen.' Marino werd ook ernstig toen hij het over de vrouw had met wie hij het grootste deel van zijn leven getrouwd was geweest.

'Wanneer heb je voor het laatst van haar gehoord?' vroeg ik toen ik besefte dat zij waarschijnlijk de verklaring was voor zijn slechte bui.

Hij liep bij de muur weg en streek zijn dunnende haar glad. Hij hees zijn riem weer op, alsof hij de toebehoren van zijn beroep en de lagen vet die zo brutaal in zijn leven waren binnengedrongen haatte. Ik had foto's van hem gezien als politieagent in New York, met lange, leren laarzen op een motor of een paard, toen hij nog atletisch en slank was en dik, donker haar had. Er was vast een tijd geweest dat Doris Pete Marino knap had gevonden.

'Gisteravond. Je weet toch dat ze af en toe belt. Meestal om over Rocky te praten,' zei hij. Rocky was hun zoon.

Marino nam de ambtenaren in zich op die zich in de richting van de trap begaven. Hij strekte zijn vingers en armen en ademde diep in. Hij wreef zijn nek terwijl de mensen het parkeerdek verlieten. De meesten van hen hadden het koud en waren geïrriteerd, en probeerden te redden wat er na het valse alarm nog over was van hun dag.

Ik voelde me verplicht te vragen: 'Wat wilde ze van je?'.

Hij keek nog even om zich heen. 'Nou, het schijnt dat ze getrouwd is,' zei hij. 'Dat is het grote nieuws van de dag.'
Ik was ontsteld. 'Marino,' zei ik op zachte toon, 'wat erg voor je.'
'Met die oen met die grote auto met de leren bekleding. Vind je het niet prachtig? Het ene ogenblik gaat ze bij me weg. Dan wil ze me terug. Dan wil Molly niet meer met me uit. En dan trouwt Doris, alsof het niks is.'
'Ik vind het heel erg voor je,' zei ik weer.
'Je kunt maar beter weer naar binnen gaan voordat je longontsteking krijgt,' zei hij. 'Ik moet terug naar het bureau om Wesley te bellen over wat er aan de hand is. Hij moet op de hoogte worden gesteld over dat pistool, en om eerlijk te zijn,' – hij keek me aan terwijl we terug begonnen te lopen – 'ik weet wel wat het Bureau zal zeggen.'
'Ze zullen zeggen dat Danny's dood toeval was,' zei ik.
'En ik weet niet of dat niet echt zo is. Het ziet er steeds meer naar uit dat Danny een beetje crack of iets dergelijks wilde scoren en de verkeerde vent tegen het lijf liep, die toevallig een politiewapen had gevonden...'
'Dat geloof ik nog steeds niet,' zei ik.
We staken Franklin Street over en ik keek naar het noorden, waar het imposante, oude, gotische station met de klokketoren me het zicht op Church Hill ontnam. Danny was niet ver afgedwaald van de plek waar hij gisteravond mijn auto had moeten afleveren. Ik had niets gevonden dat erop wees dat hij van plan was drugs te gebruiken. Ik had trouwens ook geen lichamelijke kenmerken gevonden die aangaven dat hij drugs gebruikte. De toxicologische rapporten waren natuurlijk nog niet klaar, hoewel ik wel wist dat hij geen alcohol had gedronken.
'Trouwens,' zei Marino terwijl hij zijn Ford opendeed. 'Ik ben even bij het bureau aan Seventh en Duval geweest, en je kunt je Mercedes vanmiddag terugkrijgen.'
'Hebben ze die dan al onderzocht?'
'O, ja. Dat hebben we gisteravond al gedaan en we hadden

alles klaar toen de laboratoria vanochtend opengingen, want ik heb iedereen duidelijk gemaakt dat we met deze zaak niet zomaar wat gaan aanklooien. De rest wordt allemaal naar het tweede plan geschoven.'

'Wat heb je gevonden?' vroeg ik. De gedachte aan mijn auto en wat daarin was gebeurd, was bijna meer dan ik kon verdragen.

'Afdrukken, maar we weten niet van wie. We hebben de vezels en het vuil dat erin lag. Meer niet.' Hij stapte in en liet het portier openstaan. 'Ik zorg er in ieder geval voor dat hij hierheen komt, zodat je vervoer naar huis hebt.'

Ik bedankte hem, maar toen ik naar kantoor liep, wist ik dat ik niet in die auto kon rijden. Ik wist dat ik er nooit meer in zou kunnen rijden. Ik dacht dat ik zelfs niet gewoon de portieren open kon doen en erin kon gaan zitten.

Cleta was de foyer aan het dweilen terwijl de receptioniste de meubels met handdoeken afnam. Ik probeerde hun uit te leggen dat dat niet nodig was. Een inert gas zoals halon had juist de eigenschap, zei ik geduldig, dat het geen papier of gevoelige instrumenten beschadigde.

'Het vervliegt en er blijven geen resten over,' beloofde ik. 'Jullie hoeven heus niet schoon te maken. Maar de schilderijen aan de muren moeten wel recht worden gehangen en Megans bureau lijkt me een verschrikkelijke rotzooi.'

In het kantoor bij de receptie lagen overal aanvragen voor orgaandonaties en een hele serie andere formulieren op de grond.

'Ik vind toch dat het raar ruikt,' zei Megan.

'Ja, de wapenopslagruimtes, die ruik je, suffie,' zei Cleta. 'Die ruiken altijd raar.' Ze vroeg aan mij: 'En hoe zit het met de computers?'

'Als het goed is, is daar niets mee aan de hand,' zei ik. 'Ik maak me meer zorgen over die natte vloeren van jullie. Ga ze maar snel droogmaken, zodat niemand uitglijdt.'

Met een groeiend gevoel van wanhoop liep ik voorzichtig over de gladde tegels terwijl zij verder dweilden en droogden. Toen ik bij mijn kantoor was, riep ik mezelf tot de orde en ging naar binnen. Mijn secretaresse was alweer aan het werk.

'Oké,' zei ik tegen Rose. 'Hoe erg is het?'

'Het valt wel mee, behalve dat uw papieren van hier naar de andere kant van het land zijn gewaaid. Ik heb uw planten alweer goed gezet.' Rose was een bazige vrouw en had de leeftijd om met pensioen te gaan. Ze keek me over de rand van haar leesbril aan. 'U wilde uw bakjes inkomende en uitgaande post toch altijd leeghouden, nou, ze zijn nu leeg, hoor.'

Waar ik ook keek, overal waren overlijdensaktes, telefoon-memo's en sectierapporten als herfstbladeren neergedwarreld. Ze lagen op de grond, op boekenplanken en hingen in de takken van mijn ficus.

'Ik geloof ook dat je niet zomaar aan moet nemen dat iets geen probleem is, alleen maar omdat je het niet kunt zien. Dus het lijkt me dat we deze papieren maar even moeten laten luchten. Ik zal hier een waslijn spannen, met paperclips eraan.' Ze ging gewoon door met opruimen terwijl ze met me praatte. Er waren een paar grijze lokken uit haar Grace Kelly-rol ontsnapt.

'Ik geloof niet dat dat nodig is,' begon ik weer met hetzelfde betoog. 'Halon verdwijnt zodra het is opgedroogd.'

'Ik zag dat u uw helm zelfs niet van de plank heeft gehaald.'

'Daar had ik geen tijd voor,' zei ik.

'Jammer dat we geen ramen hebben.' Rose maakte die opmerking minstens één keer per week.

'We hoeven echt alles alleen maar op te rapen,' zei ik. 'Jullie zijn paranoïde, allemaal.'

'Bent u ooit eerder door dat spul vergast?'

'Nee,' zei ik.

'Nou,' zei ze terwijl ze een stapel handdoeken neerlegde. 'Dan kunnen we niet voorzichtig genoeg zijn.'

Ik ging achter mijn bureau zitten en trok de bovenste la open, waar ik een paar doosjes met paperclips uithaalde. Ik voelde de wanhoop in mijn binnenste en ik was bang dat ik daar ter plaatse in zou storten. Mijn secretaresse kende me beter dan mijn eigen moeder en ze zag elke emotie, maar ze hield niet op met werken.

Na een lange stilte zei ze: 'Dokter Scarpetta, waarom gaat u niet naar huis? Ik maak het hier wel in orde.'

'Rose, we maken het hier samen in orde,' antwoordde ik koppig.

'Die stomme beveiligingsbeambte, ongelooflijk gewoon.'

'Welke beveiligingsbeambte?' Ik stopte met mijn werk en keek haar aan.

'Die het systeem heeft aangezet omdat hij dacht dat er boven een soort radioactieve meltdown was.'

Ik staarde haar aan terwijl ze een overlijdensakte van het tapijt oppakte en met paperclips aan de waslijn hing. Ik ging verder met het opruimen van mijn bureau.

'Waar heb je het in hemelsnaam over?' vroeg ik.

'Dat is alles wat ik weet. Ze stonden er op het parkeerdek over te praten.' Ze steunde haar rug met haar handen en keek om zich heen. 'Ik kan er maar niet over uit hoe snel dat spul opdroogt. Het is net iets uit een science-fictionfilm.' Ze hing nog een overlijdensakte op. 'Ik denk dat dit zo wel goed gaat.'

Ik reageerde niet en dacht weer aan mijn auto. Ik was echt doodsbang hem weer te zien, en bedekte mijn gezicht met mijn handen. Rose wist niet goed wat ze moest doen omdat ze me nog nooit had zien huilen.

'Zal ik een kop koffie voor u halen?' vroeg ze.

Ik schudde mijn hoofd.

'Het is net of er hier een enorme storm doorheen is getrokken. Maar morgen is het net alsof er nooit iets is gebeurd.' Ze probeerde me op te beuren.

Ik was dankbaar toen ik haar weg hoorde lopen. Ze deed de deuren zachtjes dicht. Ik leunde uitgeput in mijn stoel naar achteren. Ik pakte de telefoon en draaide Marino's nummer, maar hij was er niet. Daarom zocht ik het nummer van de Mercedes-dealer op en hoopte dat Wilson niet buiten de deur was.

Dat was hij niet.

'Wilson? Met dokter Scarpetta,' zei ik zonder tijd te verspillen. 'Kunt u mijn auto alstublieft komen halen?' Ik aarzelde. 'Misschien moet ik u uitleggen hoe het zit.'

'Ik heb geen uitleg nodig. Hoe erg is hij beschadigd?' vroeg hij. Het was wel duidelijk dat hij het nieuws had gevolgd.

'Voor mij is hij total loss,' zei ik. 'Voor iemand anders is hij nog zo goed als nieuw.'

'Ik begrijp het, en ik geef u groot gelijk,' zei hij. 'Wat wilt u ermee doen?'

'Kan ik hem voor een andere wagen inruilen?'

'Ik heb een wagen die bijna identiek is. Maar hij is wel tweedehands.'

'Hoe oud is die?'

'Hij is nauwelijks gebruikt. Hij is van mijn vrouw geweest. Een s-500, zwart, met een bekleding van donker leer.'

'Kunt u ervoor zorgen dat iemand die wagen naar de parkeerplaats hier brengt en dat we dan ruilen?'

'Mevrouwtje, ik ben al onderweg.'

Hij arriveerde om halfzes, toen het al donker was. Het was een goede tijd voor een verkoper om een tweedehands auto te laten zien aan iemand die zo wanhopig was als ik. Maar ik deed al jaren zaken met Wilson en zou de auto zelfs ongezien van hem hebben gekocht omdat ik zoveel vertrouwen in hem had. Hij was een gedistingeerde, zwarte man met een onberispelijke snor en heel kort haar. Hij kleedde zich beter dan de meeste advocaten die ik kende en droeg een gouden Medic Alert-armband omdat hij allergisch was voor bijen.

'Ik vind het echt heel erg vervelend voor u,' zei hij terwijl ik mijn achterbak leeghaalde.

'Ik vind het ook vervelend.' Ik deed geen moeite om vriendelijk te zijn of om mijn stemming te verbergen. 'Hier is het ene sleuteltje. Ga er maar van uit dat het andere kwijtgeraakt is. En als u het niet erg vindt, zou ik nu graag gelijk wegrijden. Ik wil niet zien dat u in mijn auto stapt. Ik wil gewoon weg. De radio-apparatuur regelen we later wel.'

'Ik begrijp het. We bespreken de details wel een andere keer.'

De details konden me niets schelen. Op dat moment was ik er helemaal niet in geïnteresseerd of het vanuit financieel oogpunt wel verstandig was wat ik had gedaan, en of het waar was of deze auto in een even goede staat verkeerde als de auto die ik net had ingeruild. Al had ik in een cementwagen moeten rijden, dan was dat ook prima geweest. Ik drukte een knopje op het dashboard in waarmee ik de portieren afsloot en legde mijn pistool tussen de twee stoelen in.

Ik reed naar het zuiden via Fourteenth Street, en toen ik bij Canal was, ging ik naar de snelweg die ik meestal nam als ik naar huis ging. Een paar afslagen later reed ik de weg weer af en ging terug. Ik wilde de route volgen die Danny volgens mij de avond daarvoor had genomen, en als hij uit Norfolk was gekomen zou hij de 64 in oostelijke richting hebben genomen. De makkelijkste afslag zou dan die bij de medische faculteit van Virginia zijn, want dan was hij vlak bij de PADV geweest. Maar ik dacht niet dat hij zo was gereden.

Toen hij Richmond binnenreed, had hij waarschijnlijk trek gehad, en er was niet veel interessants voor hem in de buurt van mijn kantoor. Danny wist dat natuurlijk uit de periode dat hij bij ons had gewerkt. Ik vermoedde dat hij de afslag bij Fifth Street had genomen, net als ik nu deed, en die straat tot aan Broad had gevolgd. Het was erg donker toen ik langs de bouwplaatsen en de open plekken reed waar binnenkort het Biomedisch Research Instituut zou verrijzen. Mijn afdeling zou daar uiteindelijk ook naartoe verhuizen.

Er gleden een aantal politiewagens geluidloos langs en bij een stoplicht in de buurt van het Marriott-hotel stopte ik achter een daarvan. Ik keek naar de agent voor me, die het licht in de auto aandeed en iets op een metalen klembord schreef. Hij was nog heel jong en had lichtblond haar. Vervolgens nam hij de microfoon van zijn radio en begon erin te spreken. Ik zag zijn lippen bewegen terwijl hij naar de donkere koepel van het Coliseum en de enorme, lege parkeerplaats eromheen staarde. Hij sloot het radiocontact af en nam een slok uit een kartonnen beker. Ik wist dat hij nog niet lang bij de politie was, want hij hield zijn omgeving niet in de gaten. Hij leek zich er niet van bewust te zijn dat hij werd gadegeslagen.

Ik reed verder en sloeg op Broad linksaf, langs een apotheek en het oude Miller & Rhoads-warenhuis dat voorgoed zijn deuren had gesloten nu er steeds minder mensen in het centrum kwamen winkelen. Aan de ene kant van de straat stond het oude stadhuis, een granieten fort in gotische stijl, en aan de andere kant was de campus van de medische faculteit, die ik dan misschien wel goed kende, maar Danny niet. Ik betwijfelde het of hij The Skull & Bones had gekend, waar veel medisch personeel en studenten aten. Ik betwijfelde het of hij had geweten waar hij in die buurt mijn auto het beste kon parkeren.

Ik geloofde dat hij had gedaan wat iedereen zou doen die een stad niet zo goed kende en in de dure wagen van zijn baas reed. Hij was vast rechtdoor gereden en was bij het eerste fatsoenlijke restaurant dat hij zag gestopt. Dat was letterlijk het Hill Café. Ik reed het blok rond, wat hij ook moest hebben gedaan als hij de auto met zijn neus naar het zuiden had neergezet, op de plek waar we de zak met eten hadden gevonden. Ik parkeerde onder de enorme magnoliaboom en stapte uit terwijl ik het pistool in mijn jaszak stopte. Onmiddellijk begon achter het hek het geblaf weer. De hond klonk alsof hij heel groot was en alsof er in het verleden iets tussen ons was gebeurd waardoor hij mij haatte. In het kleine huis van zijn baas ging het licht aan.

Ik stak de straat over en ging het café binnen, waar het als altijd druk en rumoerig was. Daigo stond whisky-sour cocktails te mixen en zag me pas toen ik een stoel bij de bar nam. 'Je ziet eruit alsof je vanavond iets sterks nodig hebt, liefje,' zei ze terwijl ze in allebei de glazen een schijfje sinaasappel en een kers gooide.

'Dat heb ik inderdaad, maar ik ben aan het werk,' zei ik. De hond blafte niet meer.

'Dat is nou juist het probleem met jou en de hoofdinspecteur. Jullie zijn altijd aan het werk.' Ze keek een ober aan.

Hij kwam naar ons toe en nam de drankjes mee. Daigo begon met de volgende bestelling.

'Ken je de hond aan de overkant van de straat? Aan de overkant van Twenty-eighth Street?' vroeg ik op gedempte toon.

'Je bedoelt zeker Outlaw. Zo noem ik die klerehond tenminste. Heb je er enig idee van hoeveel klanten dat schurftige beest hier al heeft weggejaagd?' Ze keek me aan, ondertussen kwaad een limoen in stukken snijdend. 'Weet je dat hij half schaapherder en half wolf is?' vervolgde ze voor ik kon antwoorden. 'Heb je last van hem of zo?'

'Hij blaft zo wild en zo hard, ik vraag me af of hij misschien ook heeft geblaft toen Danny Webster hier gisteravond wegging. Vooral gezien het feit dat hij de auto bij de magnoliaboom had geparkeerd die in de tuin van de hond staat.'

'Nou, die verdomde hond blaft de hele tijd.'

'Dan herinner je je het dus niet, dat had ik eigenlijk ook niet verwacht...'

Ze onderbrak me, ondertussen een bestelling lezend en een biertje openmakend. 'Natuurlijk herinner ik het me nog. Zoals ik al zei, hij blaft de hele tijd. Bij die arme jongen was dat niet anders. Outlaw blafte de hele boel bij elkaar toen hij naar buiten ging. Die verdomde hond blaft tegen de wind.'

'En voordat Danny wegging?' vroeg ik.

Ze dacht even na, en toen begonnen haar ogen te glanzen. 'Nou, nu je erover begint, ik heb het idee dat er die avond bijna voortdurend geblaf klonk. Ik heb er zelfs een opmerking over gemaakt, ik zei dat ik er gek van werd en dat ik zin had om de baas van dat klerebeest te bellen.'

'En de andere klanten?' vroeg ik. 'Zijn er veel andere mensen binnengekomen terwijl Danny hier was?'

'Nee.' Daar was ze zeker van. 'Om te beginnen was hij hier vroeg. Afgezien van de gewone zuipschuiten was er niemand toen hij hier binnenkwam. En volgens mij is er zeker tot zeven uur niemand gekomen om iets te eten. En toen was hij al weg.'

'En hoe lang bleef de hond blaffen nadat hij was weggegaan?'

'Hij heeft de rest van de avond af en toe geblaft, net als altijd.'

'Af en toe, maar niet aan één stuk door.'

'Niemand zou het nemen als dat de hele avond duurde. Niet aan één stuk door.' Ze keek me met een schrandere blik aan. 'Als je je afvraagt of die hond blafte omdat er iemand op die jongen stond te wachten' – ze wees met haar mes naar me – 'dat denk ik niet. Het soort tuig dat zich hier vertoont maakt dat ze weg komen als die hond begint. Daarom hebben ze hem ook. Die mensen daar.' Ze wees weer met haar mes.

Ik dacht weer aan de gestolen Sig waarmee Danny was neergeschoten, en aan de buurt waar de agent het wapen was kwijtgeraakt, en ik wist precies wat Daigo bedoelde. Het gemiddelde straatboefje zou bang zijn van een grote, luidruchtige hond en van alle aandacht die het geblaf met zich mee kon brengen. Ik bedankte haar en liep weer naar buiten. Ik bleef even stilstaan op het trottoir en nam de lichtvlekken van de lantaarnpalen in me op die ver uit elkaar langs de smalle, donkere straten stonden. Er waren donkere schaduwen tussen de gebouwen en huizen, waar iedereen kon staan wachten zonder te worden gezien.

Ik keek naar mijn nieuwe auto aan de andere kant van de straat en naar de kleine tuin waar de hond de wacht hield. Hij was nu stil en ik liep een paar meter over het trottoir in de richting van de tuin, om te kijken wat hij zou doen. Toen hoorde ik een laag, woedend gegrom, waardoor mijn nekharen recht overeind gingen staan. Toen ik mijn portier openmaakte, stond hij op zijn achterpoten blaffend tegen het hek aan, zodat dat helemaal heen en weer schudde.

'Je bewaakt gewoon je terrein, hè, jongen?' zei ik. 'Ik wilde maar dat je me kon vertellen wat je gisteravond hebt gezien.' Ik keek naar het kleine huis waar op de bovenverdieping plotseling een licht aanging.

'Bozo, houd je bek!' schreeuwde een dikke man wiens haar alle kanten uit stak. 'Houd je bek, stom mormel!' Het raam werd weer dichtgeslagen.

'Oké, Bozo,' zei ik tegen de hond. Het was jammer voor hem dat hij niet echt Outlaw heette. 'Ik laat je nu alleen.' Ik keek nog één keer om me heen en stapte in mijn auto.

Als je je aan de toegestane snelheid hield, duurde het drie minuten om van Daigo's restaurant naar de opgeknapte wijk bij Franklin te rijden waar de politie mijn ex-auto had gevonden. Ik keerde bij de heuvel die naar Sugar Bottom leidde, want het was geen goed idee om daarnaartoe te rijden, vooral niet in een Mercedes. Die gedachte bracht me weer op een ander idee.

Ik vroeg me af waarom de moordenaar ervoor had gekozen te voet te gaan in een herstelde stadswijk waar zoveel aandacht werd besteed aan buurtpreventie. Church Hill gaf zijn eigen nieuwsbrief uit en de bewoners van de wijk keken vaak uit hun ramen en aarzelden niet de politie te bellen, vooral als er schoten vielen. Het leek me dat het veiliger was geweest om nonchalant naar mijn auto terug te lopen en een flink eind verder te rijden.

En toch had de moordenaar dat niet gedaan en ik vroeg me af of hij misschien wel de belangrijkste plekken van de buurt, maar niet de sfeer kende, omdat hij hier niet echt vandaan kwam. Ik vroeg me af of hij mijn auto niet had gestolen omdat zijn eigen wagen vlakbij stond en hij niet in de mijne was geïnteresseerd. Hij had de auto niet nodig voor het geld of om te vluchten. Die theorie was alleen steekhoudend als Danny was gevolgd en niet een toevallig slachtoffer was geweest. Terwijl hij zat te eten, kon zijn moordenaar zijn eigen auto hebben geparkeerd, te voet naar het café zijn gegaan en in het donker bij de Mercedes hebben gewacht, terwijl de hond tekeerging.

Ik kwam net langs mijn kantoor aan Franklin toen mijn pieper tegen mijn zij vibreerde. Ik maakte hem los en deed een lamp aan om iets te kunnen zien. Ik had nog geen radio of telefoon in de auto en besloot dus de parkeerplaats van de PADV op te rijden. Ik ging door een zijdeur naar binnen, tikte de beveiligingscode in, liep naar het mortuarium en nam de lift naar boven. De meeste sporen van het vals alarm van die dag waren verdwenen, maar de overlijdensaktes die Rose had opgehangen boden een bizarre aanblik. Ik ging achter mijn bureau zitten en belde Marino terug.

'Waar ben je in vredesnaam?' zei hij onmiddellijk.

'Op kantoor,' zei ik met een blik op de klok.

'Nou, het lijkt me dat dat wel de laatste plek is waar je nu zou moeten zijn. En ik durf erom te wedden dat je alleen bent. Heb je al gegeten?'

'Wat bedoel je, dat dit de laatste plek is waar ik nu zou moeten zijn?'

'Laten we ergens afspreken, dan leg ik het je uit.'

We besloten naar de Linden Row Inn te gaan, die in het centrum lag en niet te druk was. Ik nam de tijd omdat Marino aan de andere kant van de rivier woonde, maar hij was snel. Toen ik binnenkwam, zat hij al aan een tafeltje voor de open haard in de lounge. Omdat hij op dat moment geen dienst had, kon hij een biertje drinken. De barkeeper was een zonderlinge, oudere man met een zwart vlinderdasje. Hij bracht een grote emmer ijs binnen, terwijl Pachelbel op de achtergrond klonk.

'Wat is er?' vroeg ik terwijl ik ging zitten. 'Wat is er nu weer gebeurd?'

Hij had een zwart poloshirt aan, en zijn buik duwde tegen de gebreide stof en hing over zijn spijkerbroek heen. De asbak lag al vol sigarettenpeuken en ik vermoedde dat het biertje dat hij nu dronk niet zijn eerste, maar ook niet zijn laatste was.

'Wil je het verhaal over het vals alarm van vanmiddag horen, of heeft iemand anders je dat al verteld?' Hij bracht het glas naar zijn lippen.

'Niemand heeft me iets verteld. Hoewel ik wel een gerucht heb gehoord over radioactiviteit,' zei ik. De barkeeper bracht ons fruit en kaas. 'Pelegrino met citroen, alstublieft,' zei ik tegen hem.

'Blijkbaar is het meer dan een gerucht,' zei Marino.

'Wat?' Ik keek hem fronsend aan. 'En waarom weet jij meer over wat er op mijn kantoor gebeurt dan ik?'

'Omdat die toestand met de radioactieve straling met een moord te maken heeft.' Hij nam nog een slok bier. 'Met de moord op Danny Webster, om precies te zijn.'

Hij wachtte een ogenblik totdat tot me doordrong wat hij precies had gezegd, maar ik kon niet veel meer hebben.

'Suggereer je dat Danny's lichaam radioactief was?' vroeg ik alsof hij gek was.

'Nee. Maar het vuil dat we uit jouw auto hebben opgezogen blijkbaar wel. En ik kan je wel vertellen dat de lui die de tests hebben gedaan, doodsbang zijn. En ik ben er ook niet erg blij mee, want ik heb ook in je auto rondgeneusd. Dat is iets waar ik een verdomd groot probleem mee heb, net zoals sommige andere mensen met spinnen en slangen. Het is net zoiets als met *agent orange*, waar die kerels in Vietnam aan zijn blootgesteld en die nu aan kanker doodgaan.'

Ik had een ongelovige uitdrukking op mijn gezicht. 'Heb je het over de passagierszitplaats in mijn zwarte Mercedes?'

'Ja, en als ik jou was, zou ik daar maar niet meer in rijden. Je weet maar nooit of je ook na een langere periode iets van dat spul op kan lopen.'

'Ik rij niet meer in die auto,' zei ik. 'Maak je daar maar geen zorgen over. Maar wie heeft je verteld dat dat vuil radioactief was?'

'De vrouw die met dat elektronending werkt.'

'De elektronenmicroscoop.'

'Ja, die heeft uranium gevonden, waardoor de geigerteller afging. En ik heb me laten vertellen dat dat nog nooit eerder is gebeurd.'

'Dat zal best wel niet.'

'Dus toen raakte de beveiliging in paniek, die zoals je weet daar vlakbij zitten,' vertelde hij verder. 'En die ene beveiligingsbeambte nam het besluit om het gebouw te evacueren. Het enige probleem was dat hij was vergeten dat als hij het glas van dat kleine, rode kastje brak en de hendel naar beneden trok, hij tegelijkertijd ook de sprinklerinstallatie aanzette.'

'Voor zover ik weet,' zei ik, 'was die nog nooit eerder gebruikt. Ik snap wel dat je zoiets vergeet. Misschien wist hij niet eens van dat systeem af.' Ik dacht aan de directeur Algemene Diensten en ik wist wel wat hij ervan zou vinden. 'Goeie god. En dat is allemaal door mijn auto gebeurd. Door mij, in zekere zin.'

'Nee, Doc.' Marino keek me aan. Hij had een harde uitdrukking op zijn gezicht. 'Het is allemaal gebeurd omdat de een of andere lul Danny heeft vermoord. Hoe vaak moet ik je dat nog vertellen?'

'Ik geloof dat ik wel een glas wijn lust.'

'Hou toch op jezelf de schuld te geven. Ik weet waar je mee bezig bent. Ik weet hoe je bent.'

Ik keek waar de barkeeper was. Het vuur begon me te warm te worden. Er waren vier mensen vlak bij ons komen zitten. Ze praatten op luide toon over de 'betoverde tuin' op de binnenplaats van de Inn, waar Edgar Allen Poe als kind had gespeeld.

'Hij heeft er in een van zijn gedichten over geschreven,' zei een vrouw.

'Ze zeggen dat de krabsoufflé hier goed is.'

'Ik vind het maar niets als je zo doet,' ging Marino verder. Hij leunde dichter naar me toe en priemde met zijn vinger naar me. 'Voor ik het weet ga je van alles in je eentje ondernemen en wat gebeurt er dan met mij? Dan slaap ik niet meer.'

De barkeeper zag mijn blik en maakte snel een omweg naar ons toe. Ik veranderde van gedachten over de chardonnay en bestelde een scotch. Ik trok mijn jasje uit en hing het over een stoel. Ik transpireerde en voelde dat ik niet goed in mijn vel zat.

'Geef me eens een Marlboro,' zei ik tegen Marino.

Zijn mond ging open terwijl hij me geschokt aanstaarde.

'Alsjeblieft.' Ik hield mijn hand op.

'O, nee, dat doe je niet.' Hij was onvermurwbaar.

'Dan sluit ik een deal met je. Ik rook er één en jij rookt er één en dan stoppen we allebei.'

Hij aarzelde. 'Dat meen je niet.'

'Absoluut wel.'

'Ik zie er geen voordeel voor mij in.'

'Behalve dat je blijft leven. Als het niet al te laat is.'

'Dank je. Maar laat maar.' Hij pakte het pakje sigaretten en haalde er voor ons allebei één uit. Zijn aansteker had hij al in zijn hand.

'Hoe lang is het geleden?'

'Ik weet niet. Drie jaar misschien.' De sigaret smaakte flauw, maar ik vond het heerlijk om hem tussen mijn lippen te houden, alsof lippen daarvoor waren gemaakt.

Het eerste trekje sneed als een mes in mijn longen en ik voelde me onmiddellijk licht in mijn hoofd. Ik voelde me net zo als toen ik als zestienjarige mijn eerste Camel rookte. De nicotine omhulde mijn brein, net als toen. De wereld ging langzamer draaien en mijn gedachten smolten samen tot één geheel.

'God, wat heb ik dit gemist,' zei ik, terwijl ik de as van de sigaret aftikte.

'Zeur dan voortaan niet meer zo tegen me.'

'Iemand moet dat toch doen.'

'Hé, het is geen marihuana of zo.'

'Dat heb ik nog nooit gerookt. Maar als het niet tegen de wet was, zou ik dat vandaag misschien wel eens proberen.'

'Shit. Nu maak je me echt bang.'

Ik inhaleerde nog een keer en drukte de sigaret uit. Marino sloeg me met een vreemde uitdrukking op zijn gezicht gade. Hij raakte altijd enigszins in paniek als ik me op een manier gedroeg die hij niet van me kende.

'Luister.' Ik kwam ter zake. 'Ik denk dat Danny gisteravond is gevolgd, dat hij niet toevallig is vermoord, en dat het niet om een beroving, een geval van potenrammen of een drugzaak ging. Ik denk dat zijn moordenaar op hem heeft staan wachten, misschien wel een uur, en hem vervolgens heeft aangesproken toen hij bij mijn auto terugkwam, die in het donker bij de magnoliaboom in Twenty-eighth Street stond. Herinner je je die hond die daar woont? Volgens Daigo heeft hij de hele tijd dat Danny in het Hill Café was, staan blaffen.'

Marino keek me een ogenblik zwijgend aan. 'Zie je, daar had ik het net over. Je bent daar vanavond geweest.'

'Ja, inderdaad.'

Hij spande de spieren in zijn kaak en keek van me weg. 'Dat bedoel ik nou.'

'Daigo herinnert zich dat ze de hond onophoudelijk heeft horen blaffen.'

Hij zei niets.

'Ik ben daar ook even heen gegaan en die hond begint pas te blaffen als je dicht bij zijn terrein komt. Dan wordt hij helemaal gek. Snap je wat ik zeg?'

Hij keek me weer aan. 'Wie blijft er daar nou een uur rondhangen als een hond zo tekeergaat? Kom nou, Doc.'

'De gemiddelde moordenaar niet,' antwoordde ik terwijl mijn drankje op tafel werd neergezet. 'Dat bedoel ik nou juist.'

Ik wachtte tot de barkeeper klaar was en toen hij weer bij ons tafeltje vandaan liep, zei ik: 'Ik denk dat Danny misschien het slachtoffer van een professionele moordenaar was.'

'Oké.' Hij dronk zijn glas bier leeg. 'Waarom? Wat wist die knul dan in vredesnaam? Tenzij hij bij drugs of de een of andere soort georganiseerde misdaad was betrokken.'

'Hij was betrokken bij Tidewater,' zei ik. 'Daar woonde hij. Hij werkte daar voor mijn dienst. Hij was in ieder geval zijdelings betrokken bij de zaak Eddings en we weten dat degene die Eddings heeft vermoord heel subtiel te werk ging. Die moord was ook van te voren beraamd en heel zorgvuldig gepland.'

Marino wreef bedachtzaam over zijn gezicht. 'Dus je bent ervan overtuigd dat er een connectie is.'

'Ik denk dat het niet de bedoeling was dat wij dat wisten. Ik denk dat degene die hierachter zit, veronderstelde dat deze moord op een uit de hand gelopen autoroof of een ander misdrijf zou lijken.'

'Ja, en dat denkt iedereen nog steeds.'

'Niet iedereen.' Ik hield zijn blik vast. 'Absoluut niet iedereen.'

'En jij bent ervan overtuigd dat Danny ook het geplande slachtoffer was, als we ervan uitgaan dat dit het werk van een prof was.'

'Misschien was ik dat wel. Of misschien was hij wel als slachtoffer uitgekozen, om mij bang te maken,' zei ik. 'Het is mogelijk dat we dat nooit te weten komen.'

'Heb je de uitslag van de toxicologische testen voor Eddings al?' Hij gebaarde dat hij nog een biertje wilde.

'Je weet hoe het vandaag was. Hopelijk weet ik morgen iets. Vertel me eens hoe het met Chesapeake zit.'

Hij haalde zijn schouders op. 'Geen idee.'

'Hoe kan dat nou?' zei ik ongeduldig. 'Ze hebben daar zeker driehonderd agenten. Houdt dan niemand zich met de dood van Ted Eddings bezig?'

'Al hadden ze drieduizend agenten. Het hoeft maar op één afdeling een zooitje te zijn, en in dit geval is dat de afdeling Moordzaken. Dus dat is een obstakel waar we niet omheen kunnen, omdat rechercheur Roche zich nog steeds met die zaak bezighoudt.'

'Ik begrijp het niet,' zei ik.

'Hij houdt zich ook nog steeds met jou bezig.'

Ik luisterde niet, want hij was het niet waard dat ik tijd aan hem besteedde.

'Ik zou m'n rugdekking maar in de gaten houden, als ik jou was.' Hij keek me aan. 'Ik zou het niet licht opnemen.' Hij zweeg even. 'Je weet hoe agenten kletsen, dus ik hoor van alles. En het gerucht gaat dat jij Roche te pakken hebt genomen en dat zijn baas jou door de gouverneur wil laten ontslaan.'

'Laat die lui maar roddelen,' zei ik geïrriteerd.

'Nou, een deel van het probleem is dat ze hem eens bekijken en zien hoe jong hij is, en sommige mensen vinden het niet moeilijk zich voor te stellen dat je hem aantrekkelijk vindt.' Hij aarzelde en ik zag dat hij Roche minachtte en hem op z'n minst wel in elkaar zou willen slaan. 'Ik vind het vervelend het te moeten zeggen,' zei Marino, 'maar het zou er veel beter voor je uitzien als hij niet zo knap was.'

'Seksuele intimidatie heeft niets met het uiterlijk van mensen te maken, Marino. Maar hij heeft geen poot om op te staan en ik maak me er geen zorgen over.'

'Het punt is dat hij je wil beschadigen, Doc, en daar is hij al behoorlijk hard mee bezig. Hij gaat je hoe dan ook een loer draaien als hij daar de kans toe ziet.'

'Dan kan hij in de rij gaan staan bij al die andere mensen die dat ook willen.'

'De persoon die die garage in Virginia Beach heeft gebeld en die zich als jou voordeed was een man.' Hij staarde me aan. 'Dan weet je dat.'

'Danny zou zoiets niet doen,' kon ik alleen maar zeggen.

'Dat lijkt mij ook niet. Maar Roche misschien wel,' antwoordde Marino.

'Wat ga je morgen doen?'

'Ik heb geen tijd om je dat allemaal te vertellen.'

'We moeten misschien naar Charlottesville.'

'Waarvoor?' Hij fronste zijn wenkbrauwen. 'Vertel me nou niet dat Lucy nog steeds gek doet.'

'Dat is niet de reden waarom we daar naartoe moeten. Maar misschien spreken we haar ook nog wel,' zei ik.

De volgende morgen maakte ik mijn ronde langs de laboratoria. Ik ging eerst langs het lab voor onderzoek met de elektronenmicroscoop, waar forensisch wetenschapper Betsy Eckles bezig was een vierkant stukje rubberen autoband te bewerken. Ze zat met haar rug naar me toe en ik keek toe hoe ze het rubber op een platformpje bevestigde. Dat zou vervolgens in een vacuümruimte van glas worden geschoven en met fijne deeltjes goud bedekt worden. Ik zag een snee in het midden van het rubber en bedacht dat die me bekend voorkwam, zonder daar echter helemaal zeker van te zijn.

'Goedemorgen,' zei ik.

Ze draaide zich om van haar indrukwekkende paneel vol drukmeters, knopjes en digitale microscopen die beelden in pixels in plaats van met lijntjes op videoschermen opbouwden. Ze werd al grijs, maar zag er slank uit in haar lange, witte jas. Deze donderdag leek ze lichtgeraakter dan normaal.

'O, goedemorgen, dokter Scarpetta,' zei ze en legde het stuk kapotgesneden rubber in de vacuümkamer.

'Lek gestoken banden?' vroeg ik.

'De afdeling vuurwapens vroeg me dit te behandelen. Ze zeiden dat het onmiddellijk moest gebeuren. Vraag me niet waarom.'

Ze was er helemaal niet blij mee, want deze procedure was ongebruikelijk bij een misdrijf dat gewoonlijk als niet zeer ernstig werd beschouwd. Ik begreep niet waarom dat vandaag prioriteit moest krijgen terwijl de mensen in de laboratoria tot over hun oren in het werk zaten. Maar dat was niet de reden waarom ik hier was.

'Ik kom om met u over het uranium te praten,' zei ik.

'Het is de eerste keer dat ik zoiets heb aangetroffen.' Ze maakte een plastic envelop voor bewijsmateriaal open. 'En dat is dan in een periode van tweeëntwintig jaar.'

'We moeten weten om wat voor isotoop het gaat,' zei ik.

'Dat vind ik ook, en aangezien we er nog nooit eerder mee te maken hebben gehad, weet ik eigenlijk niet waar dat moet gebeuren. Maar ik kan het hier niet doen.'

Ze begon met behulp van dubbelzijdig kleefband materiaal dat eruitzag als vuildeeltjes op een kaartje te plakken dat in een speciaal flesje zou worden bewaard. Ze kreeg elke dag vuiltjes en vezels binnen en liep altijd achter met haar werk.

'Waar is dat radioactieve monster nu?' vroeg ik.

'Waar ik het heb laten liggen. Ik heb die opslagruimte niet meer opengemaakt en ik geloof niet dat ik dat nog zou willen.'

'Mag ik eens zien wat we hebben?'

'Natuurlijk.'

Ze liep naar een andere digitale microscoop en zette de monitor aan. Het scherm vulde zich met een zwart universum vol sterren in verschillende grootten en vormen. Sommige waren heel fel, terwijl andere weer dof waren, en zonder hulp waren ze allemaal onzichtbaar.

'Ik vergroot het tot drieduizend,' zei ze, terwijl ze wat knopjes verstelde. 'Wilt u het hoger hebben?'

'Ik denk dat dit wel goed is,' antwoordde ik.

We staarden naar wat wel het uitzicht vanuit een sterrenwacht had kunnen zijn. Metalen bollen zagen eruit als driedimensionale planeten met kleinere manen en sterren eromheen.

'Dat kwam uit uw auto,' vertelde ze. 'De felle deeltjes zijn uranium. De doffe deeltjes zijn ijzeroxyde, zoals je in grond vindt. En er is ook aluminium, wat tegenwoordig bijna overal in zit. En silicium, of zand.'

'Kenmerkend voor wat iemand onder zijn schoenen kan hebben zitten,' zei ik. 'Behalve het uranium.'

'En er is nog iets wat ik u wil laten zien,' vervolgde ze. 'Het uranium heeft twee vormen. Gelobd, of bolvormig, wat het gevolg is van een proces waarbij het uranium is gesmolten. Maar hier,' wees ze. 'Hier hebben we onregelmatige vormen met scherpe randen, wat betekent dat die het gevolg zijn van

een proces waar een machine bij betrokken is.'
'CP&L gebruikt vast uranium voor zijn kerncentrales.' Ik had
het over Commonwealth Power & Light, die heel Virginia en
ook sommige delen van North Carolina van energie voorzag.
'Ja, inderdaad.'
'Zijn er nog andere bedrijven in de buurt waarvoor dat ook
geldt?' vroeg ik.
Ze dacht even na. 'Er zijn hier geen mijnen of verwerkings-
bedrijven voor kernafval. En er is natuurlijk een reactor bij
de universiteit, maar ik geloof dat ze die voornamelijk voor
onderwijsdoeleinden gebruiken.'
Ik bleef zitten kijken naar de dwarreling van radioactief materiaal die de persoon die Danny had vermoord in mijn auto
had achtergelaten. Ik dacht aan de Black Talon-kogel met de
woeste klauwen en aan het vreemde telefoontje in Sandbridge,
waarna er iemand over mijn muur was geklommen. Ik geloofde dat Eddings op de een of andere manier de verbindende
schakel vormde en dat dat kwam door zijn interesse in de
Nieuwe Zionisten.
'Luister,' zei ik tegen Eckles, 'als een geigerteller afgaat betekent dat nog niet dat de radioactieve straling schadelijk is. En
uranium is trouwens ook niet schadelijk.'
'Het probleem is dat we hier geen precedent voor hebben,' zei
ze.
Ik legde het geduldig uit: 'Het is echt heel simpel. Het gaat
hier om bewijsmateriaal in een moordonderzoek. Ik ben de
patholoog-anatoom voor deze zaak, die onder de jurisdictie
van hoofdinspecteur Marino valt. U draagt deze monsters gewoon aan Marino en mij over. Wij rijden er dan mee naar de
universiteit en laten de kernfysici daar uitzoeken welke isotoop het is.'
Dit was natuurlijk niet mogelijk zonder voorafgaand telefo-
nisch overleg met de directeur van het Bureau voor Forensisch Onderzoek en met de directeur-generaal van Volksge-
zondheid, die mijn directe baas was. Ze waren bezorgd over
een mogelijk belangenconflict, omdat het uranium in mijn au-

to was gevonden en Danny natuurlijk voor mij had gewerkt. Toen ik erop wees dat ik geen verdachte was in deze zaak, waren ze gerustgesteld. Uiteindelijk waren ze opgelucht dat ze niet meer verantwoordelijk waren voor het radioactieve materiaal.

Ik ging naar het lab terug en Eckles maakte die enge opslagruimte open terwijl ik katoenen handschoenen aantrok. Voorzichtig haalde ik het kleefband van het karton en stopte het in een plastic zakje, dat ik verzegelde en van een etiket voorzag. Voordat ik van die verdieping wegging, liep ik langs bij de afdeling vuurwapens, waar Frost met een stereomicroscoop een oude militaire bajonet zat te bekijken. Ik vroeg hem naar het kapotgesneden rubber dat hij met een laagje goud liet bedekken.

'We hebben een mogelijke verdachte voor uw kapotgesneden banden,' zei hij. Hij stelde de focus bij terwijl hij de kling verplaatste.

'Deze bajonet?' Ik wist het antwoord al voordat ik de vraag stelde.

'Precies. Die is vanochtend binnengebracht.'

'Door wie?' zei ik, steeds achterdochtiger.

Hij keek naar een opgevouwen papieren zak op een tafel vlak bij hem. Ik zag het nummer van de zaak en de datum, en de achternaam: 'Roche'.

'Door Chesapeake,' antwoordde Frost.

'Weet je waar dat ding vandaan kwam?' Ik was woedend.

'Uit de achterbak van een auto. Meer is mij niet verteld. Blijkbaar is er om de een of andere reden waanzinnige haast bij.'

Ik liep naar boven, naar de afdeling toxicologie, want het was zeker belangrijk dat ik daar ook nog heen ging op mijn ronde. Maar ik was in een slechte stemming en werd er niet vrolijker op toen ik eindelijk iemand vond die kon bevestigen wat mijn neus me in het mortuarium in Norfolk had verteld. Dokter Rathbone was een grote, oudere man wiens haar nog steeds pikzwart was. Ik trof hem achter zijn bureau aan, waar hij rapporten zat te paraferen.

'Ik belde je net.' Hij keek me aan. 'Hoe was je Nieuwjaar?'
'Niet saai, en anders dan anders. En jij?'
'Ik heb een zoon in Utah, en we zijn bij hem geweest. Ik zweer dat ik daarheen zou verhuizen als ik daar een baan kon vinden, maar ik denk dat er bij de Mormonen niet veel vraag is naar mijn vak.'
'Ik denk dat jouw vak overal waardevol is,' zei ik. 'En ik neem aan dat je de uitslag van de testen in de zaak Eddings hebt,' zei ik, aan de bajonet denkend.
'De concentratie cyanide in zijn bloedmonster is 0,5 milligram per liter, wat dodelijk is, zoals je weet.' Hij ging ondertussen verder met rapporten tekenen.
'En hoe zit het met het ventiel van de meerurenaansluiting en met de slangen en de rest?'
'Geen afdoende bewijs.'
Dat verbaasde me niet, en het maakte eigenlijk ook niet veel uit, aangezien er nu geen twijfel meer over bestond dat Eddings met cyanidegas was vergiftigd, en dat zijn dood onmiskenbaar een moord was. Ik kende de openbare aanklager in Chesapeake en ging naar mijn kantoor om haar te bellen. Ik wilde haar vragen de politie aan te sporen juist te handelen.
'Daar zou je me toch niet voor hoeven bellen,' zei ze.
'Je hebt gelijk, dat zou ik niet hoeven doen.'
'Zit er verder maar niet over in.' Ze klonk kwaad. 'Wat een stelletje idioten. Is de FBI hier al bij betrokken?'
'Chesapeake heeft hun hulp niet nodig.'
'Ah, juist. Ze onderzoeken zeker voortdurend gevallen van vergiftiging met cyanidegas bij duikongelukken.'
'Dat lijkt me niet.'
'Ik bel je nog wel.'
Ik hing op, pakte mijn jas en tas en liep naar buiten. Het was een prachtige dag geworden. Marino's auto stond in Franklin Street. Hij zat achter het stuur en had de motor aan en het raampje open. Toen ik er aankwam, opende hij het portier en maakte de achterbak open.
'Waar is het?' vroeg hij.

Ik hield de bruine envelop omhoog en hij keek geschokt.
'Is dat het enige waar het in zit?' riep hij met wijd openge-
sperde ogen. 'Ik dacht dat je het toch wel in zo'n metalen verf-
blik zou doen.'
'Doe niet zo belachelijk,' zei ik. 'Al hou je uranium in je blo-
te hand, dan kan dat nog geen kwaad.'
Ik legde de envelop in de achterbak.
'Waarom ging die geigerteller dan af?' hield hij aan. Ik stap-
te in. 'Die ging toch af omdat dat klerespul radioactief is?'
'Uranium is zeker radioactief, maar niet zo erg sterk, als je
het op zichzelf neemt, omdat het zo langzaam desintegreert.
Bovendien is het monster in je achterbak heel klein.'
'Luister, een beetje radioactief is volgens mij net zoiets als een
beetje zwanger of een beetje dood. En als jij niet bang bent,
waarom heb je je Benz dan verkocht?'
'Dat is niet de reden waarom ik hem heb verkocht.'
'Ik wil niet aan straling blootstaan, als je het goedvindt,' zei
hij geërgerd.
'Je staat niet aan straling bloot.'
Maar hij bleef doortieren. 'Ik kan gewoon niet geloven dat je
mij en mijn auto aan uranium blootstelt.'
'Marino,' probeerde ik nog eens, 'veel van mijn patiënten komen met heel nare ziekten in het mortuarium, zoals tubercu-
lose, meningitis, aids. Je bent bij hun secties geweest, en je
bent altijd veilig bij me geweest.'
Hij joeg over de snelweg, tussen het andere verkeer door schie-
tend.
'Het lijkt me dat je nu toch wel moet weten dat ik je nooit
opzettelijk gevaar zou laten lopen,' vervolgde ik.
'Opzettelijk niet, nee. Misschien ben je ergens mee bezig waar
je niets van weet,' zei hij. 'Wanneer heb je voor het laatst een
radioactieve zaak gehad?'
'In de eerste plaats,' legde ik uit, 'is de zaak zelf niet radioactief, alleen maar wat microscopisch kleine vuiltjes die ermee
te maken hebben. En in de tweede plaats weet ik wel het een
en ander van radioactiviteit af. Ik weet hoe het met röntgen-

straling zit, en met MRI, en met isotopen als kobalt, jodium en technetium, waarmee kanker wordt behandeld. Artsen krijgen bij hun opleiding les in heel veel onderwerpen, ook in stralingsziekte. Wil je nu alsjeblieft wat langzamer rijden en één rijbaan kiezen?'

Ik staarde hem met een groeiend gevoel van bezorgdheid aan terwijl hij het gaspedaal wat minder ver indrukte. Het zweet stond op zijn voorhoofd en rolde langs zijn slapen naar beneden en zijn gezicht was vuurrood. Hij spande de spieren in zijn kaak en hield, moeilijk ademend, het stuur krampachtig vast.

'Zet de auto aan de kant,' zei ik dwingend.

Hij reageerde niet.

'Marino, zet de auto aan de kant. Nu,' zei ik op een toon waarvan hij wist dat hij er niet tegenin moest gaan.

Op dit deel van de 64 was de vluchtstrook breed en geasfalteerd. Zonder een woord te zeggen stapte ik uit en liep naar zijn kant van de auto. Ik gebaarde met mijn duim dat hij eruit moest komen, en dat deed hij ook. De rug van zijn uniform was doornat en ik kon de rand van zijn hemd erdoorheen zien.

'Ik denk dat ik griep krijg,' zei hij.

Ik verstelde de stoelleuning en de spiegels.

'Ik weet niet wat er met me aan de hand is.' Hij bette zijn gezicht met een zakdoek.

'Je hebt een paniekaanval,' zei ik. 'Haal diep adem en probeer wat te kalmeren. Buig je voorover en raak met je handen je tenen aan. Laat alles los, ontspan je.'

'Als iemand jou in een auto van de gemeente ziet rijden, ben ik erbij,' zei hij, de autogordel vastmakend.

'De gemeente zou dankbaar moeten zijn dat je nu geen auto rijdt,' zei ik. 'Je zou nu eigenlijk geen enkel apparaat mogen bedienen. Waarschijnlijk zou je bij de psychiater moeten zitten.' Ik keek hem aan en zag dat hij zich schaamde.

'Ik weet niet wat er met me aan de hand is,' mompelde hij terwijl hij uit het raampje staarde.

'Ben je nog steeds van slag vanwege Doris?'

'Ik weet niet of ik je ooit heb verteld over een van de laatste grote ruzies die we hadden voordat ze bij me wegging.' Hij bette zijn gezicht weer. 'Het ging over een stel kloteschalen die ze tweedehands had gekocht. Ik bedoel, ze was allang van plan om nieuwe schalen te kopen. En toen ik 's avonds een keer uit het werk kwam, stond daar een hele serie feloranje schalen op de eettafel uitgestald.' Hij keek me aan. 'Heb je ooit van het Fiesta-servies gehoord?'

'Vaag.'

'Nou, ik kwam te weten dat er iets in het glazuur van dat model zat waardoor een geigerteller af zou gaan.'

'Je hebt niet veel radioactiviteit nodig om een geigerteller af te laten gaat,' zei ik nog eens.

'Nou, er waren hele verhalen over dat servies geschreven, en het was uit de verkoop gehaald,' vervolgde hij. 'Doris wilde niet luisteren. Ze vond dat ik overdreef.'

'En dat was waarschijnlijk ook zo.'

'Luister, sommige mensen hebben een fobie voor spinnen en slangen. Ik heb een fobie voor straling. Je weet hoe vervelend ik het vind om zelfs maar met jou in de röntgenruimte te zijn, en als ik de magnetron aanzet, ga ik altijd de keuken uit. Dus ik heb alle schalen ingepakt en ze ergens gedumpt, zonder haar te vertellen waar.'

Hij zweeg en veegde weer over zijn gezicht. Hij schraapte een paar keer zijn keel.

Toen zei hij: 'Een maand later is ze weggegaan.'

'Luister,' zei ik met zachte stem, 'ik zou ook niet van zulke schalen willen eten. Ook al weet ik wel beter. Ik begrijp hoe angst werkt, en angst is niet altijd rationeel.'

'Nou, Doc, in mijn geval misschien wel.' Hij zette zijn raampje een stukje open. 'Ik ben bang om dood te gaan. Als je het echt wilt weten, elke ochtend als ik opsta denk ik eraan. Elke ochtend denk ik dat ik een beroerte zal krijgen of dat me verteld zal worden dat ik kanker heb. Ik vind het naar om naar bed te gaan omdat ik bang ben dat ik in mijn slaap zal sterven.' Hij zweeg en zei toen moeizaam: 'Dat is de echte reden waarom Molly me niet meer wilde zien, als je het echt wilt weten.'

'Dat was niet erg sympathiek.' Zijn woorden deden me pijn.

'Nou,' – hij voelde zich steeds slechter op zijn gemak – 'ze is veel jonger dan ik. En een deel van hoe ik me tegenwoordig voel, is dat ik niets wil doen waardoor ik me in moet spannen.'

'Dan ben je dus bang voor sex.'

'Shit,' zei hij, 'waarom ga je er niet gelijk mee adverteren?'

'Marino, ik ben arts. Ik wil je alleen maar helpen, als ik dat kan.'

'Molly zei dat ik haar het gevoel gaf dat ik haar afwees,' zei hij.

'En dat deed je waarschijnlijk ook. Hoe lang heb je dit probleem al?'

'Ik weet niet, sinds Thanksgiving ongeveer.'

'Is er toen iets gebeurd?'

Hij aarzelde weer. 'Nou, je weet dat ik een tijdje mijn medicijnen niet heb geslikt.'

'Welke medicijnen? Je adrenergische blokkeerder of de finasteride? En nee, dat wist ik niet.'

'Allebei.'

'Waarom zou je zoiets stoms doen?'

'Omdat niets meer goed werkt als ik ze slik,' barstte hij uit. 'Ik ben ermee opgehouden toen ik met Molly begon om te gaan. En toen ben ik er rond Thanksgiving weer mee begonnen, nadat ik een medische controle had gehad en mijn bloeddruk veel te hoog was en mijn prostaat weer erger werd. Ik was bang.'

'Geen enkele vrouw is het waard om voor te sterven,' zei ik. 'En dit heeft allemaal te maken met depressiviteit, waar jij trouwens een perfecte kandidaat voor bent.'

'Ja, het is deprimerend als het niet gaat. Dat begrijp jij toch niet.'

'Natuurlijk begrijp ik dat wel. Het is deprimerend als je lichaam niet werkt, als je ouder wordt en als er daarnaast nog meer stressfactoren in je leven zijn, zoals allerlei veranderingen. En je hebt in de afgelopen paar jaar veel veranderingen te verwerken gekregen.'

'Nee, wat deprimerend is,' zei hij, en zijn stem werd steeds harder, 'is als je hem niet omhoog kunt krijgen. En soms krijg je hem wel omhoog, maar dan gaat-ie niet meer naar beneden. En je kunt niet plassen als je het gevoel hebt dat je moet, en andere keren moet je plassen terwijl je dat niet voelt. En dan is er het hele probleem dat je soms niet in de stemming bent als je een vriendin hebt die bijna jong genoeg is om je dochter te zijn.' Hij keek me woedend aan. De aderen in zijn nek waren gezwollen. 'Ja, ik ben depressief. Daar heb je verdomde gelijk in!'

'Wees alsjeblieft niet kwaad op me.'

Hij keek van me weg, moeizaam ademend.

'Ik wil dat je een afspraak maakt met je cardioloog en je uroloog,' zei ik.

'O, nee. Geen sprake van.' Hij schudde zijn hoofd. 'Dat verdomde nieuwe verzekeringsbedrijf dat ik heb, heeft me een vrouwelijke uroloog gegeven. Ik kan al die toestanden toch niet aan een vrouw vertellen.'

'Waarom niet? Je hebt het toch ook aan mij verteld.'

Hij zei niets en staarde uit het raam. Toen keek hij in het zijspiegeltje en zei: 'Trouwens, er rijdt al sinds Richmond de een of andere zak in een goudkleurige Lexus achter ons aan.'

Ik keek in het achteruitkijkspiegeltje. De auto was een nieuw model en de persoon achter het stuur was aan het telefoneren.'

'Denk je dat we worden gevolgd?' vroeg ik.

'God mag het weten, maar ik zou zijn telefoonrekening niet willen betalen.'

We waren dicht bij Charlottesville en het vriendelijke landschap waar we vandaan kwamen was overgegaan in wintergrijze heuvels met dennenbossen. De lucht was kouder en er was meer sneeuw, hoewel de snelweg droog was. Ik vroeg Marino of we de scanner uit konden zetten, want ik was al dat geklets van politieagenten zat. Ik nam de 29 in noordelijke richting, naar Monticello en Ash Lawn.

Het landschap bestond een tijd lang uit alleen maar rotsen met wat bomen die tot vlak bij de weg stonden. Toen kwamen we bij de rand van de campus. De straten waren vol restaurantjes waar je pizza en broodjes kon krijgen, supermarkten en benzinestations. De universiteit had nog kerstvakantie, maar mijn nichtje was niet de enige persoon in de wereld die daar geen acht op sloeg. Bij het Scott-stadion reed ik Maury Avenue op, waar studenten op bankjes zaten en op fietsen langsreden. Ze hadden rugzakjes en tassen bij zich die vol werk leken te zitten. Er waren veel auto's.

'Ben je hier ooit naar een wedstrijd geweest?' Marino was weer wat opgeklaard.

'Dat geloof ik niet.'

'Nou, dat zou verboden moeten worden. Je hebt hier een nichtje en je hebt nooit de Hoos gezien? Wat deed je dan als je hier was? Ik bedoel, wat deden jij en Lucy?'

We hadden eigenlijk heel weinig gedaan. Als we bij elkaar waren, maakten we meestal lange wandelingen over de campus of zaten we in haar kamer op de Lawn te praten. Natuurlijk gingen we ook vaak uit eten in restaurants als The Ivy and Boar's Head, en ik had haar docenten ontmoet en was zelfs wel eens mee geweest naar college. Maar de weinige vrienden die ze had, had ik nooit ontmoet. Net als de plaatsen waar ze met hen afsprak, deelde ze haar vrienden niet met me.

Ik besefte dat Marino nog steeds aan het praten was.

'Ik zal het nooit vergeten dat ik hem toen zag spelen,' zei hij.

'Het spijt me,' zei ik.

'Kun je je voorstellen dat je twee meter tien lang bent? Wist je dat hij nu in Richmond woont?'

'Even kijken.' Ik bekeek de gebouwen waar we langskwamen. 'We moeten naar de technische faculteit, en die begint hier. Maar we hebben Mechanica, Ruimtevaart en Kernfysica nodig.'

Ik ging langzamer rijden toen een gebouw van baksteen met

een witte rand in zicht kwam, waarna ik het bord zag. Het was niet moeilijk om een parkeerplaats te vinden, maar wel om dokter Alfred Matthews te vinden. Hij had me beloofd dat hij om halftwaalf in zijn kantoor zou zijn, maar blijkbaar was hij dat vergeten.

'Waar is hij dan in vredesnaam?' vroeg Marino, die zich nog steeds zorgen maakte over wat er in de achterbak lag.

'Bij de reactor.' Ik stapte weer in.

'O, fantastisch.'

De reactor heette eigenlijk het Kernfysica-laboratorium en lag boven op een berg waar ook de sterrenwacht stond. De kernreactor van de universiteit was een grote, bakstenen silo. Het gebouw was omgeven door bos met een hek eromheen. Marino werd weer door zijn fobie overmand.

'Kom mee. Je vindt dit vast interessant.' Ik deed het portier open.

'Ik ben hier helemaal niet in geïnteresseerd.'

'Oké. Blijf jij dan maar hier, dan ga ik naar binnen.'

'Daar heb ik niks op tegen,' antwoordde hij.

Ik haalde het monster uit de achterbak en belde aan bij de hoofdingang van het gebouw, waarop iemand de deur van het slot haalde. Binnen, in de foyer, zei ik tegen een jonge man achter een glazen ruit dat ik dokter Matthews zocht. Hij keek op een lijst en vertelde me dat het hoofd van de faculteit natuurwetenschappen, die ik niet echt goed kende, op dat moment bij het bassin van de reactor was. De jonge man draaide vervolgens een nummer op een telefoon voor intern gebruik terwijl hij me een bezoekerspasje en een stralingsdetector toeschoof. Ik bevestigde ze aan mijn jasje. Hij kwam uit zijn hokje en begeleidde me door een zwarte stalen deur met een rood verlicht bordje erboven dat aangaf dat de reactor in gebruik was.

De ruimte had geen ramen en de hoge muren waren betegeld. Aan elk voorwerp dat ik zag was een felgeel radioactiviteitslabel bevestigd. Aan een kant van het verlichte bassin had het water een bijzondere blauwe gloed door de cerenkovstraling, waarbij onstabiele atomen spontaan werden afgebroken in de op ongeveer zes meter diepte gelegen splijtstofelementen. Dokter Matthews stond met een student te overleggen. Uit hun gesprek leidde ik af dat de student kobalt in plaats van een autoclaaf gebruikte om micro-pipetten voor in-vitrofertilisatie te steriliseren.

'Ik dacht dat u morgen zou komen,' zei de kernfysicus tegen mij met een ontstelde uitdrukking op zijn gezicht.

'Nee, het was vandaag. Maar fijn dat u toch met me kunt spreken. Ik heb het monster bij me.' Ik hield de envelop omhoog.

'Oké, George,' zei hij tegen de jonge man. 'Kun je het verder alleen af?'

'Ja, meneer. Dank u wel.'

'Kom maar mee,' zei Matthews tegen mij. 'Dan nemen we het mee naar beneden en beginnen er gelijk mee. Weet u hoeveel u heeft?'

'Niet precies.'

'Als we genoeg hebben, kunnen we het doen terwijl u wacht.' We gingen door een zware deur en sloegen linksaf. Bij een hoge kast die de straling op onze handen en voeten controleerde, bleven we even staan. De felgroene kleur gaf aan dat we door mochten en we liepen verder naar een trap die naar het neutrografielaboratorium voerde. Dat laboratorium bevond zich in een kelder vol machinewerkplaatsen en vorkheftrucks, en grote, zwarte vaten met laag radioactief afval dat moest worden afgevoerd. In vrijwel elke hoek stond apparatuur voor noodsituaties en overal waren controlepanelen in kooien. De meetkamer voor achtergrondstraling was overal ver vandaan, behalve bij de kern van de reactor. De ruimte bestond uit dik beton zonder ramen en stond vol met tweehonderd-litervaten met vloeibare stikstof, germaniumdetectoren en versterkers en loden blokken.

Het proces om mijn monster te determineren was verbazend simpel. Matthews, die behalve zijn witte jas en handschoenen geen speciale beschermende kleding droeg, legde het stukje kleefband in een reageerbuisje, dat hij vervolgens in een zestig centimeter lange aluminium container met het germanium-kristal zette. Daarna stapelde hij blokken lood aan de zijkanten om het monster tegen achtergrondstraling te beschermen. Het proces werd in gang gezet met een eenvoudige computer-opdracht, en een teller op de container begon de radioactiviteit te meten, zodat we konden zien om wat voor isotoop het ging. Ik vond het nogal raar om dat allemaal te zien, want ik was gewend aan allerlei mysterieuze instrumenten zoals elektronenmiscroscopen en gaschromatografen. Deze detector was echter een nogal vormeloos loden omhulsel dat met vloeibare stikstof koel werd gehouden en niet in staat leek tot intelligente actie.

'Als u dit bonnetje voor bewijsmateriaal even wilt tekenen,' zei ik, 'dan ga ik nu weg.'

'Het kan een uur of twee duren. Het is moeilijk te zeggen hoe lang precies,' antwoordde hij.

Hij tekende het formulier en ik gaf hem een kopie.

'Ik kom weer terug nadat ik bij Lucy ben langs geweest.'

'Komt u maar mee, ik loop wel met u mee, zodat u niet per ongeluk iets in werking stelt. Hoe is het met haar?' vroeg hij terwijl we detectoren passeerden die niet op ons reageerden. 'Is ze nog naar het Massachusetts Institute of Technology gegaan?'

'Daar heeft ze in de herfst wel stage gelopen,' zei ik. 'Over robotica. Ze is weer hier, weet u. Voor minstens een maand.'

'Dat wist ik niet. Dat is prachtig. Wat studeert ze nu?'

'Ik geloof dat ze zei dat het *virtual reality* was.'

Matthews leek even verbaasd. 'Heeft ze dat al niet gedaan toen ze hier studeerde?'

'Ik denk dat dit meer iets voor gevorderden is.'

'Dat zal wel.' Hij glimlachte. 'Ik wilde dat ik in elke werkgroep minstens één student had zoals zij.'

Lucy was waarschijnlijk de enige student op de universiteit van Virginia geweest die niet natuurwetenschappen als hoofdvak had en die uit interesse een werkgroep kernfysica had gevolgd. Ik liep naar buiten, waar Marino tegen de auto geleund stond te roken.

'Wat doen we nu?' vroeg hij. Hij zag er nog steeds zwaarmoedig uit.

'Ik denk dat ik mijn nichtje maar eens ga verrassen en met haar ga lunchen. Als je mee wilt, heel graag.'

'Ik moet langs het Exxon-pompstation en daar ga ik ook even bellen,' zei hij. 'Ik moet een paar telefoontjes plegen.'

12

Hij bracht me naar de Rotunda, die felwit in het zonlicht stond. Het was mijn favoriete door Thomas Jefferson ontworpen gebouw. Ik liep over de oude, met pilaren omgeven paden onder nog oudere bomen naar de plek waar paviljoenen twee rijen exclusieve appartementen vormden die bekend stonden als The Lawn.

Als je hier mocht wonen was dat een beloning voor je academische prestaties, maar sommige mensen zouden dat misschien als een twijfelachtige eer beschouwen. De douches en toiletten waren in een ander, verder weg gelegen gebouw en de spaarzaam ingerichte kamers waren niet echt op comfort ingesteld. Toch had ik Lucy nooit horen klagen, want ze had haar leven op de universiteit van Virginia altijd heerlijk gevonden.

Ze logeerde in de West Lawn, in paviljoen III, dat Corinthische zuilen van in Italië gedolven Carrarisch marmer had. De houten luiken voor kamer elf waren dicht en de ochtendkrant lag nog op de mat. Ik vroeg me verbaasd af of ze nog niet op was. Ik klopte een paar keer op de deur en hoorde iemand.

'Wie is daar?' riep mijn nichtje.

'Ik ben het,' zei ik.

Even was het stil en toen kwam er een verbaasd: 'Tante Kay?'

'Doe je de deur nog open?' Mijn goede bui verdween snel, want ze klonk niet blij.

'Eh, wacht even. Ik kom eraan.'

De deur werd van het slot gedraaid en ging open.

'Hallo,' zei ze en liet me binnen.

'Ik hoop dat ik je niet wakker heb gemaakt.' Ik overhandigde haar de krant.

'O, die is van T.C.,' zei ze. T.C. was haar vriendin die eigenlijk in deze kamer woonde. 'Ze is hem vergeten op te zeggen toen ze naar Duitsland ging. Ik kom er nooit toe om de krant te lezen.'

Ik kwam een appartement binnen dat niet zoveel verschilde van de kamer waar ik mijn nichtje verleden jaar had bezocht. Het was een kleine ruimte met een bed, een wastafel en overvolle boekenkasten. Er lag niets op de vurehouten vloer en behalve een poster van Anthony Hopkins in *Shadowlands* hing er niets aan de muur. De tafels, het bureau en zelfs een paar stoelen waren geannexeerd door Lucy's technische uitrusting. Andere apparatuur, zoals de fax en iets wat eruitzag als een kleine robot, stond gewoon op de grond.

Er waren extra telefoonlijnen aangelegd, die waren verbonden met modems met groene knipperlichtjes. Maar ik kreeg niet de indruk dat mijn nichtje hier alleen woonde, want er stonden twee tandenborstels op de aanrecht en er was ook een flesje met contactlenzenvloeistof, terwijl zij geen lenzen had. De lits-jumeaux was aan beide kanten onopgemaakt en er lag een attachékoffertje op het bed dat ik ook niet herkende.

'Hier.' Ze tilde een printer van een stoel en zette me dicht bij het vuur. 'Het spijt me dat het hier zo'n rotzooi is.' Ze droeg een feloranje sweatshirt met het embleem van de universiteit erop en een spijkerbroek, en haar haar was nat. 'Ik kan wel wat water opzetten,' zei ze. Ze was erg afwezig.

'Als je me thee aanbiedt, dan graag,' zei ik.

Ik sloeg haar geconcentreerd gade terwijl ze een waterkoker vulde en de stekker in het stopcontact stak. Op een ladenkast lagen een FBI-legitimatiebewijs, een pistool en autosleutels. Ik zag archiefmappen en vellen papier vol aantekeningen en merkte ook op dat er onbekende kleding in de kast hing.

'Vertel me eens over T.C.,' zei ik.

Lucy pakte een zakje thee. 'Ze studeert Duits. En ze zit de komende zes weken in München. Dus ze zei dat ik hier wel zolang kon wonen.'

'Dat was heel aardig van haar. Zal ik je helpen haar spullen op te bergen, of in ieder geval plaats te maken voor jouw dingen?'

'Je hoeft nu helemaal niets te doen.'

Ik keek naar het raam toen ik iemand hoorde.

'Drink je je thee nog steeds zwart?' vroeg Lucy.

Het vuur knetterde en rokende houtblokken verschoven. Ik was niet verbaasd toen de deur openging en er nog een vrouw binnenkwam. Maar Janet had ik niet verwacht te zien, en zij mij ook niet.

'Dokter Scarpetta,' zei ze verbaasd, met een blik op Lucy. 'Wat leuk dat u langskomt.'

Ze had douchespullen bij zich en droeg een baseballpet over haar natte haar, dat bijna tot op haar schouders hing. Ze had een joggingpak en tennisschoenen aan en zag er knap en gezond uit. Net als Lucy leek ze nog jonger dan ze was omdat ze weer op een universiteitscampus was.

'Kom erbij,' zei Lucy tegen haar terwijl ze mij een beker thee gaf.

'We hebben gejogd.' Janet glimlachte verlegen. Ze was nooit helemaal over haar nervositeit tegenover mij heen gekomen.

'Sorry voor mijn haar. Wat brengt u hierheen?' vroeg ze terwijl ze een stoel bijschoof.

'Ik heb hulp bij een zaak nodig,' zei ik alleen maar. 'Volg jij ook die cursus over *virtual reality*?' Ik nam hun gezichten in me op.

'Precies,' zei Janet. 'Lucy en ik zijn hier met ons tweeën. Zoals u misschien wel weet, ben ik verleden jaar naar het veldkantoor in Washington overgeplaatst.'

'Dat heeft Lucy me verteld.'

'Ik houd me bezig met witte-boordencriminaliteit,' vervolgde ze. 'Vooral met alles wat te maken kan hebben met een inbreuk op het IVC.'

'En dat is?' vroeg ik.

Lucy ging naast me zitten en antwoordde: 'Het Interceptie van Communicatie-statuut. Wij hebben de enige groep experts in het land die dat soort zaken kunnen behandelen.'

'Het Bureau heeft jullie tweeën dus vanwege die groep voor verdere training hierheen gestuurd.' Ik probeerde te begrijpen hoe het zat. 'Maar ik geloof dat ik niet snap wat *virtual re-*

ality te maken heeft met hackers die in belangrijke databases inbreken,' zei ik.

Janet zei niets terwijl ze haar pet afdeed en naar het vuur starend haar haar begon te kammen. Ik merkte dat ze zich erg ongemakkelijk voelde en ik vroeg me af in hoeverre dat te maken had met datgene wat er in de vakantie in Aspen was gebeurd. Mijn nichtje schoof dichter naar de open haard toe en keek me aan.

'We zijn hier niet voor een cursus, tante Kay,' zei ze kalm en ernstig. 'Daar moet het voor andere mensen wel op lijken. Ik zal je iets vertellen wat ik eigenlijk niet mag vertellen, maar het is nu te laat voor nog meer leugens.'

'Je hoeft het me niet te vertellen,' zei ik. 'Ik begrijp het wel.'

'Nee.' Ze had een intense blik in haar ogen. 'Ik wil dat je begrijpt wat er aan de hand is. En om je een snel, kort overzicht te geven, Commonwealth Power & Light kreeg in de herfst problemen met hun computersysteem. Het leek erop dat er daar een hacker binnendrong. Dat gebeurde heel vaak: soms wel vier of vijf keer op een dag. Maar ze konden die persoon niet identificeren, totdat hij sporen achterliet in een *auditlog* nadat hij in een bestand met gegevens over rekeningen aan klanten was geweest en daar prints van had gemaakt. Wij werden er toen bij geroepen en we zijn erin geslaagd een link te leggen tussen de dader en de universiteit.'

'Maar jullie hebben dus die persoon, wie het ook is, nog niet te pakken,' zei ik.

'Nee.' Janet ging nu verder. 'We hebben de doctoraalstudent om wiens legitimatie het ging gesproken, maar hij is zeker niet de hacker. We hebben redenen om daar heel zeker van te zijn.'

'Het punt is,' zei Lucy, 'dat er sindsdien van verschillende andere studenten legitimatiebewijzen zijn gestolen en de hacker ook heeft geprobeerd CP&L binnen te komen via de computer van de universiteit en via een computer in Pittsburgh.'

'Heeft geprobeerd?' vroeg ik.

'Hij heeft zich de laatste tijd eigenlijk heel rustig gehouden, wat het moeilijker voor ons maakt,' zei Janet. 'We zitten hem voornamelijk via de universiteitscomputer op de hielen.'

'Ja,' zei Lucy. 'We hebben hem al bijna een week niet meer in de computer van CP&L gevonden. Ik denk dat dat vanwege de vakantie is.'

'Waarom zou iemand zoiets doen?' vroeg ik. 'Hebben jullie een theorie?'

'Vanwege de macht, misschien,' zei Janet alleen maar. 'Zodat hij overal in Virginia en de twee Carolina's het licht aan en uit kan doen. Wie weet?'

'Maar we geloven dat de persoon die dit doet op de campus is, en via Internet en een andere verbinding genaamd Tellnet in de computer komt,' zei Lucy. Ze vervolgde op vertrouwelijke toon: 'We krijgen hem wel.'

'Mag ik vragen waar al die geheimzinnigheid voor nodig is?' zei ik tegen mijn nichtje. 'Kon je niet gewoon tegen me zeggen dat je bezig was met een zaak waar je niet over mocht praten?' Ze aarzelde even voordat ze antwoord gaf. 'Jij bent lid van deze faculteit, tante Kay.'

Dat was waar en daar had ik nog niet eens aan gedacht. Hoewel ik slechts tijdelijk docent pathologie en forensische geneeskunde was, vond ik toch dat Lucy gelijk had. Ik bedacht dat er nog een andere reden was waarom ik het haar niet kwalijk kon nemen dat ze dit voor mij verborgen had gehouden. Ze wilde onafhankelijk zijn, vooral hier, waar het tijdens de kandidaatsfase van haar studie algemeen bekend was geweest dat ze familie van mij was.

Ik keek haar aan. 'Ging je daarom die avond zo plotseling uit Richmond weg?'

'Ik werd opgepiept.'

'Door mij,' zei Janet. 'Ik kwam met het.vliegtuig uit Aspen, had vertraging, et cetera. Lucy haalde me van het vliegveld op en toen zijn we samen hierheen gegaan.'

'En zijn er tijdens de feestdagen nog andere pogingen geweest om in de computer in te breken?'

'Een paar. Het systeem wordt voortdurend in de gaten gehouden,' zei Lucy. 'Daar staan we niet alleen in. Wij hebben gewoon opdracht gekregen om hier undercover wat praktisch detectivewerk te doen.'

'Waarom lopen jullie niet met me mee naar de Rotunda.' Ik stond op en zij ook. 'Als het goed is, is Marino bij de auto.' Ik omhelsde Janet. Haar haar rook naar citroen. 'Pas op jezelf en kom wat vaker op bezoek,' zei ik. 'Ik beschouw je als een lid van de familie. God weet dat het ondertussen wel tijd is dat iemand me helpt op dit meisje te passen.' Glimlachend legde ik mijn arm om Lucy heen.

In de middagzon was het warm genoeg om in een trui buiten te lopen en ik wilde dat ik langer kon blijven. Lucy treuzelde niet tijdens onze korte wandeling en ik merkte dat ze niet graag wilde dat iemand ons samen zag.

'Het is net als vroeger,' zei ik op vrolijke toon, om mijn gekwetstheid te verbergen.

'Hoezo?' vroeg ze.

'Je ambivalentie over het feit dat mensen je misschien wel samen met mij zien.'

'Dat is niet waar. Ik was er juist altijd heel trots op.'

'En nu niet meer,' zei ik ironisch.

'Misschien zou ik wel willen dat jij er trots op was met mij gezien te worden,' zei ze. 'In plaats van altijd andersom. Dat bedoelde ik.'

'Ik ben ook trots op je, dat ben ik altijd al geweest, zelfs toen je zo'n krengetje was dat ik je wel in de kelder op had willen sluiten.'

'Ik geloof dat dat kindermishandeling wordt genoemd.'

'Nee, in jouw geval zou de jury besluiten dat het tante-mishandeling was. Geloof mij maar,' zei ik. 'En ik ben blij dat het zo goed gaat tussen Janet en jou. Ik ben blij dat ze weer uit Aspen terug is en dat jullie bij elkaar zijn.'

Mijn nichtje bleef staan en keek me aan. Ze had haar ogen samengeknepen tegen de zon. 'Dank je voor wat je tegen haar zei. Dat betekent vooral nu heel veel voor me.'

'Ik sprak de waarheid, dat is alles,' zei ik. 'Misschien zal haar familie ooit ook de waarheid spreken.'

We zagen Marino's auto al staan. Hij zat zoals gewoonlijk in de wagen en pafte erop los.

Lucy liep naar het portier. 'Hé, Pete,' zei ze. 'Je moet je karretje eens wassen.'

'Nee, niet waar,' mopperde hij terwijl hij onmiddellijk zijn sigaret weggooide en uitstapte.

Hij keek om zich heen en we bleven erin toen we hem zijn broek omhoog zagen sjorren en de auto inspecteren, omdat hij het gewoon niet kon laten. Lucy en ik moesten allebei lachen en hij probeerde niet te glimlachen. Eigenlijk vond hij het wel leuk als we hem plaagden. We maakten nog wat grappen en toen ging Lucy weer terug. Er reed een nieuwe, goudkleurige Lexus met ramen van getint glas voorbij. Het was dezelfde auto die we al eerder hadden gezien, maar door het felle zonlicht was de bestuurder niet zichtbaar.

'Dit begint me op mijn zenuwen te werken.' Marino's ogen volgden de auto.

'Misschien moet je het nummerbord laten natrekken,' maakte ik een voor de hand liggende opmerking.

'O, dat heb ik al gedaan.' Hij startte de motor van zijn auto en reed achteruit. 'De NMIC is *down*.'

De NMIC was de Nationale Misdrijven Informatie Computer, en ik had het idee dat die wel heel vaak *down* was. We reden weer terug naar de reactor en toen we daar aankwamen, weigerde Marino opnieuw om mee naar binnen te gaan. Ik liet hem dus op de parkeerplaats achter en deze keer zei de jongeman achter het glas van de controlekamer dat ik zonder begeleiding naar binnen mocht.

'Hij is in de kelder,' zei hij, met zijn ogen op het computerscherm gericht.

Ik trof Matthews weer in de meetkamer voor achtergrondstraling aan, waar hij voor een computerscherm zat met daarop een heel spectrum in zwart-wittinten.

'O, hallo,' zei hij toen hij zich uiteindelijk realiseerde dat ik naast hem stond.

'Het lijkt erop dat u beet heeft,' zei ik. 'Hoewel ik eigenlijk niet weet wat dit is. En misschien ben ik wel wat te vroeg terugge-komen.'

'Nee, nee, u bent niet te vroeg. Deze verticale strepen hier ge-ven de energie aan van de gammastralen die we hebben ge-vonden. Eén streep staat gelijk aan één energie-eenheid. Maar de meeste strepen die u hier ziet zijn afkomstig van achter-grondstraling. Hij wees het me op het scherm aan. 'Weet u, zelfs met loden blokken krijg je dat niet weg.'

Ik ging naast hem zitten.

'Wat ik u hier laat zien, dokter Scarpetta, is dat het monster dat u heeft meegebracht geen gammastraling met een hoge energie afgeeft als het desintegreert. Als u hier naar dit ener-giespectrum kijkt,' – hij staarde naar het scherm – 'ziet het er-naar uit dat deze gammastraling in het spectrum bij uranium 235 hoort.' Hij tikte met een stokje tegen het glas.

'Oké,' zei ik, 'en wat betekent dat?'

'Dat is kwaliteitsspul.' Hij keek me aan.

'Zoals in kerncentrales wordt gebruikt,' zei ik.

'Precies. Daar maken we splijtstoftabletten of -staven van. Maar zoals u misschien wel weet behoort maar 0,3 procent van het uranium tot de categorie 235. De rest is verarmd.'

'Precies. De rest is uranium 238,' zei ik.

'En dat is wat we hier ook hebben.'

'Als dit geen energierijke gammastraling afgeeft,' zei ik, 'hoe kunt u dat dan aan dit energiespectrum zien?'

'Omdat het germaniumkristal aangeeft of er sprake is van ura-nium 235. En aangezien het percentage zo laag is, wijst dat erop dat het monster dat we hier hebben verarmd uranium moet zijn.'

'Het kan geen afgewerkte brandstof van een reactor zijn,' dacht ik hardop.

'Nee, dat kan niet,' zei hij. 'Er zit geen materiaal in uw mon-ster dat afkomstig is van een atoomsplitsing. Geen strontium, caesium, jodium, barium. Anders zou u die ook al onder de elektronenmicroscoop hebben gezien.'

'Zulke isotopen waren niet zichtbaar,' stemde ik in. 'Alleen maar uranium en ander onbelangrijk materiaal, waarvan het logisch is dat het in de aarde onder iemands schoenen zit.'

Ik keek naar de pieken en dalen van wat een heel beangstigend cardiogram had kunnen zijn terwijl Matthews aantekeningen maakte.'

'Wilt u hier een uitdraai van?' vroeg hij.

'Alstublieft. Waar wordt verarmd uranium eigenlijk voor gebruikt?'

'Over het algemeen heeft het geen waarde.' Hij sloeg een paar toetsen aan.

'Als het niet van een kerncentrale afkomstig is, waar komt het dan wel vandaan?'

'Waarschijnlijk een instelling waar ze isotopen scheiden.'

'Zoals in Oak Ridge, in Tennessee,' suggereerde ik.

'Nou, dat doen ze daar niet meer. Maar ze hebben het wel tientallen jaren gedaan, en ze hebben vast hele magazijnen vol uraniummetaal. Er zijn tegenwoordig ook fabrieken in Portsmouth in Ohio en in Paducah in Kentucky.'

'Dokter Matthews,' zei ik. 'Het lijkt erop dat iemand verarmd uraniummetaal onder zijn schoenen had en daar in een auto sporen van heeft achtergelaten. Kunt u me een logische verklaring voor het hoe en waarom geven?'

'Nee.' Hij had een strakke uitdrukking op zijn gezicht. 'Dat denk ik niet.'

Ik dacht aan de gerafelde en halfronde vormen die ik onder de elektronenmicroscoop had gezien en probeerde het nog eens.

'Waarom zou iemand uranium 238 smelten? Waarom zou iemand er met een machine een bepaalde vorm aan geven?'

Hij leek nog steeds geen idee te hebben.

'Wordt verarmd uranium eigenlijk ergens voor gebruikt?' vroeg ik toen.

'In het algemeen gebruikt de zware industrie geen uraniummetaal,' antwoordde hij. 'Zelfs niet in kerncentrales, want daar zijn de splijtstofstaven en -tabletten van uraniumoxyde, een keramisch produkt.'

'Misschien moet ik dan vragen waar verarmd uraniummetaal

in theorie voor zou kunnen worden gebruikt,' formuleerde ik mijn vraag opnieuw.'

'Het ministerie van Defensie heeft ooit overwogen om het te gebruiken als pantsermateriaal voor tanks. En er is sprake van geweest dat het kon worden gebruikt voor kogels of andere soorten projectielen. Eens even denken. Ik geloof dat we verder alleen weten dat je er radioactief materiaal goed mee kunt afschermen.'

'Wat voor soort radioactief materiaal?' zei ik. Mijn adrenalineklieren werden onmiddellijk actief. 'Zoals afgewerkte splijtstofelementen?'

'Dat zou inderdaad het idee zijn als we in dit land wisten wat we met kernafval moesten doen,' zei hij op ironische toon. 'Ziet u, als we het weg konden halen en het bijvoorbeeld driehonderd meter onder Yucca Mountain in Nevada konden begraven, zou U-238 kunnen worden gebruikt om de vaten voor het transport mee te bekleden.'

'Met andere woorden,' zei ik, 'als de afgewerkte splijtstofelementen uit een kerncentrale worden weggehaald, moeten ze ergens in worden vervoerd, en verarmd uranium schermt straling beter af dan lood.'

Hij zei dat dat precies was wat hij bedoelde, en gaf me mijn monster weer terug, omdat het bewijsmateriaal was waar ooit in de rechtszaal over zou worden gesproken. Ik kon het dus niet daar achterlaten, ook al wist ik wat Marino ervan zou vinden als ik het spul weer in zijn achterbak legde. Toen ik terugkwam, liep hij rondjes. Hij had zijn zonnebril opgezet.

'En nu?' vroeg hij.

'Wil je de achterbak alsjeblieft opendoen?'

Hij drukte op een knopje in de auto en zei: 'Ik zeg je nu gelijk dat dat niet in een opslagruimte voor bewijsmateriaal in mijn district of in dat van het hoofdbureau gaat. Niemand zal hieraan mee willen werken, zelfs niet als ik ze opdracht geef.'

'Het moet toch ergens worden bewaard,' zei ik. 'Er staan hier twaalf blikjes bier.'

'Ik had geen zin om daar later nog op uit te gaan.'

'Je komt nog eens een keer in de problemen.' Ik deed de achterklep van zijn auto, die het eigendom van de staat was, dicht.

'Nou, dan berg je dat uranium toch in jouw kantoor op,' zei hij.

'Prima.' Ik stapte in. 'Dat doe ik.'

'Nou, hoe was het?' vroeg hij terwijl hij de motor startte.

Ik gaf hem een korte samenvatting, waarbij ik zoveel mogelijk wetenschappelijke details wegliet.

'Bedoel je dat iemand kernafval in je Benz heeft achtergelaten?' vroeg hij verbijsterd.

'Daar lijkt het wel op. Ik moet nog even langs Lucy.'

'Waarom? Wat heeft zij hiermee te maken?'

'Misschien heeft ze er echt wel iets mee te maken,' zei ik terwijl hij de berg afreed. 'Ik heb een nogal wild idee.'

'Dat vind ik altijd vreselijk.'

Janet keek bezorgd toen ik weer voor de deur stond, deze keer met Marino.

'Is alles in orde?' vroeg ze terwijl ze ons binnenliet.

'Ik geloof dat ik jullie hulp nodig heb,' zei ik. 'Nee, eigenlijk bedoel ik dat wij allebei jullie hulp nodig hebben.'

Lucy zat op het bed en had een opengeslagen notitieblok op schoot. Ze keek naar Marino. 'Brand maar los. Maar ons advies is niet gratis.'

Hij ging bij het vuur zitten, terwijl ik een stoel daar vlakbij koos.

'De persoon die in de computer van CP&L heeft ingebroken,' zei ik, 'weten we waar hij naast de bestanden met nota's aan klanten nog meer in is geweest?'

'Ik kan niet zeggen dat we alles weten,' antwoordde Lucy. 'Maar de nota's zijn zeker, en daarnaast gaat het ook om algemene informatie over de klanten.'

'En wat houdt dat in?' vroeg Marino.

'Dat houdt in dat de informatie over de klanten de adressen bevat waar de nota's naartoe worden gestuurd, telefoonnummers, speciale diensten, cijfers over gemiddeld energieverbruik, en sommige klanten doen ook nog mee aan een beleggings-programma...'

'Laten we het eens over dat beleggingsprogramma hebben,' onderbrak ik haar. 'Daar doe ik ook aan mee. Met een deel van het geld dat ik elke maand betaal worden er aandelen in CP&L gekocht, en daarom heeft het bedrijf een aantal financiële gegevens over mij, waaronder mijn bankrekeningnummer en mijn fiscaal nummer.' Ik zweeg nadenkend. 'Zou dat van belang kunnen zijn voor deze hacker?'

'In theorie wel,' zei Lucy. 'Omdat je in gedachten moet houden dat een enorme database als die van CP&L niet op één locatie is gevestigd. Ze hebben nog andere systemen die daar via *gateways* mee zijn verbonden, wat de interesse van de hacker voor het mainframe in Pittsburgh kan verklaren.'

'Misschien verklaart dat iets voor jou,' zei Marino, die altijd ongeduldig werd van Lucy's computerjargon. 'Maar voor mij verklaart het helemaal noppo.'

'Als je die *gateways* als grote snelwegen op een landkaart ziet, zoals de I-95,' zei ze geduldig, 'dan kun je als je van de een naar de ander gaat, in theorie overal ter wereld tot computernetwerken toegang krijgen. Je zou dan eigenlijk overal in kunnen waar je in wilt.'

'Zoals?' vroeg hij. 'Geef me eens een voorbeeld waar ik iets mee kan.'

Ze legde het notitieblok op haar schoot en haalde haar schouders op. 'Als ik in de computer in Pittsburgh in zou breken, zou AT&T de volgende stap zijn.'

'Is die computer verbonden met het telefoonsysteem?' vroeg ik.

'Het is een van de *gateways*. En dat is ook een van de vermoedens op basis waarvan Janet en ik aan de slag zijn gegaan... dat die hacker manieren probeert te vinden om elektriciteit en telefoontijd te stelen.'

'Dat is op het ogenblik natuurlijk alleen nog maar een theorie,' zei Janet. 'Tot dusver hebben we niets gevonden waar we uit kunnen afleiden wat het motief van de hacker is. Maar vanuit het gezichtspunt van de FBI zijn die inbraken tegen de wet. En daar gaat het om.'

'Weten jullie in welke bestanden, van welke klanten is ingebroken?' vroeg ik.

'We weten dat deze persoon toegang heeft tot alle klanten,' antwoordde Lucy. 'En dan gaat het om miljoenen. Maar er zijn maar weinig specifieke bestanden die hij nader heeft bekeken. En we weten welke dat zijn.'

'Zou ik die misschien kunnen zien?' vroeg ik.

Lucy en Janet zwegen even.

'Waarvoor?' vroeg Marino terwijl hij me aan bleef staren. 'Waar zit je aan te denken, Doc?'

'Ik zit eraan te denken dat uranium wordt gebruikt als brandstof voor kerncentrales, en dat CP&L twee kerncentrales in Virginia en één in Delaware heeft. Er is in hun mainframe ingebroken. Ted Eddings heeft mijn kantoor gebeld met vragen over radioactiviteit. Op zijn PC thuis had hij allerlei bestanden over Noord-Korea, met vermoedens dat ze in een kerncentrale plutonium probeerden te maken dat geschikt was voor wapens.'

'En zodra we in Sandbridge iets beginnen te onderzoeken, komt er een insluiper langs,' voegde Lucy toe. 'En toen sneed iemand je banden kapot en werd je door rechercheur Roche bedreigd. Daarna kwam Danny Webster naar Richmond, waar hij de dood vond, en het lijkt erop dat degene die hem heeft vermoord uranium in jouw auto heeft achtergelaten.' Ze keek me aan. 'Zeg maar wat je wilt zien.'

Ik vroeg niet om een volledige lijst van alle klanten, want daar zou bijna heel Virginia, waaronder ook mijn kantoor en ikzelf, op staan. Maar ik was geïnteresseerd in de bestanden met nota-gegevens over klanten, waarin was ingebroken. Ik kreeg een eigenaardige, maar korte lijst te zien. Van de vijf namen herkende ik er maar één niet.

'Weet iemand wie Joshua Hayes is? Hij heeft een postbusadres in Suffolk City,' zei ik.

'We weten tot nu toe alleen maar,' zei Janet, 'dat hij boer is.'

'Goed.' Ik ging verder. 'En dan hebben we Brett West, die in de leiding zit van CP&L. Ik kan me zijn exacte functie niet meer herinneren.' Ik keek naar de uitdraai.

'Vice-president van de operationele afdeling,' zei Janet.

'Hij woont in een van die herenhuizen bij jou in de buurt, Doc,' zei Marino. 'In Windsor Farms.'

'Vroeger. Als je naar het adres kijkt waar zijn nota naartoe wordt gestuurd,' merkte Janet op, 'zie je dat dat sinds oktober is veranderd. Het lijkt erop dat hij naar Williamsburg is verhuisd.'

Er waren nog twee CP&L-managers wier gegevens waren bekeken door de persoon die illegaal door Internet rondsloop. De een was de algemeen directeur, de ander de president van het bedrijf. Maar ik schrok pas echt van de identiteit van het vijfde elektronische slachtoffer.

'Kapitein Green.' Ik staarde Marino verbijsterd aan.

Zijn gezicht had een onbestemde uitdrukking. 'Ik heb geen idee over wie je het hebt.'

'Hij was ook op de ontmantelingswerf toen ik Eddings' lichaam uit het water heb gehaald,' zei ik. 'Hij werkt bij de marinerecherche.'

'Ik snap het.' Marino's gezicht werd somber, en Lucy en Janets IVC-zaak kreeg plotseling op dramatische wijze een andere betekenis.

'Misschien is het niet zo verrassend dat degene die in de computer inbreekt nieuwsgierig is naar de hoogste functionarissen van de corporatie die hij te pakken heeft, maar ik snap niet wat de marinerecherche ermee te maken heeft,' zei Janet.

'Ik weet niet zeker of ik wel wil weten hoe die ermee te maken kan hebben,' zei ik. 'Maar als Lucy's opmerkingen over gateways relevant zijn, dan is deze hacker misschien uiteindelijk wel uit op de telefoongegevens van bepaalde mensen.'

'Waarom?' vroeg Marino.

'Om te zien wie ze hebben gebeld.' Ik zweeg even. 'Het soort informatie waar een verslaggever bijvoorbeeld in geïnteresseerd zou zijn.'

Ik stond op en begon heen en weer te lopen. Mijn zenuwen tintelden van angst. Ik dacht aan Eddings die in zijn boot was vergiftigd, aan Black Talons en aan uranium, en ik herinnerde me dat Joel Hands boerderij ergens in Tidewater lag.

'Die Dwain Shapiro, die de eigenaar was van de bijbel die je in Eddings' huis hebt gevonden,' zei ik tegen Marino. 'Hij is naar verluidt bij een autoroof omgekomen. Hebben we daar meer informatie over?'

'Op het moment niet.'

'Danny's dood had best ook als zo'n soort zaak geregistreerd kunnen worden,' zei ik.

'Of de uwe. Vooral vanwege het soort auto. Als het een moordaanslag is geweest, wist de moordenaar misschien niet dat dokter Scarpetta geen man is,' zei Janet. 'Misschien was de overvaller overmoedig, en wist hij alleen in wat voor auto u reed.'

Ik bleef stilstaan bij de open haard terwijl ze verder sprak.

'Of misschien heeft de moordenaar pas toen het al te laat was gezien dat Danny niet dokter Scarpetta was. En toen moest hij met Danny afrekenen.'

'Maar waarom ik?'

Lucy antwoordde: 'Blijkbaar denken ze dat je iets weet.'

'Ze?'

'De Nieuwe Zionisten misschien. Dezelfde reden waarom ze ook Ted Eddings doodden,' zei ze. 'Ze dachten dat hij iets wist of dat hij iets in de openbaarheid zou brengen.'

Ik keek naar mijn nichtje en haar geliefde en werd steeds bezorgder.

'In godsnaam,' zei ik emotioneel, 'werk hier verder niet meer aan totdat je met Benton of iemand anders hebt gesproken. Verdomme! Ik wil niet dat ze denken dat jullie ook iets weten.'

Maar ik wist dat Lucy zeker niet zou luisteren. Zodra ik de deur achter me dichttrok, zou ze met hernieuwd enthousiasme achter haar toetsenbord gaan zitten.

'Janet?' Ik hield haar blik vast. Ze was mijn enige hoop dat ze het op veilig zouden spelen. 'Jullie hacker heeft waarschijnlijk iets met een aantal moorden te maken.'

'Dokter Scarpetta,' zei ze, 'ik begrijp het.'

Toen Marino en ik weggingen, reed de hele weg naar Richmond de goudkleurige Lexus achter ons die we al twee keer eerder die dag hadden gezien. Marino hield onder het rijden constant zijn spiegels in de gaten. Hij zweette en was kwaad omdat de NMIC-computer het nog steeds niet deed, en het uren duurde voordat de informatie beschikbaar kwam over het kenteken dat hij had opgegeven. De persoon in de auto achter ons was jong en blank. Hij droeg een donkere zonnebril en een petje.

'Het kan hem niets schelen als we zien wie hij is,' zei ik. 'Als het hem wel iets kon schelen, zou hij wel zorgen dat hij niet zo opviel, Marino. Dit is gewoon weer een poging tot intimidatie.'

'Ja, nou, we zullen zien wie er hier intimideert,' zei hij, gas terugnemend.

Hij staarde weer in zijn achteruitkijkspiegeltje en ging nog langzamer rijden. De auto kwam dichterbij. Plotseling ging hij op de remmen staan. Ik wist niet wie er meer geschrokken was, onze achtervolger of ik. De remmen van de Lexus knarsten, er werd overal getoeterd en de auto botste tegen de achterkant van Marino's Ford.

'O jee,' zei hij. 'Het ziet ernaar uit dat iemand zojuist een politieman heeft aangereden.'

Hij stapte uit en maakte omzichtig zijn holster los. Ik keek ongelovig toe. Toen pakte ik mijn pistool en stopte het in mijn jaszak. Omdat ik er geen idee van had wat er zou gebeuren, besloot ik dat ik ook maar uit moest stappen. Marino stond bij het portier van de Lexus naar het verkeer achter de auto te kijken, ondertussen in zijn mobilofoon sprekend.

'Hou je handen zo dat ik ze steeds kan zien,' beval hij de bestuurder met luide, autoritaire stem. 'Geef me je rijbewijs. Langzaam.'

Ik stond aan de andere kant van de auto, bij het portier naast de passagierszitplaats, en ik wist wie de verkeersovertreder was voordat Marino het rijbewijs en de foto erop zag.

'Ach, rechercheur Roche.' Marino ging harder praten om boven het geraas van het verkeer uit te komen. 'Dat we jou nu moeten tegenkomen. Of jij ons.' Hij sprak nu op kille toon. 'Kom uit de auto. Nu. Heb je vuurwapens bij je?'

'Tussen de stoelen in. In het volle zicht,' zei hij koeltjes.

Roche stapte langzaam uit. Hij was lang en slank in zijn legerbroek, denim jack en laarzen, en droeg een groot, zwart duikhorloge. Marino draaide hem om en gaf hem opnieuw het bevel zijn handen zo te houden dat hij ze kon zien. Ik bleef staan terwijl Roche me door zijn zonnebril aankeek, met een zelfvoldaan trekje om zijn mond.

'Vertel eens, rechercheur Haantje-Roche,' zei Marino, 'voor wie was je vandaag aan het spioneren? Was je op je draagbare telefoon misschien met kapitein Green aan het praten? Was je hem aan het vertellen waar we vandaag allemaal heen zijn geweest en wat we hebben gedaan en hoe bang we waren toen we jou in onze spiegel zagen? Of loop je zo in het oog omdat je gewoon een stomme zak bent?'

Hij zei niets en zijn gezicht had een harde uitdrukking.

'Heb je dat ook bij Danny gedaan? Je belde de garage en deed alsof je Doc was en zei dat je wilde weten hoe het met je auto stond. Vervolgens briefde je die informatie door, alleen reed Doc toevallig zelf niet in haar auto die avond. En nu is een jongen zijn halve hoofd kwijt omdat de een of andere huurling niet wist dat Doc geen man is, of omdat hij Danny voor een patholoog-anatoom hield.'

'Je kunt niets bewijzen,' zei Roche met dezelfde spottende glimlach.

'We zullen eens zien hoeveel ik kan bewijzen als ik de rekeningen van je autotelefoon in handen krijg.' Marino ging dichter bij Roche staan, met zijn buik bijna tegen hem aan, zodat de rechercheur zich bewust werd van Marino's grote postuur. 'En als ik iets vind, heb je niet alleen een boete voor een verkeersovertreding om je zorgen over te maken. Ik ga je er in ieder geval bij lappen voor medeplichtigheid aan beraming tot moord. Daar krijg je minstens vijftig jaar voor.

En ondertussen' – Marino duwde een dikke vinger onder zijn neus – 'kun je er maar beter voor zorgen dat je zelfs niet op een kilometer afstand bij me in de buurt komt. En ik raad je aan ook niet in de buurt van Doc te komen. Je hebt haar nog niet meegemaakt als ze geïrriteerd raakt.'

Marino bracht zijn mobilofoon weer naar zijn mond om na te gaan of er al een agent onderweg was, en terwijl zijn verzoek weer werd omgeroepen, kwam er een politiewagen aan. De auto stopte achter ons op de vluchtstrook en er stapte een vrouwelijke agent van de politie in Richmond uit. Ze kwam met resolute pas onze kant uit en hield haar hand discreet in de buurt van haar wapen.

'Hoofdinspecteur, goedemiddag.' Ze zette het geluid van de mobilofoon aan haar riem zachter. 'Wat is het probleem?'

'Nou, brigadier Schroeder, het lijkt erop dat deze man mij het grootste deel van de dag heeft gevolgd,' zei Marino. 'En helaas raakte hij me aan de achterkant toen ik op mijn remmen moest gaan staan omdat er een witte hond voor mijn wagen langs rende.'

'Was dat weer dezelfde witte hond?' vroeg de brigadier zonder ook maar een spoortje van een glimlach.

'Hij leek op die hond waar we al eerder problemen mee hebben gehad.'

Ze gingen door op wat vast de alleroudste politiegrap was, want bij ongelukken waar maar één auto bij betrokken was, scheen het dat een alomtegenwoordige witte hond daar altijd de schuld van was. Hij sprong plotseling voor auto's en verdween vervolgens, totdat hij in het pad van de volgende slechte bestuurder sprong en opnieuw de schuld kreeg.

'Hij heeft minstens één vuurwapen in zijn auto,' zei Marino met zijn meest serieuze politiestem. 'Ik wil dat u hem grondig fouilleert voor we hem meenemen.'

'Prima. Meneer, spreid u even uw armen en benen.'

'Ik ben agent,' beet Roche haar toe.

'Ja, meneer, dus u weet precies wat ik ga doen,' zei brigadier Schroeder nuchter.

Ze fouilleerde hem en ontdekte een enkelholster om zijn lin-
kerbeen.

'Ach, wat leuk,' reageerde Marino.

'Meneer,' zei de brigadier op iets luidere toon, terwijl er nog
een personenwagen zonder politie-embleem aankwam. 'Ik
moet u vragen het pistool uit uw enkelholster te halen en dat
in uw wagen te leggen.'

Er stapte een ondercommissaris uit die er indrukwekkend uitzag met zijn lakleer, donkerblauwe uniform en onderschei-
dingen. Hij was niet bepaald blij met de situatie. Maar het
was de standaardprocedure om hem erbij te halen als een
hoofdinspecteur bij een zaak voor de politie was betrokken,
hoe onbelangrijk die ook was. Hij keek zwijgend toe terwijl
Roche een Colt .380 uit het zwarte, nylon holster haalde. De
detective legde het wapen in de Lexus en was rood van woede toen hij achter in de patrouillewagen moest plaatsnemen.
De brigadier en de ondercommissaris ondervroegen hem en
Marino, terwijl ik in de beschadigde Ford wachtte.

'En wat gebeurt er nu?' vroeg ik Marino toen hij terugkwam.

'Er wordt hem ten laste gelegd dat hij te dicht achter ons reed,
en dan wordt hij vrijgesproken op grond van een speciaal besluit voor politie-ambtenaren in Virginia.' Hij maakte zijn riem
vast en leek in zijn nopjes.

'En dat is alles?'

'Ja. Hij moet dan alleen nog naar de rechtbank. Het goede
nieuws is, dat ik zijn dag heb verpest. Het nog betere nieuws
is dat we nu iets hebben wat we kunnen onderzoeken en waardoor hij uiteindelijk in de gevangenis in Mecklenburg terecht
kan komen, waar hij, met zijn leuke koppie, vast heel veel
vrienden zal hebben.'

'Wist je dat hij het was voordat hij ons aanreed?' vroeg ik.

'Nee. Ik had er geen idee van.' We voegden weer in.

'En wat zei hij toen hij werd ondervraagd?'

'Wat ik wel had verwacht. Dat ik plotseling stopte.'

'Nou, dat deed je ook.'

'En volgens de wet mag ik dat ook.'

'En dat hij ons volgde? Had hij daar een verklaring voor?'
'Hij is de hele dag met allerlei boodschappen bezig geweest en heeft de stad bekeken. Hij snapt niet waar wij het over hebben.'
'Aha. Als je boodschappen gaat doen, moet je minstens twee wapens meenemen.'
'Kun jij me vertellen hoe hij zich in vredesnaam zo'n auto kan permitteren?' Marino keek me aan. 'Hij verdient waarschijnlijk nog niet de helft van mijn salaris, en die Lexus die hij heeft, kost vast wel tegen de vijftigduizend.'
'De Colt die hij bij zich had is ook niet goedkoop,' zei ik. 'Hij krijgt ergens geld vandaan.'
'Spionnen krijgen meestal ergens geld vandaan.'
'Denk je dat hij dat is?'
'Ja, grotendeels wel. Ik denk dat hij allerlei rotklusjes doet, waarschijnlijk voor Green.'
De radio onderbrak plotseling ons gesprek met een luid alarmsignaal, waarna we antwoorden kregen die nog erger waren dan we hadden gevreesd.
'Alle eenheden wordt meegedeeld dat we van de regionale politie net een telex hebben ontvangen met de volgende informatie,' herhaalde een centralist. 'De kerncentrale bij Old Point is overvallen door terroristen. Er zijn schoten gelost en er zijn doden gevallen.'
Ik was zo geschokt dat ik niets kon zeggen terwijl het bericht eindeloos doorging.
'In opdracht van de commissaris is op het bureau rampenplan A in gang gezet. Alle dagploegen blijven tot nader order op hun posten. Verdere orders volgen. Alle districtscommandanten moeten zich onmiddellijk melden bij de commandopost op de politie-academie.'
'Geen sprake van,' zei Marino terwijl hij op de gaspedaal ging staan. 'We gaan naar jouw kantoor.'

13

De invasie van de kerncentrale bij Old Point was snel en bloedig in zijn werk gegaan. Ongelovig luisterden we naar het nieuws terwijl Marino door de stad racete. We zeiden geen woord terwijl een bijna hysterische verslaggever ter plaatse maar door ratelde. Zijn stem was verscheidene octaven hoger dan normaal.

'De Old Point-kerncentrale is door terroristen bezet,' herhaalde hij. 'Dat is ongeveer vijfenveertig minuten geleden gebeurd, toen een bus met minstens twintig mannen die zich voordeden als werknemers van CP&L het hoofdkantoor ramde. Men denkt dat er zeker drie burgers zijn omgekomen.' Zijn stem trilde en we hoorden het geluid van helikopters. 'Ik zie overal politiewagens en brandweerauto's, maar ze kunnen niet in de buurt van de centrale komen. O, god, dit is afschuwelijk...'

Marino parkeerde de auto langs een straat vlak bij mijn kantoor, en een tijdlang luisterden we roerloos steeds weer naar dezelfde informatie. Het leek net niet echt, want hier in Richmond, nog geen honderdzestig kilometer van Old Point, was het een zonnige middag. De verkeersdrukte was normaal en de mensen liepen over het trottoir alsof er niets was gebeurd. Mijn ogen staarden zonder ergens op te focussen en mijn gedachten vlogen door lijsten van dingen die ik moest doen.

'Kom mee, Doc.' Marino zette de motor uit. 'Laten we naar binnen gaan. Ik moet mensen bellen en een van mijn inspecteurs zien te bereiken. Ik moet iedereen mobiliseren voor het geval de elektriciteit in Richmond het begeeft, of erger.'

Ik moest ook mensen mobiliseren, en begon iedereen in de vergaderkamer te verzamelen. Daar kondigde ik voor de hele staat de noodtoestand af.

'Elk district moet stand-by zijn en klaarstaan om zijn deel van het rampenplan uit te voeren,' zei ik tegen de mensen in de kamer. 'Een kernramp kan gevolgen hebben voor alle districten. Tidewater loopt natuurlijk het grootste risico en er zijn daar ook de minste mensen van onze dienst. Dokter Fielding,' zei ik tegen mijn plaatsvervangend hoofdpatholoog-anatoom, 'ik geef u de leiding over Tidewater en benoem u tot mijn plaatsvervanger als ik er niet kan zijn.'

'Ik zal mijn best doen,' zei hij dapper, hoewel niemand die bij zijn volle verstand was de opdracht zou willen die ik hem zojuist had gegeven.

'Ik zal niet steeds weten waar ik me in deze situatie zal bevinden,' zei ik tegen andere mensen met angstige gezichten. 'Het werk gaat hier gewoon door, maar ik wil dat alle lichamen hierheen worden gebracht. Lichamen uit Old Point, bedoel ik, te beginnen met de mensen die zijn neergeschoten.'

'En de andere zaken in Tidewater?' wilde Fielding weten.

'De gewone klussen worden op de gewone manier uitgevoerd. Ik heb gehoord dat we nog een sectie-assistent hebben die in kan vallen totdat we een permanente vervanger hebben gevonden.'

'Is er een kans dat de lichamen die u hier wilt hebben besmet zijn?' vroeg mijn administrateur, die zich altijd snel zorgen maakte.

'Tot dusver gaat het om slachtoffers van een schietpartij,' zei ik.

'En die kunnen niet besmet zijn.'

'Nee.'

'En later?' vroeg hij.

'Lichte besmetting vormt geen probleem,' zei ik. 'We boenen de lichamen gewoon schoon en ruimen het zeepsop en de kleren op. Acute blootstelling aan straling is echter iets anders, vooral als de lichamen ernstig verbrand zijn, als er afval in is gebrand, zoals in Tsjernobyl het geval was. Die lichamen moet in een speciale, gekoelde vrachtauto worden afgeschermd, en al het personeel dat met de lichamen in aanraking komt, moet met lood gevoerde pakken dragen.'

'En die lichamen gaan we cremeren?'

'Dat zou ik wel aanraden. En dat is nog een reden waarom

ze naar Richmond moeten worden gebracht. We kunnen het crematorium op de anatomische afdeling gebruiken.'

Marino stak zijn hoofd om de hoek van de deur van de vergaderzaal. 'Doc?' Hij wenkte me. Ik stond op en ging met hem naar de gang.

'Benton wil dat we nu naar Quantico komen,' zei hij.

'Nou, dat kan nu niet,' zei ik.

Ik wierp een blik naar de vergaderruimte. Door de deuropening zag ik Fielding die een opmerking maakte, terwijl een van de andere dokters er gespannen en terneergeslagen bij stond.

'Heb je een weekendtas bij je?' vroeg Marino. Hij wist dat ik altijd zo'n tas hier had.

'Is het echt nodig?' vroeg ik.

'Ik zou het heus wel zeggen als dat niet zo was.'

'Geef me vijftien minuten om deze vergadering af te sluiten.'

Ik maakte zo goed en kwaad als het kon een einde aan alle verwarring en angst en zei tegen de andere artsen dat het mogelijk was dat ik een aantal dagen weg zou zijn, omdat ik naar Quantico was geroepen. Maar ik zou mijn pieper bij me dragen. Toen gingen Marino en ik weg in mijn auto in plaats van de zijne, omdat hij al had geregeld dat de bumper van zijn wagen, waar Roche tegenaan was gebotst, zou worden gerepareerd. We hadden de radio aan en reden snel in noordelijke richting over de 95. Het verhaal hadden we zo langzamerhand al zo vaak gehoord dat we het net zo goed kenden als de verslaggevers.

In de afgelopen twee uur hadden er bij Old Point verder geen mensen de dood gevonden, voor zover bekend, en de terroristen hadden tientallen mensen laten gaan. Die gelukkigen hadden volgens het nieuws in groepjes van twee en drie weg mogen gaan. Medisch personeel, politiemensen en de FBI hadden hen opgevangen en zouden hen onderzoeken en ondervragen.

We arriveerden tegen vijven bij Quantico. Mariniers in camouflage-tenue vuurden driftig schoten af in het snel invallende duister. Ze zaten in vrachtwagens en achter zandzakken op de schietbaan, en toen we langs een groepje kwamen dat vlak bij de weg bezig was, werd ik pijnlijk getroffen door hun jonge gezichten. Ik reed een bocht door, waarna plotseling hoge, bruine, bakstenen gebouwen boven de bomen uitstaken. Het complex zag er niet militaristisch uit en afgezien van de antennes op de daken had het best een universiteit kunnen zijn. Een weg naar het gebouw stopte halverwege bij een hek waar speciale verkeersdrempels met ijzeren kartels hun tanden ontblootten tegen mensen die de verkeerde kant uit gingen.

Een gewapende bewaker kwam uit zijn wachthokje en omdat we geen vreemden waren, liet hij ons glimlachend door. We parkeerden op het grote parkeerterrein tegenover het hoogste gebouw, dat Jefferson heette en in feite het autonome hart van de Academie was. Er was een postkantoor, een overdekte schietbaan, een eetzaal en een winkel. Op de hogere verdiepingen waren slaapzalen en beveiligde suites voor beschermde getuigen en spionnen.

Nieuwe agenten in kaki en donkerblauwe uniformen waren bezig in de wapenkamer hun wapens te slijpen. Ik had het idee dat ik de lucht van de schoonmaakmiddelen mijn hele leven al kende, en ik kon wanneer ik maar wilde in gedachten de hoge-druklucht horen die door lopen en andere geweeronderdelen blies. Mijn geschiedenis was met deze plek verbonden. Er was hier haast geen hoekje dat geen emotie bij me opriep, want ik was hier verliefd geweest en had mijn vreselijkste zaken naar dit gebouw gebracht. Ik had in de klaslokalen hier les en advies gegeven en had onbedoeld ook mijn nichtje aan de organisatie gegeven.

'God weet wat we zo op ons bord krijgen,' zei Marino toen we in de lift stapten.

'Laten we hier maar gewoon stapje voor stapje mee aan de gang gaan,' zei ik. Nieuwe agenten met FBI-petjes op verdwenen achter stalen deuren.

Hij drukte het knopje voor de kelderverdieping in, die in een andere tijd als schuilkelder voor Hoover had dienst gedaan.

De profileringsafdeling, zoals de sectie algemeen bekend stond, lag een twintig meter onder de grond, zonder ramen of andere vormen van soelaas voor de afschuwelijke dingen die er werden ontdekt. Ik had eerlijk gezegd nooit begrepen hoe Wesley het er jaar na jaar uithield, want als ik daar langer dan een dag met advieswerk bezig was, was ik helemaal van slag. Dan moest ik een stuk lopen of in mijn auto rijden. Ik moest dan gewoon weg.

'Stapje voor stapje?' herhaalde Marino mijn woorden terwijl de lift stopte. 'Deze situatie is niet met één en ook niet met tien stappen gebaat. We zijn te laat. We zijn pas begonnen de boel uit te zoeken toen het spel godverdomme al uit was.'

'Het is nog niet uit,' zei ik.

We kwamen langs de receptioniste en gingen een hoek om, waar een gang naar het kantoor van het hoofd van de afdeling voerde.

'Ja, nou, laten we maar hopen dat het niet met een knal eindigt. Shit. Hadden we het maar eerder doorgehad.' Hij beende met grote, kwade passen voort.

'Marino, we hadden het niet kunnen weten. Absoluut niet.'

'Nou, ik vind dat we het eerder door hadden moeten hebben. In Sandbridge bijvoorbeeld, waar je eerst dat rare telefoontje kreeg en daarna de hele rest.'

'O, alsjeblieft,' zei ik. 'Wat dan? Hadden we door dat telefoontje moeten weten dat terroristen op het punt stonden een kerncentrale over te nemen?'

Wesley's secretaresse was nieuw en ik kon me haar naam niet herinneren.

'Goedemiddag,' zei ik tegen haar. 'Is hij er?'

'Wie kan ik zeggen dat er is?' vroeg ze met een glimlach.

We gaven haar onze namen en wachtten geduldig terwijl ze hem belde. Ze sprak niet lang met hem.

Toen ze haar blik weer op ons richtte, zei ze: 'Gaat u maar naar binnen.'

Wesley zat achter zijn bureau, maar ging staan toen wij binnenkwamen. Hij zag er zoals meestal afwezig en zwaarmoedig uit en droeg een grijs pak met een visgraatmotief en een zwart met grijze das.

'We kunnen naar de vergaderkamer gaan,' zei hij.

'Waarom?' Marino nam een stoel. 'Komen er dan nog andere mensen?'

'Inderdaad,' antwoordde hij.

Ik bleef staan en weigerde hem langer aan te kijken dan beleefd was.

'Bij nader inzien,' zei hij, 'laten we toch maar hier blijven. Wacht even.' Hij liep naar de deur. 'Emily, kun jij nog een stoel halen?'

We gingen zitten terwijl zij nog een stoel binnenbracht. Wesley had moeite zijn gedachten op één onderwerp te concentreren en besluiten te nemen. Ik wist hoe hij was als hij onder druk stond. Ik wist wanneer hij nerveus was.

'Jullie weten wat er aan de hand is,' zei hij, alsof we overal van op de hoogte waren.

'We weten wat iedereen weet,' antwoordde ik. 'We hebben vast wel honderd keer hetzelfde nieuws op de radio gehoord.'

'Begin dus maar bij het begin,' zei Marino.

'CP&L heeft een districtskantoor in Suffolk,' begon Wesley. 'Daarvandaan zijn vanmiddag zeker twintig mensen met de bus vertrokken voor, naar verluidt, een opleiding in de tweede controlekamer van de Old Point-centrale. Het waren mannen, tussen de dertig en begin veertig, die zich voordeden als werknemers, wat ze blijkbaar niet waren. Of dat veronderstellen we nu. En ze slaagden erin in het hoofdgebouw te komen, waar de controlekamer is.'

'Ze waren gewapend,' zei ik.

'Ja. Toen ze in het hoofdgebouw door de elektronische poortjes en andere detectors moesten, trokken ze semi-automatische wapens. Zoals jullie weten zijn er mensen gedood – we denken minstens drie werknemers van CP&L, onder wie een kernfysicus die vandaag toevallig op werkbezoek was en op het verkeerde moment in de foyer was.'

'Wat zijn hun eisen?' wilde ik weten. Ik vroeg me af hoeveel

Wesley al eerder had geweten en hoe lang hij dat al wist. 'Hebben ze gezegd wat ze willen?'

Hij keek me aan. 'Dat vinden we het meest verontrustend. We weten niet wat ze willen.'

'Maar ze laten wel mensen gaan,' zei Marino.

'Ik weet het. En dat vind ik ook verontrustend,' antwoordde Wesley. 'Dat doen terroristen meestal niet.' Zijn telefoon ging. 'Maar dit is anders.' Hij nam de hoorn van de haak. 'Ja,' zei hij. 'Mooi, stuur hem maar naar binnen.'

Generaal Lynwood Sessions kwam het kantoor binnen in het uniform van de marine waar hij in diende. Hij schudde ons allemaal de hand. Hij was zwart, hoogstens vijfenveertig en onmiskenbaar aantrekkelijk. Hij deed zijn jasje niet uit en maakte zelfs geen knoopje los terwijl hij met een formeel gebaar een stoel nam en een dikke aktentas naast zich neerzette.

'Generaal, dank u voor uw komst,' begon Wesley.

'Ik wilde dat ik hier vanwege een prettiger reden was,' zei hij en boog zich voorover om een dossiermap en een notitieblok te pakken.

'Dat geldt voor ons allemaal,' zei Wesley. 'Dit is hoofdinspecteur Pete Marino uit Richmond, en dokter Kay Scarpetta, de hoofdpatholoog-anatoom van Virginia.' Hij keek me aan en hield mijn blik vast. 'Ze werken voor ons. Dokter Scarpetta is ook de patholoog-anatoom in de zaken waarvan we denken dat ze verband houden met de gebeurtenissen van vandaag.'

Generaal Sessions knikte en zei niets.

Wesley zei tegen Marino en mij: 'Ik zal proberen jullie te vertellen wat we naast de feiten van de huidige crisissituatie weten. We hebben reden te geloven dat er vaartuigen van de ontmantelingswerf zijn verkocht aan landen die ze niet zouden mogen hebben. Het gaat onder andere om Iran, Irak, Libië, Noord-Korea en Algerije.'

'Wat voor soort vaartuigen?' vroeg Marino.

'Voornamelijk onderzeeboten. We vermoeden ook dat deze

scheepswerf vaartuigen van landen als Rusland koopt en ze vervolgens doorverkoopt.'

'En waarom hebben we dit niet eerder gehoord?' vroeg ik.

Wesley aarzelde. 'Niemand had er bewijs voor.'

'Ted Eddings was bij de ontmantelingswerf aan het duiken toen hij de dood vond,' zei ik. 'Hij was in de buurt van een onderzeeboot.'

Niemand antwoordde.

Toen zei de generaal: 'Hij was journalist. Er is gesuggereerd dat hij misschien naar overblijfselen uit de Burgeroorlog zocht.'

'En wat was Danny dan aan het doen?' Ik sprak op afgemeten toon omdat ik erg kwaad aan het worden was. 'Was hij soms een historische treintunnel in Richmond aan het onderzoeken?'

'Het is moeilijk te zeggen waar Danny Webster mee bezig was,' zei hij. 'Maar ik begrijp dat de politie van Chesapeake een bajonet in de achterbak van zijn auto heeft gevonden en dat die overeenkomt met de sporen op uw lek gestoken banden.'

Ik keek hem lang aan. 'Ik weet niet waar u uw informatie vandaan heeft, maar als het waar is wat u zegt, vermoed ik dat rechercheur Roche dat bewijsmateriaal heeft ingeleverd.'

'Ik geloof dat hij inderdaad degene was die de bajonet heeft ingeleverd.'

'Ik denk dat iedereen in deze kamer te vertrouwen is.' Ik hield mijn ogen op de zijne gericht. 'Als er een kernramp is, ben ik bij wet bevoegd om de zorg voor de doden op me te nemen. Er zijn al te veel doden in Old Point.' Ik zweeg even. 'Generaal Sessions, het zou nu een heel goed moment zijn om de waarheid te vertellen.'

De mannen zeiden een ogenblik lang niets.

Toen zei de generaal: 'De MSA maakt zich al lang zorgen over die scheepswerf.'

'De MSA? Wat is dat in vredesnaam?' vroeg Marino.

'De Marine Systeem Afdeling,' zei hij. 'Dat zijn de mensen die ervoor zorgen dat scheepswerven zoals de werf in kwestie zich aan de juiste regels houden.'

'Eddings had de afkorting MSA in zijn fax geprogrammeerd,' zei ik. 'Had hij contact met hen?'

'Hij had hun vragen gesteld,' zei generaal Sessions. 'We waren op de hoogte van de activiteiten van meneer Eddings. Maar we konden hem niet de antwoorden geven die hij zocht. Net zoals we u geen antwoord konden geven, dokter Scarpetta, toen u ons een fax stuurde met de vraag wie we waren.' Zijn gezicht was ondoorgrondelijk. 'Ik weet zeker dat u dat kunt begrijpen.'

'Wat is D-M-S in Memphis,' vroeg ik toen.

'Nog een faxnummer dat Eddings heeft gebeld, net als u,' zei hij. 'De Defensie Marketing Service. Zij doen de verkoop van al het overtollig materieel, nadat dat eerst door MSA is goedgekeurd.'

'Dat klopt allemaal met elkaar,' zei ik. 'Ik snap waarom Eddings met die mensen contact heeft gezocht. Hij had aanwijzingen over wat er op de ontmantelingswerf gebeurde, dat de regels van de marine op redelijk shockerende wijze werden overtreden. En hij deed onderzoek voor zijn verhaal.'

'Vertel eens iets over die regels,' zei Marino. 'Waar moet de scheepswerf zich precies aan houden?'

'Ik zal u een voorbeeld geven. Als Jacksonville de *Saratoga* of een ander vliegdekschip wil kopen, dan zorgt de MSA ervoor dat al het werk dat eraan gebeurt volgens de normen van de marine plaatsvindt.'

'Hoe dan?'

'De stad moet bijvoorbeeld de vijf miljoen dollar hebben die nodig zijn om het schip op te knappen en twee miljoen per jaar voor onderhoud. En het water in de haven moet minstens negen meter diep zijn. Op de plek waar het schip voor anker ligt, komt ongeveer eens per maand een vertegenwoordiger van de MSA, meestal iemand van het burgerpersoneel, om het onderhoud aan het schip te inspecteren.'

'En dat is ook op de ontmantelingswerf gebeurd?' vroeg ik.

'Tja, op het moment zijn we niet helemaal zeker van de burger die dat doet.' De generaal keek me recht aan.

Wesley zei toen: 'Dat is het probleem. Er werken overal burgers en sommigen zijn huurlingen die zonder enige consideratie voor de nationale veiligheid alles kopen of verkopen. Zoals jullie weten, wordt de ontmantelingswerf door een niet-militair bedrijf geleid. Dat bedrijf inspecteert de schepen die aan steden worden verkocht of die naar de sloper gaan.'

'En de duikboot die daar nu ligt, de *Exploiter*?' vroeg ik. 'Die ik zag toen ik Eddings' lichaam naar boven haalde?'

'Een V-klasse Zulu, een raketonderzeeër. Tien lanceerbuizen voor torpedo's en twee voor raketten. Dat type was van 1955 tot 1957 in produktie,' zei generaal Sessions. 'Sinds de jaren zestig zijn alle duikboten die in de VS worden gebouwd atoomonderzeeërs.'

'Dus de duikboot waar we het nu over hebben is oud,' zei Marino. 'Die heeft geen kernaandrijving.'

De generaal antwoordde: 'Hij kan niet door atoomenergie worden aangedreven. Maar je kunt elk soort kernkop op een raket of torpedo zetten.'

'Bedoelt u dat de onderzeeër waar ik vlakbij heb gedoken mogelijk is omgebouwd voor kernwapens?' vroeg ik terwijl dat schrikbeeld steeds dreigender bij me opdoemde.

'Dokter Scarpetta,' zei de generaal, zich dichter naar me toe buigend, 'we denken niet dat de duikboot hier in de Verenigde Staten is omgebouwd. Het snelheidsvermogen hoefde alleen maar weer op peil te worden gebracht en vervolgens kon de onderzeeër de zee op worden gestuurd, waar hij door een mogendheid kon worden onderschept die hem eigenlijk niet zou mogen te hebben. Aanpassingen zouden daar dan kunnen worden uitgevoerd. Maar Irak of Algerije kunnen niet op eigen bodem plutonium produceren dat voor wapens geschikt is.'

'En waar komt dat dan vandaan?' vroeg Marino. 'Je kunt dat spul tenslotte niet uit een kerncentrale halen. Als de terroristen denken dat dat wel kan, dan hebben we denk ik te maken met een stelletje stomme boeren.'

'Het zou heel moeilijk, zo niet bijna onmogelijk zijn om plutonium uit Old Point te halen,' stemde ik in.

'Een anarchist zoals Joel Hand kan het niet schelen hoe moeilijk zoiets is,' zei Wesley.

'En het is wel mogelijk,' ging Sessions verder. 'Gedurende ongeveer twee maanden nadat er nieuwe splijtstofstaven in een reactor zijn geplaatst, bestaat de mogelijkheid plutonium te produceren.'

'Hoe vaak worden die staven vervangen?' vroeg Marino.

'Old Point vervangt elke vijftien maanden een derde van de staven. Dat zijn tachtig splijtstofelementen, of ongeveer drie atoombommen als je de reactors stopzet en de elementen er gedurende die periode van twee maanden uithaalt.'

'Hand moet dus op de hoogte zijn van het schema,' zei ik.

'O, vast.'

Ik dacht aan de telefoongegevens van de leiding van CP&L die iemand, misschien Eddings, illegaal had ingezien.

'Dus iemand was corrupt,' zei ik.

'We denken dat we weten wie dat was. Een hoge stafmedewerker,' zei Sessions. 'Iemand die veel te zeggen had over de beslissing om het CP&L-veldkantoor te vestigen op een stuk land naast Hands boerderij.'

'Een boerderij waarvan Joshua Hayes de eigenaar was?'

'Ja.'

'Shit,' zei Marino. 'Hand moet dit jarenlang hebben voorbereid, en hij kreeg vast en zeker ergens een hoop poen vandaan.'

'Dat staat buiten kijf,' stemde de generaal in. 'Zoiets als dit moet al jaren van tevoren zijn gepland, en iemand heeft daarvoor het geld geleverd.'

'Jullie moeten niet vergeten dat het voor een fanaticus als Hand zo is dat hij bezig is met een oorlog waarvan de uitkomst eeuwigheidswaarde heeft,' zei Wesley. 'Hij kan het zich veroorloven om geduldig te zijn.'

'Generaal Sessions,' zei ik, 'als de onderzeeër waar het om gaat voor een haven in een ver land is bestemd, kon de MSA dat dan weten?'

'Absoluut.'

'Hoe dan?' wilde Marino weten.

'Door een aantal dingen,' zei hij. 'Als schepen bijvoorbeeld op de ontmantelingswerf worden afgemeerd, worden hun lanceerbuizen voor raketten en torpedo's met stalen platen afgedekt, die op de scheepsromp worden aangebracht. En er wordt ook een plaat over de schacht in het schip geplaatst, zodat de schroef vastzit. En alle wapens en communicatie-apparatuur worden natuurlijk verwijderd.'

'Dat betekent dat je het van buitenaf zou kunnen zien als een of meer van die regels waren geschonden,' zei ik. 'Als je in het water in de buurt van het vaartuig was, zou je dat kunnen zien.'

Hij keek me aan en begreep precies waar ik op doelde. 'Ja, dat zou je kunnen zien.'

'Als je bij die onderzeeër in de buurt zou gaan duiken, zou je bijvoorbeeld kunnen ontdekken dat de torpedolanceerbuizen niet waren afgesloten. Of je zou zelfs kunnen zien dat de schroef niet was vastgezet.'

'Ja,' zei hij weer. 'Dat zou je allemaal kunnen zien.'

'En daar was Ted Eddings mee bezig.'

'Ik ben bang dat dat inderdaad het geval was,' zei Wesley toen. 'Zijn camera is door duikers gevonden en we hebben de film bekeken. Er stonden maar drie foto's op. Allemaal vage opnamen van de schroef van de *Exploiter*. Het lijkt er dus op dat hij niet lang in het water heeft gelegen voor hij de dood vond.'

'En waar is die onderzeeër nu?' vroeg ik.

De generaal zweeg even. 'Je zou kunnen zeggen dat we voorzichtig zijn spoor volgen.'

'Dan is hij dus verdwenen.'

'Ik ben bang dat hij ongeveer tegelijkertijd met de bestorming van de kerncentrale uit is gevaren.'

Ik keek de drie mannen aan. 'Nou, het lijkt me dat we nu wel weten waarom Eddings steeds meer paranoïde over zijn veiligheid was.'

'Iemand moet hem in de val hebben laten lopen,' zei Marino.

'Je kunt niet zomaar op het laatste ogenblik besluiten iemand met cyanidegas te vergiftigen.'

'Het was een moord met voorbedachten rade, gepleegd door iemand die hij moet hebben vertrouwd,' zei Wesley. 'Hij heeft vast niet zomaar aan iedereen verteld wat hij die nacht ging doen.'

Ik dacht aan een andere code in het faxapparaat van Eddings. KPT kon best voor kapitein staan. Ik bracht het gesprek op kapitein Green.

'Nou, Eddings heeft in ieder geval een bron voor inside informatie voor zijn verhaal gehad,' merkte Wesley op. 'Iemand lekte informatie naar hem en ik vermoed dat die persoon hem ook in de val heeft laten lopen, of daar in ieder geval bij heeft geholpen.' Hij keek mij aan.

'En we weten van zijn telefoonrekeningen dat hij veel contact heeft gehad met Green, per telefoon en fax. Het lijkt erop dat dat in de herfst is begonnen, toen Eddings een nogal onschuldig achtergrondverhaal over de scheepswerf schreef.'

'En toen begon hij te diep te graven,' zei ik.

'Zijn nieuwsgierigheid heeft ons zelfs geholpen,' zei generaal Sessions. 'Wij begonnen ook dieper te graven. We onderzoeken deze zaak al langer dan u weet.' Hij zweeg even en glimlachte een beetje. 'Dokter Scarpetta, u stond op sommige momenten dan ook niet zo alleen als u dacht.'

'Ik hoop dat u Jerod en Ki Soo namens mij wilt bedanken,' zei ik, want ik nam aan dat zij commando's waren.

Maar Wesley was degene die antwoordde. 'Dat zal ik doen, of misschien kun je het zelf wel doen als je weer bij de antiterreureenheid komt.'

'Generaal Sessions,' ging ik over op een schijnbaar meer alledaags onderwerp. 'Weet u toevallig of ratten een probleem zijn in afgedankte schepen?'

'Ratten zijn altijd een probleem, in elk schip,' zei hij.

'Een van de toepassingen van cyanide is het verdelgen van knaagdieren in scheepsrompen,' zei ik. 'De ontmantelingswerf heeft dat spul misschien wel op voorraad.'

'Zoals ik al aangaf, maken we ons grote zorgen over kapitein Green.' Hij wist precies wat ik bedoelde.

'Naast de zaak met de Nieuwe Zionisten?' vroeg ik.

'Nee,' antwoordde Wesley voor hem. 'Niet naast, maar in samenhang met. Mijn theorie is dat Green voor de Nieuwe Zionisten hun directe verbinding is met alles wat met het leger te maken heeft, zoals de scheepswerf, terwijl Roche alleen maar zijn hielenlikker is. Roche is degene die bedreigt, overal rondsnuffelt en spioneert.'

'Hij heeft Danny niet vermoord,' zei ik.

'Danny is door een psychopaat vermoord die zo goed in de normale maatschappij opgaat, dat hij geen aandacht trok toen hij bij het Hill Café stond te wachten. Het profiel dat ik van deze persoon zou geven is een blanke man, begin dertig tot begin veertig, met veel ervaring bij de jacht en met wapens in het algemeen.'

'Dat lijkt precies als de klojo's die Old Point hebben bezet,' merkte Marino op.

'Ja,' zei Wesley. 'De moord op Danny, of hij inderdaad het slachtoffer moest zijn of niet, was een opdracht aan een jager, net zoiets als het schieten van een bosmarmot. De persoon die dat heeft gedaan, heeft de Sig .45 waarschijnlijk op dezelfde wapenbeurs gekocht waar hij ook de Black Talons vandaan heeft.'

'Ik dacht dat u zei dat de Sig van een agent is geweest,' bracht de generaal hem in herinnering.

'Precies. Die is op straat terechtgekomen, en is uiteindelijk tweedehands verkocht,' zei Wesley.

'Aan een van de volgelingen van Hand,' zei Marino. 'Hetzelfde soort kerel die Shapiro in Maryland heeft koud gemaakt.'

'Precies hetzelfde soort kerel.'

'Voor mij is het de grote vraag wat ze denken dat u weet,' zei de generaal tegen mij.

'Daar heb ik veel over nagedacht en ik kan niets verzinnen,' antwoordde ik.

'Je moet denken zoals zij denken,' zei Wesley tegen me. 'Wat weet je volgens hen wat anderen niet weten?'

'Ze denken misschien dat ik het Boek heb,' zei ik, omdat ik niets anders kon verzinnen. 'En blijkbaar is dat voor hen net zo heilig als de steen van Mekka.'

'Wat staat erin waarvan ze waarschijnlijk niet willen dat iemand anders ervan af weet?' vroeg Sessions.

'Het lijkt me dat het plan dat ze al hebben uitgevoerd voor hen de gevaarlijkste onthulling zou zijn geweest,' antwoordde ik.

'Natuurlijk. Ze hadden dat niet kunnen uitvoeren als iemand hen had doorgehad.' Wesley keek me aan met wel duizend gedachten in zijn ogen. 'Wat weet dokter Mant?'

'Ik heb nog geen kans gehad om het hem te vragen. Hij neemt niet op als ik bel en ik heb al ontzettend vaak een boodschap ingesproken.'

'Vind je dat niet nogal vreemd?'

'Ik vind het heel vreemd,' zei ik tegen hem. 'Maar ik denk niet dat er iets opzienbarends is gebeurd, want anders hadden we dat wel gehoord. Ik denk dat hij bang is.'

Wesley zei tegen de generaal: 'Hij is de patholoog-anatoom van het district Tidewater.'

'Nou, misschien zou u hem eens op moeten gaan zoeken,' suggereerde de generaal.

'Gezien de omstandigheden lijkt dat daar niet het ideale moment voor,' zei ik.

'Integendeel,' zei de generaal. 'Ik denk dat het wel het ideale moment is.'

'U zou best eens gelijk kunnen hebben,' stemde Wesley in. 'Onze enige hoop is om te proberen in de hoofden van die mensen te kijken. Misschien heeft Mant informatie die ons kan helpen. Misschien houdt hij zich daarom schuil.'

Generaal Sessions ging verzitten. 'Nou, daar ben ik voor,' zei hij. 'Om te beginnen is het mogelijk dat daar hetzelfde als hier gebeurt, zoals jij en ik al hebben besproken, Benton. Dus die zaak moest toch al worden uitgezocht, niet waar? En er kan makkelijk nog iemand mee, als British Airways tenminste niet dwarsligt vanwege de korte termijn en dergelijke.' Hij sprak op een wrange, geamuseerde toon. 'En als ze dat wel doen, hoef ik alleen maar even met het Pentagon te bellen.'

'Kay,' legde Wesley uit, terwijl Marino kwaad toekeek, 'we weten niet of er zich op dit moment misschien niet ook een Old Point in Europa voltrekt, want in Virginia is het ook niet van het ene op het andere moment gebeurd. We maken ons zorgen over andere grote steden.'

'Wil je daarmee zeggen dat die halfgare Nieuwe Zionisten ook in Engeland zijn?' vroeg Marino. Hij stond op het punt in woede uit te barsten.

'Niet dat we weten, maar helaas zijn er nog talloze anderen die het van hen over zouden kunnen nemen,' zei Wesley.

'Nou, als je het mij vraagt,' zei Marino, mij met een beschuldigende blik aankijkend, 'hebben we hier met een kernramp te maken. Vind je niet dat je in de buurt zou moeten blijven?'

'Dat zou wel mijn voorkeur hebben.'

De generaal zei snedig: 'Als u ons helpt, hoeft u hopelijk niet in de buurt te blijven, omdat er dan niets voor u valt te doen.'

'Dat begrijp ik,' zei ik. 'Niemand hecht meer aan preventie dan ik.'

'Kun je dit regelen?' vroeg Wesley.

'Mijn dienst is al alles en iedereen aan het mobiliseren om op alle mogelijke gebeurtenissen te kunnen inspelen,' zei ik. 'De andere artsen weten wat ze moeten doen. Je weet dat ik op elke mogelijke manier wil helpen.'

Maar Marino wilde zich niet laten kalmeren. 'Het is niet veilig.' Hij staarde nu naar Wesley. 'Je kunt Doc niet zomaar naar vliegvelden laten gaan en de hele wereld rondsturen zolang we niet weten wie ze zijn of wat ze willen.'

'Je hebt gelijk, Pete,' zei Wesley bedachtzaam. 'En dat zullen we ook niet doen.'

14

Ik ging die avond naar huis omdat ik kleren mee moest nemen en omdat mijn paspoort in de kluis lag. Ik pakte nerveus
mijn koffer, wachtend tot mijn pieper weer overging. Fielding
belde me elk uur om te horen wat de ontwikkelingen waren
en zijn zorgen te ventileren. Voor zover we wisten, waren de
lichamen in Old Point nog steeds waar de aanvallers ze hadden achtergelaten, en we wisten niet hoeveel van de werknemers van de centrale nog werden vastgehouden.

Ik sliep onrustig terwijl een politiewagen in mijn straat de
wacht hield en schoot overeind toen ik om vijf uur 's ochtends wakker schrok van de wekker. Anderhalf uur later stond
een Learjet op de Millionaire Terminal in Henrico County op
me te wachten, waar de rijkste zakenmensen uit de omgeving
hun helikopters en bedrijfsvliegtuigen stalden. Wesley en ik
begroetten elkaar beleefd maar voorzichtig, en ik vond het
moeilijk te geloven dat we samen een vliegreis naar het buitenland zouden maken. Maar hij had al een bezoek aan de
ambassade gepland voordat er sprake van was dat ik ook
naar Londen zou gaan, en generaal Sessions wist niets van
onze voorgeschiedenis af. Of tenminste, dat was de manier
waarop ik verkoos een situatie te zien waarover ik geen controle had.

'Ik weet niet zeker of ik jouw motieven wel vertrouw,' zei ik
tegen Wesley toen het vliegtuig als een race-auto met vleugels
opsteeg. 'En hoe zit het hiermee?' Ik keek om me heen. 'Sinds
wanneer gebruikt het Bureau Learjets, of heeft het Pentagon
dit ook geregeld?'

'We gebruiken wat we nodig hebben,' zei hij. 'CP&L heeft alle middelen die ze hebben beschikbaar gesteld om ons te helpen een einde te maken aan deze crisis, en deze Learjet is van
hen.'

Het witte vliegtuig was gestroomlijnd en had stoelen van

knoesthout en groen leer, maar er was veel lawaai, zodat we niet zachtjes konden praten.

'Vind je het niet vervelend dat je een vliegtuig van hen moet gebruiken?' zei ik.

'Ze vinden dit allemaal net zo erg als wij. Voor zover wij weten treft CP&L, met de uitzondering van een of twee rotte appels, geen schuld. Het is zelfs zo dat het bedrijf en de werknemers het meest onder deze zaak lijden.'

Hij staarde naar de cockpit en de twee goedgebouwde piloten in nette pakken. 'Trouwens, die horen bij ons,' zei hij. 'En we hebben elke schroef en elke moer in dit ding gecontroleerd voordat we opstegen. Maak je maar geen zorgen. En wat betreft het feit dat ik met je meega' – hij keek me aan – 'ik zal het nog een keer zeggen. Het loopt nu verder allemaal vanzelf. De anti-terreureenheid is nu aan zet. Ik ben pas weer nodig als de terroristen met ons in contact treden, en we ze tenminste kunnen identificeren. Maar ik denk dat dat nog wel een paar dagen duurt.'

'Hoe kun je dat nou weten?' Ik schonk koffie voor ons in.

Hij nam het kopje van me aan en onze vingers raakten elkaar. 'Dat weet ik omdat ze nu druk bezig zijn. Ze willen die splijtstofelementen en ze kunnen er maar een beperkt aantal per dag in handen krijgen.'

'Zijn de reactors stilgelegd?'

'Volgens het elektriciteitsbedrijf hebben de terroristen de reactors onmiddellijk stilgelegd nadat ze de centrale hadden bestormd. Dus ze weten wat ze willen en ze verknoeien geen tijd.'

'En het zijn er twintig.'

'Zoveel zijn er ongeveer het gebouw in gegaan voor die zogenaamde cursus in de tweede controlekamer. Maar we weten niet hoeveel er nu zijn.'

'Die cursus,' zei ik, 'wanneer was die gepland?'

'Het elektriciteitsbedrijf zei dat ze die oorspronkelijk begin december voor eind februari hadden afgesproken.'

'Dan hebben ze de workshop dus vervroegd.' Gezien de recente gebeurtenissen verbaasde me dat niet.

'Ja,' zei hij. 'De datum is plotseling een paar dagen voor Eddings werd vermoord veranderd.'

'Het lijkt erop dat ze wanhopig zijn, Benton.'

'En waarschijnlijk zijn ze nu ook roekelozer en niet zo goed voorbereid,' zei hij. 'En dat is zowel beter als slechter voor ons.'

'En de gijzelaars? Is het volgens jou waarschijnlijk dat ze die allemaal zullen laten gaan?'

'Allemaal, dat weet ik niet,' zei hij, terwijl hij uit het raam staarde. Zijn gezicht stond grimmig in het zachte schijnsel van de lampen.

'Jezus,' zei ik, 'als ze de brandstof naar buiten proberen te krijgen, kan dat uitlopen op een nationale ramp. En ik snap niet hoe ze denken dat klaar te kunnen spelen. Die elementen wegen waarschijnlijk wel een paar ton per stuk en zijn zo radioactief dat je ogenblikkelijk dood kunt blijven als je er dichtbij komt. En hoe krijgen ze ze bij Old Point vandaan?'

'De centrale is omringd door water, waarmee de reactors worden gekoeld. En op de James, vlak bij het complex houden we een boot in de gaten waarvan we denken dat die van hen is.'

Ik herinnerde me dat Marino me had verteld dat er geruchten waren dat er grote kratten met boten werden afgeleverd bij het terrein van de Nieuwe Zionisten, en zei: 'Kunnen we die in beslag nemen?'

'Nee. We kunnen nu geen boten of onderzeeërs in beslag nemen. Dat kan pas als we de gijzelaars hebben bevrijd.' Hij nam een slok koffie. De horizon kleurde lichtgoud.

'In het beste geval nemen ze dus wat ze willen en vertrekken zonder nog meer mensen te doden,' merkte ik op, hoewel ik niet dacht dat dat zou gebeuren.

'Nee. In het beste geval houden we ze daar tegen.' Hij keek me aan. 'We kunnen geen boot vol zwaar radioactief materiaal op de rivieren van Virginia of op zee gebruiken. Wat moeten we dan doen, dreigen die boot tot zinken te brengen? En bovendien, ik denk dat ze de gijzelaars mee zullen nemen.' Hij

zweeg even. 'Uiteindelijk zullen ze ze allemaal doodschieten.'
Ik moest wel aan die arme mensen denken, bij wie de angst
nu bij elke ademhaling door hun zenuwcellen gierde. Ik wist
wat de lichamelijke en geestelijke symptomen van angst waren. De beelden brandden in mijn geest en ik ziedde innerlijk
van woede. Ik voelde een golf van haat voor die mannen die
zichzelf de Nieuwe Zionisten noemden en balde mijn vuisten.
Wesley keek naar mijn witte handen op de armleuningen en
dacht dat ik bang was om te vliegen. 'Het duurt nog maar
een paar minuten,' zei hij. 'We beginnen al aan de afdaling.'
We landden op Kennedy en op de landingsbaan stond al een
busje op ons te wachten. Er zaten twee andere mannen in pakken in en ik vroeg niet aan Wesley wie ze waren, omdat ik
dat al wist. Een van hen liep met ons mee de terminal in naar
de balie van British Airways. De luchtvaartmaatschappij was
zo vriendelijk geweest haar medewerking te verlenen aan het
Bureau, of misschien wel aan het Pentagon, en had twee stoelen beschikbaar gesteld op de eerstvolgende vlucht van hun
Concorde naar Londen. Bij de balie lieten we discreet onze legitimatie zien en we zeiden dat we geen wapens bij ons hadden. De agent die ons bewaakte liep met ons mee naar de
lounge, en toen ik later keek waar hij was, zat hij de stapels
buitenlandse kranten te bekijken.
Wesley en ik gingen zitten voor de brede ramen met uitzicht
over het asfalt, waar het supersonische vliegtuig als een enorme witte reiger brandstof binnenkreeg via een dikke slang aan
de zijkant. De Concorde zag er meer als een raket uit dan enig
ander commercieel vliegtuig dat ik had gezien. Het leek erop
dat de meeste passagiers daarvan, of van wat ook, niet meer
onder de indruk konden raken. Ze aten gebakjes en fruit en
een aantal van hen mixten bloody mary's en andere cocktails.
Wesley en ik zeiden af en toe wat tegen elkaar en hielden de
mensen in de gaten terwijl we als echte spionnen of voortvluchtige misdadigers onze kranten voor ons gezicht omhooghielden. Ik merkte dat hij vooral op de mensen uit het
Midden-Oosten lette, terwijl ik meer op mijn hoede was voor

mensen die er net zo uitzagen als wij. Ik herinnerde me namelijk nog dat ik toen ik Joel Hand in de rechtszaal had gezien, hem aantrekkelijk en beleefd had gevonden. Als hij nu naast me zou zitten en als ik hem kende, zou ik vinden dat hij meer in deze lounge thuishoorde dan wij.

'Hoe gaat het?' Wesley liet zijn krant zakken.

'Ik weet het niet.' Ik was nerveus. 'Vertel eens. Zijn we alleen of is je vriend even weg?'

Zijn ogen glimlachten.

'Ik snap niet wat daar zo leuk aan is.'

'Dus jij dacht dat de Geheime Dienst in de buurt was. Of undercover-agenten.'

'Aha. Die man in dat nette pak die met ons meeliep, is zeker een speciale service van British Airways.'

'Laat ik het zo zeggen. Als we niet alleen zijn, Kay, ga ik je dat niet vertellen.'

We keken elkaar nog even aan. We waren nog nooit samen naar het buitenland geweest en het leek nu geen goed moment om daarmee te beginnen. Hij droeg een pak dat zo donkerblauw was dat het wel zwart leek, met zijn gebruikelijke witte overhemd en klassieke das. Ik had mijn kleding vanuit dezelfde sobere afwegingen uitgekozen, en we hadden allebei onze bril op. Ik vond dat we eruitzagen als partners bij een advocatenkantoor, en toen ik de andere vrouwen in de ruimte bekeek, besefte ik dat ik er niet uitzag als een echtgenote.

Het krantenpapier kraakte toen hij de *London Times* opvouwde en een blik op zijn horloge wierp. 'Ik denk dat dat ons vliegtuig is,' zei hij en stond op terwijl vlucht nummer twee opnieuw werd afgeroepen.

Er konden honderd passagiers in de Concorde, in twee cabines met twee stoelen aan weerskanten van het gangpad. Het vliegtuig was ingericht met dof grijs tapijt en leer en had de raampjes van een ruimteschip, die te klein waren om naar buiten te kunnen kijken. De stewardessen waren Engels en erg beleefd, zoals te verwachten was. Als ze al wisten dat wij de passagiers van de FBI, de marine, of, wie weet, de CIA waren, lieten ze dat op geen enkele manier merken. Ze leken zich er alleen maar mee bezig te houden wat we wilden drinken en ik bestelde een whisky.

'Daar is het nog een beetje vroeg voor, vind je niet?' zei Wesley.

'In Londen niet,' zei ik. 'Daar is het vijf uur later.'

'Dank je. Ik zal mijn horloge later zetten,' zei hij droogjes, alsof hij nog nooit ergens was geweest. 'Ik neem maar een biertje, denk ik,' zei hij tegen de stewardess.

'Zie je, nu we in de goede tijdzone zijn, is het gemakkelijker om alcohol te drinken,' zei ik. Ik kon de scherpe klank niet uit mijn stem houden.

Hij draaide zich naar me toe en keek me aan. 'Je klinkt kwaad.'

'Daarom ben je nou een profileringsdeskundige, omdat je zulke dingen opmerkt.'

Hij keek omzichtig om zich heen, maar we zaten voorin, en aan de andere kant van het gangpad zat niemand. En het kon me eigenlijk niet schelen wie er achter ons zat.

'Kunnen we redelijk blijven?' vroeg hij zachtjes.

'Het is moeilijk om redelijk te zijn, Benton, als jij altijd achteraf pas wilt praten.'

'Ik weet eigenlijk niet wat je bedoelt. Ik geloof dat er ergens een stap is overgeslagen.'

Ik wilde hem eens goed de waarheid vertellen. 'Iedereen wist dat jij bij je vrouw weg was behalve ik,' zei ik. 'Lucy vertelde me dat ze het van andere agenten had gehoord. Ik zou ook wel eens bij onze relatie betrokken willen worden.'

'Jezus, ik zou willen dat je niet steeds zo overstuur raakte.'

'Dat wil je niet half zo graag als ik.'

'Ik heb het je niet verteld omdat ik me niet door jou wilde laten beïnvloeden,' zei hij.

We spraken op gedempte toon en leunden naar elkaar toe, zodat onze schouders elkaar raakten. Ondanks de ellendige omstandigheden, was ik me bewust van elke beweging die hij maakte en hoe die tegen mijn lichaam voelde. Ik rook de geur van zijn wollen jasje en van de aftershave die hij altijd op had.

'Ik kan jou niet betrekken bij een besluit over mijn huwelijk,' vervolgde hij terwijl onze drankjes werden gebracht. 'Dat begrijp je vast wel.'

Mijn lichaam was niet gewend aan whisky op dit uur van de dag en de drank had al snel een krachtig effect. Ik begon me onmiddellijk te ontspannen en sloot mijn ogen toen de motoren tijdens het opstijgen begonnen te brullen. Het straalvliegtuig helde achterover, vibreerde en schoot de lucht in. Vanaf dat moment was de wereld onder ons niets meer dan een vage horizon, als ik al iets uit het raampje kon zien. Het geluid van de motor bleef luidruchtig, zodat we heel dicht bij elkaar moesten blijven zitten terwijl we gespannen verder praatten.

'Ik weet wat ik voor je voel,' zei Wesley. 'Dat weet ik al heel lang.'

'Je hebt het recht niet,' zei ik. 'Je hebt nooit het recht gehad.'

'En jij dan? Had jij het recht te doen wat je hebt gedaan, Kay? Of was ik alleen?'

'Ik ben tenminste niet getrouwd en heb zelfs geen relatie,' zei ik. 'Maar nee, ik had het niet mogen doen.'

Hij was nog steeds aan het bier, en we waren geen van beiden geïnteresseerd in de hapjes en de kaviaar waarvan ik vermoedde dat ze de eerste gang van een lang culinair banket vormden. We waren een tijdje stil, bladerden door weekbladen en vaktijdschriften terwijl bijna iedereen in onze cabine hetzelfde deed. Het viel me op dat de mensen in de Concorde niet veel met elkaar spraken, en ik kwam tot de conclusie dat het vast behoorlijk saai was om rijk of beroemd of van koninklijken bloede te zijn.

'Dan hebben we dat probleem zeker opgelost,' begon Wesley. Hij leunde naar me toe terwijl ik in mijn asperges prikte.

'Welk probleem?' Ik legde mijn vork neer, want ik was links en hij zat in de weg.

'Je weet wel. Over wat we wel en niet moeten doen.' Zijn arm raakte mijn borst en bleef daar toen liggen, alsof alles wat we net hadden gezegd teniet werd gedaan in de tweede ronde.

'Ja,' zei ik.

'Ja?' Zijn stem was nieuwsgierig. 'Wat bedoel je, ja?'

'Ja, over wat je net zei.' Elke keer dat ik inademde bewoog mijn lichaam zich dichter naar hem toe. 'Dat we de situatie hebben opgelost.'

'Dan doen we het dus verder zo,' zei hij.

'Uiteraard,' zei ik, niet helemaal zeker wat we eigenlijk zojuist hadden besloten. 'Nog één ding,' ging ik verder. 'Als je ooit gaat scheiden en we elkaar willen zien, beginnen we helemaal overnieuw.'

'Absoluut. Dat lijkt me logisch.'

'En ondertussen zijn we collega's en vrienden.'

'Dat is precies wat ik ook wil,' zei hij.

Om halfzeven reden we over Park Lane. We zaten zwijgend achter in een Rover die door een agent van de Metropolitan Police werd bestuurd. Ik keek naar de lichtjes van Londen in het donker en voelde me gedesoriënteerd en springlevend. Hyde Park was een zee van zich uitbreidende duisternis en de lantarens waren lichtvlekken langs kronkelende paden.

Het appartement waar we logeerden was vlak bij het Dorchester Hotel. Die avond dromde een groep Pakistanen om dat chique oude hotel heen. Ze protesteerden fel tegen hun premier, die in Londen op bezoek was. Er liep een groot aantal agenten van de oproerpolitie met honden rond, maar onze chauffeur leek zich geen zorgen te maken.

'Er is een portier,' zei hij terwijl hij voor een hoog gebouw stopte dat er nog redelijk nieuw uitzag. 'Gaat u maar gewoon naar binnen en laat hem uw legitimatie zien. Hij brengt u dan naar uw kamers. Zal ik u met uw bagage helpen?'

Wesley opende het portier. 'Nee, dank u. We redden het wel.'

We stapten uit en liepen naar een kleine receptie, waar een kwieke, oudere man ons vanachter een glimmend bureau warm toelachte.

'Ah, mooi. Ik verwachtte u al,' zei hij.

Hij stond op en pakte onze bagage. 'Loopt u maar achter me aan naar de lift.'

We stapten in en op de zesde verdieping liet hij ons in een appartement met drie slaapkamers, grote ramen, felgekleurde stoffen en Afrikaanse kunstvoorwerpen. Mijn kamer was heel comfortabel ingericht, met een typisch Engelse badkuip die groot genoeg was om in te verdrinken en een toilet dat je door moest trekken met een ketting aan de stortbak. Er stonden Victoriaanse meubels en er lagen versleten Turkse tapijten op de houten vloer. Ik ging naar het raam en zette de radiator hoog. Ik deed het licht uit en keek naar de langs rijdende auto's en de donkere bomen in het park die in de wind heen en weer bewogen.

Wesley's kamer was verderop in de gang, aan de andere kant van het appartement en ik hoorde pas dat hij binnen was gekomen toen hij iets tegen me zei.

'Kay?' Wesley stond bij de deur. Ik hoorde ijsblokjes zachtjes tinkelen. 'De persoon die hier woont heeft heel goede Schotse whisky. Ik heb te horen gekregen dat we konden nemen wat we wilden.'

Hij liep de kamer in en zette de glazen op het kozijn.

'Probeer je me dronken te voeren?' vroeg ik.

'Dat is nog nooit nodig geweest.'

Hij kwam naast me staan en we dronken onze whisky en leunden tegen elkaar aan terwijl we naar buiten keken. We spraken een tijdlang alleen maar in korte fluisterzinnen en toen streelde hij mijn haar en kuste mijn oor en mijn kaak. Ik streelde hem ook en onze liefde werd dieper naarmate onze kussen en liefkozingen intenser werden.

'Ik heb je zo erg gemist,' fluisterde hij terwijl onze kleren los raakten en opengeknoopt werden.

We vrijden omdat we niet anders konden. Dat was ons enige excuus en het zou in geen enkele rechtbank die ik kende worden geaccepteerd. Het was heel moeilijk geweest om niet bij elkaar te zijn, en dus bleven we de hele nacht naar elkaar verlangen. Tegen het aanbreken van de dag viel ik lang genoeg in slaap om, toen ik weer wakker werd, te merken dat hij weg was, alsof alles een droom was geweest. Ik lag onder een donzen dekbed en zag langzame, lyrische beelden voor me. Onder mijn oogleden dansten lichtjes en ik voelde me alsof ik heen en weer werd geschommeld, alsof ik weer een klein meisje was en mijn vader niet aan een ziekte stierf waar ik toen niets van had begrepen.

Ik had hem nooit kunnen vergeten. Het leek erop dat ik in al mijn relaties met mannen opnieuw beleefde dat hij me in de steek had gelaten. Het was een dans waarin ik meeging zonder er enige moeite voor te doen, en daarna was ik alleen, in de stilte van de lege ruimte van mijn diepste innerlijk. Ik besefte hoeveel Lucy en ik op elkaar leken. We hadden allebei in het geheim lief en spraken niet over onze pijn.

Ik kleedde me aan, ging naar de hal en trof Wesley in de woonkamer aan, waar hij koffie zat te drinken en naar de bewolkte dag staarde. Hij droeg een pak met een das en zag er niet moe uit.

'Er is koffie,' zei hij. 'Zal ik een beker voor je inschenken?'

'Nee, dank je, ik haal het zelf wel.' Ik liep naar de keuken.

'Ben je al lang op?'

'Een tijdje.'

Hij zette erg sterke koffie en ik bedacht dat er zoveel huiselijke aspecten aan hem waren waar ik niets van wist. We kookten nooit samen en we gingen nooit samen op vakantie of deden samen aan sport, terwijl ik wist dat er zoveel dingen waren waarvan we allebei hielden. Ik ging naar de woonkamer en zette mijn kop en schotel op een raamkozijn omdat ik naar buiten, naar het park wilde kijken.

'Hoe voel je je?' Zijn ogen keken me aan.

'Ik voel me prima. En jij?'

'Je ziet er niet prima uit.'

'Jij weet ook altijd precies de juiste opmerking te plaatsen.'

'Je ziet eruit alsof je niet veel hebt geslapen. Dat bedoelde ik.'

'Ik heb bijna helemaal niet geslapen, en daar ben jij de schuld van.'

Hij glimlachte. 'En de jet lag.'

'De vermoeidheid die jij veroorzaakt is erger, Special Agent Wesley.'

Het verkeer raasde al luidruchtig langs, regelmatig onderbroken door de eigenaardige kakofonie van Britse sirenes. In het koude, vroege licht liepen de mensen met ferme pas over de trottoirs en sommigen waren aan het joggen. Wesley stond op. 'We moeten zo weg.' Hij wreef mijn nek en kuste me. 'We moeten eigenlijk even ergens iets gaan eten. Het wordt een lange dag.'

'Benton, ik vind het niet prettig om zo te leven,' zei ik terwijl hij de deur dichttrok.

We liepen over Park Lane langs het Dorchester Hotel, waar nog steeds een paar Pakistanen de wacht hielden. Toen namen we Mount Street naar South Audley, waar we een klein restaurant vonden dat al open was. Het heette Richoux en er stonden exotische Franse gebakjes en doosjes chocola uitgestald die zo mooi waren dat het wel kunstwerken leken. De mensen hadden kantoorkleding aan en zaten aan kleine tafeltjes de krant te lezen. Ik dronk verse jus d'orange en kreeg honger. Onze Filippijnse serveerster was verbaasd omdat Wesley alleen maar toost nam, terwijl ik bacon met gebakken eieren en champignons en tomaten bestelde.

'Wilt u dat samen eten?' vroeg ze.

'Nee, dank u.' Ik glimlachte.

Vlak voor tien uur liepen we verder door South Audley naar Grosvenor Square, waar de Amerikaanse ambassade stond. Het gebouw was een lelijk blok graniet uit de jaren vijftig dat werd bewaakt door een vervaarlijke bronzen adelaar op het dak. Er was een extreem zware beveiliging en overal stonden norse bewakers. We lieten onze paspoorten en legitimatie- papieren zien en er werden foto's van ons genomen. Uiteindelijk werden we begeleid naar de derde verdieping waar we de senior juridisch attaché van de FBI, oftewel de gezant voor Groot-Brittannië zouden ontmoeten. Chuck Olsons kantoor op de hoek van het gebouw bood perfect zicht op de lange rijen mensen die op visa en documenten voor het Amerikaanse staatsburgerschap stonden te wachten. Hij was een gedrongen man, droeg een donker pak en had keurig geknipt haar dat bijna net zo zilvergrijs was als dat van Wesley.

'Fijn jullie te ontmoeten,' zei hij terwijl hij ons de hand schudde. 'Ga alsjeblieft zitten. Willen jullie koffie?'

Wesley en ik kozen een bank tegenover een bureau dat op een schrijfblok en een paar archiefmappen na helemaal leeg was. Op een kurkbord achter Olsons hoofd hingen tekeningen waarvan ik aannam dat zijn kinderen die hadden gemaakt, en daarboven was een groot FBI-zegel opgehangen. Afgezien van een aantal boekenplanken en verschillende oorkonden was het kantoor de eenvoudige werkplek van iemand die het druk had en die niet onder de indruk was van zijn baan of van zichzelf.

'Chuck,' begon Wesley, 'je weet vast al dat dokter Scarpetta onze adviserend forensisch patholoog is, en hoewel ze hier haar eigen klus heeft waar ze zich mee bezig moet houden, is het mogelijk dat ze hier later weer terug wordt geroepen.'

'God verhoede dat dat gebeurt,' zei Olson, want als er een kernramp in Engeland of ergens anders in Europa zou plaatsvinden, was de kans groot dat ik erbij zou worden gehaald om te helpen de doden te onderzoeken.

'Dus ik zou graag willen dat je haar een duidelijker beeld kunt geven van wat ons dwarszit,' zei Wesley.

'Nou, één ding is natuurlijk duidelijk,' zei Olson tegen mij. 'In Engeland wordt ongeveer een derde van de elektriciteit met kernenergie opgewekt. We zijn bang dat hier een soortgelijke aanval door terroristen zal plaatsvinden, en we weten niet of deze zelfde mensen er niet al een hebben gepland.'

'Maar de Nieuwe Zionisten hebben hun basis in Virginia,' zei ik. 'Bedoelt u dat ze internationale connecties hebben?'

'Zij zijn niet de drijvende kracht achter deze situatie,' zei hij. 'Zij zijn niet degenen die het plutonium willen.'

'Wie dan wel?' vroeg ik.

'Libië.'

'Ik denk dat de wereld daar al een tijd van op de hoogte is,' antwoordde ik.

'Nou, en nu gebeurt het echt,' zei Wesley. 'Bij Old Point.'

'Zoals u ongetwijfeld weet,' vervolgde Olson, 'wil Khadaffi al heel lang kernwapens en is hij tot nu toe bij elke poging om die te krijgen gedwarsboomd. Het lijkt erop dat hij eindelijk een manier heeft gevonden om er toch aan te komen. Hij ontdekte de Nieuwe Zionisten in Virginia en hier zijn er zeker ook extremistische groepen die hij zou kunnen gebruiken. We hebben hier ook veel Arabieren.'

'Hoe weet u dat het om Libië gaat?' vroeg ik.

Wesley beantwoordde die vraag. 'Om te beginnen hebben we Joel Hands telefoonrekeningen bekeken en daar staan in de afgelopen twee jaar talloze telefoontjes op naar voornamelijk Tripoli en Banghazi.'

'Maar je weet niet of Khadaffi ook iets hier in Londen aan het proberen is,' zei ik.

'We maken ons vooral zorgen over hoe kwetsbaar we zouden zijn. Londen is de poort naar Europa, de VS en het Midden-Oosten. Het is een enorm belangrijk financieel centrum. Als Libië vuur van de VS steelt, hoeft dat nog niet te betekenen dat de VS ook het einddoel is.'

'Vuur?' vroeg ik.

'Zoals in de mythe over Prometheus. Vuur is onze codenaam voor plutonium.'

'Ik begrijp het,' zei ik. 'Het is allemaal angstig logisch wat u zegt. Wat kan ik doen?'

'Nou, we moeten de ideeën achter deze situatie onderzoeken, zowel vanwege wat er nu gebeurt als vanwege wat er later zou kunnen gebeuren,' zei Olson. 'We moeten meer greep krijgen op de denkwijze van die terroristen, en dat is natuurlijk Wesley's afdeling. De uwe is om informatie in te winnen. Ik begrijp dat er hier een collega van u is die ons misschien van nut zou kunnen zijn.'

'Dat kunnen we alleen maar hopen,' zei ik. 'Maar ik ben wel van plan om met hem te gaan praten.'

'En hoe zit het met haar veiligheid?' vroeg Wesley. 'Moeten we iemand met haar meesturen?'

Olson nam me met een vreemde blik op, alsof hij inschatte hoe sterk ik was, alsof ik niet mezelf was, maar een voorwerp, of een bokser die op het punt stond om in de ring te stappen. 'Nee,' zei hij, 'Ik denk dat ze hier volkomen veilig is, tenzij je informatie hebt dat dat niet het geval is.'

'Ik weet het niet,' zei Wesley terwijl hij me ook aankeek. 'Misschien moeten we toch iemand met haar meesturen.'

'Absoluut niet. Niemand weet dat ik in Londen ben,' zei ik. 'En dokter Mant is al onwillig, zo niet doodsbang, dus hij zal zeker niet openhartig tegen me zijn als er iemand anders bij is. Dat heeft deze hele reis geen zin gehad.'

'Goed dan,' zei Wesley met tegenzin, 'zolang we maar weten waar je bent. En we moeten niet later dan om vier uur hier weer terug zijn als we dat vliegtuig willen halen.'

'Ik bel je wel als ik verlaat ben,' zei ik. 'Blijf jij hier?'

'Als we niet hier zijn, weet mijn secretaresse wel waar ze ons kan vinden,' zei Olson.

Ik ging naar de foyer waar water luidruchtig in een fontein klaterde en een bronzen Lincoln troonde tussen muren vol portretten van vroegere Amerikaanse ambassadeurs. De bewakers bekeken streng paspoorten en bezoekers. Ze lieten me met een koele blik passeren en ik voelde dat hun ogen me volgden terwijl ik de deur uitging. Op de straat, in de koude, vochtige ochtendlucht, hield ik een taxi aan en gaf de chauffeur een adres dat niet ver weg was, in Belgravia, bij Eaton Square. De bejaarde mevrouw Mant had in Ebury Mews gewoond, in een drie verdiepingen hoog huis dat in een aantal appartementen was opgedeeld. Het gebouw was wit gepleisterd en had rode schoorstenen op een dak met verschillend gekleurde dakpannen. Onder de ramen hingen bakken met narcissen, krokussen en klimop. Ik liep de trap op naar de derde verdieping en klopte op haar deur, maar de persoon die opendeed was niet mijn regionaal forensisch patholoog. De moederlijke vrouw die me om de hoek van de deur aankeek, leek net zo van haar stuk gebracht als ik.

'Pardon,' zei ik. 'Het huis is zeker al verkocht.'

'Nee, het spijt me. Het is niet te koop,' zei ze op kordate toon.
'Ik zoek Philip Mant,' vervolgde ik. 'Ik heb vast het verkeer-de...'
'O,' zei ze. 'Philip is mijn broer.' Ze glimlachte me vriendelijk toe. 'Hij is net naar zijn werk gegaan. U bent hem net mis-gelopen.'
'Zijn werk?' vroeg ik.
'O, ja, hij gaat altijd rond deze tijd weg. Om de drukte te ont-lopen, weet u. Hoewel dat me niet echt mogelijk lijkt.' Ze aar-zelde, zich plotseling bewust van de vreemde vrouw voor haar. 'Kan ik tegen hem zeggen wie er is langsgekomen?'
'Dokter Kay Scarpetta,' zei ik. 'En ik moet hem echt spre-ken.'
'Natuurlijk.' Ze leek zowel verheugd als verbaasd. 'Hij heeft het vaak over u. Hij mag u heel graag en zal het fantastisch vinden als hij hoort dat u langs bent geweest. Wat brengt u naar Londen?'
'Ik sla nooit een mogelijkheid over om hier te komen. Kunt u me misschien vertellen waar ik hem kan vinden?' vroeg ik opnieuw.
'Natuurlijk. In het Westminster Openbaar Mortuarium aan Horseferry Road.' Ze aarzelde en leek onzeker. 'Ik dacht dat hij het u wel had verteld.'
'Ja.' Ik glimlachte. 'En ik vind het heel fijn voor hem.'
Ik wist niet precies waar ik het over had, maar zij leek ook heel verheugd.
'Vertel hem maar niet dat ik er aankom,' zei ik. 'Ik wil hem verrassen.'
'O, dat is geweldig. Hij is vast dol enthousiast.'
Ik nam weer een taxi en dacht na over wat ze naar mijn idee net had gezegd. Wat Mant ook voor reden had voor wat hij had gedaan, ik was toch behoorlijk woedend.
'Gaat u naar het kantoor van de lijkschouwer, mevrouw?' vroeg de taxichauffeur. 'Dat is dat gebouw daar.' Hij wees door het open raampje naar een mooi, uit baksteen opge-trokken gebouw.

'Nee, ik ga naar het mortuarium zelf,' zei ik.

'Aha. Nou, dat is daar. Het is maar goed dat u er zelf naar binnen loopt,' zei hij met een schorre lach.

Ik pakte mijn geld terwijl hij voor een gebouw parkeerde dat voor Londense begrippen nogal klein was. Het was van baksteen met een granieten rand en een vreemde balustrade langs het dak. Er stond een sierlijk, smeedijzeren hek omheen dat in een roestkleur was geschilderd. Volgens de datum op een gedenkplaat bij de ingang was het mortuarium meer dan honderd jaar oud. Ik bedacht hoe moeilijk het moest zijn geweest om in die tijd forensische geneeskunde te bedrijven. Afgezien van de menselijke getuigen, waren er toen natuurlijk weinig andere getuigen geweest om de gebeurtenissen te reconstrueren. Ik vroeg me af of de mensen vroeger minder logen.

De receptie van het mortuarium was klein maar prettig ingericht, als een normale foyer in een gewoon kantoor. Door een open deur zag ik een gang en aangezien er niemand was, ging ik die kant maar op. Toen kwam er een vrouw uit een kamer met een aantal dikke boeken in haar armen.

'Sorry,' zei ze verbaasd. 'Maar u mag hier niet komen.'

'Ik zoek dokter Mant,' zei ik.

Ze droeg een wijde, lange jurk en een trui en sprak met een Schots accent. 'En wie kan ik zeggen dat er is?' vroeg ze beleefd.

Ik liet haar mijn legitimatie zien.

'O, prima, ik snap het al. Hij verwacht u zeker.'

'Dat denk ik niet,' zei ik .

'Ah.' Ze bracht de boeken naar haar andere arm en leek helemaal van haar stuk gebracht.

'Hij werkte vroeger bij mij, in de Verenigde Staten,' zei ik. 'Ik wil hem graag verrassen, dus ik ga liever zelf naar hem toe, als u me vertelt waar hij is.'

'Lieve hemel, hij moet nu in de "stankruimte" zijn. Gaat u maar door die deur hier,' zei ze met een hoofdbeweging. 'En dan ziet u links van het hoofdmortuarium de kleedkamers. Daar ligt alles wat u nodig heeft. Dan gaat u weer linksaf door een andere deur, en daar vlak achter is hij aan het werk. Is dat duidelijk?' Ze glimlachte.

'Dank u,' zei ik.

In de kleedkamer trok ik plastic hoezen over mijn schoenen, handschoenen en een masker aan, en bond losjes een schort om me heen om de stank uit mijn kleren te houden. Ik liep door een betegelde ruimte met zes glimmende roestvrij stalen tafels en een hele rij witte koelcellen langs de muur. De artsen droegen blauwe jassen en Westminster hield hen die ochtend druk bezig. Ze keken nauwelijks op toen ik langskwam. Verderop in de gang trof ik de forensisch-patholoog uit mijn regio aan. Hij droeg hoge rubberen laarzen en stond op een krukje aan een lichaam te werken dat al in verregaande staat van ontbinding verkeerde en waarvan ik vermoedde dat het een tijd in het water had gelegen. De stank was vreselijk. Ik trok de deur achter me dicht.

'Dokter Mant,' zei ik.

Hij draaide zich om en leek even niet te weten wie ik was of waar hij was. Daarna keek hij alleen maar geschokt.

'Dokter Scarpetta? Goeie god, wel heb ik ooit.' Hij stapte moeizaam van het krukje, want hij was geen kleine man. 'Ik ben zo verbaasd dat ik zowat sprakeloos ben!' zei hij naar adem happend. De angst flikkerde in zijn ogen.

'Ik ben ook verbaasd,' zei ik mismoedig.

'Dat kan ik me voorstellen. Kom mee. We hoeven niet hier bij deze macabere knaap te blijven. Hij is gistermiddag in de Thames gevonden. Het lijkt mij een steekpartij, maar we hebben zijn identiteit nog niet. Laten we maar naar de foyer gaan,' zei hij nogal nerveus.

Philip Mant was een charmante oude gentleman, aan wie je onmogelijk een hekel kon hebben. Hij had dik, wit haar en zware wenkbrauwen boven alerte, lichte ogen. Hij ging me voor naar de doucheruimte, waar we onze voeten desinfecteerden, onze handschoenen afstroopten en maskers afdeden en onze schorten in een mand stopten. Vervolgens gingen we naar de foyer, waar een deur naar de parkeerplaats aan de achterkant van het gebouw leidde. Zoals alles in Londen had ook de muffe rookgeur in de ruimte een lange geschiedenis.

'Kan ik u iets aanbieden?' vroeg hij terwijl hij een pakje Players te voorschijn haalde. 'Ik weet dat u niet meer rookt, dus ik bied u maar geen sigaret aan.'

'Ik heb nergens behoefte aan, behalve aan een paar antwoorden van u,' zei ik.

Zijn handen beefden een beetje terwijl hij een lucifer aanstreek.

'Dokter Mant, wat doet u hier in 's hemelsnaam?' viel ik met de deur in huis. 'U was toch in Londen omdat er een sterfgeval in uw familie was?'

'Dat was ook zo. Toevallig.'

'Toevallig?' vroeg ik. 'Wat bedoelt u daarmee?'

'Dokter Scarpetta, ik wilde toch al weg en toen mijn moeder plotseling overleed, maakte dat het gemakkelijker om daar een moment voor uit te kiezen.'

'U was dus niet van plan om terug te komen,' zei ik gepikeerd.

'Het spijt me. Maar inderdaad, dat was ik niet van plan.' Hij tikte voorzichtig de as van zijn sigaret af.

'Dat had u me toch minstens wel kunnen vertellen, zodat ik naar een vervanger had kunnen gaan zoeken. Ik heb u een aantal keren proberen te bellen.'

'Ik heb het u niet verteld en ik heb u niet teruggebeld omdat ik niet wilde dat ze het te weten zouden komen.'

'Ze?' Het woord leek in de lucht te blijven hangen. 'Wie bedoelt u precies, dokter Mant?'

Hij sprak op heel nuchtere toon terwijl hij daar zat te roken. Hij had zijn benen over elkaar geslagen en zijn dikke buik puilde over zijn riem heen. 'Ik heb geen idee wie ze zijn, maar ze weten in ieder geval wel wie wij zijn. Dat is het enge. Ik kan u precies vertellen wanneer het allemaal is begonnen. Op 13 oktober, een woensdag. Misschien herinnert u zich die zaak niet meer.'

Ik had geen idee waar hij het over had.

'Nou, de marine voerde de sectie uit omdat de persoon op

hun scheepswerf in Norfolk de dood had gevonden.'

'De man die bij een ongeluk in een droogdok was geplet?' Ik had nog een vage herinnering aan die zaak.

'Precies.'

'U heeft gelijk. Dat was een zaak van de marine en niet van ons,' zei ik terwijl ik een voorgevoel kreeg over wat hij zou gaan zeggen. 'Vertelt u eens wat dat met ons te maken heeft.'

'Ziet u, het ambulanceteam maakte een vergissing,' vervolgde hij. 'In plaats van het lichaam naar het Marineziekenhuis in Portsmouth te brengen, waar het hoorde, leverden ze het bij mijn dienst af, en de jeugdige Danny wist dat niet. Hij begon bloedmonsters te nemen, papieren in te vullen en dergelijke, en trof iets heel eigenaardigs aan bij de persoonlijke bezittingen van de overledene.'

Ik besefte dat Mant niet van de dood van Danny op de hoogte was.

'Het slachtoffer had een canvas tas bij zich,' vertelde hij verder. 'En het ambulanceteam had die gewoon boven op het lichaam gezet en had daar een laken over gelegd. Hoewel dat tegen de regels is, denk ik dat als dat niet was gebeurd, we geen idee hadden gehad.'

'Geen idee waarvan?'

'Die kerel had blijkbaar een nogal sinistere bijbel bij zich, waarvan ik later uitvond dat die met een sekte te maken had. De Nieuwe Zionisten. Afschuwelijk was dat boek. Er werden gedetailleerd allerlei martelingen, moord en dergelijke in beschreven. Ik was er vreselijk van slag van.'

'Heette het Het Boek van Hand?' vroeg ik.

'Ja.' Zijn ogen lichtten op. 'Zo heette het inderdaad.'

'Had het een zwart leren omslag?'

'Ik geloof het wel. Er stond een naam op die vreemd genoeg niet de naam van de overledene was. Shapiro of iets dergelijks.'

'Dwain Shapiro.'

'Natuurlijk,' zei hij. 'U weet hier dus al van.'

'Ik weet van het boek af maar niet waarom die persoon het in zijn bezit had, want hij heette zeker niet Dwain Shapiro.'

Hij zweeg en wreef over zijn gezicht. 'Ik geloof dat hij Catlett heette.'

'Maar hij kan de moordenaar van Dwain Shapiro zijn geweest,' zei ik. 'Misschien had hij daarom de bijbel.'

Mant wist het niet. 'En wat ik ook niet weet is wat er met die bijbel is gebeurd nadat Danny hem had gevonden,' zei hij. 'Toen ik besefte dat we een zaak van de marine in het mortuarium hadden, vroeg ik Danny te regelen dat het lichaam naar Portsmouth werd gebracht. De eigendommen van die arme man hadden natuurlijk met hem mee gemoeten.'

'Maar Danny hield het boek,' zei ik.

'Ik ben bang van wel.' Hij leunde voorover en drukte de sigaret in een asbak op de tafel uit.

'Waarom deed hij zoiets?'

'Ik kwam toevallig in zijn kamer en zag het daar liggen. Ik heb hem toen gevraagd waarom hij het boek in 's hemelsnaam daar had. Zijn antwoord was dat aangezien er een andere naam op het boek stond, hij zich afvroeg of het niet per ongeluk was meegenomen. Dat die tas misschien ook van iemand anders was.' Hij zweeg even. 'Hij werkte nog maar pas bij ons en ik denk dat hij gewoon een goed bedoelde vergissing had gemaakt.'

'Vertelt u eens,' zei ik, 'hebben er in die tijd journalisten gebeld, of kwamen ze soms langs? Heeft iemand bijvoorbeeld geïnformeerd naar de man die op die scheepswerf is geplet?'

'O, ja, meneer Eddings is toen bij ons geweest. Ik herinner me nog dat hij graag alle feiten wilde weten, wat ik een beetje vreemd vond. Voor zover ik weet heeft hij er nooit iets over geschreven.'

'Heeft Danny misschien met Eddings gesproken?'

Mant staarde nadenkend voor zich uit. 'Ik geloof dat ik hen wel met elkaar heb zien praten. Maar Danny wist wel beter dan hem een citaat te geven dat hij kon gebruiken.'

'Is het mogelijk dat hij het Boek aan Eddings heeft gegeven, als we ervan uit gaan dat Eddings een verhaal over de Nieuwe Zionisten aan het schrijven was?'

'Dat zou ik eigenlijk niet weten. Ik heb het Boek niet meer

gezien en nam gewoon aan dat Danny het naar de marine had teruggestuurd. Ik mis die knul. Hoe is het trouwens met hem? Hoe gaat het met zijn knie? Ik noemde hem altijd Hinkepoot, weet u.' Hij lachte.

Maar ik gaf geen antwoord op zijn vraag en glimlachte zelfs niet. 'Vertelt u me eens wat er daarna is gebeurd. Waardoor werd u bang?'

'Vreemde dingen. Waandenkbeelden. Ik had het gevoel dat ik werd gevolgd. Misschien weet u nog dat mijn mortuarium-coördinator plotseling zonder goede reden ontslag nam. En op een dag zat de voorruit van mijn auto helemaal onder het bloed toen ik op de parkeerplaats kwam. Ik heb het zelfs in het lab laten testen, en het was slagerijbloed. Met andere woorden, het was afkomstig van een koe.'

'Ik neem aan dat u rechercheur Roche kent,' zei ik.

'Helaas wel. Ik mag hem helemaal niet.'

'Heeft hij u wel eens benaderd voor informatie?'

'Hij kwam af en toe langs. Natuurlijk niet voor de secties. Daar heeft hij een te zwakke maag voor.'

'Wat wilde hij weten?'

'Nou, over die zaak van de marine waar we het net over hadden. Daar had hij vragen over.'

'Vroeg hij naar de persoonlijke bezittingen van die man? Die tas die per ongeluk met het lichaam naar het mortuarium was gebracht?'

Mant probeerde het zich te herinneren. 'Nou, nu u dat zielige geheugen van mij tot actie opjut, geloof ik dat ik me herinner dat hij naar die tas vroeg. En ik heb hem toen geloof ik naar Danny doorgestuurd.'

'Nou, het is wel duidelijk dat Danny die tas nooit aan hem heeft gegeven,' zei ik. 'Of tenminste, niet het Boek, omdat dat sindsdien ergens anders is opgedoken.'

Ik vertelde hem niet hoe, omdat ik hem niet overstuur wilde maken.

'Dat verdomde Boek moet voor iemand vreselijk belangrijk zijn,' peinsde hij.

'Nog meer dan ik dacht,' antwoordde ik bedachtzaam.

Ik zweeg terwijl hij nog een sigaret opstak. Toen zei ik: 'Waarom heeft u het mij niet verteld? Waarom bent u gewoon zonder een woord te zeggen gevlucht?'

'Eerlijk gezegd wilde ik u er niet ook bij betrekken. En het klonk allemaal zo onwezenlijk.' Hij zweeg en ik zag aan zijn gezicht dat hij voelde dat er nog meer ellende was gebeurd sinds hij uit Virginia weg was. 'Dokter Scarpetta, ik ben niet jong meer. Ik wil gewoon rustig nog een tijdje mijn werk blijven doen voordat ik met pensioen ga.'

Ik wilde verder geen kritiek meer op hem leveren, omdat ik begreep wat hij had gedaan. Ik kon het hem echt niet kwalijk nemen, en was blij dat hij was gevlucht, want zo had hij waarschijnlijk zijn eigen leven gered. Ironisch genoeg wist hij niets belangrijks, en als hij was vermoord, zou dat zinloos zijn geweest, net als de moord op Danny zinloos was.

Toen vertelde ik hem de waarheid, beelden verdringend van een knieband die zo rood was als vergoten bloed en van bladeren en vuil in bebloed haar. Ik herinnerde me Danny's stralende glimlach en zou nooit het kleine, witte zakje vergeten dat hij mee had genomen van dat café op de heuvel, waar een hond de halve nacht had staan blaffen. In gedachten zou ik altijd de droefheid en angst in zijn ogen zien toen hij me met de vermoorde Ted Eddings hielp, die hij had gekend, besefte ik nu. De twee jongemannen hadden elkaar onbedoeld een stap dichter bij hun uiteindelijke gewelddadige dood gebracht.

'Lieve heer. Die arme jongen,' kon Mant alleen maar uitbrengen.

Hij hield een zakdoek voor zijn ogen en toen ik wegging, zat hij nog steeds te huilen.

15

Wesley en ik vlogen nog diezelfde avond terug naar New York en kwamen daar vroeg aan omdat we de wind mee hadden, en die meer dan honderd knopen per uur was. We gingen door de douane en haalden onze tassen op, en dezelfde shuttlebus als eerst haalde ons op en bracht ons naar het privé-vliegveld waar de Learjet nog steeds stond te wachten.

Het was plotseling warmer geworden en het dreigde te gaan regenen. We vlogen tussen kolossale zwarte donderkoppen door die leken op te lichten met gewelddadige bedoelingen. De storm raasde zo luid, met zulke lichtflitsen, dat het wel een vete leek waar we doorheen kwamen. Ik was in het kort op de hoogte gesteld over de huidige situatie en ik was niet verbaasd geweest dat het Bureau een bijkantoor had opgezet, samen met posten van de politie en de reddingsdienst.

Ik was opgelucht te horen dat Lucy naar het hoofdkantoor was teruggeroepen en weer bij de Technische Research Afdeling, oftewel de TRA werkte, waar ze veilig was. Wesley vertelde me echter pas toen we bij de Academie waren dat ze samen met de rest van de anti-terreureenheid zou worden ingezet en niet lang op Quantico zou blijven.

'Geen sprake van,' zei ik tegen hem, alsof ik een moeder was die haar toestemming weigerde.

'Ik ben bang dat je hier niets over te zeggen hebt,' antwoordde hij.

Hij droeg een deel van mijn bagage door de foyer van Jefferson, die op deze zaterdagavond uitgestorven was. We wuifden naar de jonge vrouwen bij de receptie terwijl we gewoon verder ruzieden.

'In godsnaam,' vervolgde ik, 'ze is pas nieuw. Je kunt haar niet zomaar op een nucleaire crisis loslaten.'

'We laten haar nergens op los.' Hij duwde glazen deuren open. 'We hebben alleen maar haar technische kennis nodig. Ze hoeft heus niet als scherpschutter op te treden of uit vliegtuigen te springen.'

'Waar is ze nu?' vroeg ik terwijl we in een lift stapten.

'Hopelijk in bed.'

'Oh.' Ik keek op mijn horloge. 'Het is pas middernacht. Ik dacht dat het al ochtend was en dat ik op moest staan.'

'Ik weet het. Ik ben ook helemaal van slag.'

Onze ogen ontmoetten elkaar en ik keek weg. 'We moeten zeker doen alsof er niets is gebeurd,' zei ik met een geïrriteerde klank in mijn stem, want we hadden het niet gehad over wat er tussen ons was gebeurd.

We liepen de gang in en hij toetste een code op een digitaal paneel in. Het slot ging open en hij duwde de glazen deur open.

'Wat schieten we ermee op om te doen alsof?' zei hij, terwijl hij nog een code intoetste en een andere deur opende.

'Zeg dan maar wat jij wilt doen,' zei ik.

We waren in de beveiligde suite waar ik meestal logeerde als ik vanwege mijn werk of een gevaarlijke situatie daar de nacht moest doorbrengen. Hij droeg mijn bagage naar de slaapkamer terwijl ik de gordijnen voor het grote raam in de woonkamer dichttrok. De inrichting was comfortabel maar simpel, en toen Wesley niet antwoordde, herinnerde ik me dat het waarschijnlijk niet veilig was om een privé-conversatie in deze kamers te hebben, waar in ieder geval de telefoons werden afgeluisterd. Ik volgde hem weer naar de gang en herhaalde mijn vraag.

'Geduld,' zei hij met een droevige blik, of misschien was hij alleen maar moe. 'Luister, Kay, ik moet naar huis. Morgenochtend moeten we eerst een verkenningsvlucht uitvoeren met Marcia Gradecki en senator Lord.'

Gradecki was de nationale procureur-generaal en Frank Lord was de voorzitter van de Juridische Commissie en een oude vriend van mij.

'Ik wil graag dat jij ook meekomt, aangezien jij over het geheel gezien meer lijkt te weten van wat er aan de hand was dan wie dan ook. Misschien kun jij aan hen uitleggen hoe belangrijk de bijbel is waarin die gekken geloven. Dat ze ervoor moorden. Dat ze ervoor sterven.'

Hij zuchtte en wreef in zijn ogen. 'En we moeten het erover hebben wat we – hoewel God verhoedde dat dat gebeurt – met de besmette lijken gaan doen als die verdomde klootzakken besluiten de reactors op te blazen.' Hij keek me weer aan. 'We kunnen alleen maar ons best doen,' zei hij, en ik wist dat hij het niet alleen over de huidige crisis had.

'Dat doe ik ook, Benton,' zei ik en liep weer terug naar mijn suite.

Ik belde de centrale en vroeg hun het nummer van Lucy's kamer te draaien en toen daar niet werd opgenomen wist ik wat dat betekende. Ze was bij de TRA en ik kon haar daar niet bellen, omdat ik niet wist waar ze was in dat gebouw, dat zo groot was als een voetbalveld. Ik trok dus mijn jas aan en liep Jefferson uit omdat ik niet kon slapen voordat ik mijn nichtje had gezien.

De TRA had een eigen wachtpost, niet ver bij de ingang van de Academie vandaan, en de meeste van de FBI-politieagenten kenden me zo langzamerhand wel. De dienstdoende bewaker keek verbaasd toen ik naar hem toe liep, en hij kwam naar buiten om te horen wat ik wilde.

'Ik geloof dat mijn nichtje nog laat aan het werk is,' legde ik uit.

'Ja, mevrouw. Ik heb haar eerder op de avond naar binnen zien gaan.'

'Kunt u haar op de een of andere manier bereiken?'

'Hmmm.' Hij fronste zijn voorhoofd. 'Heeft u enig idee in welk gedeelte ze is?'

'Misschien in de computerruimte.'

Hij probeerde haar daar te bellen, maar had geen succes. Vervolgens keek hij mij aan. 'Dit is belangrijk.'

'Ja, inderdaad,' zei ik dankbaar.

Hij bracht zijn radio naar zijn mond.

'Eenheid tweeënveertig tot basis,' zei hij.

'Hallo, tweeënveertig.'

'Kunnen jullie iemand naar de ingang van TRA sturen?'

'Begrepen.'

We wachtten tot de andere bewaker er was en die hield vervolgens de wacht terwijl zijn partner met mij het gebouw in ging. We dwaalden een tijdje door de lange, lege gangen en probeerden gesloten deuren van machinewerkplaatsen en laboratoria waar mijn nichtje zou kunnen zijn. Na zo'n vijftien minuten hadden we geluk. Hij probeerde een deur die toen hij openging toegang bood tot een grote ruimte die een toverwerkplaats vol wetenschappelijke activiteiten was.

Lucy stond daar middenin. Ze droeg een handschoen met bedieningspaneel en had een *virtual reality*-helm op haar hoofd die met lange, dikke, zwarte, over de vloer kronkelende kabels was verbonden.

'Kunt u het verder alleen af?' vroeg de bewaker aan mij.

'Ja,' zei ik. 'Dank u wel.'

Medewerkers in laboratoriumjassen en overalls waren bezig met computers, interface-apparatuur en grote videoschermen, en ze zagen me allemaal binnenkomen. Maar Lucy was blind. Ze was eigenlijk niet in deze ruimte. Ze was in de ruimte in de helm voor haar ogen terwijl ze een *virtual reality*-wandeling over een platform maakte waarvan ik vermoedde dat dat in de Old Point-kerncentrale was.

'Ik ga nu inzoomen,' zei ze en drukte op een knopje op de handschoen.

Het beeld op het videoscherm werd plotseling groter terwijl het figuurtje dat Lucy was bij een steile, opengewerkte ijzeren trap kwam.

'Shit, ik zoom weer uit,' zei ze ongeduldig. 'Dit gaat vast niet lukken.'

'Ik zeg je dat het wel kan werken,' zei een jonge man die een grote, zwarte doos in de gaten hield. 'Maar het is lastig.'

Ze pauzeerde even en stelde iets bij. 'Ik weet het niet, Jim, is de resolutie van het beeld hoog genoeg of ligt het probleem bij mij?'

'Ik denk dat het probleem bij jou ligt.'

'Misschien word ik wel *cyber*-ziek,' zei mijn nichtje terwijl ze rondliep in wat me gezien het beeld op het videoscherm een ruimte met lopende banden en enorme turbines leek.

'Ik zal eens naar het algoritme kijken.'

'Weet je,' zei ze terwijl ze over de virtuele trap naar beneden liep, 'misschien moeten we het gewoon in de c-code zetten en van een vertraging van drie-vier naar driehonderd en vier microseconden et cetera gaan, in plaats van wat er in onze software staat.'

'Ja. De overschakelingsvolgorde klopt niet,' zei iemand anders. 'We moeten de *timing-circuits* aanpassen.'

'We kunnen ons niet de luxe permitteren dit voortdurend te veranderen,' gaf iemand anders zijn mening. 'En Lucy, je tante is er.'

Ze wachtte even, en ging toen verder alsof ze niet had gehoord wat die persoon zojuist had gezegd. 'Luister, ik zal de c-code nog voor de ochtend doen. We moeten alert zijn, want anders blijft Toto ergens steken of valt hij van de trap af. En dan zitten we pas goed in de nesten.'

Toto, concludeerde ik, was het eigenaardige ronde hoofd met één enkel video-oog, dat op een vierkant, stalen lichaam van nog geen meter hoog was gemonteerd. Zijn benen waren rupsbanden met zuignoppen erop, en zijn armen hadden grijpers. Hij deed me eigenlijk vooral denken aan een kleine tank met afstandsbediening. Toto stond bij de muur, niet ver bij zijn meesteres vandaan, die nu haar helm afzette.

'We moeten de bio-controllers op deze handschoen veranderen,' zei ze terwijl ze die voorzichtig uittrok. 'Ik ben eraan gewend dat één vinger vooruit betekent en twee vingers terug. Niet andersom. Ik kan me zo'n verwarde toestand niet veroorloven als we ter plaatse zijn.'

'Dat is gemakkelijk,' zei Jim. Hij liep naar haar toe en nam de handschoen aan.

Lucy zag er zo gespannen uit dat ze wel halfgek leek toen ze bij de deur naast me kwam staan.

'Hoe ben je binnengekomen?' Ze was helemaal niet vriendelijk.

'Via een van de bewakers.'

'Maar goed dat ze je kennen.'

'Benton zei dat ze je terug hadden gehaald, dat de anti-terreureenheid je nodig had,' zei ik. 'Ik ben blij dat je hier bent.'

'Maar ik blijf hier niet lang.' Ze keek hoe haar collega's doorwerkten.

De betekenis van haar woorden drong maar langzaam tot me door omdat ik het niet wilde begrijpen.

'De meeste jongens zijn er al,' vervolgde ze.

'Bij Old Point,' zei ik.

'We hebben duikers in de buurt, scherpschutters en helikopters. Maar dat is allemaal niets waard als we niet minstens één persoon naar binnen kunnen krijgen.'

'En dat ben jij natuurlijk niet,' zei ik. Ik wist dat als ze zou zeggen dat dat wel het geval was, ik de FBI, het hele Bureau, iedereen onmiddellijk zou vermoorden.'

'Eigenlijk wel,' zei mijn nichtje. 'Ik ben degene die Toto bedient. Hé, Jim,' riep ze. 'Als je toch bezig bent, zet dan ook een vliegcommando op die handschoen.'

'Dus Toto krijgt vleugels,' grapte iemand. 'Mooi zo. We kunnen wel een slimme beschermengel gebruiken.'

'Lucy, heb je er enig idee van hoe gevaarlijk die mensen zijn?' Ik kon me niet inhouden.

Ze keek me aan en zuchtte. 'Luister nou eens, wat denk je eigenlijk, tante Kay? Denk je dat ik nog een kind ben dat met lego zit te spelen?'

'Ik denk dat ik er niets aan kan doen dat ik erg bezorgd ben.'

'We zouden nu allemaal bezorgd moeten zijn,' zei ze op grimmige toon. 'Luister, ik moet weer aan het werk.' Ze wierp een blik op haar horloge en slaakte een diepe zucht. 'Zal ik je even snel een samenvatting van mijn plan geven zodat je tenminste weet wat er allemaal gebeurt?'

'Alsjeblieft.'

'Het begint hiermee.' Ze liet zich op de grond zakken en ik

ging naast haar zitten. We hadden onze rug tegen de muur. 'Normaal zou een robot als Toto radiografisch worden bestuurd, maar dat zou nooit werken in een gebouw met zoveel beton en staal. Dus heb ik een betere manier bedacht. Het komt erop neer dat hij een rol met glasvezelkabel meeneemt die hij als een slakkespoor overal waar hij gaat achter zich afrolt.'

'En waar gaat hij dan heen?' vroeg ik. 'Binnen in de kerncentrale?'

'Dat proberen we nu vast te stellen,' zei ze. 'Maar er hangt veel van de situatie af. Het kan zijn dat we clandestien opereren, bijvoorbeeld om informatie te verzamelen. Of misschien moeten we hem openlijk inzetten, als de terroristen bijvoorbeeld een directe telefoonverbinding willen, waar we eigenlijk op rekenen. Toto moet klaar zijn om onmiddellijk waar dan ook naartoe te gaan.'

'Behalve een trap op of af.'

'Hij kan ook trappen lopen. Sommige gaan beter dan andere.'

'En jij kunt via de glasvezelkabel zien?' vroeg ik.

'Die wordt regelrecht op mijn bedieningspaneel aangesloten.' Ze hield haar handen omhoog. 'En dan is het net alsof ik het ben die daar loopt in plaats van Toto. Door *virtual reality* kan ik op afstand aanwezig zijn, zodat ik onmiddellijk kan reageren op wat zijn sensoren opvangen. En trouwens, de meeste daarvan zitten in die prachtige grijze kleur die we hem hebben gegeven.' Ze wees naar haar vriend aan de andere kant van de ruimte. 'Zijn slimme verflaagje helpt hem om niet overal tegenaan te botsen,' zei ze, alsof ze echt om hem gaf.

'Is Janet mee teruggekomen?' vroeg ik toen.

'Ze is bezig de boel af te ronden in Charlottesville.'

'De boel afronden?'

'We weten wie er in de computer van CP&L heeft ingebroken,' zei ze. 'Een vrouwelijke onderzoeksassistent bij kernfysica. Wat een verrassing.'

'Hoe heet ze?'

'Loren nog iets.' Ze wreef over haar gezicht. 'God, ik had niet moeten gaan zitten. Weet je dat je echt duizelig kunt worden van *cyberspace* als je er te lang in blijft. De laatste tijd word ik er bijna misselijk van. Bah.' Ze klikte een paar keer met haar vingers. 'McComb. Loren McComb.'

'En hoe oud is ze?' vroeg ik. Ik herinnerde me dat Cleta had gezegd dat Eddings' vriendin Loren heette.

'Eind twintig.'

'Waar komt ze vandaan?'

'Uit Engeland. Maar ze is eigenlijk Zuidafrikaans. Ze is zwart.'

'En dat verklaart haar slechte karakter, volgens mevrouw Eddings.'

'Wat?' Lucy keek me verbijsterd aan.

'Is er een band met de Nieuwe Zionisten?' vroeg ik.

'Blijkbaar is ze via Internet met hen in contact gekomen. Ze is heel militant en is tegen de regering. Mijn theorie is dat ze steeds meer is geïndoctrineerd naarmate ze langer met hen communiceerde.'

'Lucy,' zei ik, 'ik denk dat ze Eddings' vriendin en inlichtingenbron was, en dat het mogelijk is dat ze de Nieuwe Zionisten uiteindelijk heeft geholpen hem te doden, waarschijnlijk via kapitein Green.'

'Waarom zou ze hem dan eerst hebben geholpen?'

'Ze geloofde misschien dat ze geen keuze had. Als ze hem informatie heeft gegeven die de zaak van Hand kon schaden, hebben ze haar misschien overtuigd om hen te helpen, of misschien hebben ze haar wel bedreigd.'

Ik dacht aan de Cristal-champagne in Eddings' koelkast en vroeg me af of hij van plan was geweest oudejaarsavond met zijn vriendin door te brengen.

'Hoe wilden ze dan dat zij hen hielp?' vroeg Lucy.

'Ze kende waarschijnlijk de code van zijn alarminstallatie en misschien zelfs de combinatie van zijn kluis.' Mijn laatste gedachte was de ergste. 'Misschien was ze wel bij hem in zijn boot, de nacht dat hij stierf. We weten trouwens niet eens of zij niet degene was die hem vergiftigde. Ze is tenslotte een wetenschapper.'

'Verdomme.'

'Ik neem aan dat je haar hebt ondervraagd,' zei ik.

'Dat heeft Janet gedaan. McComb zegt dat ze achttien maanden geleden op Internet een notitie op een bulletinboard las. Blijkbaar werkte een producer aan een film over terroristen die een kerncentrale bezetten zodat ze een situatie zoals in Noord-Korea konden creëren en de hand konden leggen op plutonium voor wapens, et cetera, et cetera. Die zogenaamde producer had technische hulp nodig, waarvoor hij ook wilde betalen.'

'Had ze de naam van die persoon?' vroeg ik.

'Hij noemde zichzelf altijd "Alias", alsof hij wilde impliceren dat hij beroemd was. Ze begon hem informatie te sturen uit verslagen van promovendi, waar ze bij kon komen omdat ze zelf research-assistent was. Ze gaf die zak van een Alias elk recept wat je maar kunt bedenken om Old Point te bezetten en splijtstofelementen naar de Arabieren te sturen.'

'En ook hoe ze vaten moesten maken?'

'Precies. Steel tonnen verarmd uranium uit Oak Ridge. Stuur het naar Irak, Algerije, of waarheen dan ook, waar er vaten van 125 ton van werden gemaakt. En stuur ze dan terug, waar ze hier tot de grote dag worden opgeslagen. En ze heeft uitgebreid uitgelegd hoe uranium in een reactor in plutonium verandert.' Lucy stopte en keek me aan. 'Ze zegt dat het nooit bij haar is opgekomen dat het wel eens echt kon zijn wat ze aan het doen was.'

'En werd het wel echt voor haar toen ze in de computer van CP&L begon in te breken?'

'Daar heeft ze geen verklaring voor en ze wil ook geen motief geven.'

'Ik denk dat het motief gemakkelijk is,' zei ik. 'Eddings was geïnteresseerd in telefoontjes naar Arabische landen van bepaalde mensen. En hij kreeg zijn lijst via de *gateway* met Pittsburgh.'

'Denk je niet dat ze moet hebben beseft dat de Nieuwe Zionisten er niet erg blij mee zouden zijn dat ze haar vriendje hielp, die toevallig journalist was?'

'Ik denk dat dat haar niets kon schelen,' zei ik kwaad. 'Het lijkt me dat ze het wel spannend vond om dubbelspel te spelen. Ze kreeg er in ieder geval vast het gevoel van dat ze erg belangrijk was, iets wat ze waarschijnlijk nog nooit eerder had gevoeld in haar rustige, academische wereldje. Ik betwijfel of de waarheid tot haar doordrong totdat Eddings begon rond te snuffelen bij de MSA, bij het kantoor van kapitein Green, of wie weet waar nog meer, en de Nieuwe Zionisten de tip kregen dat hun bron, mevrouw McComb, de hele onderneming in gevaar bracht.

'Als Eddings uit had gevonden hoe het in elkaar zat,' zei Lucy, 'hadden ze het nooit voor elkaar kunnen krijgen.'

'Precies,' zei ik, 'als iemand van ons op tijd had beseft hoe het in elkaar zat, zou dit nu niet gebeuren.' Ik keek toe hoe een vrouw in een witte jas Toto's armen bestuurde om een doos op te tillen. 'Zeg eens,' zei ik, 'hoe gedroeg Loren McComb zich toen Janet haar ondervroeg?'

'Ze was afstandelijk. Absoluut geen emotie.'

'Hands mensen zijn erg machtig.'

'Dat lijkt me wel, als je het ene ogenblik je vriendje helpt en er het volgende moment toe wordt gebracht hem te vermoorden.' Lucy keek ook naar haar robot en leek niet blij met wat ze zag.

'Nou, ik hoop dat de Nieuwe Zionisten mevrouw McComb niet kunnen vinden op de plek waar het Bureau haar vasthoudt.'

'Ze hebben haar geïsoleerd,' zei Lucy terwijl Toto plotseling stil bleef staan en de doos met een klap op de grond viel. 'Waarop hebben jullie de R.P.M. van de schoudercharnieren gezet?' riep ze.

'Op acht.'

'Laten we dat tot vier omlaag brengen. Verdomme.' Ze wreef over haar gezicht. 'Dat hebben we net nodig.'

'Nou, ik ga maar terug naar Jefferson,' zei ik en stond op.

Ze had een vreemde blik in haar ogen. 'Logeer je op de beveiligde verdieping, zoals altijd?' vroeg ze.

'Ja.'

'Het zal wel niet belangrijk zijn, maar daar is Loren McComb ook,' zei ze.

Mijn suite was zelfs vlak naast de hare. In tegenstelling tot mij, zat zij opgesloten. Maar toen ik een tijdje in bed probeerde te lezen, hoorde ik haar tv door de muur heen. Ik hoorde haar van het ene naar het andere kanaal zappen en herkende *Star Trek* toen ze naar een herhaling van een oude aflevering keek.

Urenlang waren we op slechts enkele meters afstand van elkaar, zonder dat zij dat wist. Ik zag voor me hoe ze kalm zoutzuur en cyanide in een flesje mengde en het gas bij het ventiel van de compressor hield. De lange, zwarte slang moest onmiddellijk heftig in het water hebben bewogen, maar zou daarna alleen nog maar rustig op de trage stroming van de rivier hebben gedobberd.

'Zie dat maar in je slaap,' zei ik tegen haar, hoewel ze me niet kon horen. 'Zie dat maar de rest van je leven in je slaap. Nacht na nacht, verdomme.' Ik deed kwaad mijn lamp uit.

16

De volgende ochtend vroeg zag ik een dikke mist door mijn ramen en was Quantico stiller dan gewoonlijk. Ik hoorde geen enkel geweerschot op de schietbaan en het leek erop dat de mariniers uitsliepen. Toen ik door de dubbele glazen deuren naar de lift liep, hoorde ik naast mijn kamer een deur dichtgaan en de beveiligde sloten openklikken.

Ik drukte op het knopje om naar beneden te gaan en keek om toen twee vrouwelijke agenten in klassieke mantelpakjes aan weerskanten van een zwarte vrouw met een lichte huid aan kwamen lopen. De vrouw keek me recht aan, alsof we elkaar al eerder hadden ontmoet. Loren McComb had uitdagende, donkere ogen en een diepgewortelde trots, alsof dat de bron was waaruit ze de kracht putte om te overleven en die alles wat ze deed succesvol maakte.

'Goedemorgen,' zei ik.

'Dokter Scarpetta,' begroette een van de agenten me op sombere toon terwijl we met ons vieren in de lift stapten.

Toen zwegen we tot aan de tweede verdieping. Ik rook de zure, ongewassen lucht van de vrouw die Joel Hand had geleerd hoe hij een bom moest maken. Ze droeg een strakke, verkleurde spijkerbroek, gymschoenen en een lange, wijde, witte blouse, die het prachtige figuur niet kon verhullen dat vast had bijgedragen aan Eddings' fatale beoordelingsfout. Ik stond achter haar en haar bewakers en bekeek het stukje gezicht dat ik kon zien. Ze likte vaak langs haar lippen en staarde recht voor zich uit naar de deuren, die voor mij niet snel genoeg konden opengaan.

De stilte in de lift was even dik als de mist buiten, en toen stapten we op de tweede verdieping uit. Ik liep langzaam weg en keek hoe de twee agenten McComb wegleidden, zonder haar met een vinger aan te raken. Dat hoefden ze ook niet, want als het nodig zou zijn, konden ze haar zo tegenhouden.

Ze begeleidden Loren McComb door de hal en verdwenen toen in een van de talloze glazen wandelgangen die 'cavia-kooien' werden genoemd. Ik was verbaasd toen ze bleef staan om naar me om te kijken. Ze zag mijn onvriendelijke blik en liep door, weer een stap verder op weg naar wat hopelijk een lange tocht door het gevangenissysteem zou worden.

Ik liep de trap op en ging in de cafetaria naar binnen, waar de vlaggen van alle staten aan de muur hingen. Ik trof Wesley aan in een hoekje, onder de vlag van Rhode Island.

'Ik heb Loren McComb net gezien,' zei ik terwijl ik mijn dienblad neerzette.

Hij wierp een blik op zijn horloge. 'Ze wordt vandaag het grootste deel van de dag ondervraagd.'

'Denk je dat ze ons iets zal kunnen vertellen waar we iets aan hebben?'

Hij schoof de peper- en zoutvaatjes naar me toe. 'Nee. Daar is het al te laat voor,' zei hij alleen maar.

Ik at roerei van enkel eiwitten met droge toast en dronk zwarte koffie terwijl ik naar de nieuwe agenten en de politiemensen van de Nationale Academie keek, die omeletten en wafels namen. Sommigen maakten een sandwich voor zichzelf met bacon of worstjes, en ik bedacht wat het toch saai was om oud te worden.

'We moeten gaan.' Ik pakte mijn dienblad, omdat voedsel soms het eten niet waard is.

'Ik ben nog aan het eten, dokter.' Hij speelde met zijn lepel.

'Je eet muesli, alleen is het allemaal al op.'

'Misschien haal ik nog wel wat.'

'Nee, dat doe je niet,' zei ik.

'Ik zit te denken.'

'Oké.' Ik keek hem aan, geïnteresseerd in wat hij had te zeggen.

'Hoe belangrijk is dat Boek van Hand eigenlijk?'

'Heel belangrijk. Een deel van het probleem ontstond toen Danny er een meenam en het waarschijnlijk aan Eddings gaf.'

'Waarom denk je dat het zo belangrijk is?'

'Jij bent de profileringsdeskundige. Dat zou jij dus moeten weten. Het Boek vertelt ons wat ze zullen doen. Door het Boek worden ze voorspelbaar.'

'Wat een angstige gedachte,' zei hij.

Om negen uur liepen we langs de schietbanen naar een stuk grasland van ongeveer twee vierkante kilometer, vlak bij het met autobanden beklede gebouwtje dat de anti-terreureenheid in de manoeuvres gebruikte die ze nu ook nodig zouden hebben. Vanochtend waren ze allemaal bij Old Point en was er niemand te zien, behalve onze piloot Whit. Hij zag er als altijd rustig en atletisch uit in zijn zwarte vliegenierspak, en stond naast een blauw-witte Bell 222, een helikopter met twee motoren die ook het eigendom was van CP&L.

'Whit.' Wesley knikte naar hem.

'Goedemorgen,' zei ik terwijl we instapten.

In de helikopter waren vier stoelen in een cabine die wel op de passagiersruimte van een klein vliegtuig leek. Senator Lord was helemaal verdiept in zijn lectuur en de procureur-generaal, die tegenover hem zat, was ook bezig met allerlei documenten. De helikopter had hen eerst in Washington opgehaald, en ze zagen er ook uit alsof ze de afgelopen nachten niet veel hadden geslapen.

'Hoe gaat het met je, Kay?' De senator keek niet op.

Hij droeg een donker pak en een wit overhemd met een gesteven boord. Zijn das was donkerrood en hij had manchetknopen met het logo van de senaat erop. Marcia Gradecki daarentegen droeg een eenvoudige, lichtblauwe rok met een jasje erbij, en een parelsnoer. Ze was een grote vrouw met een gezicht dat op een krachtige, dynamische manier aantrekkelijk was. Hoewel ze in Virginia was begonnen, hadden we elkaar nog nooit eerder ontmoet.

Wesley stelde ons allemaal aan elkaar voor terwijl we opstegen naar de prachtig blauwe lucht. We vlogen over felgele schoolbussen die op dit tijdstip van de dag leeg waren. Toen ging de bebouwing al snel over in moerassen met eendenkooien en hectares bos. Het zonlicht speelde op de toppen van de bomen en toen we de rivier de James volgden, vloog onze weer-spiegeling stilletjes over het water achter ons aan.

'We vliegen zo over Governor's Landing,' zei Wesley. We hadden geen koptelefoons nodig om met elkaar te praten, alleen als we de piloot wilden spreken. 'Dat is het onroerend goed van CP&L, waar Brett West ook woont. Hij is de vice-president, die verantwoordelijk is voor de dagelijkse gang van zaken, en hij woont in een huis hier beneden, dat negenhonderdduizend dollar heeft gekost.' Hij zweeg even terwijl iedereen naar beneden keek. 'Je kunt het bijna zien. Daar. Dat grote, bakstenen huis met het zwembad en het basketbalveld erachter.'

Er stonden veel enorme bakstenen huizen met zwembaden en pijnlijk jonge boompjes op het terrein. Er was ook een golfbaan en een haventje. We hoorden dat West daar een boot had liggen die er nu echter niet was.

'En waar is die meneer West?' vroeg de procureur-generaal terwijl onze piloten naar het noorden draaiden, waar de Chickahominy bij de James uitkwam.

'Dat weten we op het ogenblik niet.' Wesley bleef uit het raampje kijken.

'Ik neem aan dat u gelooft dat hij hiermee te maken heeft,' zei de senator.

'Absoluut. Toen CP&L besloot in Suffolk een afdelingskantoor te openen, bouwden ze dat op land dat ze van een boer genaamd Joshua Hayes hadden gekocht.'

'Zijn gegevens in hun computer zijn ook bekeken,' onderbrak ik hem.

'Door de hacker,' zei Gradecki.

'Precies.'

'En u heeft haar in verzekerde bewaring,' zei ze.

'Ja. Blijkbaar had ze een relatie met Ted Eddings en is hij hier zo bij betrokken geraakt en uiteindelijk vermoord.' Wesley's gezicht stond hard. 'Ik ben ervan overtuigd dat West van het begin af aan een medeplichtige van Joel Hand is geweest. Jullie kunnen nu het afdelingskantoor zien.' Hij wees. 'En is dat niet toevallig,' vervolgde hij op ironische toon, 'dat ligt vlak naast het terrein van Hand.'

Het afdeligskantoor was in feite niet meer dan een grote parkeerplaats vol pick-ups, benzinepompen en vierkante gebouwen waar in rode letters CP&L op het dak stond. Toen we over het terrein en over een stukje bos vlogen, kwamen we plotseling boven het tweehonderd vierkante kilometer grote gebied bij de Nansemond River waar Joel Hand achter een hoog, metalen hek woonde dat volgens de geruchten onder stroom stond.

Zijn kamp bestond uit een groepje kleine huizen en barakken en zijn eigen verweerde herenhuis, dat hoge, witte pilaren had. Maar we waren niet verontrust over die gebouwen. Wel over andere, grote houten bouwwerken die eruitzagen als pakhuizen. Ze stonden in een rij langs treinrails die naar een enorm privé-laaddok, met grote hijskranen langs het water voerde.

'Dat zijn geen normale schuren,' merkte de procureur-generaal op. 'Wat werd er vanaf deze boerderij vervoerd?'

'Of ernaartoe,' zei de senator. Ik herinnerde hen aan het spul dat Danny's moordenaar op de vloer van mijn vroegere Mercedes had achtergelaten. 'Misschien werden de vaten hier wel opgeslagen,' zei ik. 'De gebouwen zijn er groot genoeg voor, en je zou inderdaad hijskranen en treinen of vrachtauto's nodig hebben.'

'Dat zou de moord op Danny Webster dan zeker in verband brengen met de Nieuwe Zionisten,' zei de procureur-generaal terwijl ze nerveus met haar parels speelde.

'Of in ieder geval met iemand die in- en uitliep bij de opslagloodsen voor de vaten,' antwoordde ik. 'Daar lagen natuurlijk overal microscopisch kleine deeltjes verarmd uranium, als we ervan uitgaan dat de vaten aan de binnenkant inderdaad met een laag verarmd uranium waren bedekt.'

'Dus het is mogelijk dat die persoon uranium onder zijn schoenen heeft gehad zonder dat te weten,' zei senator Lord.

'Zeker.'

'Nou, dan moeten we dit kamp binnenvallen om te kijken wat

we er kunnen vinden,' zei hij toen.

'Ja, meneer,' stemde Wesley in. 'Zodra dat mogelijk is.'

'Frank, tot dusver hebben ze niets gedaan wat we kunnen bewijzen,' zei Gradecki tegen hem. 'We hebben geen aannemelijke reden. De Nieuwe Zionisten hebben de verantwoordelijkheid nog niet opgeëist.'

'Nou, ik weet ook wel hoe het werkt, maar het is belachelijk,' zei Lord. 'Het lijkt erop dat er behalve die honden niemand beneden is. Dus hoe leg je dat uit, als de Nieuwe Zionisten er niets mee te maken hebben? Waar is iedereen? Nou, ik denk dat we verdomde goed weten waar ze zijn.'

We keken naar de dobermannpinschers, die in hun hok blaften en omhoogsprongen terwijl we boven hen ronddraaiden.

'Jezus,' zei Wesley. 'Ik had nooit gedacht dat ze allemaal in Old Point zouden kunnen zijn.'

Ik ook niet, en ik kreeg een heel angstig idee.

'We hebben aangenomen dat de Nieuwe Zionisten in de afgelopen jaren gelijk in aantal zijn gebleven,' vervolgde Wesley. 'Maar misschien was dat niet zo. Misschien waren de enige mensen die hier woonden degenen die in training waren voor de overval.'

'En daar hoort Joel Hand dan ook bij.' Ik keek Wesley aan. 'We weten dat hij hier woonde,' zei hij. 'Ik denk dat er een grote kans bestaat dat hij in die bus zat. Hij is waarschijnlijk samen met de anderen in de kerncentrale. Hij is hun leider.'

'Nee,' zei ik. 'Hij is hun god.'

We zwegen lange tijd.

Toen zei Gradecki: 'Het probleem is dat hij krankzinnig is.'

'Nee,' zei ik. 'Het probleem is dat hij dat niet is. Hand is kwaadaardig, en dat is veel erger.'

'En zijn fanatisme beïnvloedt alles wat hij daar doet,' zei Wesley. 'Als hij daar is,' sprak hij langzaam, 'dan gaat het gevaar veel verder dan dat ze met een boot vol splijtstofstaven ontsnappen. Dan kan het op elk moment op een zelfmoordmissie uitdraaien.'

'Ik snap niet goed waarom u dat zegt,' zei Gradecki, die dat helemaal niet wilde horen. 'Het motief is heel duidelijk.'

Ik dacht aan het Boek van Hand, en hoe moeilijk het voor niet-ingewijden was om te begrijpen waartoe een man als de schrijver van dat boek in staat was. Ik keek naar de procureur-generaal terwijl we over een reeks oude, grijze tankers en transportschepen vlogen die ook wel bekend stonden als de Dode Vloot van de Marine. Ze lagen afgemeerd in de James, en van een afstand leek het net alsof Virginia in staat van beleg was, wat de staat in zekere zin ook was.

'Ik geloof niet dat ik dat ooit eerder heb gezien,' mompelde ze verbaasd terwijl ze naar beneden keek.

'Nou, dat had wel gemoeten,' reageerde senator Lord. 'Jullie Democraten zijn ervoor verantwoordelijk dat de helft van de marinevloot is afgedankt. We hebben zelfs geen ruimte voor al die schepen. Ze liggen over het hele land verspreid, zijn nog maar een schim van zichzelf en zijn geen cent waard als we snel zeewaardige vaartuigen nodig hebben. Tegen de tijd dat je een van die oude wastobbes op gang hebt gekregen, zou de Perzische Golf al net zo lang voorbij zijn als die andere oorlog die ze hier in de buurt hebben uitgevochten.'

'Frank, het is me duidelijk wat je wilt zeggen,' zei ze op kordate toon. 'Ik geloof dat we ons vanochtend met andere zaken moeten bezighouden.'

Wesley had een koptelefoon opgezet zodat hij met de piloten kon praten. Hij vroeg om een overzicht van de laatste ontwikkelingen en luisterde lang naar hen, ondertussen naar Jamestown en de veerboot starend. Toen hij de verbinding verbrak, stond zijn gezicht bezorgd.

'We zijn over een paar minuten bij Old Point. De terroristen weigeren nog steeds elk contact en we weten niet hoeveel doden er binnen zijn gevallen.'

'Ik hoor andere helikopters,' zei ik.

We zwegen en hoorden onmiskenbaar het geluid van draaiende wieken. Wesley maakte weer contact met de piloten.

'Luister, verdomme, de Luchtvaartdienst zou dit gedeelte van het luchtruim afschermen.' Hij zweeg en luisterde. 'Absoluut niet. Niemand heeft toestemming om binnen anderhalve kilometer...' Hij werd onderbroken en luisterde weer. 'Goed, goed.' Hij werd kwader. 'Jezus,' riep hij terwijl het geluid nog harder klonk.

Twee Huey's en twee Black Hawks donderden met veel lawaai langs. Wesley maakte zijn riem los alsof hij ergens heen moest. Hij stond woedend op en liep naar de andere kant van de cabine om uit de raampjes te kijken.

Hij stond met zijn rug naar de senator toen hij met ingehouden woede zei: 'Meneer, u had de National Guard er niet bij moeten halen. We hebben hier te maken met een heel delicate kwestie en we kunnen ons geen – ik herhaal, geen – enkele vorm van inmenging permitteren in onze plannen of in het luchtruim. En laat ik u eraan herinneren dat dit binnen de jurisdictie van de politie valt, niet van het leger. Dit zijn de Verenigde Staten...'

Senator Lord onderbrak hem. 'Ik heb ze er niet bij gehaald, en ik ben het volkomen met u eens.'

'Wie dan wel?' vroeg Gradecki, die Wesley's hoogste baas was. 'Waarschijnlijk uw gouverneur,' zei senator Lord met een blik naar mij. Ik zag aan zijn houding dat ook hij furieus was. 'Het is net iets voor hem om zoiets stoms te doen, omdat hij alleen maar aan de volgende verkiezing denkt. Verbind me met zijn kantoor, en wel nu onmiddellijk.'

De senator zette de koptelefoon op en het kon hem niets schelen wie het gesprek konden horen toen hij een paar minuten later vol vuur van start ging.

'In godsnaam, Dick, ben je nou helemaal gek geworden?' zei hij tegen de man die de hoogste positie in de staat had. 'Nee, nee, daar hoef je zelfs niet over te beginnen,' beet hij. 'Je mengt je in ons werk hier, en als dat levens kost, kun je er zeker van zijn dat ik bekend zal maken wie daar schuldig aan is...'

Hij zweeg even en luisterde met een onheilspellende uitdrukking op zijn gezicht. Toen maakte hij nog een aantal treffende opmerkingen, waarna de gouverneur de National Guard opdracht gaf zich terug te trekken. Hun enorme helikopters landden zelfs niet, maar stegen weer terwijl ze plotseling in een andere formatie gingen vliegen. Ze kwamen vlak langs Old Point, dat we nu konden zien. Uit de betonnen koeltorens trokken sliertjes stoom naar de schone, blauwe lucht.

'Het spijt me erg,' verontschuldigde de senator zich, want hij was bovenal een heer.

We staarden naar de tientallen wagens van de politie en andere diensten, de ambulances en de brandweerwagens, en de enorme aantallen schotelantennes en nieuwsauto's. Er stonden hele groepen mensen buiten, alsof ze van een mooie, heldere dag genoten. Wesley vertelde ons dat het gebouw waar die mensen voor stonden het bezoekerscentrum was. Dit was de commandopost voor de buitenste rand van het gebied.

'Zoals jullie kunnen zien,' legde hij uit, 'is die post op nog geen kilometer afstand van de centrale en het hoofdgebouw, dat daar is.' Hij wees het gebouw aan.

'De controlekamer is in het hoofdgebouw?' vroeg ik.

'Precies. Dat beige, drie verdiepingen hoge gebouw van baksteen. Daar bevinden ze zich, denken we, tenminste, de meesten van hen, en de gijzelaars ook.'

'Nou, daar moeten ze ook zijn als ze iets met de reactors willen doen, zoals ze stilleggen, wat ze al hebben gedaan,' merkte senator Lord op.

'Wat gebeurt er precies als ze dat doen?' vroeg de procureur-generaal.

'Dat hebben ze al gedaan, Marcia. Maar er zijn noodgeneratoren, dus niemand komt zonder elektriciteit te zitten. En de centrale zelf heeft ook een elektriciteitsvoorziening voor noodsituaties,' zei Lord. Hij stond erom bekend dat hij een vurig voorstander van kernenergie was.

Aan weerszijden van de centrale lagen brede kanalen. De een voerde naar de James en de ander naar een kunstmatig meer in de buurt. Verder waren er hectares transformatoren en elektriciteitskabels, en parkeerplaatsen met veel auto's, waarvan de meeste bij mensen hoorden die waren komen helpen. Er leek geen gemakkelijke manier te zijn om onopgemerkt het hoofdgebouw in te komen, want elke kerncentrale is vanuit het oogpunt van de meest strikte veiligheidsmaatregelen ontworpen. Kerncentrales moesten alle onbevoegden buiten houden, en helaas hoorden wij daar ook bij. Als we bijvoorbeeld via het dak naar binnen wilden, moesten we gaten in metaal en beton boren, en als we door ramen of deuren zouden binnendringen, bracht dat het risico met zich mee dat we zouden worden gezien.

Ik vermoedde dat Wesley over het water nadacht, want duikers van de anti-terreureenheid konden ongezien de rivier of het meer ingaan, en via een kanaal tot heel dicht bij het hoofdgebouw komen. Ik dacht dat ze wel tot op zes meter afstand van de deur konden komen die de terroristen hadden bestormd, maar hoe de agenten onopgemerkt konden blijven als ze eenmaal aan land waren, wist ik niet.

Wesley gaf geen details over zijn plannen, want de senator en de procureur-generaal waren weliswaar bondgenoten en zelfs vrienden, maar ze waren ook politici. De FBI noch de politie kon het gebruiken dat Washington zich met deze operatie ging bemoeien. Het was al erg genoeg wat de gouverneur zojuist had gedaan.

'Zien jullie die grote, witte bus dicht bij het hoofdgebouw,' zei Wesley. 'Dat is onze commandopost voor het binnenste deel van het gebied.'

'Ik dacht dat die van een nieuwsploeg was,' merkte de procureur-generaal op.

'Daar proberen we een relatie op te bouwen met meneer Hand en zijn Vrolijke Bende.'

'Hoe?'

'Ik wil om te beginnen met ze praten,' zei Wesley.

'Niemand heeft ze nog gesproken?' vroeg de senator.

'Tot dusver,' zei hij, 'lijken ze niet te willen praten.'

De Bell 222 begon langzaam aan de afdaling terwijl nieuwsploegen zich naast de helikopterlandingsplaats tegenover het bezoekerscentrum verzamelden. We grepen onze attachékoffertjes en tassen en stapten uit in de sterke wind van de ronddraaiende wieken. Wesley en ik liepen snel en zwijgend weg. Ik keek maar één keer om en zag dat senator Lord werd omgeven door microfoons, terwijl de machtigste advocaat van het land een serie emotionele uitspraken deed.

We liepen naar het bezoekerscentrum met de vele vitrines voor schoolkinderen en nieuwsgierigen. Maar nu werd de hele ruimte in gebruik genomen door de lokale en de regionale politie. De agenten dronken limonade, aten patat en snoep terwijl ze bij plattegronden en landkaarten stonden die op ezels waren bevestigd. Ik vroeg me af wat we eigenlijk konden doen.

'Waar is jouw veldkantoor?' vroeg Wesley.

'Als het goed is, in de buurt van het ambulancepersoneel. Ik geloof dat ik vanuit de lucht onze koeltruck heb gezien.'

Zijn ogen dwaalden rond. Ze stopten toen de deur van de mannen-wc openging en weer dicht zwaaide. Marino kwam naar buiten, zijn broek weer eens ophijsend. Ik had niet verwacht hem hier te zien. Ik had gedacht dat zijn angst voor straling hem thuis zou hebben gehouden.

'Ik ga koffie halen,' zei Wesley. 'Willen jullie ook?'

'Ja. Geef mij maar een dubbele.'

'Graag,' antwoordde ik en zei tegen Marino: 'Dit is wel de laatste plaats waar ik jou had verwacht.'

'Zie je al die kerels die hier rondlopen?' zei hij. 'We zijn onderdeel van een speciale eenheid, zodat alle plaatselijke autoriteiten hier iemand hebben die ze op kan bellen en ze kan vertellen wat er in vredesnaam aan de hand is. Het komt erop neer dat de commissaris mij hiernaartoe heeft gestuurd, en nee, daar ben ik niet blij mee. En trouwens, ik heb je maatje Steels hier gezien, en je bent vast blij te weten dat Roche zonder salaris op non-actief is gesteld.'

Ik antwoordde niet, want Roche was nu niet belangrijk.

'Daar voel je je vast wat beter door,' vervolgde Marino.

Ik keek hem aan. Zijn gesteven witte boord was nat van het zweet en zijn riem met zijn hele uitrusting eraan kraakte als hij zich bewoog.

'Zolang ik hier ben, zal ik mijn best doen een oogje op je te houden. Maar ik zou het fijn vinden als je je niet op de korrel laat nemen door de een of andere zak met een super-geweer,' zei hij, met zijn grote, dikke hand een paar plukken haar naar achteren vegend.

'Dat zou ik ook fijn vinden. Ik moet even bij mijn mensen gaan kijken,' zei ik. 'Heb jij ze ergens gezien?'

'Ja, ik zag Fielding in die grote camper die de mensen van de begrafenisonderneming voor jullie hebben gekocht. Hij was in de keuken eieren aan het koken, alsof hij aan het kamperen was of zo. Er is ook een koeltruck.'

'Oké. Ik weet precies waar die is.'

'Ik wil je er wel heen brengen, als je wilt,' zei hij nonchalant, alsof het hem niets kon schelen.

'Ik ben blij dat je er bent,' zei ik, omdat ik wist dat ik daar een van de redenen voor was, wat hij ook mocht zeggen.

Wesley kwam weer terug. Hij hield een papieren bordje met *doughnuts* boven op de koppen koffie in evenwicht. Marino nam er één terwijl ik uit het raam naar de zonnige, koude dag keek.

'Benton,' zei ik, 'waar is Lucy?'

Hij antwoordde niet, zodat ik wist waar ze was. Mijn ergste angsten werden bewaarheid.

'Kay, we moeten allemaal ons werk doen.' Zijn ogen stonden vriendelijk, maar hij was ondubbelzinnig in zijn antwoord.

'Uiteraard.' Ik zette mijn beker koffie neer omdat mijn zenuwen zo al gespannen genoeg waren. 'Ik ga naar buiten, om de boel te controleren.'

'Wacht even,' zei Marino terwijl hij aan zijn tweede *doughnut* begon.

'Ik red me wel.'

'Inderdaad,' zei hij, 'daar zorg ik voor.'

'Je moet buiten echt voorzichtig zijn,' zei Wesley tegen me. 'We weten dat er bij elk raam iemand staat en ze kunnen gaan schieten wanneer ze maar willen.'

Ik keek naar het hoofdgebouw in de verte en duwde de glazen deuren open. Marino kwam gelijk achter me aan.

'Waar is de anti-terreureenheid?' vroeg ik hem.

'Waar je ze niet kunt zien.'

'Spreek niet in raadselen. Daar ben ik niet voor in de stemming.'

Ik liep vastberaden door, en omdat ik geen teken van terrorisme of slachtoffers zag, was deze hele ellendige situatie net een oefening. De brandweerauto's, koeltrucks en ambulances leken wel een onderdeel van een nagespeelde noodtoestand. Zelfs toen ik Fielding bezig zag met het ordenen van noodvoorraden in mijn veldkantoor in de grote, witte camper, leek me dat niet echt. Hij maakte een van de blauwe koffers open met PADV erop. Daar zat van alles in, van de grootste maat naalden, tot aan de gele zakken waarin de persoonlijke eigendommen van overledenen konden worden opgeborgen.

Hij keek naar me alsof ik er al die tijd al was bij geweest.

'Heeft u enig idee waar de priemen zijn?' vroeg hij.

'Die zouden in een aparte doos moeten zitten, bij de bijlen, tangen, en de metalen banden,' antwoordde ik.

'Nou, ik weet niet waar ze zijn.'

'En de gele lijkzakken?' Ik keek naar de koffers en dozen die in de camper stonden opgeslagen.

'Ik denk dat ik die maar bij het FRB ga halen,' zei hij. Het FRB was het Federale Rampen Bureau.

'Waar zijn die lui?' vroeg ik, omdat er hier honderden mensen van allerlei bureaus en afdelingen waren.

'Als u naar buiten gaat, ziet u gelijk links hun camper, naast de jongens van de Fort Lee Gravenregistratie. En het FRB heeft de met lood gevoerde pakken.'

'Laten we maar hopen dat we die niet nodig hebben,' zei ik.

Fielding zei tegen Marino: 'Hoe staat het met de gijzelaars? Weten we hoeveel ze daarbinnen hebben?'

'Dat weten we niet precies omdat we niet precies weten hoeveel werknemers er in het gebouw waren,' zei hij. 'Maar er was een kleine ploeg aan het werk toen ze toesloegen, wat vast een onderdeel van het plan was. Ze hebben tweeëndertig mensen vrijgelaten. We denken dat er misschien nog een stuk of twaalf over zijn. We weten niet hoeveel van hen nog leven.'

'Jezus.' Fielding schudde met een kwade blik in zijn ogen zijn hoofd. 'Van mij mogen die klootzakken stuk voor stuk ter plekke worden doodgeschoten.'

'Nou, daar zul je mij niet tegenin horen gaan,' zei Marino.

'Op het ogenblik,' zei Fielding, 'kunnen we er vijftig aan. Dat is het maximum, gezien de truck die we hier hebben en het mortuarium in Richmond, dat al redelijk vol is. En verder is het academisch ziekenhuis stand-by als we daar opslagruimte nodig hebben.'

'De tandartsen en radiologen zijn ook gemobiliseerd,' veronderstelde ik.

'Precies. Jenkins, Verner, Silverberg, Rollins. Ze zijn allemaal stand-by.'

Ik rook eieren met spek en wist niet of ik honger had of misselijk was. 'Ik ben via de mobilofoon te bereiken, als je me nodig hebt,' zei ik terwijl ik de deur van de camper opendeed.

'Loop toch niet zo snel,' klaagde Marino toen we weer buiten waren.

'Ben je al bij de mobiele commandopost geweest?' vroeg ik.

'In die grote, blauw-witte bus? Die zag ik toen we hier aan kwamen vliegen.'

'Het lijkt me niet dat we daarnaartoe moeten gaan.'

'Nou, het lijkt mij van wel.'

'Doc, dat is dicht bij de centrale.'

'Daar is de anti-terreureenheid,' zei ik.

'Laten we eerst even met Benton overleggen. Ik weet dat je Lucy zoekt, maar gebruik in godsnaam je hoofd.'

'Ik gebruik mijn hoofd en ik zoek Lucy inderdaad.' Ik werd met de minuut kwader op Wesley.

Marino legde zijn hand op mijn arm en hield me tegen. We keken elkaar aan, onze ogen half dichtknijpend tegen de zon.

'Doc,' zei hij, 'luister naar me. Het is niets persoonlijks wat er nu gebeurt. Het kan niemand iets schelen dat Lucy jouw nichtje is. Ze is verdomme een FBI-agent, en het is niet Wes-

ley's taak om jou in te lichten over alles wat ze voor hen doet.'
Ik zei niets, en hij hoefde ook niets meer te zeggen, want ik
wist dat dat waar was.
'Je moet dus niet kwaad op hem zijn.' Marino hield mijn arm
nog steeds voorzichtig vast. 'Als je de waarheid wilt weten, ik
ben er ook niet blij mee. Ik zou het niet kunnen verdragen als
er iets met haar gebeurde. Ik zou niet weten waar ik moest
blijven als er iets met een van jullie tweeën gebeurde. En ik
ben op dit moment banger dan ik godverdomme in m'n hele
leven ben geweest. Maar ik moet mijn werk doen en jij ook.'
'Ze is vlak bij de centrale,' zei ik.
Hij zweeg even. 'Kom mee, Doc. Laten we met Wesley gaan
praten.'
Maar daar kregen we de kans niet voor, omdat hij aan de telefoon was toen we bij het bezoekerscentrum kwamen. Hij
sprak op ijzig kalme toon en zijn lichaam drukte spanning uit.
'Doe niets totdat ik er ben. Het is heel belangrijk dat ze weten dat ik onderweg ben,' zei hij langzaam. 'Nee, nee, nee.
Niet doen. Gebruik maar een megafoon zodat niemand dicht
bij het gebouw hoeft te komen.' Hij keek naar Marino en mij.
'Wees gewoon voorzichtig. Zeg maar dat er iemand aankomt
die er onmiddellijk voor zal zorgen dat ze een speciale tele-
foonverbinding krijgen. Goed.'
Hij hing op en ging gelijk naar de deur. Wij liepen achter hem
aan.
'Wat is er in vredesnaam aan de hand?' vroeg Marino.
'Ze willen contact met ons.'
'Wat hebben ze gedaan? Een brief gestuurd?'
'Een van hen riep uit een raam,' antwoordde Wesley. 'Ze zijn
erg nerveus.'
We liepen snel langs de helikopterlandingsplaats. Ik zag dat
die leeg was, want de senator en de procureur-generaal waren
allang weg.
'Dus ze hebben nog geen telefoon?' Ik was erg verbaasd.
'We hebben alle telefoons in het gebouw afgesloten,' zei Wes-
ley. 'Als ze een telefoon willen, moeten ze die aan ons vragen,

en tot nu toe wilden ze er geen. En nu plotseling wel.'

'Er is dus een probleem,' zei ik.

'Zo zie ik het ook.' Marino was buiten adem.

Wesley antwoordde niet, maar ik zag dat hij zenuwachtig was, en dat gebeurde maar zelden. De smalle weg voerde ons door een zee van mensen en voertuigen die stonden te wachten tot ze konden helpen. Het bruine gebouw kwam steeds dichterbij. De mobiele commandopost op het gras glom in de zon. De koeltorens en het kanaal voor het koelwater waren zo dichtbij dat ik ze met een steen had kunnen raken.

Ik twijfelde er niet aan dat de Nieuwe Zionisten ons in hun vizier hadden en als ze daar zin in hadden, de trekker konden overhalen om ons een voor een neer te schieten. De ramen waarvandaan ze ons waarschijnlijk in de gaten hielden waren open, maar ik zag niets achter de neergelaten zonneschermen. We liepen naar de voorkant van de bus waar een stuk of zes politiemensen en agenten in burger om Lucy heen stonden. Toen ik haar zag, bleef mijn hart bijna stilstaan. Ze droeg een zwarte legerbroek en laarzen en zat weer aan allerlei kabels vast, net als de vorige keer bij de TRA. Nu droeg ze echter twee handschoenen en Toto stond alert op de grond. Zijn dikke nek was verbonden met een spoel glasvezelkabel die lang genoeg leek om ermee naar North Carolina te lopen.

'Het is beter als we de hoorn met kleefband vastzetten,' zei mijn nichtje tegen mannen die ze niet kon zien door de *virtual reality*-helm die ze voor haar ogen had.

'Wie heeft het kleefband?'

'Wacht even.'

Een man in een zwarte overall zocht in een grote doos en gooide iemand anders een rol tape toe. Die scheurde er een paar stukken af en maakte de hoorn aan de haak van de simpele zwarte telefoon vast. Het toestel zat in een doos die stevig werd vastgehouden door de grijpers van de robot.

'Lucy,' zei Wesley. 'Ik ben Benton Wesley. Ik ben er.'

'Hallo,' zei ze. Ik merkte dat ze nerveus was.

'Zodra je de telefoon bij hen hebt gekregen, begin ik te pra-

ten. Ik wil je gewoon even laten weten wat ik ga doen.'
'Zijn we klaar?' vroeg ze. Ze had er geen idee van dat ik er ook was.
'Vooruit maar,' zei Wesley gespannen.
Ze drukte op een knopje op haar handschoen en Toto kwam met een zacht gebrom tot leven. Het ene oog onder zijn ronde brein draaide, zich als een cameralens scherp stellend. Zijn hoofd ging opzij toen Lucy op een ander knopje op de handschoen drukte en iedereen keek doodstil en verwachtingsvol toe hoe de creatie van mijn nichtje plotseling begon te bewegen. Hij rolde moeizaam op zijn rubberbanden vooruit, met de telefoon stevig in zijn grijpers, terwijl de glasvezel- en de telefoonkabels van hun spoelen afrolden.
Lucy bestuurde zwijgend Toto op zijn tocht alsof ze voor een orkest stond, met uitgestoken, rustig bewegende armen. De robot rolde gestaag verder, over grint en gras, totdat hij zo ver was dat een van de agenten verrekijkers uit begon te delen. Toto reed over een stoep en kwam bij vier cementen treden die naar de glazen toegangsdeuren van het hoofdgebouw leiden. Hij stopte. Lucy haalde diep adem terwijl ze haar elektronische aanwezigheid aan haar vriendje van plastic en metaal kenbaar bleef maken. Ze drukte een ander knopje in en de grijpers werden langgerekte armen. Ze gingen langzaam naar beneden en plaatsten de telefoon op de tweede trede. Toto reed een stukje achteruit en draaide zich toen om. Lucy begon hem terug te halen.
De robot was nog niet ver weg toen we allemaal zagen dat de glazen deur openging en een man met een baard, in een kaki broek en trui vlug naar buiten schoot. Hij greep de telefoon van de trede en verdween weer naar binnen.
'Goed gedaan, Lucy,' zei Wesley. Hij klonk erg opgelucht.
'Oké, godverdomme, bel nou,' vervolgde hij, tegen hen, niet tegen ons. 'Lucy,' zei hij toen, 'je kunt afsluiten als je klaar bent.'
'Ja, meneer,' zei ze terwijl haar armen Toto over elke kuil en hobbel leidden.

Marino, Wesley en ik liepen toen de trap op die naar de mobiele commandopost voerde. De ruimte was in het grijs en blauw ingericht en er stonden tafels tussen banken in. Er was een klein keukentje met een badcel, en het glas voor de ramen was donker getint, zodat je wel naar buiten, maar niet naar binnen kon kijken. Achterin was radio- en computerapparatuur opgesteld en vijf televisies aan de muur stonden zachtjes aan, afgestemd op de belangrijkste tv-stations en CNN. Een rode telefoon op een tafel ging over toen we door de ruimte liepen. Het geluid klonk dringend en eisend, en Wesley rende ernaartoe.

'Met Wesley,' zei hij, uit het raam starend. Hij drukte twee knopjes in, waardoor het telefoontje tegelijkertijd werd opgenomen en op de luidspreker te horen was.

'We hebben een dokter nodig.' De stem was die van een blanke man uit het zuiden. Hij hijgde.

'Oké, maar je moet me eerst meer vertellen.'

'Ik wil geen gezeik!' schreeuwde hij.

'Luister.' Wesley werd heel kalm. 'Er is geen sprake van gezeik, oké? We willen helpen, maar ik heb meer informatie nodig.'

'Hij is in het bassin gevallen en toen raakte hij in een soort coma.'

'Wie?'

'Wat maakt het godverdomme uit wie het is?'

Wesley aarzelde.

'Als hij doodgaat, hebben we het hier vol explosieven gelegd. Snap je? We blazen jullie op als jullie verdomme niet nu iets doen!'

We wisten wie hij bedoelde, dus Wesley vroeg niets meer. Er was iets met Joel Hand gebeurd, en ik wilde er niet aan denken wat zijn volgelingen zouden kunnen doen als hij stierf.

'Zeg iets,' zei Wesley.

'Hij kan niet zwemmen.'

'Ik wil even controleren of ik het goed begrijp. Er is iemand bijna verdronken?'

'Luister. Het water is radioactief. Die verdomde splijtstofsta-ven lagen erin, begrijp je?'

'Hij was in een van de reactors.'

De man schreeuwde weer. 'Hou je bek met die klotevragen en zorg dat er hulp komt. Als hij doodgaat, gaat iedereen dood. Snap je?' zei hij terwijl er een luid geweerschot over de tele-foon klonk dat tegelijkertijd in het gebouw zelf knalde.

Iedereen verstijfde en we hoorden iemand op de achtergrond huilen. Mijn hart bonkte zo hard dat ik dacht dat het door mijn ribben heen zou komen.

'Als je me nog langer laat wachten,' klonk de gejaagde stem van de man weer over de lijn, 'wordt er nog iemand doodge-schoten.'

Ik liep naar de telefoon en voor iemand me kon tegenhouden, zei ik: 'Ik ben arts. Ik moet weten wat er precies is gebeurd toen hij in het bassin van de reactor viel.'

Stilte. Toen zei de man: 'Hij verdronk bijna, dat is alles wat ik weet. We hebben geprobeerd het water uit zijn longen te pompen, maar hij was al bewusteloos.'

'Heeft hij water binnengekregen?'

'Dat weet ik niet. Misschien wel. Er kwam wat water uit zijn mond.' Hij raakte steeds meer geagiteerd. 'Maar als je niets doet, dame, maak ik godverdomme een woestijn van Virgi-nia.'

'Ik ga je heus helpen,' zei ik, 'maar ik moet nog een paar vra-gen stellen. Wat is zijn toestand nu?'

'Zoals ik al zei. Hij is bewusteloos. Het is net alsof hij in co-ma is.'

'Waar hebben jullie hem?'

Hij klonk alsof hij doodsbang was. 'Hij reageert nergens op, wat we ook proberen.'

'Ik moet veel ijs en medische spullen meenemen,' zei ik. 'Ten-zij ik hulp heb, moet ik daarvoor een paar keer heen en weer.'

'Je kunt maar beter niet van de FBI zijn,' zei hij, opnieuw op luide toon.

'Ik ben arts, en er is hier nog veel ander medisch personeel,' zei ik. 'Ik wil jullie helpen, maar niet als jullie het mij moeilijk gaan maken.'

Hij zweeg en zei toen: 'Oké. Maar je moet alleen komen.'

'De robot kan me helpen de spullen te dragen. Dezelfde robot die jullie ook de telefoon heeft gebracht.'

Hij hing op en Wesley en Marino staarden me aan alsof ik zojuist een moord had gepleegd.

'Geen sprake van,' zei Wesley. 'Jezus, Kay. Ben je nou helemaal gek geworden?'

'Je gaat daar niet naar binnen, ook al moet ik je verdomme in de houdgreep nemen,' bemoeide Marino zich er ook mee.

'Ik moet wel,' zei ik alleen maar. 'Hij gaat namelijk dood.'

'En dat is precies de reden waarom je daar niet heen kunt gaan,' riep Wesley.

'Hij heeft acute stralingsziekte omdat hij het water in dat bassin heeft binnengekregen,' zei ik. 'Hij kan niet worden gered. Hij zal snel doodgaan, en ik denk dat we allemaal wel weten wat daar de consequenties van zullen zijn. Zijn volgelingen zullen waarschijnlijk de explosieven tot ontploffing brengen.'

Ik keek naar Wesley en Marino en naar de commandant van de anti-terreureenheid. 'Begrijpen jullie het dan niet? Ik heb hun Boek gelezen. Hij is hun messias, en ze gaan heus niet gewoon weg als hij doodgaat. Dan wordt dit een zelfmoordactie, zoals jij al hebt voorspeld.' Ik keek weer naar Wesley.

'Dat weten we helemaal niet zeker,' zei hij.

'En jij wilt dat risico nemen?'

'En wat als hij bijkomt,' zei Marino. 'Dan herkent Hand je en vertelt hij al die klootzakken wie jij bent. En dan?'

'Hij komt niet bij.'

Wesley staarde uit een raam. Het was niet erg warm in de bus, maar hij zag eruit alsof het zomer was. Zijn overhemd was vochtig en hij veegde voortdurend zijn voorhoofd af. Hij wist niet wat hij moest doen. Ik had echter wel een idee, en het leek me niet dat er een alternatief was.

'Luister,' zei ik. 'Ik kan Joel Hand niet redden, maar ik kan ze wel laten denken dat hij niet dood is.'

Iedereen staarde me sprakeloos aan.

Toen zei Marino: 'Wat?'

Ik begon in paniek te raken. 'Hij kan elk moment sterven,' zei ik. 'Ik moet daar nu naar binnen en ervoor zorgen dat jullie genoeg tijd hebben om ook naar binnen te komen.'

'We kunnen niet naar binnen,' zei Wesley.

'Als ik eenmaal in het gebouw ben misschien wel,' zei ik. 'We kunnen de robot gebruiken om daar een manier voor te vinden. We zorgen wel dat hij binnenkomt, en dan kan hij ze verdoven en verblinden, zodat jullie ook binnen kunnen komen. Ik weet dat jullie daar de apparatuur voor hebben.'

Wesley zag er grimmig uit en Marino keek ongelukkig. Ik begreep wat ze voelden, maar ik wist wat er moest gebeuren. Ik ging naar de dichtstbijzijnde ambulance en kreeg van het ambulanceteam wat ik nodig had, terwijl andere mensen ijs haalden. Toen liepen Toto en ik op het gebouw af, terwijl Lucy het controlepaneel bediende. De robot droeg twintig kilo ijs terwijl ik een grote kist met medische voorraden bij me had. We liepen naar de ingang van het hoofdgebouw van Old Point alsof dit een normale dag was en we een gewoon bezoekje aan het gebouw brachten. Ik dacht niet aan de mannen die me in hun vizier hadden. Ik weigerde te denken aan de explosieven of aan de boot die werd vol geladen met materiaal waarmee Libië een atoombom kon maken.

Toen we bij de deur kwamen, werd die onmiddellijk opengedaan door zo te zien dezelfde bebaarde man die pas geleden naar buiten was gekomen om de telefoon te pakken.

'Kom binnen,' zei hij nors. Hij had een geweer aan een band om zijn schouder.

'Help me met het ijs,' zei ik, bijna even nors.

Hij staarde naar de robot, die vijf zakken in zijn grijpers hield. Hij was terughoudend, alsof Toto een pitbull was die hem plotseling kon bijten. Toen strekte hij zijn handen naar het ijs uit en Lucy programmeerde haar vriendje via de glasvezelkabel het los te laten. Vervolgens waren de man en ik in het gebouw, achter een gesloten deur. Ik zag dat de beveiligingsafdeling was vernietigd. Röntgen- en andere scan-apparatuur was losgerukt en met kogels doorzeefd. Ik zag druppels en vegen bloed en toen ik achter hem aan de hoek om liep, rook ik de lichamen al voordat ik de neergeschoten bewakers zag, die op een lugubere, bloederige stapel verderop in de gang waren neergegooid.

De angst kwam als gal in mijn keel omhoog toen we door een rode deur gingen, en het lawaai van de machines drong door tot in mijn botten en maakte het onmogelijk om iets te verstaan van wat deze Nieuwe Zionist zei. Toen ik het grote, zwarte pistool aan zijn gordel zag, dacht ik aan Danny en aan het vijfenveertig-kaliberwapen waarmee hij zo koelbloedig was vermoord. We liepen een opengewerkte, rood geverfde trap op. Ik keek niet naar beneden omdat ik anders duizelig zou worden. Hij voerde me over een loopbrug naar een dikke deur, waarop allerlei waarschuwingen stonden. Terwijl hij de code intoetste, begon het smeltwater van het ijs op de grond te druppen. 'Doe wat je wordt gezegd,' hoorde ik hem vanuit de verte zeggen toen we controleruimte in liepen. 'Begrijp je?' Hij duwde met zijn geweer in mijn rug.

'Ja,' zei ik.

Er waren zo'n twaalf mannen in de ruimte, allemaal gekleed in een sportbroek met een trui of een jack en allemaal met een semi-automatisch geweer of een machinepistool bij zich. Ze waren erg opgewonden en kwaad en leken zich niet te interesseren voor de tien gijzelaars die tegen een muur op de grond zaten. Hun handen waren voor hun lichaam vastgebonden, en ze hadden kussenslopen over hun hoofd. Ik zag hun angst door de gaten voor hun ogen die in de slopen waren geknipt. De opening voor hun mond was nat van het speeksel en ze haalden snel en oppervlakkig adem. Ik merkte op dat er hier ook bloederige vegen op de grond zaten, alleen waren deze vers. Ze leidden naar een controlepaneel waarachter het meest recente slachtoffer was neergegooid. Ik vroeg me af hoeveel lichamen ik later zou vinden, als het mijne daar tenminste niet bij zou zijn.

'Hierheen,' commandeerde mijn begeleider.

Joel Hand lag op zijn rug op de grond, onder een gordijn dat iemand van een raam had gerukt. Hij zag heel bleek en was nog nat van het bassin waar hij het water had binnengekregen dat hem zou doden, wat ik ook zou proberen te doen. Ik herkende zijn knappe gezicht met de volle lippen van de keer dat ik hem in de rechtszaal had gezien, alleen zag hij er nu meer opgeblazen en ouder uit.

'Hoe lang is hij al zo?' vroeg ik aan de man die me naar binnen had gebracht.

'Zo'n anderhalf uur.'

Hij rookte en ijsbeerde heen en weer. Hij keek me niet aan en hield een hand nerveus op de loop van zijn geweer, die op mijn hoofd was gericht. Ik zette de kist met medische voorraden neer, draaide me om en staarde hem aan.

'Richt dat ding niet op me,' zei ik.

'Hou je bek.' Hij hield op met ijsberen en keek alsof hij mijn hoofd in wilde slaan.

'Ik ben hier omdat jullie mij dat hebben gevraagd en ik probeer jullie te helpen.' Ik beantwoordde zijn glazige blik en mijn stem was even zakelijk als mijn gezichtsuitdrukking. 'Als jullie niet willen dat ik jullie help, ga dan je gang en schiet me neer of laat me gaan. Daar schiet hij in geen van beide gevallen iets mee op. Ik probeer zijn leven te redden en daar wil ik godverdomme niet bij afgeleid worden door dat geweer.'

Hij wist niet wat hij moest zeggen en leunde tegen een controlepaneel met genoeg knopjes om een ruimteschip te besturen. Videoschermen aan de muren gaven aan dat allebei de reactors stil waren gelegd, en in een plattegrond lichtten sommige gedeeltes rood op, waarschuwend voor problemen die ik niet kon begrijpen.

'Hé, Wooten, rustig aan.' Een van zijn kameraden stak een sigaret op.

'Laten we de zakken ijs nu openmaken,' zei ik. 'Ik wilde maar dat we een tobbe hadden, maar die hebben we niet. Ik zie een paar boeken op die tafels, en het lijkt erop dat daar bij dat faxapparaat flink wat stapels papier staan. Breng dat allemaal maar hierheen, zodat we een muurtje kunnen maken.'

De mannen brachten me allerlei dikke handboeken, stapels papier en attachékoffertjes waarvan ik aannam dat ze het eigendom van de werknemers waren die werden vastgehouden. Ik bouwde een rechthoekig muurtje om Hand heen, alsof ik in mijn achtertuin een bloembed aan het maken was. Vervolgens bedekte ik hem met twintig kilo ijs, alleen zijn gezicht en een arm vrij latend.

'Wat doet dat met hem?' De man die Wooten heette was dichterbij komen staan. Hij klonk alsof hij ergens uit het westen kwam.

'Er was sprake van een acute blootstelling aan straling,' zei ik. 'Zijn systeem wordt daardoor nu vernietigd en de enige manier om dat tegen te gaan is alles te vertragen.'

Ik maakte de kist open en haalde er een naald uit, die ik in de arm van hun stervende leider stak en met tape vastmaakte. Ik verbond een infuusslang met een zakje aan een hanger waarin alleen maar een onschuldige zoutoplossing zat die geen enkele uitwerking zou hebben. Het vocht druppelde naar beneden terwijl hij steeds kouder werd onder de laag ijs.

Hand leefde al haast niet meer, en mijn hart bonkte toen ik naar die zwetende mannen keek die geloofden dat de man die ik voorwendde te redden god was. Een van hen had zijn trui uitgedaan en zijn hemd was bijna grijs, met mouwen die waren gaan lubberen door het jarenlange wassen. Sommigen hadden baarden, terwijl anderen zich in geen dagen hadden geschoren. Ik vroeg me af waar hun vrouwen en kinderen waren, en ik dacht aan de boot in de rivier en aan wat er op dat moment waarschijnlijk in andere delen van de centrale gebeurde.

'Pardon,' zei een nauwelijks hoorbare, trillende stem. Minstens een van de gijzelaars was een vrouw. 'Ik moet naar het toilet.'

'Mullen, breng jij haar even. We willen niet dat ze hier gaan zitten schijten.'

'Pardon, maar ik moet ook,' zei een andere gijzelaar, een man.

'Ik ook.'

'Goed, één tegelijk,' zei Mullen, die jong en breed was.

Ik wist nu minstens één ding dat de FBI niet wist. De Nieuwe Zionisten waren nooit van plan geweest om nog meer mensen te laten gaan. Terroristen trekken kappen over het hoofd van hun gijzelaars omdat het gemakkelijker is om mensen te doden die geen gezicht hebben. Ik pakte een flesje met zoutoplossing en spoot het met vijftig milliliter tegelijk in Hands infuus, alsof ik hem nog een magische dosis gaf.

'Hoe gaat het met hem?' vroeg een van de mannen op luide toon terwijl de volgende gijzelaar naar het toilet werd geleid.

'Hij is nu stabiel,' loog ik.

'Wanneer komt hij weer bij?' vroeg een ander.

Ik voelde opnieuw de pols van hun leider, en die was zo zwak dat ik hem bijna niet kon vinden. De man liet zich plotseling naast me neervallen en voelde Hands hals. Hij duwde zijn vingers in het ijs en drukte ze tegen zijn hart en toen hij me aankeek, was hij angstig en woedend.

'Ik voel niets!' schreeuwde hij. Zijn gezicht was rood.

'Je hoort ook niets te voelen. Het is belangrijk dat we hem in een toestand van hypothermie houden, zodat we de schade die de straling toebrengt aan de bloedvaten en de organen kunnen stoppen,' zei ik. 'Hij krijgt hoge doses diethyleen triamine penta-azijnzuur, en hij leeft heus nog.'

Hij stond op en stapte met een wilde blik in zijn ogen dichter naar me toe. Hij hield zijn vinger op de trekker van de Tec 9. 'Hoe weten we of je niet gewoon de boel zit te belazeren, of zijn toestand erger maakt.'

'Dat weten jullie niet.' Ik gaf geen blijk van enige emotie, omdat ik had geaccepteerd dat dit de dag was waarop ik zou sterven, en ik was niet bang. 'Je enige keus is erop te vertrouwen dat ik weet wat ik doe. Ik heb zijn metabolisme belangrijk vertraagd. En hij zal niet snel bijkomen. Ik probeer hem nu alleen maar in leven te houden.'

Hij wendde zijn blik af.

'Hé, Bear, kalm aan, hè?'

'Laat die vrouw met rust.'

Ik bleef geknield bij Hand zitten terwijl het infuus zijn lichaam in druppelde en het smeltende ijs door het muurtje heen begon te sijpelen, zich over de vloer verspreidend. Ik controleerde een aantal keer of hij nog leefde en maakte aantekeningen, zodat ik heel druk met hem bezig leek. Ik kon mezelf er niet van weerhouden telkens als ik kon door de ramen naar buiten te kijken en me af te vragen hoe het met mijn kameraden stond. Vlak voor drie uur in de middag gaven zijn organen het op, als volgelingen die plotseling niet meer in hem waren geïnteresseerd. Joel Hand stierf zonder een beweging of geluid, terwijl het koude water in kleine stroompjes over de vloer liep.

Ik keek op en zei:'Ik heb ijs en meer medicijnen nodig.'

'En dan?' Bear kwam dichterbij staan.

'Dan moeten jullie hem op een gegeven moment toch naar een ziekenhuis brengen.'

Niemand reageerde.

'Als jullie me de spullen waarom ik heb gevraagd niet geven, kan ik verder niets meer voor hem doen,' zei ik emotieloos.

Bear ging naar een bureau en pakte de telefoon. Hij zei dat we ijs en meer medicijnen nodig hadden. Ik wist dat als Lucy en haar team nu niet in actie kwamen, ik waarschijnlijk zou worden doodgeschoten. Ik liep een stukje bij de zich uitbreidende plas water om Hand vandaan en toen ik naar zijn gezicht keek vond ik het moeilijk te geloven dat hij zoveel macht over anderen had. Maar elke man in deze ruimte en ook de mannen in de reactor en op de boot zouden voor hem moorden. Dat hadden ze zelfs al gedaan.

'De robot brengt het spul. Ik ga naar buiten om het aan te pakken,' zei Bear met een blik uit het raam. 'Het is nu onderweg.'

'Als je nu naar buiten gaat, knallen ze je waarschijnlijk neer.'

'Niet zolang zij hier is.' Bear keek me aan met zijn vijandige, krankzinnige blik.

'De robot kan het naar je toe brengen,' zei ik tot zijn verrassing.

Bear lachte. 'Herinner je je al die trappen nog? Denk je dat dat blikken stuk ellende daar naar boven kan?'

'Dat kan hij best,' zei ik, en hoopte dat dat waar was.

'Hé, laat dat ding het spul naar binnen brengen, zodat niemand naar buiten hoeft,' zei een andere man.

Bear kreeg Wesley weer aan de lijn. 'Laat de robot de voorraden naar de controleruimte brengen. We komen niet naar buiten.' Hij gooide de hoorn op de haak, niet beseffend wat hij zojuist had gedaan.

Ik dacht aan mijn nichtje en bad voor haar omdat ik wist dat dit het moeilijkste zou worden wat ze ooit had gedaan. Ik schrok me wild toen ik de loop van een geweer tegen mijn nek voelde.

'Als je hem laat sterven, ben jij ook dood. Snap je dat, kreng?'

Ik verroerde me niet.

'Binnenkort varen we hier weg, en je kunt er maar beter voor zorgen dat we hem dan kunnen meenemen.'

'Zolang je zorgt dat ik de juiste spullen heb, houd ik hem in leven,' zei ik kalm.

Hij haalde de loop bij mijn nek vandaan en ik goot het laatste flesje zoutoplossing in het infuus van hun dode leider. De zweetdruppeltjes rolden over mijn rug en de onderkant van het schort dat ik over mijn kleren had aangetrokken was doorweekt. Ik dacht aan Lucy die nu voor de mobiele commandopost met haar *virtual reality*-apparatuur stond. Ik stelde me voor hoe ze haar vingers en armen bewoog en heen en weer liep terwijl ze via de glasvezelkabel op haar *virtual reality*-helm elke centimeter van het gebied kon zien. Haar aanwezigheid op afstand was de enige hoop dat Toto niet ergens in een hoekje zou blijven steken of zou vallen.

De mannen keken uit het raam en leverden commentaar terwijl de rupsbanden van de robot de oprit voor gehandicapten oprolden en hij naar binnen ging.

'Ik zou er best zo eentje willen hebben,' zei een van hen.

'Je bent toch te stom om hem te gebruiken.'

'Het is waarschijnlijk gewoon een afstandsbediening met wat schakelaars.'

'Nee, hoor. Dat dingetje werkt niet met een radiofrequentie.
Hier binnen werkt niets met een radiofrequentie. Heb je er
enig idee van hoe dik de muren zijn?'
'Het zou te gek zijn om zo het hout voor de open haard naar
binnen te brengen als het rotweer is.'
'Pardon, ik moet naar het toilet,' zei een van de gijzelaars ti-
mide.
'Shit. Niet alweer.'
De spanning werd me haast te veel toen ik eraan dacht wat
er zou gebeuren als ze de ruimte uitgingen en niet terug waren als Toto verscheen.
'Hé, laat hem maar wachten. Verdomme, ik wilde dat we die
ramen dicht konden doen. Het is hier ijskoud.'
'Nou, in Tripoli heb je niet van die schone, koude lucht. Ge-
niet er maar van zolang het nog kan.'
Een paar mannen lachten. Op dat moment ging een deur open
en kwam een man binnen die ik nog niet had gezien. Hij had
een donkere huid en een baard, droeg een dik jack en een legerbroek, en was kwaad.
'We hebben nog maar vijftien splijtstofelementen in vaten op
de boot,' zei hij op autoritaire toon, met een zwaar accent.
'Jullie moeten ons meer tijd geven. Dan kunnen we er nog
meer meenemen.'
'Vijftien is al heel wat,' zei Bear en hij leek zich niets van de
man aan te trekken.
'We hebben minstens vijfentwintig splijtstofelementen nodig!
Dat waren we overeengekomen.'
'Dat heeft niemand mij verteld.'
'Hij weet ervan.' De man met het accent keek naar Hands lichaam op de grond.
'Nou, hij kan dat nu niet met je bespreken.' Bear drukte een
sigaret uit met de punt van zijn laars.
'Begrijp je?' De buitenlandse man was nu woest. 'Elk splijt-
stofelement weegt een ton, en moet met de hijskraan uit de
reactor naar het bassin worden getild en vervolgens moet het
in een vat worden verpakt. Dat gaat allemaal heel langzaam

en het is heel moeilijk. Het is heel gevaarlijk. Jullie hebben ons beloofd dat we er minstens vijfentwintig konden krijgen. En nu hebben jullie haast en zijn jullie slordig vanwege hem.'
De man wees boos naar Hand. 'We hebben een afspraak!'
'De enige afspraak die ik heb is om voor hem te zorgen. We zorgen dat hij op die boot komt en we nemen de dokter mee. Dan brengen we hem naar een ziekenhuis.'
'Dat is belachelijk! Hij ziet er nu al uit of hij dood is! Jullie zijn idioten!'
'Hij is niet dood.'
'Kijk dan naar hem. Hij is spierwit en hij haalt geen adem. Hij is dood!'
Ze stonden tegen elkaar te schreeuwen en Bears voetstappen klonken luid toen hij naar mij toe beende en op dwingende toon vroeg: 'Hij is toch niet dood?'
'Nee,' zei ik.
De zweetdruppels gleden over zijn gezicht terwijl hij zijn pistool onder zijn riem vandaan trok en dat op mij richtte. Vervolgens richtte hij het op de gijzelaars, die allemaal ineenkrompen. Een van hen begon te huilen.
'Nee, alstublieft. Alstublieft,' smeekte een man.
'Wie moest er zo nodig naar de plee?' brulde Bear.
Ze zwegen, bevend en met grote ogen starend. De kappen bij hun mond werden met elke ademhaling naar binnen gezogen.
'Was jij dat?' Het geweer wees nu op iemand anders.
De deur van de controlekamer stond open en ik hoorde Toto in de gang snorren. Hij was erin geslaagd de trap op te komen en een loopbrug over te rijden en zou over een paar seconden binnen komen. Ik pakte een lange, metalen zaklantaarn die speciaal door de TRA was ontworpen en door mijn nichtje in de kist met medische spullen was gestopt.
'Shit, ik wil weten of hij dood is,' zei een van de mannen en ik wist dat het spel uit was.
'Ik zal het je laten zien,' zei ik terwijl het snorrende geluid dichterbij kwam.
Ik richtte de zaklantaarn op Bear en drukte op een knopje.

327

Hij krijste toen er met een knal een oogverblindende flits uitkwam. Ik zwaaide met de zware zaklantaarn alsof het een honkbalknuppel was. De botjes in zijn pols werden verbrijzeld, het pistool kletterde op de grond en de robot rolde met lege handen naar binnen. Ik gooide mezelf plat op mijn buik, bedekte zo goed mogelijk mijn ogen en oren, en de ruimte ging op in fel wit licht toen Toto's hoofd er door een fragmentatiebom werd afgeblazen. Er klonk geschreeuw en gevloek toen de terroristen blindelings tegen de controlepanelen en tegen elkaar aan vielen. Ze konden niets horen of zien toen tientallen leden van de anti-terreureenheid naar binnen stormden.

'Geen beweging, klootzakken!'

'Sta stil of ik schiet je voor je kop!'

'Geen beweging, van wie dan ook!'

Ik verroerde me niet in Joel Hands graf van ijs toen de helikopters de ramen deden trillen en agenten die aan touwen werden neergelaten de zonneschermen intrapten. Handboeien klikten en wapens kletterden op de grond toen ze buiten handbereik werden geschopt. Ik hoorde mensen huilen en realiseerde me dat dat de gijzelaars waren die werden weggevoerd.

'Het komt wel goed. U bent nu veilig.'

'O, god. O, dank u, god.'

'Kom mee. U moet hier weg.'

Toen ik eindelijk een koele hand tegen mijn hals voelde, besefte ik dat die persoon naar een teken van leven voelde, omdat ik eruitzag alsof ik dood was.

'Tante Kay?' Het was Lucy's gespannen stem.

Ik draaide me om en ging langzaam zitten. Mijn handen en de zijkant van mijn gezicht, die in het water hadden gelegen, waren gevoelloos, en ik keek verdwaasd om me heen. Ik beefde zo erg dat mijn tanden klapperden. Ze ging op haar hurken naast me zitten, met haar pistool in haar hand. Haar ogen zochten de ruimte af terwijl andere agenten in zwart gevechtstenue de laatste gevangenen mee naar buiten namen.

'Kom, ik zal je helpen op te staan,' zei ze.

Ze stak me haar hand toe. Mijn spieren trilden alsof ik op het punt stond een attaque te krijgen. Ik kreeg het maar niet warm en mijn oren bleven maar suizen. Toen ik weer rechtop stond, zag ik Toto bij de deur. Zijn oog was geschroeid, zijn hoofd was geblakerd en de ronde bovenkant was verdwenen. Hij stond stil bij de glasvezelkabel en niemand besteedde nog enige aandacht aan hem terwijl de Nieuwe Zionisten een voor een werden weggevoerd.

Lucy keek naar het koude lichaam op de grond, naar het water en het infuus, de naalden en de lege zakjes zoutoplossing. 'God,' zei ze.

'Is het nu veilig om naar buiten te gaan?' Ik had tranen in mijn ogen.

'We hebben het terrein rond de koeltorens net onder controle, en we hebben de boot tegelijkertijd in handen gekregen met de controlekamer. We hebben een paar van hen moeten neerschieten omdat ze hun wapens niet op wilden geven. Marino heeft er een te pakken genomen op het parkeerterrein.'

'Hij heeft een van hen neergeschoten?'

'Hij moest wel,' zei ze. 'We denken dat we iedereen hebben – zo'n dertig mensen – maar we zijn toch nog voorzichtig. Het ligt hier vol explosieven, kom mee. Kun je lopen?'

'Natuurlijk.'

Ik maakte mijn doornatte schort los en trok het met een heftig gebaar van mijn lichaam, omdat ik het gewoon niet meer kon verdragen. Ik smeet het schort op de grond en trok mijn handschoenen uit. We liepen snel de controlekamer uit. Ze haalde de mobilofoon van haar riem. Haar laarzen klonken luid op het looppad en de trap die Toto zo succesvol had genomen.

'Eenheid honderdtwintig voor mobiele eenheid een,' zei ze.

'Een.'

'We verlaten nu het pand. Alles in orde?'

'Heb je de persoon in kwestie?' Ik herkende de stem van Benton Wesley.

'Inderdaad. De persoon in kwestie maakt het goed.'

'Godzijdank,' klonk het antwoord, op een toon die ongewoon emotioneel was voor de mobilofoon. 'Zeg maar tegen de persoon in kwestie dat we wachten.'

'Begrepen, meneer,' zei Lucy. 'Ik denk dat de persoon in kwestie dat wel weet.'

We liepen snel langs de lichamen en het oude bloed en kwamen in een foyer die niemand meer buiten of binnen kon houden. Ze trok een glazen deur open en het licht van de middagzon was zo fel dat ik een hand voor mijn ogen moest houden. Ik wist niet waar ik naartoe moest en voelde me erg zwak.

'Pas op de trap.' Lucy legde een arm om mijn middel. 'Tante Kay,' zei ze, 'houd mij maar vast.'

Patricia Cornwell was een vooraanstaand misdaadverslaggever voor zij ging werken als systeemanalist op het kantoor van de patholoog-anatomische dienst in Virginia.

In 1990 verscheen het thrillerdebuut van Patricia Cornwell – *Fataal weekend*, waarmee Cornwell meteen de prestigieuze Edgar Award won – en maakte de lezer kennis met Kay Scarpetta, de patholoog-anatoom uit Richmond, Virginia. Kay Scarpetta, die op onorthodoxe wijze haar beroep uitoefent. Voor haar is het niet genoeg om alleen een doodsoorzaak vast te stellen. Bij Kay Scarpetta worden de slachtoffers weer mensen met een gezicht...

Inmiddels is Patricia Cornwell met haar Kay Scarpetta's niet meer weg te denken van het internationale thrillerfront. Tip voor de lezer: lees de Scarpetta's op volgorde! Kijk hiervoor op pagina 2.